影视传媒专业高考**快速突破**系列丛书

文艺常识「精编本」

胡春景 魏桢 编著

东华大学出版社

图书在版编目（CIP）数据

文艺常识：精编本 / 胡春景，魏桢编著. —上海：
东华大学出版社，2014.6
（影视传媒专业高考快速突破系列）
ISBN 978-7-5669-0484-3

Ⅰ.①文… Ⅱ.①胡…②魏… Ⅲ.①文艺学—高
等学校—入学考试—自学参考资料 Ⅳ.①I0

中国版本图书馆CIP数据核字（2014）第065474号

影视传媒专业高考快速突破系列丛书
Wenyi Changshi Jingbianben
文艺常识（精编本）

策　　划：赵春园
编　　著：胡春景　魏　桢
责任编辑：赵春园
封面设计：高秦艳
出版发行：东华大学出版社
　　　　　（地址：上海延安西路1882号 邮编：200051）
印　　刷：昆山亭林印刷有限责任公司
开　　本：787mm×1092mm　1/16　15.75 印张　403 千字
版　　次：2014 年 6 月第 1 版
印　　次：2014 年 6 月第 1 次
书　　号：ISBN 978-7-5669-0484-3/I・006
定　　价：38.00元

　　文艺常识是文学艺术的基础内容，备考艺术类专业离不开文艺常识的学习和积累。学好文艺常识不仅能应对这一科目的考试，同时也能整体上提高自我艺术鉴赏的能力和水平。

　　"文艺常识"作为每年艺术类考试的必考内容，一直以来受到广大考生的重视。特别是在影视传媒类专业的考试中，文艺常识涉及的面很广，目前已经成为高校考查考生综合知识储备和艺术素养的重要手段。但同时，很多考生因为文艺常识知识点太多、内容枯燥繁杂而导致学习效果大打折扣，往往事倍功半，未能尽如人意。因此，如何高效地学习文艺常识就成为一个难题。

　　笔者认为，除了科学的学习方法和记忆规律以外，选择一本适合自己的辅导书至关重要，书中关于文艺常识的编排组织方式和归纳演绎形式，往往影响着读者的阅读接受水平和质量。在此，我们推出了这本《文艺常识》（精编本），在成书的过程中，参考了大量的相关工具书和近年来影视传媒高考的考试真题，力求做到知识性、专业性和实用性的结合。本书可作为广播电视编导、戏剧影视文学、导演、摄影摄像、影视制片管理、影视学、艺术传媒、公共事业管理、文化产业管理、数字媒体艺术、戏曲文化传播以及音乐类、舞蹈类、表演类、美术类等专业的高考辅导用书。

　　为了更好地服务于广大考生，提高考生的理解、记忆水平，我们在文艺常识的编排组织方式和归纳演绎形式上，采取了纵向梳理和横向突出的基本原则。即在纵向上，以历史发展的角度进行系统梳理，旨在帮助考生宏观上认知和理解学科门类的知识脉络；同时，在横向上，以多样化的角度进行提炼总结，以命题导向为依据重点突出相关知识点。这样，能够让考生在补充完善已有知识体系的同时，提高记忆的针对性，从而突破记忆瓶颈，提升记忆水平。

　　本书共分为八个部分，包括电影、广播电视、文学、戏剧戏曲、美术、音乐、舞蹈与杂技、文艺理论。另外，在本书中每一部分的最后一章，笔者还精选了近几年几十所高校的考试真题作为练习对象，基本上涵盖并反映了考题内容的广度和深度，体现了题目的典型性和代表性。

希望本书的出版能帮助更多的学子提高学习效率，助考生一臂之力。

最后，预祝广大考生金榜题名！

胡春景　魏　桢

2014.03 于济南

目 录 ▌

第一部分 电影常识

　　电影，又称"第七艺术"，它从一开始的"杂耍"发展为今天的大众艺术，走过了一个多世纪的历程，而中国电影诞生至今也有了百余年的历史。从法国的卢米埃尔兄弟首次公开放映电影开始，电影就成为了牵动人们喜怒哀乐、离合悲欢的光影世界。电影不仅纪录着人类沧海桑田的变幻史，同时积淀着人们对于现实和理想、真实与虚拟的生命体验。

第一章　电影艺术简介

第一节　电影是什么

一、电影的含义

电影是一种以现代科学技术为手段，以画面和音响为媒介，通过在特定的银幕时空中创造出来的连续性影像表述世界的大众化艺术。

理解电影含义的几个要素：

（1）电影是科学技术的产物。

（2）电影的媒介是声和光，具有听觉性和视觉性。

（3）电影是时间和空间相结合的艺术，具有时间性和空间性。

（4）电影是由运动的画面构成的，具有逼真性和假定性。

（5）电影是一门大众化的艺术，具有艺术综合性。

二、电影的属性

（1）从与其他艺术种类（文学、音乐、舞蹈、戏剧、绘画、雕塑）的比较来看，电影属于一门综合类的艺术。

（2）从电影本身的发展来讲，它主要具有工业属性和审美属性，即商业性和艺术性。

（3）从政治角度上讲，电影具有意识形态属性。任何电影都有意识形态立场，电影通过特有的叙事和修辞来表达意识形态含义。

三、电影的功能

（1）娱乐功能：把电影作为娱乐大众的产业，娱乐文化的发展已呈现出不可阻挡之势。

（2）认知功能：真实地再现生活，用艺术的真实来呈现生活的真实。

（3）审美功能：宣扬情感文化，以情动人。

（4）宣教功能：倡导社会主旋律和核心价值观。

四、电影的分类

（1）按照国内外通行的分类方法，电影可以分为故事片、纪录片、科教片和美术片四大类。

（2）故事片常见的样式有：喜剧片、惊险片、科幻片、西部片、动作片、爱情片和恐怖片等。

（3）按中国的分类法来说，国产故事片主要分为艺术片、主旋律片和娱乐片（商业片）三大类。

第二节 电影语言

电影语言是电影艺术在传达和交流信息中所使用的各种特殊媒介、方式和手段的统称。即电影用以认识和反映客观世界、传递思想感情的特殊艺术语言。

与一般语言不同，电影语言是一种直接诉诸观众的视听感官，以直观的、具体的、鲜明的形象传达含义的艺术语言，具有强烈的艺术感染力。

一般认为电影语言包括三部分，即画面、声音和蒙太奇。

一、电影画面

镜头 在影视中有两指，一指电影摄影机、放映机用以生成影像的光学部件，由多片透镜组成；二指从开机到关机所拍摄下来的一段连续的画面，或两个剪接点之间的片段，也叫一个镜头。一指和二指，是两个完全不同的概念，为了区别两者的不同，常把一指称"光学镜头"，把二指称"镜头画面"。镜头画面是电影语言的基本元素，参与画面形象创造的表演、构图、景别、角度、方向、运动、照明、色彩、化妆、服装等都在构成特殊的电影语汇方面起了重要作用。

构图 影响构图效果的因素有线条、形状、色彩、光线、画面布局等；电影构图一般要遵循构图的美学原则、主题服务原则和变化原则；电影构图的方式一般分为封闭式构图和开放式构图。

景别 指被摄物体在画面中呈现范围的大小，一般可分为远景、全景、中景、近景和特写。

角度 摄影机镜头与被摄物体水平之间形成的夹角即镜头拍摄角度，可分为平视镜头、俯视镜头和仰视镜头。

方向 指在与被摄体高度与距离不变的情况下，摄影机围绕被摄体四周来选择拍摄点的布置。可分为正面拍、正侧拍、正背拍和成角拍。

运动 摄影机运动的几种基本形式——推、拉、摇、移、跟、升、降。

照明 完成片中的每一个影像都曾经过某种照明处理，光使我们看见影像，我们看见什么和怎么看，往往取决于光的性质和质量。照明在电影空间造型、人物塑造、主题表达等方面扮演着不可或缺的重要角色。

色彩 色彩即语言，色彩即思想，色彩即情绪，色彩即情感，色彩即节奏。色彩在电影中的运用主要体现在对整体色调和局部色相的细腻处理上。

二、电影声音

人物语言、音乐、音响以其自身并以新的蒙太奇方法——"音响蒙太奇"和"声画蒙太奇"——丰富了电影语言。

人物语言的构成：对白、独白、旁白。

音乐 是电影的重要组成部分，可分为无声源音乐和有声源音乐，或现实性音乐和功能性音乐，在电影中能起到描绘环境、抒发情感、加强戏剧性等作用。

音响 除人物语言、音乐之外，电影中一切声音的统称。主要包括动作音响、自然音响、背景音响、机械音响、特殊音响等。

声画关系 声画组合的形式主要有三种类型：声画同步、声画对位、声音串位。其中，声画对位又分为声画对立和声画并行，声音串位又分为声音串前和声音串后。

三、蒙太奇

蒙太奇（montage）来源于法语建筑学上的一个术语，原是"装配、构成"之意。借用到电影艺术上来，意为镜头的剪接、组合。

狭义蒙太奇 镜头组接的章法和技巧。

广义蒙太奇 整个影片的思维方法、结构方法和全部艺术手段的总称。

总体上，蒙太奇可以分为叙事蒙太奇和表现蒙太奇两大类。叙事蒙太奇又可分为连续蒙太奇、平行蒙太奇、交叉蒙太奇等，表现蒙太奇又可分为隐喻蒙太奇、对比蒙太奇、象征蒙太奇、心理蒙太奇、累积蒙太奇等。蒙太奇不仅仅是一种电影技术手段和叙事方法，更是一种思维方式和理论体系，在世界电影发展史上，苏联的蒙太奇学派对电影理论和实践的发展产生了深远的影响。

第三节　电影常用术语

1. 视觉暂留原理

1824 年，英国的罗格特在伦敦公布了他的"视觉暂留"理论，理论指出人眼在观看运动中的形象时，每个形象都在消失后仍在视网膜上滞留 0.1～0.4 秒左右。这种残留的视觉现象被称为"视觉暂留"。视觉暂留原理为电影的诞生奠定了理论基础。

2. 长镜头

从技术的角度看，一般认为时间在 30 秒以上的镜头就是长镜头，在一个长镜头内部可以不间断地表现一个相对完整的事件，具有时间进程的连续性和空间表现的整体性特征，给人以真实感。从电影美学的角度看，长镜头的提出是电影美学的重大变革，成为与蒙太奇理论相对立的电影美学流派，它强调电影的照相本体属性和纪录功能，强调生活的真实性。而实际上，长镜头也可以说是一种镜头内部蒙太奇，或者说是单镜头的蒙太奇，其中包含着丰富的场面调度，二者并无本质的对立关系。

3. 近景

近景是景别分类中的一种，表现成年人胸部以上或物体局部的画面。近景常用来细致地表现人物的精神面貌和物体的主要特点。与中景相比，近景画面表现的空间范围进一步缩小，画面内容更趋单一，环境和背景的作用进一步降低，吸引观众注意力的是画面中占主导地位的人物形象或被摄主体。

4. 特写

特写是景别分类中的一种，用来表现人物肩部以上部位，从细微处来揭示内部特征。特写镜头因其取景范围小、画面内容单一，可使表现对象从周围环境中凸显出来，形成清晰的视觉形象，得到强调的效果。在影片中通常可以用来表现人物神态的细微变化，把人物某一瞬间的心灵信息传达给观众，使观众在视觉和心理上受到强烈的感染。

5. 推镜头

摄影机沿光轴方向向前移动或采取变焦距镜头，从短焦距调至长焦距。推镜头的主要作用是突出主体，从全局中强调重点形象；加强视觉重力，渲染人物情绪。

6. 拉镜头

摄影机沿光轴方向向后移动或采取变焦距镜头，从长焦距调至短焦距。拉镜头的主要作用是通过由点到面的运动过程，表现画面主体与环境之间的关系。

7. 摇镜头

在拍摄一个镜头时，摄影机的机位不动，只有机身做上下、左右的旋转等运动。摇镜头的主要作用是介绍环境；表现人物的运动；模拟剧中人物的主观视线和感受。

8. 移镜头

摄影机的拍摄方向与被摄体的运动方向垂直或成一定角度，通过移动摄影机拍下的运动镜头。移镜头的主要作用是进行动态构图，全景式的展开叙述；表现大场面、大纵深的空间。

9. 跟镜头

又称"跟拍"。摄影机跟随运动着的被摄对象拍摄的画面。跟镜头可连续而详尽地表现角色在行动中的动作和表情，既能突出运动中的主体，又能交代动体的运动方向、速度、体态及其与环境的关系，使动体的运动保持连贯，有利于展示人物在动态中的精神面貌。

10. 切出切入

指上下镜头直接衔接。前一个镜头叫"切出"，后一个镜头叫"切入"。这种不需外加任何技巧的镜头组接方法，能增强动作的连贯性，不打断时间的流程，使镜头画面具有干净、紧凑、简洁、明快的特点。

11. 淡入淡出

也称"渐显渐隐"。电影中表现时间、空间转换的技巧之一。后一个画面逐渐显现，最后完全清晰，这个镜头的开端称"淡入"，表示一个段落的开始；前一个画面渐渐隐去直至完全消失，称"淡出"，表示一个段落的结束。淡入、淡出节奏舒缓，具有抒情意味，并能给观众以视觉上的间歇，产生一种完整的段落感。随着电影节奏的加快，今已较少采用。

12. 划入划出

简称"划"。电影中表现时间、空间转换的技巧之一。用不同形状的线，将前一个画面划去（划出），代之以后一个画面（划入）。一般适用于表现节奏较快、时间较短的场景转换；尤其是在描写同时异地或平行发展的事件时，划的组接技巧有着别种方法所不能替代的作用。其不足之处在于：如处理不当，容易使观众意识到银幕四面框的存在，从而削弱画面形象的真实感。

13. 化入化出

也称"溶出溶入""溶变"，或简称"化""溶"。电影中表示时间和空间转换的技巧之一。指前一个电影画面渐渐消失（化出）的同时，后一个画面渐渐显现（化入）。两者隐显的时间相等，并且在银幕上呈现一个短时间的重叠，即经过"溶"的状态实现交替。也常用以表现现实与梦幻、回忆、联想场面的衔接。"化"的方法比较含蓄委婉，并往往带有某种寓意。根据内容和节奏的需要，"化"的时间可长可短，一般在 1 ～ 3 秒之间。

14. 闪回

影视艺术中表现人物内心活动的一种手法。即突然以很短暂的画面插入某一场景，用以表现人物此时此刻的心理活动和感情起伏，手法极其简洁明快。"闪回"的内容一般为过去出现的场景或已经发生的事情。如用于表现人物对未来或即将发生的事情的想象和预感，则称为"前闪"，它同"闪回"统称为"闪念"。

15. 广角镜头

广角镜头视角大，视野宽阔，从某一视点观察到的景物范围要比人眼在同一视点所看到的大得多；景深长，可以表现出相当大的清晰范围；能强调画面的透视效果，善于夸张前景和表现景物的远近感，有利于增强画面的感染力。

16. 长焦距镜头

长焦距镜头拍摄具有以下几个方面的特点：一是视角小，拍摄的景物空间范围也小，适用于拍摄远处景物的细部和拍摄不易接近的被摄体；二是景深短，能使处于杂乱环境中的被摄主体得到突出，但给精确调焦带来了一定的困难，如果在拍摄时调焦稍微不精确，就会造成主体虚糊；三是透视效果差，这种镜头具有明显地压缩空间纵深距离和夸大后景的特点。

17. 主观镜头

主观镜头是指从剧中人物的视点出发来叙述的镜头。主观镜头把摄影机的镜头当作剧中人的眼睛，直接显示剧中人物所看到的景象。它因代表了剧中人物的主观印象，带有明显的主观色彩，可使观众产生身临其境、感同身受的效果，进而使观众和人物进行情绪交流，获得共同的感受。

18. 跳轴

跳轴是摄像术语，拍摄运动物体时，运动物体和运动方向之间形成一条虚拟的直线，称之为"轴线"。如果摄像机的位置始终在主体运动轴线的同一侧，那么构成画面的运动方向都是一致的；如果越过轴线拍摄，就会造成观众视觉空间错位、画面逻辑的混乱，也就是所说的跳轴。

19. 定格

电影镜头运用的技巧手法之一。其表现为银幕上映出的活动影像骤然停止而成为静止画面。定格是动作的刹那间"凝结"，显示出宛若雕塑的静态美，用以突出或渲染某一场面、某种神态、某个细节等。

20. 景深

所谓景深，就是当镜头聚焦对准某一点时，其前后仍可清晰的范围，这个清晰区的范围就是景深。影响景深大小的因素有三种，即光圈、焦距和拍摄距离。光圈越大，景深越小，反之越大；焦距越长，景深越小，反之越大；距离拍摄主体越近，景深越小，反之越大。

21. 三原色

三原色由三种基本原色红、绿、蓝构成。原色是指不能通过其他颜色的混合调配而得出的"基本色"。以不同比例将原色混合，可以产生出新的颜色。因此我们所见的色彩空间通常可以由三种基本色所表达，这三种颜色被称为"三原色"。

22. 声画同步

指的是声音和画面内容一致，画面表现到什么地方，声音就停留到什么地方，对话补充人物活动内容、音乐节奏和听觉节奏相符，自然音响和环境协调，声和画是一个整体，观众在看其画时又闻其声，达到视听互补的艺术效果，它加强了画面的真实感，提高了视觉形象的感染力。

23. 声画对位

指声音和画面内容并不一致，它与声画同步相反。又分两种情况，即声画对立和声画并行。声画对立，指的是声音和画面内容相悖相反，声音不是画面的附属或补充，而是从相反的方向去挖掘人物的内心活动，或营造某种情绪，暗示某种思想。声画并行，并行即平肩而行，指声音和画面内容既不相辅相成，也不相对立，而是双车轨道，各行其道，就像两条平行线，各自朝各自方向延伸，这种组合可以增加容量，有时可生发新意。

24. 声音串位

声音先于画面或后于画面出现，形成声画对位上的时间差，这便称为声音串位，它又分串前和串后。

25. 平行蒙太奇

平行蒙太奇，又称并列蒙太奇。指两条以上的情节线并行表现，分别叙述，最后统一在一个完整的情节结构中；或两个以上的事件相互穿插表现，揭示一个统一的主题或一个情节。这几条情节线、几个事件，可以是同时同地，也可以是同时异地，还可在不同时空里进行。平行蒙太奇可以概括叙事，节省篇幅，扩大影片的信息量，加强影片的节奏。另外，平行蒙太奇中的几条线索并列表现，相互烘托，形成对比，易于产生强烈的艺术感染效果。

26. 表现蒙太奇

表现蒙太奇是以相连的或相叠的镜头、场面、段落在形式上或内容上的相互对照、冲击，产生比喻、象征的效果，引发观众的联想，创造更为丰富的涵义，从而表达某种心理、思想、情感和情绪。主要包括隐喻蒙太奇、象征蒙太奇、心理蒙太奇和对比蒙太奇等。

27. 心理蒙太奇

通过镜头组接或声画的有机结合，直接而生动地展示人物的心理活动、精神状态的蒙太奇手法。常用来表现人物的闪念、回忆、梦境、幻觉、想象甚至潜意识，在电影中善于描写人物的心理，呈现人物内心世界的变化。

28. 主旋律电影

主旋律电影是指能充分体现主流意识形态的革命历史重大题材影片和与普通观众生活

相贴近的现实主义题材，弘扬主流价值观、讴歌人性人生的影片。它以弘扬社会主义时代旋律为主旨，激发人们追求理想的意志和催人奋进的力量，在价值观念上，更多地承载着当今社会的积极向上的主流意识形态。主旋律代表影片有：《大决战》《开国大典》《建国大业》《周恩来》《任长霞》等。

29. 纪录片

纪录片是以真实生活为创作素材，以真人真事为表现对象，并对其进行艺术加工与展现的，以展现真实为本质，并用真实引发人们思考的电影或电视艺术形式。纪录片的核心为真实。根据纪录对象和表现手法的不同，可以分为历史纪录片、传记纪录片、新闻纪录片、生活纪录片、人文地理片和专题系列纪录片等。

30. 电影文学剧本和分镜头剧本

电影文学剧本是影片摄制的基础，其审美价值是未来影片总的艺术价值的重要前提，是影片导演和摄制组进行再创作的依据。

电影分镜头剧本，又称"导演剧本"，是将影片的文学剧本内容分切成一系列可以摄制的镜头，以供现场拍摄使用的工作剧本。分镜头剧本是导演为影片设计的施工蓝图，是影片摄制组各部门理解导演的具体要求，也是制定拍摄日程计划和测定影片摄制成本的依据。

31. 电影院线

简称"院线"，是指电影放映行业一种具有垄断性的经营体制。经营者为发展和保护其经营利益，在某些城市或地区，掌握相当数量的电影院，建立放映网络，借以垄断某国或某一电影制片公司新版影片的公映。

32. 植入式广告

植入式广告是指把产品及其服务具有代表性的视听品牌符号融入影视或舞台产品中的一种广告方式，给观众留下相当的印象，以达到营销目的。植入式广告是随着电影、电视、游戏等的发展而兴起的一种广告形式，它是指在影视剧情、游戏中刻意插入商家的产品或标志，以达到潜移默化的宣传效果。由于受众对广告有天生的抵触心理，把商品融入这些娱乐方式的做法往往比硬性推销的效果好得多。

33. 电影预告片

电影预告片是指电影未上映之前将精华片段，经过刻意安排剪辑，以便制造出令人难忘的印象，而达到吸引人的效果的电影短片。预告片属于电影的广告，是电影营销的一部分。预告片不是把电影所有的精华片段凑在一起就完事了；它也有自己的流程，剪辑、合成、特效等，和一部电影的后期制作是一样的。而且，预告片更需要好的创意去包装，通常分为制作先行版、剧情版、加长版等。

34. 电影音乐

电影音乐是在影片中体现影片艺术构思的音乐，是电影综合艺术的有机组成部分，可分为无声源音乐和有声源音乐，通常一部电影会有多首音乐相衬，以更好地衬托出电影需要表现的内容。它在突出影片的抒情性、戏剧性和气氛方面起着特殊作用。电影音乐已经成为一种新的现代音乐体裁。

第二章 外国电影概述

第一节 电影的诞生

一、电影起源

电影诞生于 19 世纪末并非偶然，它与现代科学新观念和相关技术的发展息息相关。电影的诞生，经历了欧洲许多科学家、发明家，甚至模仿者的漫长的实验过程，他们在对运动的光学幻觉所进行的科学探索与实验，在时间上可以追溯到 19 世纪初。视觉滞留、摄影术、放映术等一系列理论及技术实验使物质现实的空间形式得以复原。从而使人类又一次获得了一种全新的感知世界的经验，获得了一种全新的影像思维的方式。

法国的卢米埃尔兄弟，他们对世界电影事业的贡献，在于成功地设计并制造出了摄影、放映、洗印三用的当时性能最佳的活动电影机，给电影机械的发明画上了句号。

二、卢米埃尔兄弟的"活动电影"

1895 年 12 月 28 日，法国的卢米埃尔兄弟在巴黎卡普辛路 14 号一家名为"大咖啡馆"的地下室里首次公开放映了他们拍摄的电影史上的第一批电影：《火车进站》《水浇园丁》《工厂大门》等十余部短片。从此，电影诞生了。虽然这些电影都很短，都没有声音、没有情节，但却解决了电影的基本技术——让图片变活。

卢米埃尔兄弟采取的是现实主义的创作态度。他们摆脱了"照相馆"摄影师所具有的封闭的人为空间的束缚，迈向了广阔、开放的自然空间。作品的内容，也是更为努力的去表现和复制现实生活中实际存在的事情和生活，而不是专门去为摄影机安排和搬演虚构的事情和生活。比如，由卢米埃尔兄弟最初拍摄的短片：《火车进站》《水浇园丁》《工厂大门》《烧草的妇女们》《出港的船》《代表们登陆》《警察游行》等，就直接地表现了那些上下火车的旅客、下班工人、劳动中的妇女、划船出海的渔民、登岸的摄影师和街头行进中的警察等等。在这些作品中，卢米埃尔兄弟真实地捕捉和纪录了现实生活的场景，使人们看到了自己身边的那些真切的生活和熟悉的人群。正如乔治·萨杜尔所说：从路易·卢米埃尔的影片中人们了解到，电影可以是"一种重现生活的机器"，而不是像爱迪生的"电影视镜"那样，仅仅是一种制造动作的机器。

在形式上，卢米埃尔兄弟的影片，大都是由一个固定视点的单镜头拍摄而成的。绝大多数影片都是在纪录着周围世界的运动，他无意让"活动电影"成为一种叙事艺术，但这种"照相性"被后来的理论家视为电影的本性，因此卢米埃尔兄弟可以说是电影纪录片的先驱，其影片也成为研究电影美学的起点。

三、乔治·梅里爱的"银幕戏剧"

法国的梅里爱曾是卢米埃尔影片的第一批惊奇的观众，但后来梅里爱偶然中发现了电影的一些特技，如停机再拍、透视合成、升降格等，于是运用特技拍了许多"电影魔术片"，梅里爱最终走上了一条与卢米埃尔兄弟截然不同的创作道路。

在梅里爱看来，电影是一个可以按照创作者的意志来观察、解释现实的新方法，具有突破时空束缚的无限可能性。他几乎把发现和利用电影特技的本身当成了目的，他对于电影特技的发明与创造，为电影独特的表现形式作出了一定的贡献，给予后人以极大的启示。

《贵妇人的失踪》是梅里爱运用"停机再拍"技术手段所拍摄的第一部影片。科幻探险片《月球旅行记》是梅里爱戏剧式电影的代表作。1897年，梅里爱在蒙特利尔建立了世界上第一个摄影棚。

梅里爱的电影也带有时代局限性。梅里爱系统地将绝大部分戏剧上的方法如剧本、演员、服装、化妆、布景以及场或幕的划分等，应用到电影上来，形成了他"银幕即舞台"的美学观念。虽然，梅里爱的影片在电影技巧方面同戏剧舞台演出存在着很大的区别，但是，观众所面对的银幕空间仍旧隶属于舞台的结构空间。在他企图证实电影不是一个"重现生活的机器"的同时，他却没有能够摆脱那个戏剧时代、自身文化背景和传统舞台观众对于他的束缚。

在电影的初创期，卢米埃尔兄弟和梅里爱便截然不同地代表着两种倾向、两种风格。在卢米埃尔看来，电影无非是一种"科学珍品"，运用于艺术并不是目的，他们的口号是"再现生活"；而梅里爱则认为，电影能够创造艺术，"银幕即舞台"可以"改变生活"。卢米埃尔表现现实生活完全是写实的、纪录性的；梅里爱表现"银幕戏剧"却是幻想的、浪漫主义的。卢米埃尔倾向自然、模拟现实，是再现主义的；梅里爱倾向技术、改变现实，是表现主义的。卢米埃尔可称之为电影纪录片的先驱；梅里爱则可称之为电影故事片的先驱。

四、欧洲的两种倾向

1. "布莱顿学派"的美学探索

1900年左右，在英国的海滨城市布莱顿，曾出现了世界电影史上最早的一个电影流派——布莱顿学派，代表人物有威廉逊和斯密士。他们主张像卢米埃尔兄弟那样，在露天场景中创造"真实的生活片断"，而不是像梅里爱那样局限于传统的艺术观念，纪录戏剧舞台的表现形式，从而拍摄出20世纪初最富有想象力的一批影片。代表作有《祖母的放大镜》《中国教会被袭记》等。

布莱顿学派的主要贡献：对于电影的表现形式、电影语言技巧的使用进行了一系列的实验。创造性地运用蒙太奇手段，发现了电影独特的思维表达方式，最早确立了分镜头概念，内景和外景结合，交替使用不同景别的镜头。总之，布莱顿学派所体现出来的美学追求，真正使影片朝着电影艺术的方向迈进了关键的一步。

2. 艺术电影运动

在法国，电影诞生十余年之后形势发展很快，这时，一个自称为"艺术影片"的制片公司，决定要把更为严肃的艺术性带到电影当中来，要把那些伟大的文学家、音乐家、戏剧舞台艺术家的作品拍成电影。1908年，由"艺术影片公司"拍摄的《吉斯公爵的被刺》，就是最成功的范例。

在"艺术电影运动"中，欧洲一些国家拍摄出来的一些所谓优秀的艺术影片，大多是根据大仲马、巴尔扎克、雨果、莎士比亚的情节剧改编后，搬上银幕的。这些影片注重精心地安排富有戏剧性的场面，而缺少摄影技法的使用和场景转换的手段，缺乏视觉的表现力和电影语言的应用。

法国人是最先把电影当作一门艺术来看待的。然而，艺术电影运动的创作倾向与原则，不过是在梅里爱的"银幕戏剧"电影观念上更加完善、更加精致、更加壮观的发展。十分明显，艺术电影运动不是对于电影艺术的探索与发展，而是将"旧瓶与新酒"的关系颠倒过来，沉醉于传统美学的审美意识状态之中，是对于电影作为一门独立的艺术形式，在美学观念上所作出的根本否定。

第二节　电影叙事形式的发展

一、鲍特及《火车大劫案》

20 世纪初，美国的埃德温·鲍特所进行的富有想象力的、有价值的影片创作，为美国叙事性电影开辟了道路。

鲍特最轰动也是最有成就的影片是《火车大劫案》（1903 年），这是电影史上第一部具有里程碑意义的作品，被誉为世界上第一部警匪片。

《火车大劫案》确立了剪辑的原则，即挑选和连接分散的镜头以制作成完整的影片。在镜头之间时空交错的切换技巧的表现上，影片创造性地发展了电影叙事的流畅性和连贯性，在艺术上和商业上取得了巨大的成功，曾占据美国银幕达十年之久，为"西部片"在美国的统治地位打下了良好基础。

二、格里菲斯的电影叙事观念

美国的格里菲斯是电影艺术史上第一个伟大的艺术家，他对电影叙事语言的贡献，不仅表现在他如何全面、系统、熟练地使用了从特写到远景、或是摇镜头和移动镜头等一系列的视觉镜头语言，更重要的是他"确立了以镜头作为电影时空结构的基本构成单位"的原则。这一原则事实上成为我们现代电影分镜头和剪辑的基础。正像人们通常所说的那样：在格里菲斯以前，电影只是一些拼凑的字母，而从格里菲斯这里，电影开始有了银幕的句法。

具体来说，格里菲斯所创造的"银幕的句法"就是全新的镜头语言——蒙太奇。格里菲斯把电影分成若干段落，完成了电影的基本叙事结构，即形成镜头—场景—段落—影片的关系，将电影从简单的纪录层面提升到了复杂的叙事层面，使电影真正成为一门独立的艺术。格里菲斯创造的"最后一分钟营救"至今仍被电影人广泛应用。

格里菲斯通过两部巨片《一个国家的诞生》（1915 年）和《党同伐异》（1916 年）实现了他的艺术理想，在世界电影发展史留下了浓墨重彩的一笔。

三、卓别林的"喜剧片"叙事

从某种意义上讲，默片时代是喜剧片的时代，更是美国喜剧片的黄金时代。在格里菲斯开创电影叙事形式的同时，美国电影的喜剧叙事形式也应运而生。麦克·赛纳特是美国喜剧片的创始人。

举世闻名的查尔斯·卓别林是为默片喜剧作出最大贡献的喜剧大师。他曾以鲜明的银幕形象、深刻的社会批判价值和独特的电影喜剧观念，成为全世界人们所爱戴的喜剧明星。从 1919 年开始，卓别林独立制片，此后一生共拍摄八十余部喜剧片，其中在电影史上著名的影片有《淘金记》《城市之光》《摩登时代》《大独裁者》《凡尔杜先生》《舞台生涯》《寻子遇仙记》等。

卓别林的电影创作特征：

（1）影片有着深刻而尖锐的现实主义批判精神。

（2）影片大都是带有悲剧色彩的喜剧，"含泪的微笑"使悲喜交集达到高度的融合。

（3）他用艺术夸张手法构成情节和人物动与静的造型，因而在创作上实现深刻的现实主义和卓越的浪漫主义相结合。

第三节　欧洲先锋派电影运动

第一次世界大战之后欧洲电影业开始恢复。20 世纪 20 年代世界电影艺术的中心从美国转回到欧洲。从 1917 ～ 1928 年的十年间，德、意、法在电影美学的探索中出现了众多的电影流派和学派，构成了一种极为复杂的电影文化现象，汇集成一场空前的电影美学运动。这一运动本身并不以商业营利为目的，而主要是对默片纯视觉形式的美学形态和表现功能进行各具风格的实验和探索。主要流派有印象主义、表现主义、抽象主义、超现实主义等。他们表现出一些共同性的美学特征如反叙事、非理性、抽象性等。

1. 印象主义电影

电影史学家将印象主义称作"第一先锋派"，其中心人物为路易·德吕克。其中被德吕克称为"印象派最典型的代表"的莱皮埃拍摄的《黄金国》（1921 年），冈斯拍摄的《年轮》（1924 年），以及德吕克编剧、杜拉克导演的《西班牙的节日》（1922 年）等影片，都是印象主义电影的代表作。

2. 德国表现主义

以影片《卡里加里博士》（1920 年）为标志，这部影片是表现主义的代表作，又是先锋派电影的代表作，是电影史上被人谈论的最多的影片之一。表现主义以现实场景作为表现素材，但他们所要表现的是一个纯精神的世界，而不是客观世界。表现主义所提供的视觉形象，是主观观察到的世界，是人的直觉感受和主观创造。而人的内心是一个深不可测的、充满着多种复杂因素的黑洞，因此他们所追求的是那种原始的、非实在的视觉效果，不合比例的、非对称的构图及明暗对比强烈的色彩。

3. 抽象主义电影

抽象主义电影在内容上往往无主题，一般表现抽象的物体，追求奇异效果的怪诞表演，而且向传统的叙事模式挑战，完全摒弃了情节和叙事的逻辑性。法国抽象主义的主要作品有曼·雷伊的《回到理性》(1923年)、费尔南多·莱谢尔的《机器的舞蹈》(1923年)和雷内·克莱尔的《幕间休息》(1924年)。

4. 超现实主义电影

超现实主义艺术家视艺术创造为一种偶然性的启示或悲剧式的预言。他们热衷于表现病理感受、病态情欲和人们的迷狂状态。超现实主义电影是以谢尔曼·杜拉克导演的《贝壳与僧侣》(1927年)一片的公开上映作为开端的。而它的顶点则是由路易斯·布努艾尔和萨尔瓦多·达利合作的《一条安达鲁狗》(1928年)达到的。布努艾尔在此片之后拍摄的第二部影片《黄金时代》直接批评和揭露了资本主义，超现实主义通过这些影片表达了对各种性压迫和政治压迫的反抗。

5. 苏联蒙太奇学派

苏联蒙太奇学派是欧洲先锋主义电影运动中涌现出来的一个最为重要的电影学派。20世纪20年代，苏联一批电影艺术家如普多夫金、爱森斯坦、库里肖夫等从理论和实践上总结了蒙太奇。蒙太奇理论的总结，使电影有了自己的独特手法，使电影真正成为一门独立的艺术，并给后来的电视和原有的艺术门类以巨大的影响。蒙太奇理论学派的代表人物爱森斯坦1925年摄制的《战舰波将金号》是实践蒙太奇理论的著名电影作品。其中"敖德萨阶梯"段落，被视为视觉节奏的典范。另外，还有普多夫金的代表作《母亲》。

6. 纪录电影学派

格里尔逊（英国） 20世纪20年代第一次正式提出"纪录片"这个概念，并拍摄了著名纪录片《漂网渔船》(1929年)。格里尔逊组织并领导了30年代英国纪录电影运用。

弗拉哈迪（美国） 世界纪录电影之父。其于1921年摄制的纪录片《北方的纳努克》被誉为世界纪录电影史光辉的起点。影片以爱斯基摩人为拍摄对象，以一个家庭的生活为线索，纪录其祖辈生活的方式，传达出一种亲情和更高层次的人类普遍情感。另有代表作《路易斯安那州的故事》。

维尔托夫（苏联） 苏联纪录电影的奠基人。1922～1924年，维尔托夫主编电影杂志《电影真理报》，并以此为中心，形成了一个实验性团体"电影眼睛派"，拍摄了经典纪录电影《带摄影机的人》。

伊文思（荷兰） 自20世纪20年代开始一直到80年代，伊文思在世界各地拍摄了大量的纪录片，如纪录比利时煤矿工人大罢工的《博里纳日》、反映西班牙战争的《西班牙的土地》、表现中国抗日战争的《四万万人民》和纪录第二次世界大战的《认识你的敌人：日本》等，故有"飞行的荷兰人"的美誉。同时，也因为他的纪录片大多表现了无产阶级和第三世界人民反抗压迫和侵略的斗争及其生活，表现了他对于共产主义理想的追求，从而也使他成为纪录电影历史上最具争议的人物之一。

第四节 美国好莱坞"黄金时代"

一、有声电影的兴起

电影史上，最初把声音带入电影的是美国人。1927 年 10 月 6 日，由华纳兄弟公司拍摄的第一部有对白的电影《爵士歌王》首映，标志着有声电影的诞生。1928 年同样由华纳公司推出的《纽约的灯光》被认为是第一部"百分之百的有声片"。

有声电影代表了电影发展的方向，声音的出现加快了电影叙事的节奏，增加了内容，丰富了内涵，拓展了表现力。而正是因为有了声音，才出现了 20 世纪三四十年代最流行的片种——歌舞片，才给强盗片增加了新的内容——枪声、打斗声、器物的破裂声等。而更关键的是，有声电影为好莱坞"大工厂化"生产制度的出现和确立起了重要的催化作用，当他们发现有声片可以谋取更大利润的时候，好莱坞的决策人便更加确信电影是一种完美的工业化的娱乐商品。

二、好莱坞电影

20 世纪三四十年代，电影创作中心开始从欧洲转向美国。好莱坞戏剧化电影与类型电影理论成为世界电影发展的中心。

好莱坞在美国西海岸名城洛杉矶的郊外，是美国电影制作中心，也是世界最著名的电影拍摄基地，被誉为"世界影都"。1907 年，导演弗朗西斯·伯格斯到洛杉矶拍摄《基督山伯爵》时发现了好莱坞。从 20 世纪初起，这里逐渐成为拍摄基地，先后建立起几十家电影公司。1928 年，好莱坞已经形成了八大影片公司（即福克斯、米高梅、派拉蒙、华纳、联美、环球、哥伦比亚、雷电华）一统天下的局面。好莱坞也无形中成为美国电影的代名词。

在好莱坞的鼎盛时期，制片厂体系和制片厂制度得到了进一步的完善和发展，主要表现在三个方面：高度精细的组织分工、制片人制度和明星制度。

这期间在好莱坞影片创作中占统治地位的是类型电影，类型电影就是按照不同的类型的规则要求创作出来的影片，实质上它是一种艺术产品标准化的规范。类型片是好莱坞制片制度的产物，它从商业和票房的角度进行影片生产，并在大量的艺术实践中建立并完善了一整套电影创作方法。在 20 世纪三四十年代，好莱坞最突出的类型电影有喜剧片、西部片、强盗片和音乐歌舞片。（"类型电影"介绍详见本部分第五章）

经典电影时期，好莱坞电影的艺术特征，即戏剧化的故事结构、类型化的人物形象和自然流畅的连续性剪辑。

（1）戏剧化的故事结构。经典好莱坞电影在结构故事和展开情节方面明显地以戏剧化作为基础。故事情节充满戏剧的冲突，故事结构完整封闭，故事发展逐次递进直到结尾的高潮并总离不开大团圆的结局。代表作如《卡萨布兰卡》《魂断蓝桥》等。

（2）类型化的人物形象。在戏剧化故事情节结构模式确立之后，好莱坞经典叙事的人物形象构成也自然呈类型化的倾向。根据戏剧冲突原则，人物形象被确立为正反两个阵营——正面人物和反面人物。例如西部片总有代表正义和法制的警长及贪婪野蛮的印地安人，警匪片总有司法和犯罪的对峙。

（3）自然流畅的连续性剪辑。好莱坞经典叙事系统的核心是连续性剪辑，连续性剪辑代表了好莱坞经典叙事的特征，是好莱坞制造梦幻和欢笑的基本前提。

三、奥逊·威尔斯的《公民凯恩》

奥逊·威尔斯似乎是一个好莱坞的陌生人，他以不寻常的电影观念，以纯电影化的角度，形成了《公民凯恩》的影片叙事，形成了好莱坞叛逆者的艺术家形象。

《公民凯恩》称得上是美国第一部现代主义杰出电影作品。影片在叙事结构、主题、镜头运用、灯光照明、剪辑和声音等方面，几乎都与好莱坞的类型电影观念形成了极为明显的反差。威尔斯在影片中所体现出的实验和探索精神，以及对于电影美学所作出的杰出贡献，使他在世界电影史中留下了辉煌的足迹。

第五节　法国诗意现实主义电影

20世纪30年代的法国诗意现实主义电影，继承了20年代先锋主义电影运动中的创新精神和实验精神。优秀的法国电影艺术家们，以充沛的精力接受了电影声音的挑战。最突出地活跃在法国影坛上的有：富有幽默喜剧精神的雷内·克莱尔，使普通人的题材复活的让·维果，以及擅长贵族题材的让·雷诺阿，等等。他们所共同创造、形成的法国诗意现实主义电影流派，至今仍被人们认为是最具有法国特色的电影流派。

一、法国诗意现实主义电影的先驱

雷内·克莱尔是法国诗意现实主义电影的先驱。他以幽默讽刺的法国韵味和对电影美学、电影语言独特的探讨和实践，充当了20世纪30年代法国诗意现实主义的开路先锋。有声电影初期他导演的影片有：《巴黎屋檐下》（1930年）、《百万法郎》（1931年）、《自由属于我们》（1932年）和《七月十四日》（1933年），被称作他在这一时期的"四部曲"。

让·维果同克莱尔一样是诗意现实主义的先驱人物。他的社会纪录片《尼斯景象》（1930年）、《零分操行》（1932年）和《驳船阿塔兰特号》（1934年）都获得了一致好评。

二、诗意现实主义电影的发展

法国诗意现实主义电影的象征与真正首领是让·雷诺阿。他所拍摄的《托尼》（1935年）和《朗吉先生的罪名》（1936年）被认为是"法国电影的转折""标志着法国电影的复兴"。他拍摄了这一时期最重要的影片《大梦幻》（1937年）和《游戏规则》（1939年），成功地运用了景深镜头和长镜头的叙事手法，形成了一整套系统的电影语法，并在很大程度上影响了现代电影银幕的创作。景深镜头和长镜头的确立与使用，对于"电影本体论"的发展作出了极大的贡献。

第六节　苏联社会主义现实主义电影

　　20世纪四五十年代，曾是苏联电影发展史上的一个重要时期。社会主义现实主义创作方法的提出，以及苏联电影艺术家们在这一方法的指导下所进行的创作实践，曾在世界电影史的发展中产生过极大的影响。其创作方法是一种不容忽视的电影思想和电影文化现象，它成为有声电影以后，世界电影趋向于现实主义美学追求的极为突出的一部分。

一、社会主义现实主义的提出

　　1933年，高尔基发表了"论社会主义现实主义"的文章。1934年4月，在经历了第一个五年计划之后的苏联文学界，召开了第一次全苏作家代表大会，社会主义现实主义的创作原则从此被明确在作家协会章程中。在章程中曾这样写到："社会主义现实主义，作为苏联文学与苏联文学批评的基本方法，要求艺术家从现实的革命发展中真实地、历史具体地去描写现实。同时，艺术描写的真实性和历史具体性必须与用社会主义的精神，从思想上改造和教育劳动人民的任务结合起来。"这个首先由文学界提出的社会主义现实主义创作方法，便成为此后半个世纪苏联电影创作的核心指导原则。

二、社会主义现实主义电影的奠基之作——《夏伯阳》

　　社会主义现实主义的创作方法，要求苏联电影工作者更真实、更具体地去描写苏联的社会现实。要去创造一种"为大众的艺术"，而不是具有抽象意念的知识分子的艺术；要去表现富有社会内容的内在冲突，而不是强调形式主义的外在冲突；要去具体地刻画人物形象，而不是仅限于即兴的人物速写。

　　1934年，苏联社会主义现实主义电影创作的里程碑之作《夏伯阳》问世。这部由瓦西里耶夫兄弟导演的影片，在苏联国内引起了极大轰动。《夏伯阳》的成功，标志着苏联电影创作以及文艺创作进入了一个新的阶段——真正地走向社会主义现实主义创作的新阶段。《夏伯阳》也成为苏联电影史两个时期的重大分界线，它既是最初15年即苏联革命形成时期的总结和顶峰，同时又为新的时期即社会主义现实主义电影艺术的确立和繁荣时期的到来奠定了基础。

三、社会主义现实主义电影创作的高潮期

　　在《夏伯阳》影片成功的鼓舞下，20世纪30年代后半期，苏联社会主义现实主义的电影创作进入了一个新的高峰时期。这一时期的代表作品有：《列宁在十月》（1937年）、《列宁在1918》（1939年）、"高尔基三部曲"（1938年、1939年、1940年）、"马克辛三部曲"（1935年、1937年、1940年）等。在这些作品中，我们看到了社会主义现实主义的魅力，这与我们在前面讲到的好莱坞的"梦幻的现实"不同，与我们讲到的法国的"诗意的现实"也不同，苏联电影艺术家们不是追求华美的形式，而是寻求一种最为朴实的现实主义风格。

　　但是，在30年代后半期的苏联电影中，存在着一个极为明显的问题，这就是从《夏伯阳》

影片开始的那种突出英雄人物的描写，体现了歌颂"历史上的丰功伟绩"、歌颂"伟大的事件"、歌颂"伟大的人物"的总体创作倾向，伴随着斯大林"个人迷信"的泛滥，这种倾向便成为 20 世纪 40 年代末、50 年代初，苏联电影社会主义现实主义的创作方法走向公式化、概念化的根源。

四、社会主义现实主义的新发展

1954 年，第二次全苏作家代表大会召开，时隔整整 20 年。会上总结了社会主义现实主义在这 20 年中的发展经验和教训，提出了：反对粉饰现实、遮蔽现实；反对公式化、概念化；反对"个人迷信"的文艺创作。苏联电影创作又开始出现了一个活跃时期。

这一时期杰出的电影代表作品有：《雁南飞》（1957 年）、《一个人的遭遇》（1950 年）、《士兵之歌》（1959 年）、《伊凡的童年》（1962 年）等。这些影片以饱经战争创伤的小人物、普通人为银幕主人公，并将作品与揭露"战争的真实"结合起来，试图全面地、真实地揭露战争对于个人生活所带来的灾难和深远影响，从而揭示战争的残酷和对人性的践踏，体现了这一时期电影创作的新变化。上述战争题材的影片获得了空前的成功，并得到了世界范围内的认可。

20 世纪 70 年代，苏联社会主义现实主义电影的代表作有《这里的黎明静悄悄》（1972 年）等。

20 世纪 80 年代末、90 年代初，苏联国内政治形势发生了根本的变化，作为艺术创作的"社会主义现实主义"的方法也随之终结。

第七节　意大利新现实主义电影

意大利新现实主义电影在"二战"后兴起，成为西方电影在这一时期最为重要的电影现象。意大利新现实主义鲜明的美学特征，标志着有声电影以来电影趋向现实主义美学追求的最突出的成就。同时，他们还改变了西方电影与美国电影之间的力量比较，并向传统的戏剧电影挑战，创造出更为电影化的艺术作品。意大利新现实主义，是一次从内容到形式的彻底的美学革命，是继先锋主义电影运动之后，在世界电影史上所出现的第二次电影美学运动，对于世界电影的发展产生了极其深刻的影响。

一、意大利新现实主义的先驱人物——罗西里尼

意大利新现实主义电影运动从 1945 ～ 1956 年持续了 11 年，一般认为，作为最初的创作宣言，是从罗伯托·罗西里尼的《罗马，不设防的城市》（1945 年）开始的。由于这部影片的出现，根本地改变了意大利电影的创作道路和思想，人们便把罗西里尼称作为意大利新现实主义的先驱人物，而《罗马，不设防的城市》则成为新现实主义电影的奠基之作。

二、意大利新现实主义的代表人物及作品

德·西卡是新现实主义最有代表性的导演之一，他的《偷自行车的人》（1945 年）是新

现实主义杰出的代表作，影片体现出新现实主义的全部美学原则。

因拍摄《沉沦》而被誉为"新现实主义之父"的维斯康蒂 1948 年推出的《大地在波动》，被认为是一部最全面最彻底地贯彻了新现实主义电影创作原则的影片，是一部最严格意义上的新现实主义电影。

新现实主义另一位重要的创始人吉斯帕·德·桑蒂斯，也是这一流派的坚定不移的捍卫者，他的《罗马十一时》（1952 年）和《橄榄树下无和平》（1956 年）为世人称道。

在新现实主义影片的创作中，还有一个非常重要的代表人物，他既是新现实主义的倡导者、理论家，同时又是杰出的剧作家——柴伐梯尼。他喊出了两个重要的口号，即"还我普通人"和"把摄影机扛到大街上"，前者表现在一种内容上的追求，后者则是一种方法和手段的特点，形象地概括了新现实主义电影的主要创作倾向和美学追求。

三、意大利新现实主义的美学特征

新现实主义电影的最大功绩，在于创立了一种与好莱坞电影相对立的新的电影美学，即纪实主义电影美学，这种美学直接启示了巴赞的长镜头电影理论，并且对后来的电影创作产生了积极而深远的影响。

1. 纪录性

新现实主义的电影艺术家们，对于现实的密切关注，对真实事件与人物的再现，继承和发展了在它之前写实主义的电影传统，并为随之而来较为完整的写实主义电影美学体系奠定了坚实的基础。

2. 实景拍摄

新现实主义电影工作者的口号是：将摄影机搬到大街小巷上去，在实际空间中进行拍摄。而在此之中，摄影机跟随着人物在实际空间中的运动，正是电影在空间观念上的突破，它使得传统的场面调度的观念随之淡化，而使真实的空间形式得以表现出来。

3. 长镜头的运用

在新现实主义的代表作品中，长镜头的运用作为表现空间真实的手段，起到了突出影片形式与风格的独特作用。

4. 非职业演员的运用

非职业演员的大量运用，进一步凸显了新现实主义电影的纪实美学追求。

四、意大利新现实主义的演变

费里尼和安东尼奥尼，是从意大利新现实主义电影中学徒出来的。但是，在他们以后的创作和发展中却形成了与新现实主义所不同的风格，他们甚至以新现实主义为反命题而进行创作。

费里尼的代表作是《八部半》（1963 年）。这部现代派的经典之作在剪辑上的时空跳跃形成了一种独特的风格，即被人们称作"意识流"的风格，得到后人的高度评价。

安东尼奥尼提倡内在的写实主义，作品关注人的精神状态的病态和异化。重要的代表作品，如"情感三部曲"《奇遇》（1960 年）、《夜》（1961 年）、《蚀》（1962 年），《红色沙漠》

（1964 年），《放大》（1966 年）等。其中《红色沙漠》在世界电影史上是非常重要和突出的影片，影片中对于色彩大胆、反现实的运用，令电影评论界赞叹不已。20 世纪 70 年代，安东尼奥尼受邀访问中国，拍摄了纪录片《中国》。

第八节　民族电影兴起中的日本电影

第二次世界大战之后，世界电影的新变化突出地反映在民族电影的蓬勃兴起之中。首先是意大利新现实主义的崛起和冲击，随后在其他的国家中又涌现出许多新思想和新人才，大大地削弱了美国电影的国际市场和威望。在 20 世纪 50 年代民族电影的发展中，世界电影纪录了走在最前列的日本电影。

一、20 世纪 50 年代日本电影的黄金时期

1951 年，黑泽明的《罗生门》"一飞冲天"征服了西方，轰动了世界，使得日本电影在国际影坛骤然上升到显著的地位。在以后的几年里，日本电影连连在西方国际电影节上获奖：1952 年，沟口健二拍摄的《西鹤一代女》在威尼斯电影节上获导演奖；1953 年，沟口健二拍摄的《雨月物语》和五所平之助拍摄的《烟囱林立的地方》，分别在威尼斯和柏林电影节上获奖；1954 年，衣笠贞之助拍摄的《地狱门》获戛纳电影节大奖，同年黑泽明拍摄的《生之欲》获柏林电影节大奖，黑泽明拍摄的《七武士》、沟口健二拍摄的《山椒大夫》同时在威尼斯电影节上获奖；1956 年，市川昆拍摄的《缅甸的竖琴》在威尼斯电影节上获奖；1957 年，今井正拍摄的《暗无天日》在莫斯科电影节上获奖；1958 年，稻垣浩拍摄的《不守法的阿松的一生》在威尼斯电影节上获奖。这的确是一个惊人的纪录，世界电影便从此记载了走在民族电影最前列的日本电影。

无可争辩的是，战后日本电影无论在西方人还是东方人面前，都独树一帜地展示出了它那奇特、神秘的艺术空间。日本电影大师们在他们的作品中，对于民族传统及文化特别的"关照"意识，给予了人们全新的、强烈的视听感受。

日本文化中对生与死、时间与空间、人的社会责任与生存状态的探讨，都有着独特的理解和解释。日本电影的审美倾向大致概括为：简洁、朴素；结构松散、情节进展缓慢；人物性格通常内敛、坚韧；自然主义传统依然是主导倾向。

1. 黑泽明的《罗生门》及其电影观念

黑泽明的《罗生门》获得了 1951 年威尼斯电影节金狮奖，使日本电影进入了一个新世纪，而他本人由此成为战后日本最重要的导演。其他的重要作品还有《姿三四郎》（1943 年）、《无愧于我们的青春》（1946 年）、《七武士》（1954 年）、《乱》（1985 年）、《梦》（1990 年）等。

影片《罗生门》以一宗案件为背景，描写了人性中丑恶的一面，揭示了人的不可信赖和不可知性，然而其结尾的人性化转折又将原有的对整个世界的绝望和对客观真理的疑惑，一改成为最终强调人的可信，赞扬人道主义的胜利和道德的复兴。新颖别致的影片结构，丰富的电影语言技法，使得《罗生门》获得了普遍的赞誉。黑泽明和他的《罗生门》的确是日

本电影史，乃至世界电影史上的一座不朽丰碑。

2. 沟口健二的长镜头

沟口健二是日本电影艺术家中，最早意识到并固守日本传统文化的大师。他的作品展示了一个更为一贯的和单一的视觉风格，一个更为一贯的主题和环境。其中长镜头的运用，形成了他独具特色的电影观念。其代表作有《雨月物语》《西鹤一代女》等。

3. 小津安二郎的民族化

小津安二郎的作品，通常是以现代日本家庭生活作为题材，描写父母和子女之间的情爱和夫妻之间的摩擦与和解等，影片呈现在表面的是一种现代社会的风俗习惯和人情味，然而，这种品味渗透着许多属于民族的宗教、文化和精神心理的体验。小津影片中遵循民族文化、心理的处理方式，在画面构图的视觉形式上形成了极富民族性的特征。小津在近四十年的电影创作生涯中，共拍摄了约五十五部影片，为日本民族电影作出了卓越的贡献。代表作有《东京物语》《秋刀鱼之味》等。

二、日本当代电影的发展

进入20世纪60年代，世界各国电影都面临着法国"新浪潮"及"左岸"派所带来的冲击和电视普及的冲击。在日本，面对来自这两方面的压力，电影艺术家们在努力寻求着新的突破。

日本电影传统的创作手法是：结构松散、节奏缓慢、注重风景、情调悲观。而新一代电影导演一反过去的传统，赋予作品强烈的时代感，从自然风景的描绘深入到人物内心的剖析，简洁明快，标新立异。代表作有：大岛渚的《日本的夜与雾》《青春残酷物语》和今村昌平的《楢山节考》。其中，大岛渚被称为日本新浪潮电影的旗手。

尽管有这些艺术家们的努力，日本电影在20世纪70年代后期仍整体上呈现出不景气状态。但也不乏电影精品，如北野武的《花火》《菊次郎的夏天》《坏孩子的天空》，山田洋次的《寅次郎的故事》《幸福的黄手绢》《远山的呼唤》，宫崎骏的《龙猫》《千与千寻》《天空之城》《幽灵公主》《风之谷》《再见萤火虫》，岩井俊二的《情书》，等等。

第九节　法国新浪潮电影

在法国，从1958～1962年的五年间，大约有二百多新人拍出了他们的处女作，像是一股不可抗拒的汹涌浪潮冲击而来，铺天盖地势不可挡。它创造了法国电影史、也是世界电影史上的奇迹。同时，这不仅改变了法国电影的面貌，也改变了世界电影的面貌。1962年《电影手册》杂志，在特刊上正式使用了"新浪潮"这一名词。"新浪潮"作为一次电影运动被载入史册。

新浪潮电影的主要特征是背离现实主义的传统，"非情节""非结构"，采用"意识流"、内心独白、闪回、倒叙等表现手法，表现人下意识的心理活动；此外，新浪潮电影还片面地强调电影艺术的纪实性，抛弃了现实主义电影的典型化方法，倾向于自然主义。"新浪潮"

由两个松散的派别构成——"电影手册"派和"左岸"派。二者风格大不相同，但都立足于个人表达的原创性呈现。

一、巴赞及其长镜头电影理论

1951年，安德烈·巴赞与雅克·唐尼尔·瓦尔罗泽创办了《电影手册》杂志，该刊物聚集了一群年轻的批评家：特吕弗、让·吕克·戈达尔、克劳德·夏布洛尔、雅克·李维特、埃里克·罗曼等，这些人后来成为"新浪潮"的主要导演，构成了所谓的"电影手册"派。

巴赞在其短暂的一生中写下了大量的电影评论文章，他完整地总结了新现实主义的创作成果，尽管他没有看到新浪潮运动的兴起，但是他的理论为"新浪潮"的出现奠定了基础。他所参与创办的《电影手册》影响了一代人的电影研究。他是在电影史研究、电影理论研究和电影批评研究中最重要、最有影响的人物之一，其主要论文汇集于四卷本《电影是什么》。

在巴赞看来，电影是唯一真正客观、真实再现现实的艺术。一切电影的创作和理论都以此为基础，而不能违背。它准确地保持这个世界的完整和真实，电影中的景深镜头和长镜头是最好的技法。景深镜头保留了事物的整体面貌，长镜头则展现了事物的全部过程，使得观众在这种完整的过程中自由地选择并获取答案。这也是现代电影的精神之一。

二、"电影手册"派——划时代的作者电影

"电影手册"派代表导演及其作品：特吕弗的《四百下》、戈达尔的《筋疲力尽》、夏布洛尔的《漂亮的塞尔其》。

"电影手册"派的艺术特点：叙事模式与情节结构的非经典性；在真实的生活化流程中，加入个人体验和认识的心理色彩；运用大量的长镜头、景深镜头、移动镜头；大量采用自然音响环境，以增加作品的真实感；与传统明星制度相对立，启用了大批不知名的年轻人做演员；采用快速剪辑法，增加视觉的节奏感。

总之，"电影手册"派对电影传统的语言、语法毫不在意。他们采用十分灵活的制片原则，导演不追求该怎么做、不该怎么做，而是追求个人风格，形成了"作者电影"的观念。同时，这种观念影响了德国、日本、美国，甚至全世界。

三、"左岸"派——现实主义的革新派

以此同时，在巴黎有另外一批电影艺术家，也拍出了一批与传统叙事技巧大相径庭的影片。由于他们大都住在塞纳河左岸，因此被称为"左岸"派。主要成员有阿仑·雷乃、玛格丽特·杜拉斯等。

"左岸"派的导演们对"人"及其精神发展过程感兴趣，推动他们走向电影的不是理论评论，而是能加强文学表达方式的电影化手法，因此，他们所创作的电影也被称为"作家电影"。其题材围绕着两个基本的轴：一个是错综复杂的表现时间，另一个是对人的精神作用加以探索。这两大主题互相交错，构成了所有这类影片的脉络。"左岸"派电影由纪录式的外部写实主义转入内心的写实主义，乃至后来演变成外部和内心相混合的写实主义。标榜"作家电影"，既有作者的独特风格，又有十分浓烈的文学色彩，他们以弗洛伊德的心理学、萨

特的"存在主义"和伯格森的"直觉主义"为依据，热衷于自我内心和下意识活动中的各种心理实验。

"左岸"派的影片具有更为浓重的现代主义色彩。代表作品有：阿仑·雷乃的《广岛之恋》（1959年）、《去年在马里昂巴德》（1961年）。

四、"电影手册"派与"左岸"派的比较

（1）从他们各自的成员看："电影手册"派的制作者大都是巴赞创办的《电影手册》杂志的评论员，他们是些影迷，由到电影俱乐部中看影片、在杂志上写评论文章逐步走上影坛；而"左岸"派的制作者们则是聚集在塞纳河左岸的一批文人，不同的经历决定了他们不同的文化水准。一般地讲，"左岸"派导演的文化修养要比"电影手册"派导演高。

（2）从影片主题和手法上看："电影手册"派的作者电影有着强烈的个人传记色彩，而"左岸"派的作家电影反映的却是带有普遍意义的全人类性质的主题；作者电影较多采用"第一人称"的叙事手法，而作家电影则较多采用"第二人称"和"第三人称"来叙事。

（3）从美学追求上看："电影手册"派追求的是向生活靠拢，向真实深入；而"左岸"派电影感兴趣的则是人的精神活动，人的思想，人的内心。

第十节　新好莱坞电影与新德国电影

在法国"新浪潮"电影运动的美学观念的冲击下，世界各国电影或迟或早地都在产生着新的变化。而在这一变化中，最引人注目的是出现于20世纪六七十年代的新好莱坞电影与新德国电影。

一、新好莱坞电影

所谓"新好莱坞"指的是1967～1976年期间，好莱坞电影在经历了意大利新现实主义电影和民族电影兴起的影响之后，在经历了法国新浪潮的冲击之后，在经历了自身从20世纪50年代到60年代的商业影片制作的衰退与电视对电影制作的冲击之后，于60年代后半期和70年代，开始对近亲繁殖的类型电影从形式到主题进行了"反思"，从而完成了从旧好莱坞到新好莱坞的转变。

1967年，阿瑟·佩恩拍摄的影片《邦妮和克莱德》标志着美国新好莱坞电影的诞生。这部电影颠覆了美国电影的强盗片和警匪片的类型模式。而类型模式的破产之日便是作者电影的生成之时。

新好莱坞时期的电影创作有：马丁·斯科塞斯的《穷街陋巷》《愤怒的公牛》《出租汽车司机》《基督的最后诱惑》《纽约黑帮》，弗朗西斯·福特·科波拉的《教父》《现代启示录》，斯坦利·库布里克的《全金属外壳》《发条橙》，乔治·卢卡斯的《美国风情画》《星球大战》，米洛斯·福尔曼的《飞越疯人院》，伍迪·艾伦的《安妮·霍尔》，斯皮尔伯格的《大白鲨》《第三类接触》，等等。

从20世纪70年代到80年代的过渡时期，新好莱坞完成了自己的使命。近十年的时

间，美国每年生产二百部左右的影片，电影与电视争夺观众的竞争已达到平衡。电影保持着10～12亿的观众，并且拥有了自己越来越广阔的海外市场。

二、新德国电影

法国新浪潮电影高潮刚过，欧洲影坛又刮起了一股"新德国电影"的旋风。从 20 世纪60 年代中期到 80 年代，德国几百名以年轻人为主体的导演拍摄了近千部影片，形成了持续不断的创作高潮和声势浩大的电影革新运动。

1962 年 2 月 28 日，26 位年轻的、多数来自慕尼黑的短片导演参加了在奥博豪森举行的第八届西德短片节。在短片节上他们发表了一个宣言，在这个后来被称为《奥博豪森宣言》的文件中，他们发出了"创立德国新电影"的呼吁，并且旗帜鲜明地阐明了他们"要与传统电影彻底决裂""要动用新的电影语言，创立新的德国电影"的主张，断言"德国电影的未来在于运用国际性的电影语言"。他们的言论代表了当时德国最先进的电影观念。

"新德国电影"导演的共同特点是他们几乎都出生于"二战"结束以后，崛起于 20 世纪 60 年代末或 70 年代初，他们大多走"作者电影"的道路，思想活跃，很少受到旧电影传统的束缚。他们不满足于直接描述现实，而希望运用更加丰富多彩的艺术手段表达批判社会、变革现实的愿望。在这批导演中，维尔纳·赫尔措格、福尔克·施隆多夫、赖纳·维尔纳·法斯宾德以及威姆·文德斯是其中的代表人物，他们四人被称为"新德国电影四杰"。

新德国电影运动的重要代表人物是法斯宾德，他的名字在德国家喻户晓，在国外则被看作是"新德国电影"的同义语。其代表影片包括：《玛丽娅·布劳恩的婚姻》《莉莉·玛莲》和《洛拉》。这些影片曾多次荣获联邦德国政府奖及柏林国际电影节奖，并为新德国电影运动赢得了巨大的声誉。

另外，施隆多夫的《铁皮鼓》，赫尔措格的《人认为自己，上帝为大家》，文德斯的《得克萨斯州的巴黎》《柏林上空》也是新德国电影运动的标志性作品。

同新浪潮电影一样，新一代的德国电影人反对电影商业化，主张"作者电影"和"艺术电影"。然而，20 世纪 70 年代中后期，经济危机来袭，电影市场萧条，新德国电影运动偃旗息鼓。到 20 世纪 90 年代，德国电影市场几乎被好莱坞占领，有着先锋运动表现主义、德国室内剧、批判现实主义传统的民族电影也已日渐消亡。

第三章　中国电影概述

第一节　"影戏"——中国电影的奠基（1896～1932年）

一、电影传入中国

1896年（清光绪二十二年）8月11日，上海杂耍娱乐场徐园"又一村"当时放映了几部短片，中国人看见了这种"活动影像"，这是关于电影在中国放映的第一次纪录。中国人把它称为"西洋影戏"或"电光影戏"，以后统称为"影戏"。

此后，欧美各国的商人也来华，在上海、北京、天津等大城市利用电影大赚其钱。1899年，西班牙人雷玛斯也来到上海放映电影，并成为在中国第一个经营电影院的商人。1909年，他在上海建起了中国第一座专业影院——虹口大戏院。

这一时期的影片放映多数在茶楼戏院中，并作为戏剧演出间歇的节目放映，影片类型主要是纪录片、特技片、滑稽片，内容多为外国人的生活场景或事件片断，其中不乏色情和暴力。

二、早期电影短片创作

1. 中国电影的诞生——《定军山》

1905年，北京丰泰照相馆的老板任庆泰（字景丰）拍摄了谭鑫培表演的京剧戏曲纪录片《定军山》，这是中国第一部电影，标志着中国电影的诞生。

《定军山》把电影这一舶来品与中国传统艺术相结合，使电影（影戏）在中国生根并发展开来。影片以戏曲为内容，为影戏传统的发展奠定了开端，并且为电影语言的本土化开了先河。

2. 中国最早的短故事片——《难夫难妻》

1913年，郑正秋编剧、张石川和郑正秋联合导演了《难夫难妻》（又叫《洞房花烛》），这便是中国最早的短故事片。此片已经开始体现出某种叙事潜能，揭开了中国叙事电影的序幕。

3. 第一次在国外放映的短故事片——《庄子试妻》

1913年，黎北海导演、黎民伟自编自演了影片《庄子试妻》，标志着香港电影自主创作的开始，是中国最早的短故事片之一，曾首次被带到国外放映。他的妻子严珊珊在剧中戏份虽不多，却成为中国电影史上第一位女演员。

三、长故事片的创作

1. 中国第一部长故事片——《阎瑞生》

1921 年 7 月，中国第一部长故事片《阎瑞生》问世。影片《阎瑞生》在中国电影史上具有划时代的意义，其影响深远，打破了有声洋片对故事片的垄断，启迪中国电影走出拓荒境地，标志着中国电影发展时期的起步。

2. 第一部引起轰动的国产故事片——《孤儿救祖记》

1923 年 12 月，明星影片公司摄制的长故事片《孤儿救祖记》（编剧郑正秋，导演张石川）上映，创下当时最高的卖座纪录，同时也掀起了第一次国产电影热潮。

该片以严肃的社会意图和较为熟练的电影艺术创作手法，赢得了舆论和观众的广泛好评。该片系中国初期电影中最有影响的作品之一，它的问世标志着中国民族电影艺术和商业双重地位的确立，也标志着民族电影业草创阶段的结束和初盛时期的到来。

3. 中国电影第一次商业化浪潮——神怪武侠片

1928 年，明星公司拍摄的神怪武侠片《火烧红莲寺》（第一集）上映。影片根据武侠小说《江湖奇侠传》改编，郑正秋编剧，张石川导演，上映后创下了当时国产影片最高卖座纪录。其后，明星公司接连拍摄了 18 集。同时，其他公司受此影响，也纷纷拍摄武侠片，在视觉形象上依靠特技制造的视觉奇观，掀起了武侠片的热潮。在 1928～1931 年生产的近四百部影片中，神怪武侠片占二百五十部左右。

四、早期重要的民营制片、发行放映业

20 世纪 20 年代以后，中国掀起电影投资热潮，民营制片公司蜂拥而起。"明星""天一""联华"是其中最重要的公司。这些公司的建立成为中国电影工业形成的重要标志，并左右着 20 世纪 30 年代中国电影市场的走向。

此时期在国内也逐渐形成了一套电影企业和发行放映系统。市场主要集中在上海，大多电影企业为投机目的而办，具有很强的商业投机性。

五、有声电影的出现

中国最初在电影中运用声音的尝试，是 1929 年孙瑜导演的《野草闲花》。影片里加入了一段歌曲《寻兄词》（事先录在蜡盘唱片上，放映时配放），于是《寻兄词》就成为中国最早的电影歌曲。

1931 年，第一部整部影片用蜡盘唱片配音的故事片《歌女红牡丹》（洪深编剧，张石川导演）摄制完成，首映后引起轰动。1931 年 11 月由洪深编剧、张石川导演的第一部片上发音影片《旧时京华》开拍，1932 年 1 月底在上海首映。

袁牧之编剧，应云卫导演的《桃李劫》（1934 年）可以说是中国电影史上第一次较全面、有意识地按照有声电影的艺术规律进行创作的影片，被认为是中国有声电影声画结合的划时代之作。1936 年前后，有声电影完全取代默片。

六、早期重要电影人

郑正秋 我国最早的电影编剧和导演之一。1913 年涉足影坛，编剧并参与导演了中国第一部短故事片《难夫难妻》。1922 年与张石川等创建明星影片公司，担任编剧、导演，主要编导作品有《劳工之爱情》《玉梨魂》《姊妹花》等共 53 部影片。

郑正秋不但是中国电影事业的开拓者，也是早期最主要的电影艺术家。他把原本隶属西方语言的电影引进中国，并力求本土化，作出贡献。他把自己的戏剧经验和叙事传奇手段艺术结合，创造出适合中国观众观看的家庭伦理剧叙事模式，善于虚构故事情节，引人入胜。他主张戏剧应是改良社会、教化民众的工具，对提倡新剧、改良旧剧做了不少工作。

张石川 中国电影的开拓者之一，中国第一代电影导演的中坚，一生共导演一百五十多部电影。他的主要作品有《夜深沉》《金粉世家》《空谷兰》《啼笑因缘》等，故事性强，通俗易懂，深受市民观众的欢迎。1928 年导演的神怪武侠片《火烧红莲寺》，引起竞相拍摄神怪武侠片的潮流；1931 年，他导演了中国第一部有声影片《歌女红牡丹》。

田汉 1926 年，我国现代戏剧的奠基者田汉创办了南国电影剧社。不久，田汉就亲自编导了第一部影片《到民间去》，以实践自己的创作思想，后因资金缺乏而未能完成。1928 年，南国电影剧社改组为"南国社"，除电影部外另设文学、绘画、音乐、戏剧部，其宗旨定位为"团结与时代共痛痒之有为青年，作艺术上之革命运动"。1930 年，因演出舞台剧《卡门》引起政府警觉，被强行解散。

七、影戏传统的建立

从 20 世纪 20 年代初期开始，中国电影艺术逐步形成了一套创作方法和创作风格，并渐渐形成了一种传统，对以后中国电影的发展产生了十分深远的影响。我们可以把这种传统称为"影戏"。所谓"影戏"，指的是一种强调戏剧特征的电影样式和电影观念，具有"载道"的审美价值取向，这是我们理解默片时代电影创作的关键。

郑正秋作为中国电影的拓荒者，对"影戏"传统的建立起到了关键性的作用。他开创了中国电影从现实社会生活和从戏剧舞台艺术方面吸取丰富的创作养料的优良传统，为中国电影艺术道路的开辟奠定了基础。

"影戏"主流电影的创作特点：

（1）影片大多披着一层社会教化功能的外衣，鼓吹所谓"含有褒善贬恶之意义"的主旨，以此为依据来编演故事。

（2）影片的创作原则是以戏剧化冲突原则为基础的，强调电影的戏剧本性。

（3）在影片的时空表现上，电影视听构成服从和服务于叙事，和情节因素相比，造型因素主要被看作是一种辅助的成分。

第二节　20 世纪 30 年代中国电影（1932～1937 年）

所谓"30 年代电影"是指从 1932 年左翼电影运动兴起，到 1937 年夏抗日战争爆发前的五六年中，中国电影出现的一段空前繁荣的局面。在这短短的几年里，中国电影无论在思想内容还是艺术形式上都出现了革命性的变化，这是中国电影历史上第一个黄金时代，产生了一大批优秀的传世之作。

一、左翼电影运动的兴起和发展

九一八事变和一·二八事变后，促醒了民族意识。1932～1933年前后，在瞿秋白领导下，组织了由沈端先、阿英、王尘无、石凌鹤和司徒慧敏等五人参加的党的电影领导小组，他们有计划地领导了四个方面的工作，给电影艺术带来了强烈的新鲜气息。首先，他们从编剧入手努力影响和改造电影创作；其次，党组织努力通过各种方式，改造电影创作队伍，加强左翼创作力量；再次，他们有目的地大力介绍以苏联为主的外国电影的经验；最后，他们还注意积极开展电影理论和批评工作，通过电影评论影响和指导创作和欣赏。

1932～1933年，左翼电影迅速兴起，出现了一批思想观点鲜明，艺术上也有一定成就的影片。《姊妹花》（郑正秋编导，胡蝶主演）、《渔光曲》（蔡楚生编导）两部影片分别创下连映六十多天和八十多天的纪录。这是左翼电影的第一个高潮。其中，反映渔民悲惨遭遇的《渔光曲》在1935年莫斯科国际电影节上获奖，成为我国第一部在国际上获奖的电影。

1933年，左翼电影出现了低潮。左翼电影工作者通过以同情的笔调深入描写劳动人民的苦难生活和热情歌颂积极正直的人生态度的影片来坚持左翼电影阵地。《神女》（吴永刚导演）、《桃李劫》（袁牧之编剧，应云卫导演）等优秀影片就是在这种形式下拍摄出来的。在进步电影工作者的努力下，这段白色恐怖最严峻的时期却成了20世纪30年代电影艺术探索最活跃、成果最辉煌的一个阶段。

1935年以后，左翼电影运动重新转向高涨，出现了"国防电影"的新高潮。国防电影主张电影工作者在民族存亡的紧急关头以电影为武器，更好地为抗敌斗争服务。代表作有费穆的《狼山喋血记》、沈西苓的《十字街头》、吴永刚的《壮志凌云》、袁牧之的《马路天使》等，这些影片都从不同的侧面比较深刻地反映了社会现实。其中，《马路天使》被认为是意大利新现实主义的先驱。

二、左翼电影的创作特征

1. 革命现实主义传统

左翼电影工作者第一次在电影界响亮地提出了反帝反封建的口号，将其作为电影创作的指导方针、主要任务和取材标准。这种从"社会变革"的思想高度出发，把现实主义的真实性原则与革命文艺的倾向性原则结合起来的创作手法，开创了中国电影的革命现实主义传统。

夏衍的电影剧作是反映20世纪30年代现实主义电影成就的典型代表。其编剧的《狂流》（1932年）是左翼电影运动的第一部影片，标志着中国电影新时代的开始。另有编剧代表作《春蚕》《上海24小时》《压岁钱》等，创作内容直面人生和社会现实的尖锐矛盾，表现出明显的写实倾向，开创了革命现实主义精神的传统。

现实主义基础下与浪漫主义结合。以田汉、孙瑜为代表，他们的作品也反映了20世纪30年代的社会现实，但也充分体现了浪漫主义诗情、激情。代表影片有：孙瑜的《大路》、田汉的《风云儿女》等。

2. "影戏"传统的继承和发展

在继承影戏传统的基本方向上，作出了较大的突破和创新，在思想和艺术上都取得了较高成就的电影创作者当首推蔡楚生。

1932年，蔡楚生独立编导了自己最早的两部影片《南国之春》和《粉红色的梦》。其电影创作上的转变开始于1933年拍摄反映城市工人和资本家生活的影片《都会的早晨》。蔡楚生有影响的、最重要的作品是1934年拍摄的影片《渔光曲》，它的出现标志着蔡楚生的创作开始走向成熟。他的另一部描写流浪儿童生活的影片是《迷途的羔羊》。这些影片坚持现实主义创作原则，作品取材于现实，主题是反帝国主义、反封建主义。蔡楚生善于利用家庭悲欢离合的人物命运来概括历史；尊重电影观众，具有大众意识，雅俗共赏；继承和发展了"影戏"传统。

3. 电影民族化风格的探索

在探索电影与民族文化传统结合的新途径上，贡献最大的影片当首推吴永刚的《神女》。

1934年吴永刚第一次担任编导，便创作了中国无声电影的不朽名作《神女》。影片作为中国无声电影的巅峰之作，不仅由于其内容方面的成就，更重要的是其精湛的艺术质量。吴永刚导演手法简洁明快，叙述、叙事简明流畅，有意识地把中国绘画艺术特点运用到电影创作中来，通过造型推进叙事，具有强烈的电影美感，体现了一种民族情绪，形成一种委婉含蓄的艺术风格，创造出一个不同于当时一般影片的民族审美意境。

第三节 战时与战后中国电影（1937 ~ 1949 年）

一、抗战时期错综复杂的电影格局

抗日战争的爆发结束了20世纪30年代电影的繁荣局面。中国电影被战争分成了国民党统治区、上海"孤岛"和沦陷区等不同部分。由于战争形势下各地区环境的不同，各部分电影在思想和艺术面貌上都很不相同，中国电影出现了空前错综复杂的格局。

抗战时期，国民党统治区的电影绝大部分是服务于民族战争的抗日宣传片。此时，中国电影中心从上海转到武汉、重庆、香港、桂林等地，诞生了一批"抗战影片"，如《保卫我们的土地》《八百壮士》《塞上风云》《中华儿女》等。其中，《塞上风云》是我国第一部号召各民族团结抗战的影片。

"孤岛"电影工作者在艰难的条件下，经过艰苦的努力，创作出了少量在思想和艺术上都取得了一定成绩的影片，如欧阳予倩、卜万苍导演的《木兰从军》，于伶编剧的《花溅泪》，费穆编导的《孔夫子》等。

日本侵略者在沦陷区控制的电影事业完全是服务于帝国主义欺骗和奴役中国人民的。沦陷区电影主要以长春和上海为中心。

二、战后国统区电影创作的新高潮

在20世纪40年代后期的民营电影公司中，"昆仑"和"文华"是最重要的两家。它们在思想和艺术追求等方面都体现出了各自的风格特点，在中国电影的发展中都占有其独特的历史地位。

"昆仑"影业公司的影片大都是揭露和尖锐抨击国民党统治和黑暗的社会现实的，这些影片情节戏剧性强，思想激进，表现手段也激烈，冲击感强。战后影响最广泛的优秀影片基本上都出自"昆仑"公司，如《一江春水向东流》《八千里路云和月》《万家灯火》《三毛流浪记》《乌鸦与麻雀》等。

"文华"公司的创作与"昆仑"有很大不同，影片大多是知识分子气质较明显的社会风情画式的作品，它们主要不是以社会性见长，而是以一种比较平淡的诗意风格表现一些生活中的平凡小事，费穆的《小城之春》是其中的代表性作品。

三、解放区人民电影事业的建立

1938 年夏天，袁牧之、吴印咸等人来到延安，于 1938 年 10 月开始拍摄人民电影事业的第一部影片，反映根据地人民生活斗争的纪录片《延安与八路军》，并成立了解放区的第一个电影制片组织——延安电影团。

在中国共产党建立的电影组织机构中，最重要的是东北电影制片厂。"东影"是解放区建立的第一个较正规的电影制片厂，新中国的第一批故事片就是"东影"从解放前夕开始制作的。

四、战时与战后电影创作特征

1. "影戏"电影统治地位的确立

从政治社会的功能出发，以戏剧性叙事为核心，使电影视听构成服从和服务于叙事，成为一种叙事技巧，这是中国"影戏"传统的基本原则。到 20 世纪 40 年代后期的电影创作中，这些原则得到普遍的运用并达到了娴熟的程度。所以这一时期是"影戏"电影在艺术上成熟，并确立了其主流电影地位的时期。

情节剧史诗电影的高度思想艺术成就。蔡楚生、郑君里联合导演的《一江春水向东流》成为影戏传统成熟的标志，它以其高度的思想和艺术成就，成为中国电影在艺术上走向成熟的一个里程碑。

现实主义的深化。阳翰笙编剧、沈浮导演的《万家灯火》所揭示的社会矛盾相当尖锐，但影片使用了严格的现实主义手法，体现出含蓄、朴实的现实主义艺术风格，反映了中国电影现实主义的成熟和深化。

喜剧电影的新收获。20 世纪 40 年代后期喜剧电影的创作中，成就最突出的是郑君里导演的《乌鸦与麻雀》，这是一部把讽刺与隐喻成功地结合起来的优秀影片。影片以活泼、流畅的风格，生动地表现了城市小市民在国民党压榨下和在革命胜利形势鼓舞下的觉醒，塑造了一组不同类型的生动的市民形象。

2. 非主流电影的艺术探索

文华公司出品的影片相对来说不带有很强的政治色彩，但制作态度比较严肃，特别是比较重视影片的艺术质量。其出品的《不了情》《太太万岁》《假凤虚凰》《小城之春》等代表了一种非主流电影的艺术探索，其中费穆的《小城之春》是佼佼者。

《小城之春》对中国电影语言现代化做了成功的风格化实验，是中国电影艺术呈现的一座高峰。影片中的情节结构、场景、人物设置等都被最大程度地加以简约化处理，从而得以腾出更大精力来细腻地揭示影片的思想内涵。在外部表现简约化的同时，费穆把主要精力放在人物表现上。但他没太看重人物性格的鲜明特征和人物命运的大起大落，而是着意于人物心灵深处的剖析，特别是表达人物复杂的心理活动。当将电影语言运用于这一艺术目的时，费穆还非常注重其表现的含蓄性，他成功地运用了迂回的手法，给观众带来了丰富的艺术想象和审美体验。《小城之春》的影像风格在近代中国电影中也是独树一帜的，影片注重利用造型美因素参与影片创造，以达到情景交融的境界。

第四节　"十七年"中国电影（1949～1966年）

一、"十七年"中国电影的发展轨迹

"十七年"中国电影的发展特点是：艰难曲折、大起大落。十七年中，出现过四个蓬勃发展时期：新中国成立初期的第一次发展，1956年前后的第二次发展，1959年的第三次发展以及20世纪60年代初期的发展。

1. 新中国成立初期的第一次发展

1949年，东北电影制片厂拍摄了新中国第一部故事片《桥》，拉开了新中国电影故事片历史的大幕。

1950年，长春电影制片厂摄制了影片《赵一曼》。女主演石联星以此片获1950年第五届捷克卡罗维发利国际电影节最佳女演员奖，成为新中国第一位在国际上获奖的演员。

1951年3月8日在全国26个大城市同时举行"国营电影厂出品新片展览月"，标志着新中国成立初期电影创作的第一次大发展。这一时期出现了不少优秀影片，如《中华儿女》《白毛女》《钢铁战士》《我这一辈子》《南征北战》等。1951年5月20日《人民日报》发表毛泽东亲自撰写的社论《应当重视电影〈武训传〉的讨论》，对电影《武训传》提出严厉的批判，紧接着全国开展对《武训传》的批判及其后的文艺整风运动，使新中国成立初期电影第一次蓬勃发展的局面很快结束。

1952年成荫、汤晓丹联合导演的《南征北战》，其风格样式堪称中国第一部具有史诗气派的战争片，它作为中国电影史上战争片的领头之作，为之后数十年里这类影片的创作提供了一个范本。

2. 1956年前后的第二次发展

1956年5月，毛泽东提出了"百花齐放，百家争鸣"的方针。在双百方针的指导下，电影创作逐步前进，产量赶上并超过了1950年的水平，艺术质量也有新的突破，题材丰富，风格多样，呈现一派勃勃生机。但1957年的反右斗争扼制了第二次电影创作发展的大好局面。

3.1959 年的第三次发展

1959 年中国电影进入第三次大发展，达到了 20 世纪 50 年代的最高峰。1959 年新片展览月是第三次发展的标志。经典影片有《老兵新传》《五朵金花》《我们村里的年轻人》《林则徐》《林家铺子》《风暴》《青春之歌》等。这批影片的出现，标志着新中国电影的高度繁荣，被电影界称为"难忘的 1959 年"。

4.20 世纪 60 年代初期的发展

由于召开了新侨、广州两次会议，周总理和陈毅亲自出席讲话，宣传党的文艺政策，电影创作在 20 世纪 60 年代初稳步地前进，掀起了一场电影艺术创新的热潮。《早春二月》《舞台姐妹》《农奴》《阿诗玛》《红色娘子军》《小兵张嘎》《李双双》《甲午风云》《冰山上的来客》《英雄儿女》《刘三姐》《霓虹灯下的哨兵》等正是这个潮流的产物。可惜风云多变，这一时期的发展很快便半途夭折了。

二、"十七年"中国电影的代表导演

新中国成立后走上影坛的导演艺术家，被称为中国电影导演的"第三代"。这一代导演主要有成荫、谢铁骊、水华、崔嵬、凌子风、谢晋、王炎、郭维、李俊、于彦夫、鲁韧、王苹、林农等，他们在遵循现实主义原则表现生活的本质，深入展现矛盾冲突，以及在民族风格、地方特色、艺术意蕴等方面，都进行了十分有益的探索。

谢晋，是第三代导演中最引人注目的。代表作品有：《女篮五号》《红色娘子军》等。其中《女篮五号》（1957 年）是他的成名作，也是中国第一部彩色体育故事片。《红色娘子军》（1961 年）是他前期的重要作品。

凌子风，他导演的第一部影片《中华儿女》展示了人民群众日益高涨的抗日热情，是新中国最早得到国际荣誉的影片之一。1960 年执导影片《红旗谱》，在处理革命历史题材上为后人提供了宝贵经验。

谢铁骊，其代表作《暴风骤雨》《早春二月》堪为新中国电影的经典之作。

崔嵬，代表作有《青春之歌》《小兵张嘎》等。

成荫，代表作有《钢铁战士》《南征北战》《万水千山》等。

水华，代表作有《白毛女》《林家铺子》《烈火中永生》《鸡毛信》等。

王苹，代表作品有《柳堡的故事》《永不消逝的电波》《霓虹灯下的哨兵》及大型音乐舞蹈史诗《东方红》等。

三、"十七年"中国电影的几种主要样式

就风格样式而言，"十七年"的中国电影主要是戏剧式的电影，其中数量最多、成就最大、占主导地位的是表现革命题材的正剧，如《林则徐》《青春之歌》《红色娘子军》等。这类影片的题材、内容直接表现人民的革命斗争生活，正面塑造英雄形象，如林则徐、林道静、吴琼花、洪常青等。

喜剧样式的发展。代表作如《新局长到来之前》《五朵金花》《李双双》等。

散文式电影。代表作如《林家铺子》《早春二月》等。

惊险样式电影。代表作如《渡江侦察记》《平原游击队》《铁道游击队》《冰山上的来客》

《羊城暗哨》等。

少数民族题材影片，代表作如《阿诗玛》《刘三姐》《农奴》等。

儿童片，代表作如《小兵张嘎》《鸡毛信》等。

体育片，代表作如《女篮五号》等。

动画片，代表作如《大闹天宫》（上下集）等。

四、"十七年"中国电影的贡献与不足

"十七年"电影创作的贡献：反映历史真实，将时代精神融入革命历史题材之中；秉承现实主义创作原则，注重塑造"典型环境中的典型人物"；造就了一批各具特色的电影艺术家；继承了我国优秀的民族文艺传统，创造出一批不同风格样式的、群众喜闻乐见的、具有中国特色的影片。

"十七年"电影创作的不足：电影直接为政治服务；没有深入地挖掘人物内心世界；很少借鉴国外电影的艺术成就；对电影本体的研究基本没有展开。

五、新中国的电影基地

新中国成立后，我国建立了长春、北京、上海三大影视基地。

1946 年 10 月 1 日在黑龙江鹤岗建立东北电影制片厂（东影），1949 年迁回长春，1955年改为"长春电影制片厂"（长影）。

新中国成立后，北京先后建立了北京电影制片厂（北影）、中央新闻纪录电影制片厂（新影，后并入中央电视台）、中国人民解放军八一电影制片厂（八一厂）、北京科学教育电影制片厂（北京科影）、中国农业电影制片厂（农影）、北京青年电影制片厂（青影）。

上海是旧中国的电影中心，新中国成立后，原来的几十家电影公司合并为上海电影制片厂（上影）。此外，它还有美术、科学教育、译制三个分厂。

1958 年以后，我国许多省先后建立起十几个电影制片厂，其中较大的有：广州的珠江电影制片厂（珠影）、西安电影制片厂（西影）、成都的峨眉电影制片厂（峨影）、长沙的潇湘电影制片厂（潇影）。其他的还有天山（乌鲁木齐）、广西（南宁）、山东、深圳等地的电影制片厂。

1950 年，中国唯一的高等电影专业学府——北京电影学院诞生。

第五节 "文革"时期的中国电影（1966 ～ 1976 年）

"文化大革命"的十年（1966 ～ 1976 年），中国电影处于停滞状态，电影创作几乎一片空白。在相当长的时间里，中国观众只能看到《地道战》《地雷战》和《南征北战》三部影片，观众将其戏称为"三战"影片。

从 1969 年到 1972 年，八部"样板戏电影"——《红灯记》（李玉和、李铁梅）、《沙家浜》（阿庆嫂、刁德一）、《智取威虎山》（杨子荣，改编自曲波的小说《林海雪原》）、《奇袭白虎团》、《海港》、《红色娘子军》、《白毛女》、《龙江颂》成为了那个时代的"特色"；八部样板戏——

京剧《红灯记》《沙家浜》《智取威虎山》《奇袭白虎团》《海港》，以及芭蕾舞剧《红色娘子军》《白毛女》和交响乐《沙家浜》在这一时期也全部拍摄完成，占据了全国银幕。这一时期的中国影坛没有出现过其他类型的影片。

1974 年以后，出现了几部较好的故事片，如《创业》《海霞》《闪闪的红星》《难忘的战斗》等，受到广大观众的热烈欢迎。

第六节　"新时期"的中国电影（1976 ～ 1992 年）

新时期的中国电影从美学追求的角度，可划分为四个阶段：

（1）第一次创新浪潮，1979 ～ 1980 年，这个阶段的重点是从电影形式上、技巧上进行创新。

（2）纪实美学的追求，1981 ～ 1983 年，其中包括老导演和中年导演的探索，特别是中年导演在这方面有特殊的贡献。

（3）影像美学的崛起，1984 ～ 1986 年，主要是第五代导演的异军突起，在国内外引起巨大的震动。

（4）多元化的探索，1988 ～ 1989 年，这个时期再没有一种美学能够独领电影新潮流，影坛呈现多元探索的局面。

一、"恢复时期"的电影创作（1976 ～ 1978 年）

"文革"结束后，一批揭批四人帮，反映与四人帮斗争的影片开始出现，如《十月的风云》等。但影片政治图解性强，艺术性不高。

二、第一次创新浪潮——人性的回归（1979 ～ 1980 年）

1979 年作为改革开放的头一年，对中国电影来说是非常重要的开端年，具有转折意义，中国电影迎来了自己的复兴时代。1979 年以后出现的电影作品，如《生活的颤音》《苦恼人的笑》等不再是直接为政治服务的工具，而带有艺术家个人的创作色彩，体现了创作者对生活的理解，在电影形式上、技巧上进行了创新。

1979 年，电影在题材上较好的有：革命历史题材影片《从奴隶到将军》《归心似箭》《小花》等；反映现实生活的影片有《瞧这一家子》《小字辈》等；表现与"四人帮"斗争题材的影片有《苦恼人的笑》《生活的颤音》《春雨潇潇》等。其中以新的艺术风貌出现的，当以《小花》《苦恼人的笑》《生活的颤音》三部最为突出。

1980 年共生产故事片 82 部，出现了《天云山传奇》《巴山夜雨》《庐山恋》等优秀影片。

三、老导演的新成就及中年导演的成熟——纪实美学的追求（1981 ～ 1983 年）

在经历了"文革"之后，老导演们以极大的热忱和旺盛的艺术生命力为新时期中国电影的发展作出了重要贡献。1981 年是大丰收的一年，著名导演汤晓丹完成了《南昌起义》，成荫完成了《西安事变》，水华完成了《伤逝》，王炎完成了《许茂和他的女儿们》；1982 年，著名导演凌子风完成了《骆驼祥子》。

在 20 世纪 80 年代，老导演谢晋的成就最为卓著。有影响力的作品：1980 年拍摄了《天云山传奇》（荣获第一届"金鸡奖"最佳故事片），1982 年拍摄了《牧马人》（荣获第六届"百花奖"最佳故事片），1985 年拍摄了《高山下的花环》（荣获第八届"百花奖"最佳故事片），1986 年拍摄了《芙蓉镇》（荣获 1987 年"金鸡奖"最佳故事片）。谢晋导演的艺术生命力旺盛，优秀影片一部接一部地涌现，而且不断在国内外获奖。他的影片多取材于广大人民群众关注的重大社会内容，开掘深入；善于刻画人物，创造了一系列的妇女形象；善于表现人情人性，以情动人；熟悉观众的欣赏趣味，他拍的影片为国内外广大观众所喜爱。他继承了我国主流电影的传统并不断加以丰富和完善。

20 世纪 80 年代初，一批中年导演也登上了中国影坛并逐渐走向成熟。张暖忻导演的《沙鸥》《青春祭》，郑洞天导演的《邻居》，吴贻弓导演的《城南旧事》，王启民、孙羽导演的《人到中年》，吴天明导演的《人生》《老井》，黄蜀芹导演的《人·鬼·情》等等，有意突破戏剧式构架，追求散文式的电影语言表述，特别注意追求意境、营造气氛，在追求纪实风格方面有其特殊的贡献，体现了"从具有浓郁色彩的政治宣传走向艺术现实主义的深化"的转变。

四、青年导演一鸣惊人——影像美学的崛起（1984 ~ 1987 年）

20 世纪 80 年代中期，一批刚刚走出大学校门的青年导演以现代意识、冷峻的眼光、艺术上的标新立异和强烈的主体意识引发了广泛的关注，标志着新时期影像美学的崛起。

1984 年，张军钊的《一个和八个》、陈凯歌的《黄土地》、田壮壮的《猎场扎撒》、吴子牛的《喋血黑谷》，在国内外引起十分强烈的反响，这四部影片尽管题材不同，风格样式也各不一样，但却在思想上、美学追求上有其共同之处，体现出这一代青年导演崭新的电影观念。

1985 年，青年导演黄建新执导的《黑炮事件》风格独特，是荒诞与现实的结合，表现与再现的结合之作，影片将青年导演的探索和创新推向一个新的高度。

1987 年，陈凯歌导演的《孩子王》和张艺谋导演的《红高粱》是第五代导演的两部重要之作。其中，《红高粱》在第 38 届西柏林国际电影节上荣获最高奖——金熊奖。

五、多元化的探索（1988 ~ 1989 年）

1988 年，在商业大潮的冲击下，出现了娱乐影片的生产高潮。青年作家王朔的四部作品被同时搬上银幕，分别是：米家山导演的《顽主》、黄建新导演的《轮回》、叶大鹰导演的《大喘气》、夏钢导演的《一半是海水、一半是火焰》。有人称 1988 年为"王朔电影年"，称这股王朔热为"王朔现象"。"王朔电影"受王朔小说影响，题材上贴近平民生活，展现了社会转型期间的社会诟病，反映了人们精神领域的困惑。"王朔电影"因其对人性困境的关注和游戏无奈人生的主题表述，在影坛和文坛引起了强烈反响。

20 世纪 80 年代末 90 年代初，主旋律影片的大量涌现，一些创作规律得以总结，重大革命历史题材得到突破。1989 年最突出的是反映重大革命历史的宏篇巨制《开国大典》和《百色起义》。人物传记片有 1990 年的《焦裕禄》等。20 世纪 90 年代初由李俊担任总导演的电影《大决战》（《辽沈战役》《淮海战役》《平津战役》）堪称是真正的鸿篇巨制。

第七节　市场化探索时期的中国电影（20世纪90年代）

20世纪90年代，中国社会文化的转型意味着一个与文化消费市场相伴而生的大众文化占主导地位的新时代的到来。这时的中国电影在主流意识形态、大众文化和精英文化需求之间寻找着自己的定位，在策略性地向大众文化和市场法则倾斜的同时，又呈现出特色各异的文化取向。

一、主旋律电影的商业化探索

主旋律电影，是一种有着类型电影倾向的，主要表达国家主流意识，体现民族精神，弘扬民族文化和主流文化秩序的电影样式。20世纪90年代的中国电影应该说其政治主流性得到了明显强化，主旋律不仅作为一种口号，而且作为一种逻辑，支配着中国电影的基本形象。

围绕1991年纪念建党七十周年、1995年纪念世界反法西斯战争胜利五十周年、1999年纪念新中国成立五十周年这三个时间点，形成了三个高潮：八一电影制片厂先后推出的《大决战》《大转折》《大进军》，李前宽、肖桂云执导的《开国大典》《重庆谈判》，丁荫楠的《周恩来》，吴子牛的《国歌》，陈国星的《横空出世》《孔繁森》，谢晋的《鸦片战争》等都是这一时期主旋律电影的代表作品。

20世纪90年代的市场化进程对主旋律影片的创作也产生了很大的影响。主旋律影片在获得国家与政府资金支持的同时，也希望得到市场的回报。不少主旋律影片采用更易为大多数观众接受的叙事方式，采用了伦理化和泛情化处理的策略，将英雄人物、模范人物做了人性化、平凡化处理，更是试图用道德、情感的力量来征服观众、感化观众。同时在类型元素、视听语言方面也进行着主旋律电影的商业化尝试。例如影片《红河谷》试图完成西部类型片与爱国主义理念的统一，影片《红色恋人》试图完成革命回忆与言情类型片的统一，而在1999年，影片《黄河绝恋》则试图完成战争类型片与民族英雄主义精神的统一，《紧急迫降》则试图完成灾难类型片与社会主义集体主义主题的统一，等等。这些尝试为主旋律电影在新的时代语境下的持续发展提供了宝贵的经验。

二、商业电影：引领本土电影时尚潮流

1.冯小刚及中国的贺岁电影创作

在20世纪90年代后期的中国电影中，真正具有娱乐消费价值的影片并不多，而冯小刚导演的喜剧贺岁片则是为数不多的具有市场消费特性的国产片。从1997年的《甲方乙方》开始，冯小刚陆续导演了《不见不散》《没完没了》《一声叹息》等影片，这些影片几乎都是当年度国产影片的市场主角，票房收入甚至超过了大多数当年引进的好莱坞重磅影片。

冯小刚影片的商业策略是本土化的，这不仅体现为其针对中国农历年而定位为贺岁片，而且也包括影片所采用的幽默、滑稽、戏闹的传统喜剧形态。他的影片常常用小品似的故事编造、小悲大喜的通俗样式，将当下中国普通人的梦想和尴尬都进行了喜剧化改造，最终将中国百姓在现实境遇中所感受到的种种无奈、困惑、期盼和愤怒都化作了相逢一笑。尽管冯

小刚电影那种直白的商业诉求，受到了不少精英批评者的排斥，但应该承认，这些影片几乎是唯一能够抗衡进口电影的中国品牌，为处在特殊国情中的民族电影的商业化探索了一条出路。

2. 张艺谋、陈凯歌等导演的市场化追求

应该说明，20世纪80年代初期，中国的第四代、第五代导演的一些探索影片在票房上都不理想，之所以能生存并在一段时期得到发展，和当时计划经济的保护不无关系。随着越来越残酷的市场竞争，电影产业改革的不断深入，艺术片为了生存也必须向市场转型。因此自80年代末90年代初开始，第四代、第五代的一些代表人物，尤其是张艺谋、陈凯歌的影片，其风格与前期相比，有了明显变化。

如张艺谋的《红高粱》《菊豆》《代号美洲豹》《大红灯笼高高挂》《秋菊打官司》《有话好好说》《一个都不能少》等已较多地倾注了市场化的痕迹，还采取了国际化及进军国际电影节的策略，借此赢得国际电影市场的青睐。到2002年影片《英雄》的推出，张艺谋完成了由艺术到商业的华丽转身，开启了中国电影大片的时代。

在陈凯歌追求精英化的阶段，代表影片有《黄土地》《大阅兵》《孩子王》《边走边唱》及后来的《荆轲刺秦王》《风月》等。20世纪90年代中后期，在市场化的时代语境中，陈凯歌也开始进行好莱坞商业片创作的尝试，虽然好莱坞的创作经历并不成功，但让他芜杂的电影观念得到了暂时的沉淀，并最终造就了单纯流畅的《和你在一起》。至此，陈凯歌的电影从文化范式走向了商业范式。

三、新生代导演的个体写作与生存困境

从20世纪90年代初期开始，一个年轻的电影创作群体蠢蠢欲动，试图在"第五代"电影霸权的王国里寻出一条生路。这些大多在60年代出生，80年代以后在电影学院、戏剧学院等接受正规影视教育的年轻人，从90年代中期开始逐渐形成了一个引人注目的创作群体，即所谓的"中国电影新生代"。代表人物有：张元（被美国《时代周刊》推选为"21世纪世界百名青年领袖"之一）、王小帅、贾樟柯、娄烨、管虎、路学长、张扬等。

代表作品有：张元的《北京杂种》《东宫西宫》，王小帅的《冬春的日子》《十七岁的单车》，贾樟柯的"家乡三部曲"《小武》《站台》《任逍遥》，管虎的《头发乱了》，娄烨的《周末情人》《苏州河》，路学长的《长大成人》《卡拉是条狗》，姜文的《阳光灿烂的日子》《鬼子来了》，张扬的《爱情麻辣烫》，陆川的《可可西里》《寻枪》等。

新生代电影带来了明显的时代转换信息，他们的电影是变化时代不可阻挡的现象，在现代都市背景、边缘人生表现、摇滚生活情调、焦虑困惑人生状态、压抑低沉精神状态等方面呈现出新生代电影相对集中的面貌。原生态展现、拼贴式的影像风格、脱离常规构图、散乱叙事结构等就是新生代电影常见的艺术模样。

第八节　产业化发展时期的中国电影（21世纪以来）

对于中国电影来说，21世纪是一个充满希望和活力的时代。

　　新世纪的第一个十年，是中国电影产业快速发展、精彩跨越的十年，这一时期中国电影发展变化的最大走向是：电影市场引擎催动着各种风格样式的电影作品大踏步地向观众迈进，电影产业化进程迅速推进，电影产业结构正在经历着历史性的变革。

一、新世纪中国电影产业概况

1. 电影产量不断增加，票房收入总数不断增加

　　从 2001 年到 2010 年，中国电影市场产量不断增加。2001 年全国电影故事片只有 88 部，但是 2010 年达到了 526 部，增长了 498%。票房收入也是不断增加，从 2001 年的全国票房收入只有 8.7 亿元，到 2010 年全国票房收入达到 101.72 亿元，增长 1069%，年平均增速达到了 35%。（数据来源：尹鸿《中国电影产业备忘》）

2. 院线和影院发展速度较快

　　从 2003 年到 2010 年，院线发展较为稳定。从 2003 年的 32 家，发展到 2010 年的 37 家；但影院数和银幕数增长较快，2003 年影院数只有 1045 家，到 2010 年发展到 1993 家，银幕数 2003 年只有 1923 块，到 2010 年银幕数达到了 6256 块。（数据来源：尹鸿《中国电影产业备忘》）

3. 中国票房过亿的影片越来越多，影片类型也越来越丰富

　　影片《英雄》以 2.5 亿的票房创下了当时国产片的票房之最。到 2010 年，票房过亿的国内影片竟然达到了包括《唐山大地震》《让子弹飞》《狄仁杰之通天帝国》《叶问 2》《非诚勿扰 2》《赵氏孤儿》《大兵小将》《山楂树之恋》《锦衣卫》《全城热恋》《越光宝盒》《杜拉拉升职记》在内的 17 部；而且影片的类型也逐渐丰富，原来票房过亿的只有武侠和历史片，现在则有文艺片、历史片、纪录片、动画片、娱乐片、言情片和武侠片。

二、全球化语境下，中国电影的发展策略

　　一方面，从上述数据中我们可以看到中国电影产业进入了一个新的发展时期，另一方面我们必须看到，中国电影产业在发展过程中仍然面临着许多亟待解决的问题，如平均票房收入较低、海外影响力较小、投入产出低、资源浪费比较严重、盈利水平不高、电影市场规模相对较小、电影衍生产品开发落后、相关政策法规不健全等等，这些问题制约着我国电影产业的快速、健康发展。

　　在未来全球化的语境下，中国电影应继续深化产业改革，采取科学的发展策略，提升产业核心竞争力：

1. 树立适应电影产业发展的营销观念

　　电影营销也是电影产业能否成功发展的关键。完整的电影产业链，从影片的策划生产开始，然后是宣传发行，再后是影院放映，最后延伸到电影后产品和电影衍生产品的开发，而电影营销始终贯穿在电影产业链的每个阶段。在电影营销方面，好莱坞的成功经验特别值得借鉴。

2. 调整电影产业结构，促进电影产业升级

　　随着科技的高速发展，电影产业应充分利用数字化、网络化、信息化的现代传输方式

和技术手段，加快开辟数字电影市场，建立数字电影院线，扩大数字电影银幕数量，积极探索农村和城镇的电影数字化放映；同时建立数字电影资源平台，发展互联网电影视频点播等多媒体、新媒体业务，不断促进电影产业的有效快速升级，促进电影产业向纵深发展。

3. 重视影片质量，提高市场竞争力

只有提高电影产业人才的素质，才能创造出更多高质量的影片；只有高质量的影片，才能提高影片在国际国内市场的竞争力，拓展电影市场规模，使电影产业获得更多利益，促进电影产业的活跃发展。

4. 加速健全电影法规制度，为电影业发展提供良好的软环境

加强立法，打击盗版，保护知识产权；制定更多诸如减免税收、信贷等经济援助的电影政策，鼓励国内外各种资本对电影进行投资；深化行政审批制度改革，减少审批事项，完善审批程序，增加公开性和透明度；等等。

第九节　中国电影的六代导演

在中国电影百年发展的历程中，六代导演的划分和提法已成共识。其中，制作体制的变化、语言方式的转换、表述主体的更迭是最基本的划分依据。

一、第一代导演——中国电影的拓荒者

第一代导演，指 20 世纪初到 30 年代的郑正秋、张石川等人。他们是中国电影的先驱，民族电影的奠基人，在拍摄条件非常简陋、艰苦，又缺乏经验的条件下，携手创办了"明星影片公司"，拍摄了中国首批无声故事片。影片内容多受"五四"精神影响，有反封建倾向，形式上保留较多的舞台程式，表演上受卓别林影响较大。主要贡献是：建立了本土电影的雏形，尤其是言情与武打片类型；开创了主流影戏，教化电影的基本叙事模式。

第一代导演中成就最大的是张石川和郑正秋。中国第一部短故事片《难夫难妻》、长故事片《黑籍怨魂》、现存最早的影片《劳工之爱情》、第一部有声故事片《歌女红牡丹》、第一部武侠片《火烧红莲寺》，以及早期最有影响的《孤儿救祖记》均出自他们二人之手。两人有各自的创作主张，郑正秋比张石川更有艺术主见与追求，张石川的制片方针是"处处惟兴趣是尚"，郑正秋则提出影片不仅要迎合观众，而且要引导观众的欣赏趣味，注重影片的故事性，结构严谨，戏剧冲突性较强。

二、第二代导演——第一个黄金时代的创造者

第二代导演，是指 20 世纪 30 至 50 年代的一批艺术家，如蔡楚生、史东山、孙瑜、应云卫、张俊祥、吴永刚、成荫、汤晓丹、沈浮、郑君里、桑弧等。第二代导演最大的成就是：由他们开始，中国电影就思想内容而言，开始真正从单纯的娱乐——"玩耍"中解放出来，开始比较深入地反映社会生活，从娱乐中发挥社会功能。他们通常通过家庭的悲欢离合去反映社会，讲究故事性，人物性格鲜明，节奏平稳缓急，善用长镜头。在艺术上，这代导演最大的特点是写实主义，同时，他们注意把写实和电影化结合起来，开始逐渐掌握电影艺术的

基本规律。可以说，中国电影从这一代导演开始，才显出自己独立的价值。

其中成就最大的是蔡楚生（《渔光曲》《一江春水向东流》）、郑君里（《乌鸦与麻雀》《聂耳》）、费穆（《小城之春》）、袁牧之（《马路天使》）、应云卫（《桃李劫》）、吴永刚（《神女》）、沈西苓（《十字街头》）和桑弧（《假凤虚凰》《太太万岁》）。他们拍出大批具有现实主义内容和民族风格的优秀影片，是中国电影成熟的标志。

这个时期，中国的电影表演艺术也从萌芽向起步阶段过渡。中国第一位引起社会广泛赞誉的女演员是阮玲玉。她自1927年主演第一部影片《挂名夫妻》起，在29部影片中饰演过角色。20世纪三四十年代，也涌现出了一大批著名电影演员。其中最为突出的女演员是胡蝶（被誉为"电影皇后"）、白杨；男演员则为金焰（被誉为"电影皇帝"）、赵丹、蓝马。女演员如王人美、周璇、黎莉莉、舒绣文、上官云珠，男演员如陶金、袁牧之、金山、魏鹤龄也给人们留下了深刻的印象。

三、第三代导演——春华秋实两辉煌

第三代导演，是指20世纪50年代起参加电影工作的导演们。他们继承老一代古朴深沉的传统，又赋予时代的新理念。内容上较多地反映社会变革，歌颂英雄，艺术上追求现实主义风格，讲究戏剧结构，注意电影特点，善用蒙太奇手法，少用长镜头。代表导演有：成荫、水华、崔嵬、凌子风、谢铁骊、谢晋、李俊。其中，谢晋与谢铁骊被称为"南北二谢"，成荫、崔嵬、水华、凌子风被称为北影的"四大帅"。

成荫较为著名的作品有《钢铁战士》《南征北战》，水华有《白毛女》《林家铺子》，崔嵬有《春之歌》《小兵张嘎》，都是这一时期的银幕佳作。凌子风的处女作《中华儿女》是一部用纪录片创作手法拍摄的故事片，是新中国最早得到国际荣誉的影片之一，《红旗谱》是他的代表作。谢铁骊的代表作有《暴风骤雨》《早春二月》等。谢晋"文革"前作品主要有《红色娘子军》《舞台姐妹》等。由郑君里、岑范执导的历史人物传记片《林则徐》被公认为新中国电影史上难得的佳作。由李准编剧、沈浮执导、崔嵬主演的《老兵新传》是这一时期反映农村生活的代表作，它也是中国第一部彩色宽银幕立体声故事片。

新中国第一位女导演王苹拍摄的《柳堡的故事》，取材新颖，显示了女性独到的眼光，被誉为"新中国的一缕温柔"，之后执导的《永不消失的电波》《江山多娇》《霓虹灯下的哨兵》等影片，更是鲜明地显示了她细腻流畅、叙事与抒情相结合的艺术风格。

这一时期活跃在银幕上的优秀演员，以各自不同风格的银幕形象在电影史上留下了深深的印记。其中女演员最为突出的有于蓝、谢芳、田华、张瑞芳等，男演员最为突出的有孙道临、于洋、谢添、陈强等。

四、第四代导演——在夹缝中探索奋斗

第四代导演，是指20世纪60年代电影学院毕业，70年代末才走上导演岗位的一批中年导演。他们是新中国第一批"科班出身"的电影导演，几近不惑之年的第四代导演一旦冲出起跑线，便显示出稳健的创作实力和持久的艺术后劲。他们以开放的视野，吸收新鲜的艺术经验，不懈地探索艺术的特性，承上启下，力图用新观念来改造和发展中国电影。他们认为中国的电影要"丢掉戏剧的拐杖"，打破戏剧式框架；他们提倡纪实性，追求质朴、自然

的风格和开放式的结构；他们注意主题与人物的意义性和从生活中、从凡人小事中开掘社会和人生的哲理。第四代导演有理论、有实践，是这一时期获得重大成就的一支导演力量。

在第四代导演中，有代表性的人物是吴贻弓（《巴山夜雨》是他的成名作，《城南旧事》是他的代表作）、吴天明（以《生活的颤音》崛起影坛，《人生》是他的代表作，《老井》《变脸》是他艺术创作的高峰）、黄健中（1979 年与张铮合导的《小花》显露才华，《如意》是他首部独立执导之作，《良家妇女》是代表作）、滕文骥（《黄河谣》《都市里的村庄》《锅碗瓢盆交响曲》）、郑洞天（《邻居》）、谢飞（《湘女萧萧》《本命年》）、黄蜀芹（《青春万岁》《人·鬼·情》《画魂》）等。

五、第五代导演——扛起影像美学的大旗

第五代导演，是指 20 世纪 80 年代相继毕业于中国电影人的摇篮——北京电影学院的一批青年导演，在中国电影史上，"第五代导演"毋庸置疑地占据着举足轻重的地位。他们有全新的电影理念，追求表现自我意识和审美理想，把情节放在次要地位，多用象征、比拟手法直抒己见，有很强的主观性、抒情性、象征性和寓言色彩。

1983 年，张军钊推出的《一个和八个》因在电影语言上以叛逆的姿态出现，被公认为"第五代导演"的发轫之作。之后，陈凯歌、张艺谋、田壮壮、吴子牛等相继推出了自己的作品，并且还公开宣称"宁愿在探索中失败，不愿在保守中苟安"。他们对新的思想、新的艺术手法特别敏锐，力图在每一部影片中寻找新的角度。他们强烈渴望通过影片探索民族文化的历史和民族心理的结构。第五代导演在选材、叙事、刻画人物、镜头运用、画面处理等方面，都力求标新立异，他们凭着全新的电影语言、冷峻的哲理反思、富有力度的银幕造型，以一种前卫姿态冲击了旧有的电影模式，给中国影坛带来了一股强烈的冲击波。第五代导演虽然人数不多，但影响深远。

陈凯歌导演的《黄土地》《大阅兵》《孩子王》《边走边唱》《霸王别姬》《风月》等作品入围重要电影节。张艺谋担任摄影的《一个和八个》《黄土地》《大阅兵》广受赞誉，他的导演生涯自 1987 年执导完成《红高粱》（改编自莫言的同名小说《红高粱》）后就一发不可收，又连续执导了《菊豆》（改编自刘恒的小说《伏羲伏羲》）、《大红灯笼高高挂》（改编自苏童的小说《妻妾成群》）、《秋菊打官司》（改编自陈源斌的小说《万家诉讼》）、《活着》（改编自余华的同名小说《活着》）、《摇啊摇，摇到外婆桥》、《有话好好说》等作品。田壮壮的代表作为《我的九月》《盗马贼》。吴子牛更热衷于战争题材的影片，较为著名的有《喋血黑谷》《晚钟》《欢乐英雄》《阴阳界》《南京大屠杀》。黄建新 1985 年以处女作《黑炮事件》震动影坛后，又陆续执导了《错位》《轮回》《站直啰，别趴下》《背靠背，脸对脸》《红灯停，绿灯行》《埋伏》等。除上述导演外，第五代的领军人物还有李少红、胡玫、周晓文、宁瀛、刘苗苗等。

六、第六代导演——游走在边缘的一代

第五代之后的第六代，或称之为"新生代"，是个比第五代含混得多的概念，内涵和外延都很模糊。大致是对第五代高潮之后，产生于 20 世纪 90 年代的一批创作新人的概称。与第五代导演相比，第六代缺少遭逢世乱、上山下乡的经历，他们大部分是学生经历、学院出身，但由于生存境遇的不同，创作也出现复杂的境况。他们的创作，一方面秉承着学院派的背景，

另一方面到自己的情感历程中开掘题材，同时还要应对当代的经济、政治环境，缝合起艺术、商业和理想之间的缝隙。但是在各种因素的规约中，"独立"成为这些导演共同的信念，不管他们是通过什么方式来努力。

与第五代导演乡土化、民俗化、历史距离化的表达不同，第六代导演关注的大多是当下中国，尤其是当下城市生活的叙述。第六代导演面向现实和城市，记述着当下经历的生活和生命的体验。他们的生活积累，主要来源于城市空间内繁复的社会生活和光怪陆离的人生百态。加之他们对同龄人的生存情景有着较深刻的体悟，因此他们的电影更倾向于以城市生活为载体，表现当代都市年轻人的生存状态，甚至叙述自己的成长经历，抒发个人的内心情感。所以，现实题材、城市变迁的写实便是他们作品的外部特征。如果说"第四代"留下了叙事电影、"第五代"创造了寓言电影，那么"第六代"打造出的则可称之为"状态电影"。由于他们比较注重表达个体对世界的体验和感觉，又有人称他们的电影为"新感觉主义电影"。

第六代导演的影片在制作方式和电影叙事方式上体现出了鲜明的非主流、非常规性，甚至有叛逆的倾向，其镜头锁定了一些社会边缘人物，关注当下城市人群的生存状态和生命感受，并且丝毫不掩饰人性的阴暗和文化的危机，裸露了生活的原生态，不仅拓展了电影的题材和主题，而且给电影语言的变革提供了新的启示。"新生代"的艺术积累和生活积淀虽然给他们的作品带来了题材单一化和类型化、艺术视野相对狭窄、表述过程中显示出了某种偏执的种种缺陷，但是他们的先锋意识和实验精神给中国电影的发展注入了难能可贵的青春气息。

第六代导演的代表作，如张元的《妈妈》《北京杂种》《东宫西宫》，王小帅的《十七岁的单车》《极度寒冷》，娄烨的《周末情人》《苏州河》，章明的《巫山云雨》《秘语十七小时》，路学长的《长大成人》《非常夏日》《卡拉是条狗》，张扬的《爱情麻辣烫》《洗澡》《昨天》，贾樟柯的《小武》《站台》《任逍遥》等，共同构成了20世纪90年代中国电影一道亮丽的风景线。

第四章　中外电影名家名作

第一节　中国电影名家名作

张石川　郑正秋　张石川、郑正秋与洪深、田汉、侯曜、欧阳予倩等为代表的早期电影人是中国第一代电影开拓创作者。从导演角色的贡献来看，张石川也是作出了极其重要贡献的电影人。他拍摄了中国电影的第一部故事短片《难夫难妻》（1913年）；拍摄了中国电影的第一部揭露鸦片毒害的《黑籍冤魂》（1916年）；拍摄了中国电影第一部比较成功的长故事片《孤儿救祖记》（1923年）；拍摄了引领电影市场风气以至不可收拾的武侠神怪连集片《火烧红莲寺》（1928年始）；拍摄了中国第一部蜡盘配音有声片《歌女红牡丹》（1930年）等。

和张石川并驾齐驱的是郑正秋，他在中国早期电影的开拓和建设上的功业同样突出。1923年编剧的《孤儿救祖记》是早期长故事片的比较成功之作，为中国电影长故事片的发展风行起了重要作用。郑正秋1928年创作的《火烧红莲寺》（第一集）在技巧上对中国电影发展有一定意义。20世纪30年代，在"左翼"的影响下，郑正秋的创作思想有了很大变化，编导了具有进步意义的《自由之花》《女儿经》等，其中最有代表性的是《姊妹花》。郑正秋一生创作了五十余部影片，为中国电影的开拓发展作出了重要贡献。

黎民伟　早期电影开拓者，编剧、导演，中国电影先驱之一，有"中国电影之父""香港电影之父"之称。1913年黎民伟编剧、黎北海执导的《庄子试妻》开创了香港电影源流。

夏衍　原名沈端先，是中国左翼电影运动的开拓者，也是杰出的剧作家、中国电影著名领导者与编剧家。他组织领导了左翼电影运动，在20世纪30年代创作出电影剧本十余部。其中默片杰作当属《狂流》和《春蚕》。《狂流》是20世纪30年代中国电影转变方向的重要开创之作，被认为是中国电影新时代的开始。新中国建立后，他编剧的《祝福》和《林家铺子》成为新中国电影的经典。

孙瑜　20世纪30年代艺术个性十分突出的导演。孙瑜的创作充满浪漫诗意和主观情感，风格独树一帜，有"诗人导演"之称。孙瑜创作的重要影片有《野玫瑰》《火山情血》《天明》《小玩意》《大路》等，显示了在抒情浪漫的艺术风格上达到的成熟。

吴永刚　20世纪30年代崭露头脚的优秀导演。1934年在田汉的帮助与支持下，编导了第一部影片《神女》，大获成功。1936年他还编导有声片《浪淘沙》《壮志凌云》等。《神女》，1934年由联华公司摄制，吴永刚编导，阮玲玉、黎铿主演。该片是30年代中默片的杰出之作，在一个相当清晰的人物故事中表现出惊人的人生复杂内涵。

袁牧之　20世纪30年代出色的剧作艺术家、导演，1934年写出第一个电影剧本《桃李劫》，并担任影片主角，成功地塑造了他的第一个银幕形象。1935 年，袁牧之又主演了《风云儿女》，扮演了浪漫诗人辛白华，也获得好评。1937 年，创作了他的代表作《马路天使》，显示出他在电影导演艺术方面的卓越才华。该片是 20 世纪 30 年代中国电影的杰出代表作，它为中国电影达到第一个高峰划上了圆满的休止符。

蔡楚生　中国第二代电影人杰出代表，继承了中国电影叙事传统而发展的典型。影片《一江春水向东流》由蔡楚生、郑君里合作编导，作为史诗悲剧艺术典范，在中国电影史上开拓了以电影手法宏观角度反映重大历史题材的道路，把个人命运与整个历史事件和时代风云有机结合，使东方艺术的特色与西方表现的优长有了较为合宜的交融。《一江春水向东流》代表了中国现实主义影片的较高水平，它的出现既是 1947 年度国产片的最佳作品，也是中国电影艺术成熟的标志。

沈浮　为 20 世纪 40～50 年代著名导演，《万家灯火》为其 40 年代代表作品，该片最突出的特点在于表现了一种朴素的写实风格。影片以独特的艺术表现力，成为中国现实主义冷峻平实电影的典范。

费穆　中国电影导演中艺术风格突出的佼佼者。1934 年到 1935 年，创作有《人生》《香雪海》《天伦》等，20 世纪 30 年代费穆的电影还有《狼山喋血记》等。影片《小城之春》有别于其他电影的特质，就在于诗化形态的影像表现，成为创造中国传统美学情境美的电影化范例，其浑然天成的诗化电影语言实践，被看成是现代电影的先驱。

石挥　20 世纪 30～40 年代从事话剧创作已经有巨大名声，在电影角色创作上也取得出色成就。《我这一辈子》是他编导的杰作。这是一部新中国建立之初最为典型的表现旧时代悲剧的上乘作品。该片旁白运用独特，在镜头运用上平静舒缓，使日常生活的流程真实映现出来，并且呼应着影片整体上的世事沧桑的悲凉之感。从某种程度上说，该片是新中国成立前现实主义影片的一种集中展现。

谢铁骊　中国第三代导演的代表人物之一。谢铁骊诗意激情和细腻精微的表达特色，使他成为人情味浓郁的独特导演。谢铁骊是编剧与导演并佳的少数名导，除《海霞》外，《早春二月》《包氏父子》《红楼梦》等都是编导合一。他还创作有《无名岛》《暴风骤雨》《知音》《今秋桂花迟》等。代表作《早春二月》的人物形象是更多带有人道主义色彩的人物，是当时新中国电影中少有的充满人道主义精神的小资产阶级知识分子艺术典型。

水华　第三代导演中的艺术精致追求者。他从影 37 年执导七部影片（《白毛女》《土地》《林家铺子》《革命家庭》《烈火中永生》《伤逝》《兰色的花》），却显示出鲜明的个人艺术风格而享有盛誉。水华的突出贡献，是建立起以民族情感、民族生活内容支撑而成的富于民族风格的影像，架通了民族化和艺术化的电影桥梁。1959 年他导演的《林家铺子》于 1983 年获葡萄牙第十二届菲格拉福兹国际电影节评委奖。

郑君里　为新中国建立之前已经创作有出色作品的第三代电影人，20 世纪 40 年代末期导演的《乌鸦与麻雀》为中国讽刺喜剧的杰作。代表影片《林则徐》为郑君里、岑范执导，赵丹主演，海燕电影制片厂摄制。

李俊　第三代电影人，一生艺术追求独特，20 世纪 80 年代有《归心似箭》等出色创作。《农奴》是 60 年代影像造型的突出创作，也是在彩色片已经发达时代而运用黑白色调与造型表现相当出色的经典影片。

谢晋 无疑是第三代电影人中最具代表性的人物。细致抒情和精到的镜头语言，处理敏感政治命题时的大胆与适度分寸，使他在同期导演中独树一帜。他是第三代导演中创作绵延不断，跨越了几个不同时期的少有代表。最为重要的作品有《女篮五号》《红色娘子军》《舞台姐妹》《天云山传奇》《牧马人》《高山下的花环》《芙蓉镇》等。

吴贻弓 第四代电影人中的优秀代表。早在 20 世纪 70 年代末期的《巴山夜雨》中已经体现了散文式表现和诗意塑造的风格特点。《城南旧事》为 1982 年上海电影制片厂出品，也是 20 世纪 80 年代散文式结构风格最为突出的代表作。

郑洞天 第四代电影人中的出色导演，他创作有《鸳鸯楼》《台湾往事》等作品。《邻居》为郑洞天和徐谷明导演，1981 年北京青年电影制片厂出品。影片以平实冷静的纪实形态，为改革开放时期中国电影现实主义创作拉开了大幕，印证了纪实美学电影的魅力，影响深远。它的意义就在于使中国电影的现实主义传统得以恢复，使中国电影回到了世界电影的轨道上。《邻居》所代表的纪实化倾向、实景拍摄、自然光效、生活化表演、长镜头运用等，是对戏剧化电影的反拨，影片从结构方式、镜头语言、表演等多方面带来新气象。

张暖忻 作为第四代电影人中女性导演的代表，张暖忻为中国电影艺术创新作出了贡献。《沙鸥》为 1981 年北京青年电影厂出品，该片的突出之处在于：用非职业演员担当主角，大量实景拍摄，较多运用长镜头表现生活流程等，使影片接近生活真实。而在表现上又格外注重人物内心情感的描绘，采用综合手段不拘一格表情达意，成为纪实潮流片中更多渗透心理起伏的影片，在艺术探索上引人注目。1985 年的《青春祭》是散文式电影的出色之作。

颜学恕 1985 年，属于"第四代"导演序列的颜学恕拍摄了《野山》，这是一部荣获第六届金鸡最佳故事片等五项大奖的优秀现实题材影片，影片还获得第八届法国南特三大洲国际电影节大奖。

张艺谋 无疑是中国第五代导演中艺术多样化、成就最为出色的代表，也是中国导演中具有世界声誉的代表人物。他第一部执导的《红高粱》是创新意识真正得到体现的佳作。影片中强烈的理想精神和对人性的张扬达到最为酣畅淋漓的程度，影像锻造的世界为千百年来压抑隐忍人性打开了鲜活快意的天地。张艺谋第一部正式导演之作，就以开合纵横的大气创造了视觉的欢宴。

早期张艺谋以执导充满中国文化的文艺电影著称，艺术特点是细节的逼真和主题浪漫的互相映照，善于电影色彩运用和捕捉人物细腻内心。20 世纪 80～90 年代末代表作《红高粱》《菊豆》《大红灯笼高高挂》《秋菊打官司》《活着》《一个都不能少》《我的父亲母亲》等影片在国内外屡屡获奖，并三次提名奥斯卡和五次提名金球奖。2002 年后，商业片代表作《英雄》《十面埋伏》《满城尽带黄金甲》及《金陵十三钗》，两次刷新中国电影票房纪录、四次夺得年度华语片票房冠军。

陈凯歌 陈凯歌也是第五代电影导演中的重要代表，厚重感和描绘思考状态是他的特色。从《黄土地》开始，到《大阅兵》《孩子王》《边走边唱》《霸王别姬》《风月》等，经历了人文思考到人性思考的过程。从最初创作开始，人文思考便成就了他的名声。1984 年的《黄土地》横空出世，是中国电影"第五代"标志性的作品。人文思考的深度是《黄土地》震撼人心的主要所在，影像语言的自觉把握是该片的另一艺术价值。1992 年的《霸王别姬》，凭借其娴熟的艺术技巧及内蕴丰厚的东方化的人文主题获得戛纳电影节金棕榈大奖。

陈凯歌承担了第五代"名称守望者"的角色，但最后也走到了商业大片的道路上。新世纪的代表作还有《和你在一起》《无极》《梅兰芳》《赵氏孤儿》《搜索》等。

黄建新　第五代电影人中出色代表之一。在第五代电影人中黄建新的电影是艺术理想阐释和关注社会现实结合较好的典型，他对新时期都市电影的探索表现，是具有独特点的。他在 20 世纪 80 年代就以《黑炮事件》的艺术探索而崭露头角。90 年代以后表现都市生活的"城市三部曲"——《站直啰，别趴下》《背靠背，脸对脸》《红灯停，绿灯行》，心理三部曲——《说出你的秘密》《谁说我不在乎》《求求你　表扬我》等获得很高声誉。其中，《背靠背，脸对脸》无疑是黄建新电影的代表性作品，名列都市电影的优秀代表之列。

2009 年和 2010 年，他分别执导了《建国大业》和《建党伟业》，为主旋律电影的商业化探索作出了重要贡献。

霍建起　霍建起的电影带有较浓厚的唯美色彩、内敛含蓄的文艺质感，是电影圈内公认的文艺片导演。作为第五代电影人中的后起者，霍建起后发制人，1995 年独立执导第一部影片《赢家》，获得当年中国电影金鸡奖导演处女作奖。《那山，那人，那狗》是他的代表作，影片诗意风格的表现最为引人注目，是 20 世纪 90 年代中国民族传统散文诗意电影的典范。

贾樟柯　作为第五代之后的新一代电影人，1997 年毕业于北京电影学院文学系。但他还没有从电影学院毕业就拍摄了他的第一部录像片《小山回家》，获得了 1996 年香港独立短片及录像比赛故事片金奖。其 1997 年的作品《小武》打破传统，以对于人的认识来关照对一个窃贼的表现。该片的纪实手法老道而自然，透露出导演看待生活的眼光，充分显示了贾樟柯对人性认识的深度。此片获得多个国际奖项。

进入新世纪以来，他先后执导了《站台》《任逍遥》《世界》《三峡好人》《天注定》等几部长片。其中，《三峡好人》在 2006 年威尼斯电影节上一举拿下金狮大奖。

从《小武》发端，到引起广泛关注的《天注定》，贾樟柯的影像世界正在逐步成为理解中国的一种特殊方式，亦在重新诠释中国电影的现实主义。与曾经流行的批判现实主义相比，贾樟柯的叙事更为沉静和不张扬，从不做单纯的道德判断，而是通过个性鲜明的纪实性风格展开；与现代虚无主义相比，贾樟柯更是从不故弄玄虚，倾力专注于历史变迁中的细枝末节，在冷酷的现实中保持着一种温暖的基调。

陆川　陆川是更为年轻的导演，《寻枪》是他的第一部作品。第二部影片《可可西里》讲述的是可可西里反盗猎巡山队的命运，作者对自然与人生残酷性的真切把握动人心扉。整部影片像一则新闻报道，又像一部纪录片。影片是陆川创作深刻性的体现，也是代表新世纪中国电影成绩的重要标志之一。其他代表作还有《南京！南京！》《王的盛宴》。

宁浩　2006 年，宁浩导演拍摄的小成本喜剧电影《疯狂的石头》广受业内外好评，并荣获多项导演大奖，令其成为青年新锐导演。另有代表作《疯狂的赛车》《无人区》等。

冯小刚　冯小刚是世纪交接时期都市影像表现的佼佼者，也是新时期中国娱乐电影的引领者。从他的《甲方乙方》开始了大陆贺岁喜剧电影的创作，取得很大成功。而后的《不见不散》《没完没了》《一声叹息》《手机》《天下无贼》除了作为贺岁片获得高票房之外，都不由自主地涉及了现代生活情感难题，开拓了本土娱乐电影的制作策略。

在中国的大片时代里，冯小刚力作频出，成为中国电影市场的领军人物。代表作有《夜宴》、《集结号》、《非诚勿扰》系列、《唐山大地震》、《一九四二》、《私人订制》等。

姜文 著名演员、导演、编剧。姜文 1984 年毕业于中央戏剧学院，作为演员的他 24 岁即凭借在《芙蓉镇》中的优秀表现获得了 1987 年大众电影百花奖最佳男演员，之后的一系列作品也都产生了较大的反响，包括获得 1988 年柏林国际电影节金熊奖的《红高粱》、获得 1993 年中国电视金鹰奖的《北京人在纽约》等。作为导演的姜文亦获得较多肯定，自编自导的处女作《阳光灿烂的日子》被《时代周刊》评为"95 年度全世界十大最佳电影"之首；抗战题材影片《鬼子来了》在 2000 年第 53 届戛纳国际电影节上荣获了评审团大奖；2005 年的《太阳照常升起》以环形叙事结构的方式，魔幻现实主义的影像风格，让人眼前一亮；2010 年末上映的黑色幽默贺岁电影《让子弹飞》刷新了国产电影的多项票房纪录。姜文导演的性格与气质影响到了影片的特征与风格，这种特质逐渐成为了他电影作品的符号，进而被业内及观众所认可。

王小帅 新生代导演代表人物之一。个体自我意识的觉醒以至于在强大的环境压抑中的变形扭曲是王小帅电影的一个重要主题意向。代表作品有《扁担·姑娘》《青红》《十七岁的单车》《左右》《我 11》等。

胡金铨 以武侠电影独步光影时空，并能取得大师称号的，在港台地区非胡金铨莫属。1972 年他执导的武侠片《侠女》曾荣获戛纳电影节综合技术大奖，使得西方第一次领略了中国武侠片的独特魅力。胡金铨的影片皆有历史背景，服装道具等细枝末节务求巨细，风格则追求古朴凝重，透出禅学意味。另有武侠代表作《大醉侠》《龙门客栈》等。

吴宇森 香港电影"暴力美学大师"（昆汀·塔伦蒂诺也被贴上了暴力美学的标签）。1986 年在徐克的帮助下执导《英雄本色》引起巨大轰动，成为当年度最卖座的电影，荣获第六届香港电影金像奖最佳影片和最佳男主角奖，由此开创了"吴氏暴力美学"的先河。后来的《英雄本色 2》（1987 年）和《喋血双雄》（1989 年）都沿袭了这一风格。1993 年纵身好莱坞，凭借《断箭》《变脸》《碟中谍 2》等商业大片使其在国际影坛名声大噪，是继李小龙、成龙之后，进入好莱坞的第三位华人明星。2010 年获第 67 届威尼斯电影节终身成就奖。

王家卫 王家卫的电影有很酷很炫的形式感，具有极端风格化的视觉影像，富有后现代的表述方式以及对都市人群精神气质的敏锐洞察力。从 1991 年的《阿飞正传》到 1995 年的《堕落天使》，不断涌现的出色作品完成了王家卫对自我艺术风格的建立和巩固。1997 年，王家卫凭《春光乍泄》一片获得了戛纳电影节的最佳导演奖。主要作品还有《旺角卡门》《东邪西毒》《重庆森林》《花样年华》《2046》《一代宗师》等。

许鞍华 香港电影新浪潮代表人物，许鞍华是目前香港地区最突出的女性导演。她的电影注重内心体验，既有知识分子的敏锐犀利，又有女性独有的细腻和含蓄。1979 年执导电影处女作《疯劫》，被认为是香港新浪潮电影代表作之一。另有代表作：《半生缘》《玉观音》《天水围的日与夜》《女人四十》《桃姐》等。

杜琪峰 香港电影的顶梁柱，风格化导演。黑色影像风格加上人物悲情宿命，流露出对人生无常的主题，对现实生活的无情解剖，追求故事情节独具匠心以及电影技法的创新求变。1997 年自组银河映像公司，摄制了一批风格强烈的作品，他与编剧兼导演的游达志、韦家辉被合称为"银河映像铁三角"。此后由他担任监制或导演的影片包括《暗花》《一个字头的诞生》《两个只能活一个》《非常突然》《真心英雄》《再见阿郎》《孤男寡女》《枪火》《暗战》《瘦身男女》《PTU》等。

尔冬升　尔冬升是演而优则导的典范，他的电影细腻真实。写实是他最突出的创作风格，煽情是其影片最常用的利器。他是极具文艺气质的导演，纵观他的作品都透出一种人文关怀让人唏嘘不已。代表作有《新不了情》《旺角黑夜》等。

徐克　香港电影领军人物，香港新派武侠电影大师。1979 年导演《蝶变》，1983 年引进特技指导科幻武侠片《新蜀山剑侠》。1984 年创立电影工作室，导演《打工皇帝》《刀马旦》，重新打造《黄飞鸿》系列武侠片，并监制《英雄本色》《倩女幽魂》，开创枪战英雄片和神怪武侠片的新潮流。近年作品有《狄仁杰之通天帝国》《龙门飞甲》《狄仁杰之神都龙王》等。

周星驰　华语喜剧大师，有香港"喜剧之王"之称，无厘头电影始祖，是一位在全球和华人社会极具影响力的著名电影演员兼导演。曾自编自导自演《国产凌凌漆》《大内密探零零发》《食神》《少林足球》《长江七号》《功夫》等多部影片，主演《大话西游》《逃学威龙》《鹿鼎记》《唐伯虎点秋香》《喜剧之王》等多部经典影片，六度打破香港电影票房纪录和获得八个年度冠军，为打破香港电影票房纪录最多者和年度冠军纪录保持者。

陈可辛　被誉为香港最具风格、文艺气息的导演之一，其代表作品《甜蜜蜜》是华语圈公认的最经典爱情电影之一，斩获香港电影金像奖九项大奖。迄今执导或监制的作品包括《金枝玉叶》《如果·爱》《门徒》《投名状》《十月围城》《中国合伙人》等经典影片。

李安　在华人导演中，李安无疑是一个标杆性的人物，享誉世界影坛。从《推手》《喜宴》《饮食男女》《理智与情感》《冰风暴》《卧虎藏龙》《断背山》《色·戒》到《少年派的奇幻漂流》，李安拍摄了各种不同的电影题材，无论是伦理、武侠、喜剧甚至科幻，他都能从容驾驭，独特的经历让他在东西方文化里游刃有余，两种不同文明的冲击造就了李安与众不同的视野和气质，兼具东方传统的温文尔雅和西式的洒脱不羁。李安凭借《喜宴》和《理智与情感》两次获得柏林电影节金熊奖，凭借《断背山》和《色·戒》两次获得威尼斯电影节金狮奖，凭借《卧虎藏龙》获得奥斯卡最佳外语片奖，凭借《断背山》和《少年派的奇幻漂流》两次获得奥斯卡最佳导演奖，成为当今国际影坛声名最盛的华人导演。

侯孝贤　中国台湾新电影最重要的代表人物。早期作品有《风柜来的人》《冬冬的假期》《童年往事》《恋恋风尘》。1989 年执导《悲情城市》获第 26 届台湾电影金马奖最佳导演奖和第 46 届威尼斯国际电影节金狮奖最佳影片。其影片中，那些即兴式的街头、乡间实景拍摄，混合职业及非职业演员的真实自然表演，运用画外音、长镜头、空间景深营造的情绪张力及诗意氛围，都成为其作者电影的标志。

杨德昌　台湾地区著名电影导演，其电影作品深刻、理性，有强烈的社会意识，形成了纪实、隽永、朴素的艺术风格，被称作"20 世纪 90 年代最具影响力的台湾大师之一""台湾社会的手术刀"，在世界影坛享有盛誉。代表作品有《光阴的故事》《牯岭街少年杀人事件》《一一》。2000 年凭借影片《一一》获得第 53 届戛纳电影节最佳导演奖，2007 年获得金马奖终身成就奖。

第二节　外国电影名家名作

格里菲斯　美国的格里菲斯是"最后一分钟营救"蒙太奇手法的创造者。他于 1915 年编导的《一个国家的诞生》是早期电影的集大成之作。格里菲斯创立的"平行剪辑""最后一分钟营救"等叙事手法影响巨大，成为经典叙事模式。1916 年，格里菲斯进行了可能是电影史那时为止最具野心、最为宏大的制作——编导《党同伐异》。在《党同伐异》中，平行交替蒙太奇所营造的"最后一分钟营救"的叙事模式得到了更多、更强烈的表现。

弗拉哈迪 1922 年因制作《北方的纳努克》，而被称作"纪录影片之父"。影片展现了北美爱斯基摩人在冰天雪地中的生活场景。对于弗拉哈迪来说，重要的并不在于严格忠实于事实，他要求自己成为影片内容的积极参与者，其创作指导思想是把非虚构的生活场景同自己的想象与诗意完美地结合起来。

法国"印象派"电影 20 世纪 20 年代，以德吕克为中心，包括阿倍尔·冈斯、谢尔曼·杜拉克、让·爱浦斯坦、马赛尔·莱皮埃等人组成了法国电影中的"印象派"。印象派电影深受印象派绘画的影响，其特点是：不注重影片的故事情节，着重创造氛围，以风景或背景作为影片中的重要角色，追求造型美、新奇的视觉形象和新颖的拍摄角度。德吕克有代表作《流浪女》，冈斯在印象派导演中最富创造性，其最脍炙人口的作品是《车轮》。

爱森斯坦 苏联蒙太奇学派是指在 20 世纪 20 年代到 30 年代初期活跃于苏联影坛，对蒙太奇的理论与实践作出过贡献的艺术家群体，爱森斯坦是其中的代表人物，被誉为是对整个人类文化史进程有所影响的人。《战舰波将金号》是爱森斯坦实践自己蒙太奇理论的杰出作品，"敖德萨阶梯"是影片中运用蒙太奇结构的最杰出段落。他导演的电影还有《十月》《涅夫斯基》《伊万雷帝》等，另外他还著有专著《电影艺术四讲》等。

英国纪录电影运动 第二次世界大战前，英国最重要的电影现象是出现了由约翰·格里尔逊领导的纪录电影运动。1929 年，格里尔逊拍摄了著名影片《漂网渔船》。这部在真实生活场景中摄制的影片，运用了由爱森斯坦和普多夫金发展的交响乐式的影片结构原则和强有力的剪辑手法，富有诗情画意。

奥逊·威尔斯 奥逊·威尔斯以其不朽杰作《公民凯恩》作为现代电影观念的开拓者，在电影艺术殿堂中占据不可动摇的位置。1941 年的世界电影史因为《公民凯恩》而收获了"有史以来最伟大的影片"。影片的问世成为划分现代电影和传统电影的转折点。现代电影在叙事结构、表现技巧和表达方式三个主要元素上和传统电影划开界限。该片在电影语言和视听元素的表现技巧上也作出了创造性的贡献，影片中系统运用了深焦距景深镜头、长镜头段落、运动摄影、音响蒙太奇、带天花板的背景处理、高速度剪接等表现手段，成为一部现代电影的典范之作。

英格玛·伯格曼 英格玛·伯格曼是瑞典电影大师，20 世纪 50 年代中后期创作有《第七封印》《野草莓》等影片，跻身于世界著名导演的行列。六七十年代以后，伯格曼的主要影片有"沉默三部曲"和《呼喊与细语》《秋天奏鸣曲》《芳妮和亚历山大》等。他将意识流的表现技巧引入电影，自如地把人的冥想、梦幻与现实置于同一个时空环境，使人的主观世界与客观世界合一。

安东尼奥尼 米开朗基罗·安东尼奥尼是意大利现代主义电影大师。其作品主要是"关于人类感情的三部曲"：《奇遇》《夜》和《蚀》，以及他的第一部彩色影片《红色沙漠》。作为第一部彩色影片，安东尼奥尼创造性地运用色彩作为表意符号，此片被称为"电影史上第一部彩色影片"。

费里尼 费里尼是具有国际声誉的电影大师。无所不在的自传元素，苦涩、伤感的幽默风格和神秘的、超现实主义的、高度个人化的想象，幻想的银幕世界成为费里尼影片三个举世公认的美学特征。20 世纪 60 年代，他拍摄了著名的"背叛三部曲"：《甜蜜的生活》《八部半》和《朱丽叶塔的精灵》。《八部半》是最能代表费里尼创作思想和艺术风格的自传性很强的影片。

特吕弗 特吕弗是"电影手册"派和新浪潮电影的主要人物。在他不算长的 26 年导演生涯中，共拍摄了 24 部影片。其中，27 岁时拍摄的《四百下》荣获戛纳电影节 1959 年最佳导演奖及其他四项奖，影片如《枪击钢琴师》《野孩子》《朱尔和吉姆》《黑衣新娘》《偷吻》《美国之夜》等为他赢得了国际声誉。他的封镜之作《巴黎最后一班地铁》也是一部相当完美的作品。

施隆多夫 福尔科·施隆多夫是 20 世纪七八十年代再掀创作高潮的新德国电影的代表。他创作有《丧失名誉的卡塔琳娜·布鲁姆》等影片。1979 年，他将德国著名作家京特·格拉斯的同名小说《铁皮鼓》搬上银幕，成为新德国电影的重要代表作。

法斯宾德 法斯宾德是新德国电影最重要的作者，"绝望"是其风格的标记。他 13 年间共执导了 43 部影片，从 20 世纪 70 年代后期开始，法斯宾德拍摄了著名的反映德国妇女生活与命运的"德国女性四部曲"：《玛丽娅·布劳恩的婚姻》《莉莉·玛莲》《洛拉》和《维洛尼卡·福斯的欲望》。

塔尔科夫斯基 安德烈·塔尔科夫斯基是 20 世纪 60 年代苏联出现的一位最具独创风格的青年导演，被称为"银幕诗人"。凭借 1962 年创作的故事片处女作《伊凡的童年》一举成名，《镜子》是他的一部饱含深情的反思之作，既是一部生命个体的回忆录，同时也是人类文明的启示录。

新好莱坞与《邦妮和克莱德》 电影史通常将 20 世纪 60 年代发生转变以后的好莱坞统称为"新好莱坞"。1967 年，影片《邦妮和克莱德》等以对传统好莱坞类型电影的反讽和对传统价值观念的反思，拉开了新好莱坞的序幕。

科波拉 新好莱坞的辉煌时代在 20 世纪 70 年代，拍摄有《教父》《现代启示录》的科波拉就是典型代表。科波拉的《教父》系列被称为具有精湛的通俗影片样式的黑帮片，比昔日强盗片具有更驳杂的内容、更宽广的涵盖面，以及更加复杂的人性展示。1979 年的《现代启示录》则成为越战片中的经典。

希区柯克 美国著名电影导演，号称"悬念片大师"。他善于用悬念手法编导电影，作品十分引人入胜。代表作有《三十九级台阶》《狂乱》《蝴蝶梦》《后窗》《惊魂记》《西北偏北》《迷魂记》等。

斯皮尔伯格 美国著名电影大师、编剧和电影制作人，举世闻名的"梦工厂"电影制作公司创始人之一。在电影导演生涯中，斯皮尔伯格曾触及多种主题与类型，有科幻、战争、奴隶制度与恐怖主义等题材。斯皮尔伯格曾两度荣获奥斯卡最佳导演奖，他有三部电影《大白鲨》（1975 年）、《E.T. 外星人》（1982 年）与《侏罗纪公园》（1993 年），曾打破全球票房纪录，成为当时最卖座的电影。至今，斯皮尔伯格执导的电影收入在全球已超过 90 亿美元，名列全球第一。另外，《夺宝奇兵》《辛德勒的名单》《拯救大兵瑞恩》等影片持续不断获得成功，成为美国电影界的神话。而《辛德勒的名单》无疑是他最具艺术价值的代表作品。

迪斯尼 美国动画片大师，号称"卡通片之父""动画王国国王"。他从 20 世纪 30 年代起，编导制作的大批动画片，如《米老鼠》《唐老鸭》《白雪公主》《小红帽》等，风靡了全世界，成为世界上拥有最多观众的电影。他利用丰厚的收入，在洛杉矶创办了世界上第一座游乐园——迪斯尼乐园，后来还在巴黎、东京等地陆续创办了迪斯尼乐园。

阿巴斯　阿巴斯是伊朗导演中被誉为"20 世纪 90 年代世界舞台上出现的最重要的电影导演"，他的创作整体影响着伊朗电影的发展，代表作品包括《哪里是我朋友的家》《生生长流》《橄榄树下》等，《樱桃的滋味》更是集大成之作，一举摘得了戛纳电影节金棕榈大奖。之后执导的《随风而去》又喜获威尼斯电影节评委会大奖。

小津安二郎　小津安二郎是日本电影史上最具有民族审美形态风格的大师，被认为是日本无声电影走向最纯和最高形式的一位艺术家。重要作品有《浮草物语》《东京物语》《秋刀鱼的滋味》等。20 世纪七八十年代，小津风靡全球，赢得了世界影坛的广泛认同。

黑泽明　日本著名导演，被称为"电影天皇"。26 岁进入电影圈，一生导演了 31 部电影，编写的剧本拍成了 68 部电影，美国著名导演斯皮尔伯格称他为"电影界的莎士比亚"。1950 年推出的《罗生门》，获得 1951 年威尼斯电影节大奖，成为第一位受到国际承认的日本导演，从此打破欧美影片垄断的局面，为世界第一次打开了认识日本乃至亚洲电影的大门，迎来了日本电影的黄金时代。其他代表作还有《七武士》《影子武士》《乱》《梦》《红胡子》等。1990 年黑泽明获得奥斯卡终生成就奖。

沟口健二　被称为日本电影界的"女性电影大师"，他所执导的绝大多数影片是描写妇女问题的，特别是最底层的妓女问题。他同时还是一位多产的导演，在他 34 年的电影生涯中，共编剧和导演了 79 部影片。其中，《浪华悲歌》《青楼姐妹》《西鹤一代女》《近松物语》四部影片，被公认为是他的代表作。

大岛渚　大岛渚是受"新浪潮"影响而最有声望的日本电影导演，他的《爱和希望之街》《青春残酷物语》《东京的夜与雾》《太阳的坟地》可以说是典型的日本帮派片，成为日本电影"新浪潮"的代表作。其影片的两大主题是性与暴力，其中最有代表性的是《感官王国》和《情感王国》。

第五章　电影的类型与体裁

电影的类型是指适应不同欣赏需要而产生差异的创作模式、范畴和形式，包括大至片种的类型、中至内容的类型、小到表现的类型等。

（1）片种的类型指故事片（剧情片）、纪录片、戏曲片、科教片、美术片（动画片）等相对类型的划分。

（2）内容的类型指注重内容表现性质和题材差异的类型划分。包括喜剧、悲剧、正剧的表现内容的类型区别，历史剧、现代剧的对象内容的区别，农村、都市、儿童、军事等题材的区别，等等。

（3）表现的类型指体裁性质的类型范畴，如西部片、歌舞片、强盗片、科幻片等。

故事片　以表现剧情为主，是电影的主体，被称为"正片"，其影响最大，种类最多。根据风格、题材内容，可分为喜剧片、悲剧片、历史片、古装片、神话片、儿童片、战斗片、武打片（功夫片）、动作片、枪战片、侦破片、推理片、科幻片、生活片、伦理片、言情片、青春片、恐怖片、灾难片、音乐片等。

纪录片　纪录片是以真实生活为创作素材，以真人真事为表现对象，并对其进行艺术的加工与展现，以展现真实为本质，并用真实引发人们思考的电影或电视艺术形式。纪录片的核心为真实。根据纪录对象和表现手法的不同，可以分为历史纪录片、传记纪录片、新闻纪录片、生活纪录片、人文地理片和专题系列纪录片等。

戏曲片　戏曲片是中国民族戏曲与电影艺术结合的一个片种，是电影中唯一具有鲜明民族特色的电影类型，以戏曲种类特点表现和戏曲特有形式保持为艺术特色。

科教片　科教片指利用电影特技，讲解某些科学常识的影片。教学片也属于这一大类，纪录专家、教授、教练教课示范的内容，如教外语、教文艺、教体育及医学谈话等。

美术片　美术片的角色不由演员扮演，而通过人工绘制、制作，再由人工配音。包括动画片（卡通片）、木偶片、剪纸片等都采取"逐格拍摄"法，即拍一格画面停一下，再换另一幅画，或将木偶、剪纸稍作移动。由于其中的角色和动作完全由人工绘制或操作，所以能随心所欲的创造出各种神奇场面，最擅长拍摄动物、神话题材，深受儿童喜爱，在广告片、科幻片中也大显身手。电脑和三维动画技术的出现，使美术片的技术手法进入了一个全新的阶段。

武侠片　武侠片亦称"武打片""功夫片"。由中国首创的表现中华武术技艺的影片，是中国电影贡献于世界电影的特色类型。20世纪20年代默片时期，明星影片公司根据平江不肖生所著《江湖奇侠传》改编摄制《火烧红莲寺》后，此类影片一时群起，但多为神怪荒诞之作。20世纪50年代香港电影界摄制具有中国民族特色、讲究实战技击的《黄飞鸿》并取得成功，武侠片从此开始扬名影坛。70年代香港影星李小龙主演以真实武功为表演手段的《精武门》等影片后，武侠片作为一种新的电影样式屹立于世界影坛。80年代由中国武术运动员李连杰主演的《少林寺》等影片，更是风靡一时。新世纪产生了武侠功夫大片如《卧虎藏龙》《十面埋伏》《七剑》等，更加推动了武侠片在市场中的坚实地位。

贺岁片 "贺岁片"这一说法是由素有"东方好莱坞"之称的香港传入内地的。所谓贺岁片，是指在元旦、春节期间上映的电影。寻求欢乐和放松，是观众在逢年过节，尤其是春节期间普遍的心理需求，这就决定了贺岁片的风格：轻松幽默，具有强烈的观赏性和娱乐性，因此其题材多与百姓节日期间喜庆、祝福的生活与习俗相关，形式多是娱乐性、消遣性较强的喜剧片和动作片。

贺岁片最早起源并流行于香港。从20世纪80年代开始，每到岁末香港演艺圈内的一些明星都会自发地凑到一起，不计片酬地拍几部热热闹闹、喜气洋洋的影片献给观众。这些影片大多以"恭喜发财""家有喜事""福禄寿喜"等象征吉祥如意的词来命名，内容上也基本满足以下两点：首先是喜剧，其次有一个相对圆满的大团圆结局。1995年成龙的《红番区》是第一部以"贺岁片"名义引进内地的影片，当年的全国票房收入仅次于好莱坞大片《真实的谎言》。1998年著名导演冯小刚拍出了中国内地第一部贺岁片《甲方乙方》，开启了中国内地的贺岁片市场。该片获得当年"百花奖"最佳男、女主角和最佳故事片三项大奖。该片在票房上取得的成功引发此后几年的贺岁片大战，也催生了一个成熟的放映档期——贺岁档。

主旋律影片 中国文化管理部门提倡的"主旋律"是指"反映社会进步总潮流的时代精神"，与这种政治氛围相一致，中国的主旋律电影在20世纪80年代中后期开始呈现出快速发展的趋势。主旋律电影最常见的两类题材是革命历史题材和体现时代精神的当代社会生活题材。革命历史题材出现过一些有影响力的作品，如《开天辟地》《大决战》《焦裕禄》等；现实题材则更为丰富多彩，思想内容也更加充实，有一些也确实能真正反映现实社会人们的思想价值观和文化价值观，如《人生》《过年》等。

西部片 西部片是美国电影中最古老的样式之一，主要以美国西部为故事背景，以19世纪下半叶美国人开发西部荒野土地为题材的影片。西部片被认为是最能反映美国人的民族性格和精神倾向的影片类型。

第一部西部片是1905年埃德温·鲍特拍摄的《火车大劫案》。20世纪30年代末一大批经典之作产生，其中最著名的是约翰·福特执导的《关山飞渡》。其他经典的西部片还有《红河》《正午》，代表了西部片在艺术上所能达到的最高水平。20世纪70年代后，西部片作为一种类型近乎消失了。90年代伊始，影片《与狼共舞》《不可饶恕》重新获得成功，使久违的西部片再次呈现强劲势头，不过，这与传统意义上的西部片已经有了较大差异。

强盗片 强盗片的特点是涉及到暴力和犯罪，常以现代都市为背景，着力描写被社会摈弃的人群以及他们对"美国梦"的执着追求。强盗片一般以一桩罪案的始末为内容，影片重点表现强盗犯罪和落网的过程。

20世纪30年代是强盗片的黄金时期，《小凯撒》《疤脸大盗》是当时较为突出的作品。由马丁·斯科西斯导演拍摄的《出租汽车司机》，把"黑色电影"推向新高度。1972年的《教父》和1974年的《教父》（续集）不仅为强盗片争得了第一座奥斯卡最佳影片金像奖，而且为这一类型的影片开创了新的模式——史诗性的、家族式的强盗片模式。

音乐歌舞片 歌舞片是美国电影的传统样式之一，产生于20世纪20年代，第一部歌舞片是《爵士歌王》，它同时也作为第一部有声片而享誉世界电影史。歌舞片在30年代极为繁荣，著名影片有《蒙特卡罗》《1933年的掘金女郎》《42号街》等，都尽情铺演奢华宏大的舞蹈场面。

主导歌舞片样式的往往不是编剧，而是歌舞明星，其中最著名的是金·凯利，其代表作有《一个美国人在巴黎》《雨中曲》等，后者是歌舞片的经典之作。20世纪五六十年代，为了对抗电视业的冲击，好莱坞拍摄了一批根据百老汇大型歌舞剧改编的大场面影片，其中包括《俄克拉荷马》《西区故事》《窈窕淑女》《音乐之声》和《滑稽女郎》等豪华巨片。20世纪七八十年代，歌舞片仍然具有生命力，其风格样式随着时代的变化而呈现出新的特点，代表影片包括《歌厅》《爵士春秋》《闪电舞》和《保镖》等。

恐怖片 恐怖片最早出现于20世纪20年代德国表现主义电影中，《卡里加里博士》成为有影响力的第一部恐怖片。1931年，两部堪称恐怖片经典的影片首先映入了观众的眼帘：《德拉库拉》和《弗兰肯斯坦》。

恐怖片有的是靠制造悬念加重影片情节的惊险性和恐怖感的情节恐怖片，有的则是内容离奇荒诞的科学幻想恐怖片。几十年来，恐怖片始终在发展，并且随着科技手段的发展而变化。

公路片 公路片是美国电影的"现代专利"。有人将美国称为"汽车轮子上的国家"，汽车是美国人便捷的交通工具，同时也是现代美国生活方式的重要象征。美国高速公路四通八达，在汽车文化熏陶之下成长起来的美国人，常常驾驶着汽车摆脱生活的烦恼，追寻虚无的梦想，他们的独特心态可以用一个与公路和汽车相关的词语来表达，那就是：在路上——没有过去和未来，只有令人触目惊心的现在。公路片的起始作品是《邦妮和克莱德》。

越战片 美国对越南发动的侵略战争，无论从哪个角度来说都是一场惨痛的教训，它带给整个美国以深刻的反思。20世纪70年代以来，美国电影人拍摄了为数可观的与这场战争有关的影片，它们被称为"越战片"。其中堪称经典的有《猎鹿人》《现代启示录》《野战排》《生于七月四日》等，这些影片在国际电影节上频频受到青睐，都获得过各类大奖，同时也成就了一批好莱坞著名导演。

科幻片 现代美国电影的重要类型之一，于20世纪70年代兴起。奠定科幻片在好莱坞地位的影片是由乔治·卢卡斯执导的《星球大战》，这部采用了360种特技，制作费用高达1000万美元的影片向观众展示了神奇的宇宙和星际奇观。尽管它归根结底讲述的不过是一个善恶争斗的老套故事，但观众还是蜂拥而至，影片赢利高达四亿美元，在全世界范围内引起了轰动。

家庭伦理片 家庭伦理片的兴起是电影界对战后美国倡导的社会价值观念和由此衍生的一系列社会问题进行反思的结果。

1979年，一部名为《克莱默夫妇》的影片公映了，它没有起伏跌宕的波澜，也没有精美绝伦的制作，却成为该年度最卖座影片，赢得了包括最佳影片在内的奥斯卡五项大奖。该片讲述了一个普通美国家庭的故事，回应了人们回归传统、找寻新的秩序与平衡的强烈心声，尽管影片本身未对克莱默夫妇的家庭问题给出答案，但问题提出的本身就引发了家庭伦理片的热潮。

    20世纪80年代后，反映家庭亲情、伦理道德的影片成为好莱坞类型片中最受欢迎的一类，同时这类影片也成了奥斯卡的"得奖专业户"。《普通人》（1980年）、《金色池塘》（1981年）、《母女情深》（1983年）、《汉娜姐妹》（1986年）、《雨人》（1988年）、《为戴茜小姐开车》（1989年）等先后在奥斯卡的领奖台上领尽风骚。进入20世纪90年代，《钢琴课》《廊桥遗梦》等影片仍可看作是探讨家庭伦理问题的力作。

第六章　中外电影节及其评奖

一、中国电影评奖

百花奖　原名"大众电影百花奖"，由《大众电影》杂志 1962 年创办，两届后停办，1980 年恢复为第三届，之后每年一届。奖杯为"百花仙子"雕像，寓意百花齐放、文艺繁荣。该奖项的特点为群众投票，代表观众意见，反映票房价值。第一届"百花奖"最佳故事片是《红色娘子军》。

金鸡奖　即"中国电影金鸡奖"，由中国电影家协会主办，每年一届。奖杯为一只金鸡的雕像，从 1981 年（农历鸡年）起开始创办，寓意"金鸡啼鸣"，象征文艺"百家争鸣"，艺术家"闻鸡起舞"。该奖项的特点是由电影协会组织专家评议投票，代表专家意见，反映学术价值。近年，"百花""金鸡"合成"中国电影双奖"，同时颁奖。

华表奖　即政府"优秀影片奖"。1979 年正式成立，一般为一年一届，由政府主管部门主办（文化部、国家新闻出版广播电影电视总局）。最初只有颁奖证书，后改为颁发一尊华表雕像的奖杯，寓意振兴中华，奖名定为华表奖。该奖项的特点是政府评奖，代表官方意见，反映倡导方向。

以上为中国电影三大奖。

金牛奖　中国少年儿童电影大奖。1985 年创办，两年一届，奖品为一尊金牛雕像。此奖专用来奖励儿童题材的电影创作。

二、美国电影评奖

奥斯卡金像奖　又称"奥斯卡奖""美国电影金像奖"，是美国最主要的电影奖。因为美国是世界电影大国，该奖又设在世界影都好莱坞，加之它历史悠久，后又对外国开放，增设"最佳外语片奖"，所以也是世界最著名的电影奖。许多人视它为电影界的最高荣誉，如同科学界的诺贝尔奖、体育界的奥运会冠军奖。

1927 年，美国电影艺术与科学院成立，其领导人梅耶提议创办金像奖，以奖励优秀影片及创作人员。1929 年 5 月 16 日，在洛杉矶举行了首届颁奖礼。奖品是一尊合金雕像，为一个男子拿着剑，站在一盘电影胶片盒上。1931 年颁奖时，一位评委惊呼那尊雕像："他多像我的叔叔奥斯卡啊！"之后，便戏称这尊雕像为"奥斯卡"，以后相沿成习。最初为两年一届，1934 年后为每年一届，至 2014 年为第 86 届（第 86 届奥斯卡最佳影片是《为奴十二年》）。该奖的评奖程序，先由学院成员提出候选名单，经初选后公布提名，再由四千多位评委秘密投票，直到颁奖大会打开信封，结果才揭晓。

金球奖 美国好莱坞外国新闻记者协会创办的电影奖。1944 年设立，每年一届。每年颁奖时间在奥斯卡之前，影响到奥斯卡奖的评选意向，故有"小奥斯卡奖"之称。

三、其他国家电影节及其评奖

威尼斯电影节 1932 年起在意大利水城威尼斯举行，是世界上最早的国际电影节，每年一届。大奖为"金狮奖"，次奖为"银狮奖"。

夏纳电影节 1947 年起在法国东南海滨旅游小镇戛纳举行，是一场盛大的电影观摩、评奖和交易活动，每年一届。大奖为"金棕榈奖"。

柏林电影节 1951 年起在德国的（西）柏林举行，每年一届，大奖为"金熊奖"。

以上三项号称欧洲（西方）三大电影节和三大奖。

除奥斯卡和三大奖外，世界许多国家先后创办了各种电影节或颁发各种奖项。如捷克有卡罗维发利电影节（1946 年起），印度有新德里国际电影节（1952 年起，不定期），西班牙有圣塞瓦斯蒂安国际电影节（1953 年起），苏联有莫斯科国际电影节（1953 年起）。

此外还有东京（日本），马尼拉（菲律宾），德黑兰（伊朗），上海、长春（中国），伦敦（英国），纽约、旧金山（美国）的电影节，以及非洲三大电影节，即开罗（埃及）、迦太基（突尼斯）、瓦加杜古（布基纳法索）电影节。以上电影节除评出大奖（即最佳故事片奖）以外，还有名目繁多的奖项，如最佳编剧奖、最佳导演奖、最佳男女演员奖、最佳男女配角奖，以及最佳摄影、音乐、美工、剪辑、科教片、新闻片奖等。

第七章 电影常识考试真题

以下考试真题的答案请在本部分的第一章至第六章中查找。

1. 电影《桃李劫》的主题曲是 _____。

A.《四季歌》　　　　B.《何日君再来》　　C.《毕业歌》　　　　D.《月光下的祈祷》

【考试院校】海南大学 2014 年戏剧影视文学专业考题

2. 和"金鸡奖"一起统称为"中国电影双奖"的是 _____。

A. 飞天奖　　　　　　B. 金鹰奖　　　　　　C. 华表奖　　　　　　D. 百花奖

【考试院校】海南大学 2014 年戏剧影视文学专业考题

3. 下列影片中不属于"样板戏电影"的是 _____。

A.《智取威虎山》　　B.《红灯记》　　　　C.《奇袭白虎团》　　D.《小兵张嘎》

【考试院校】海南大学 2014 年戏剧影视文学专业考题

4. 20 世纪 40 年代中国电影代表作品《小城之春》的导演是 _____。

A. 费穆　　　　　　　B. 阳翰笙　　　　　　C. 袁牧之　　　　　　D. 但杜宇

【考试院校】海南大学 2014 年戏剧影视文学专业考题

5. 中国第一部有声片的编剧是 _____。

A. 夏衍　　　　　　　B. 曹禺　　　　　　　C. 田汉　　　　　　　D. 洪深

【考试院校】海南大学 2014 年戏剧影视文学专业考题

6. 被美国《时代周刊》推选为"21 世纪世界百名青年领袖"之一的导演是 _____。

A. 贾樟柯　　　　　　B. 张元　　　　　　　C. 张扬　　　　　　　D. 王小帅

【考试院校】海南大学 2014 年戏剧影视文学专业考题

7. 中国电影银幕上第一位女演员是 _____。

A. 严珊珊　　　　　　B. 白杨　　　　　　　C. 黄柳霜　　　　　　D. 没有正确答案

【考试院校】海南大学 2014 年戏剧影视文学专业考题

8. 谢飞属于中国 _____ 导演。

A. 第三代　　　　　　B. 第四代　　　　　　C. 第五代　　　　　　D. 第六代

【考试院校】海南大学 2014 年戏剧影视文学专业考题

9. 下列表述不属于"类型电影"特征的表述的是 _____。

A. 公式化的情节　　 B. 定型化的人物　　 C. 图解式的视觉形象 D. 风格化的创作

【考试院校】重庆邮电大学 2014 年广播电视编导专业考题

10. 下列表述不属于"特写镜头"功能特征的是 _____。

A. 展现环境　　　　 B. 具有放大效果　　 C. 表现细节　　　　 D. 起强调作用

【考试院校】重庆邮电大学 2014 年广播电视编导专业考题

11. 张艺谋执导的电影《大红灯笼高高挂》改编自某位作家的小说，这位作家是 _____。

【考试院校】重庆邮电大学 2014 年广播电视编导专业考题

12. 新中国第一个在国际上获奖的演员是电影《_____》中的主演 _____。

【考试院校】云南师范大学 2014 年广播电视编导专业考题

13. 贺岁电影（名词解释）

【考试院校】南京艺术学院 2013 年广播电视编导专业考题；山东师范大学 2014 年戏剧影视文学专业考题

14. 评论李安电影风格特点。

【考试院校】广州大学 2014 年广播电视编导专业考题

15. 色光三原色指的是 _____。

A. 黑白灰　　　　　 B. 红白蓝　　　　　 C. 红绿蓝　　　　　 D. 红黄蓝

【考试院校】海南大学 2014 年戏剧影视文学专业考题

16. 电影预告片（名词解释）

【考试院校】浙江传媒学院 2014 年数字媒体艺术专业考题

17. 电影院线（名词解释）

【考试院校】山东师范大学 2014 年广播电视编导专业考题

18. 电影音乐（名词解释）

【考试院校】山东师范大学 2014 年广播电视编导专业考题

19. 1905 年秋天，北京丰泰照相馆拍摄了第一部戏曲片，中国电影开始了自己的制片业，这部影片是 _____。

A.《黑籍冤魂》　　 B.《定军山》　　　 C.《难夫难妻》　　　 D.《马路天使》

【考试院校】长江大学 2014 年广播电视编导专业考题

20. 金鸡奖（名词解释）

【考试院校】枣庄学院 2010 年广播电视编导专业考题

21. 贾樟柯的"家乡三部曲"分别是 _____《站台》《任逍遥》。

【考试院校】天津师范大学 2007 年戏剧影视文学专业考题

22. 写出我国近几年的大制作国产影片和导演。

【考试院校】北京电影学院 2008 年公共事业管理专业考题

23. 我国第五代导演有哪些？他们的共同特征是什么？

【考试院校】南昌理工学院 2010 年广播电视编导专业考题；鲁东大学 2010 年广播电视编导专业考题；许昌学院 2011 年戏剧影视文学专业考题；北京师范大学 2011 年影视学专业考题

24. 简单谈谈你对香港电影的了解。

【考试院校】中国传媒大学南广学院 2010 年戏剧影视文学专业考题

25. 列举我国改革开放三十多年以来，三部有重要影响力的电影作品。

【考试院校】湖南省 2009 年编导制作类专业考题

26. 结合实例分析冯小刚的电影及其创作特色。

【考试院校】山东师范大学 2011 年广播电视编导专业考题

27. 简述第六代导演的美学风格。

【考试院校】山东艺术学院 2011 年戏剧影视文学专业戏曲文化传播方向考题；聊城大学 2014 年广播电视编导专业考题

28. _____ 是国产无声片的巅峰之作。

A.《渔光曲》　　　　B.《姊妹花》　　　　C.《神女》　　　　D.《天涯歌女》

【考试院校】西南大学 2012 年广播电视编导专业考题

29. 1948 年，由费穆导演的《_____》，在国际上引起轰动。

《女篮五号》的导演是 _____。

【考试院校】江西师范大学 2012 年广播电视编导专业考题

30. 提倡内在的写实主义，作品关注人的精神状态的病态和异化，曾经到中国拍摄过纪录片的意大利现代主义电影大师是（　　）。

A. 米开朗琪罗·安东尼奥尼　　　　　　B. 贝纳尔多·贝托鲁奇

C. 朱塞佩·托纳多雷　　　　　　　　　D. 维斯康蒂

【考试院校】海南大学 2014 年戏剧影视文学专业考题

31. 新德国电影四大导演中没有 _____。

A. 文德斯　　　　B. 法斯宾德　　　　C. 施隆多夫　　　　D. 刘别谦

【考试院校】海南大学 2014 年戏剧影视文学专业考题

32. 下列哪部影片不属于卓别林的作品。（　　）

A.《淘金记》　　　B.《大独裁者》　　　C.《摩登时代》　　　D.《待客之道》

【考试院校】海南大学 2014 年戏剧影视文学专业考题

33. 电影《夏伯阳》是 _____ 的作品。

A. 苏联　　　　　B. 中国　　　　　C. 韩国　　　　　D. 朝鲜

【考试院校】海南大学 2014 年戏剧影视文学专业考题

34. 被称作法国诗意现实主义的象征的电影大师是 _____。

A. 奥古斯特·雷诺阿　　　　　　B. 让·雷诺阿

C. 让·保罗·贝尔蒙多　　　　　D. 杜拉克

【考试院校】海南大学 2014 年戏剧影视文学专业考题

35. 第 85 届奥斯卡最佳影片是 _____。

A. 《逃离德黑兰》　　　　　　　B. 《少年派奇幻漂流》

C. 《拆弹部队》　　　　　　　　D. 《艺术家》

【考试院校】海南大学 2014 年戏剧影视文学专业考题

36. 金棕榈奖属于 _____。

A. 柏林电影节　　B. 戛纳电影节　　C. 威尼斯电影节　　D. 东京电影节

【考试院校】海南大学 2014 年戏剧影视文学专业考题

37. 路易斯·布努艾尔的《一条安达鲁狗》是与艺术家 _____ 合作的产物。

A. 康定斯基　　　B. 马蒂斯　　　C. 毕加索　　　D. 达利

【考试院校】海南大学 2014 年戏剧影视文学专业考题

38. 下列哪部动画片作品不属于日本著名动画大师宫崎骏的作品 _____。

A. 《再见萤火虫》　B. 《幽灵公主》　C. 《千与千寻》　D. 《快乐的大脚》

【考试院校】重庆邮电大学 2014 年广播电视编导专业考题

39. 分析美国电影工业的成功之道。

【考试院校】北京电影学院 2014 年戏剧影视文学专业考题

40. 张艺谋的电影《秋菊打官司》是根据陈源斌的小说 _____ 改编的；电影《高山下的花环》是第三代导演 _____ 的代表作；世界上最早出现的国际电影节是 _____；我国第一部号召各民族团结抗战的影片是 _____。

【考试院校】天津师范大学 2014 年广播电视编导专业考题

41. 科波拉的《现代启示录》故事发生的历史背景是 _____。

A. 越南战争　　　B. 朝鲜战争　　　C. 第一次世界大战　　D. 第二次世界大战

【考试院校】西南大学 2014 年广播电视编导专业考题

42. 安东尼奥尼的"情感三部曲"不包括 _____。

A. 《奇遇》　　　B. 《白昼》　　　C. 《夜》　　　D. 《蚀》

【考试院校】西南大学 2014 年广播电视编导专业考题

43. 世界电影史中,20 世纪 50 年代末的"新浪潮"运动缘起在 _____ 国,电影《四百下》的导演是 _____。

【考试院校】云南师范大学 2014 年广播电视编导专业考题

44. 纪录片《带摄影机的人》是一部闻名世界的作品，他的创作者是 _____；电影《芙蓉镇》的导演是 _____；美国导演马丁·斯科塞斯的五部代表作 _____、_____、_____、_____、_____。

【考试院校】重庆邮电大学 2013 年广播电视编导专业考题

45. 日本导演黑泽明的名作《罗生门》，下面那个观点比较接近这部影片的主题。（　　）

A. 社会责任需要每一个人真诚的付出

B. 每一个人都有一个世界，安静而孤独

C. 事实真相远非人们的想象

D. 每个人都有他存在的价值

【考试院校】长江大学 2014 年广播电视编导专业考题

46. 以"暴力美学"著称的导演是 _____。

A. 斯坦利·库布里克　　　　　　B. 黑泽明

C. 弗兰克·德拉邦特　　　　　　D. 昆汀·塔伦蒂诺

【考试院校】长江大学 2014 年广播电视编导专业考题

47. 影片《战舰波将金号》是 20 世纪 20 年代 _____ 的重要作品。

A. 弗拉哈迪　　　B. 普多夫金　　　C. 格里菲斯　　　D. 爱森斯坦

【考试院校】长江大学 2014 年广播电视编导专业考题

48.《渔光曲》是我国第一部在国际上获奖的电影，它的导演是 _____；影片《城南旧事》的导演是 _____；影片《早春二月》的导演是 _____；_____ 是我国获得第一届"百花奖"最佳故事片的影片；20 世纪 50 年代末兴起的法国 _____ 运动，得力于《电影手册》杂志，该杂志的主编是著名的电影理论家巴赞；日本第一部获得世界电影节大奖的影片是 _____，导演是黑泽明；美国好莱坞著名的类型片有喜剧片、歌舞片、恐怖片、_____、黑帮片、爱情片等；_____ 是世界著名电影艺术家，他导演的《战舰波将金号》至今堪称经典；美国越战片的代表作品有《猎鹿人》《野战排》_____ 等。

【考试院校】天津师范大学 2012 年广播电视编导专业考题

49. 中国早期电影的"三大公司"是指明星、天一和 _____；我国第一部完整的有声片是 _____；1949 年，新中国第一部故事片《桥》是由 _____ 电影制片厂拍摄的；八个"样板戏"中有两个芭蕾舞剧是《红色娘子军》和 _____；"第四代"电影导演张暖忻的代表作是 _____；_____ 年，法国人路易·卢米埃尔兄弟研制的"活动电影"获得成功，标志着电影的正式诞生；影片《大独裁者》是美国著名喜剧大师 _____ 的作品；我国拍摄的第一部由谭鑫培主演的电影是 _____。

【考试院校】天津师范大学 2011 年广播电视编导专业考题

50. 视觉暂留原理（名词解释）

【考试院校】山东艺术学院 2009 年戏剧影视文学专业戏曲文化传播方向考题

51. 跳轴（名词解释）

【考试院校】上海戏剧学院 2008 年文艺编导专业考题

52. 蒙太奇（名词解释）

【考试院校】北京电影学院 2009 年公共事业管理专业影视管理方向考题；中国戏曲学院 2009 年戏曲影视导演专业考题；临沂师范学院 2010 年文化产业管理专业考题；南昌理工学院 2010 年广播电视编导专业考题；河北传媒学院 2011 年广播电视编导专业考题；赣南师范学院 2012 年广播电视编导专业考题；临沂大学 2012 年广播电视编导专业考题；聊城大学 2014 年广播电视编导专业考题

53. 景深（名词解释）

【考试院校】北京电影学院 2008 年公共事业管理专业考题

54. 镜头

【考试院校】青岛农业大学 2014 年广播电视编导专业考题

55. 长镜头（名词解释）

【考试院校】北京电影学院 2009 年公共事业管理专业影视管理方向考题；南昌理工学院 2010 年广播电视编导专业考题；西南大学 2010 年广播电视编导专业考题；西安外国语大学 2010 年戏剧影视文学专业考题；河北传媒学院 2011 年广播电视编导专业考题；赣南师范学院 2012 年广播电视编导专业考题；山东师范大学 2012 年、2014 年戏剧影视文学专业考题；山东师范大学 2014 年广播电视编导专业考题；鲁东大学 2014 年广播电视编导专业考题

56. 电影分镜头剧本（名词解释）

【考试院校】山东师范大学 2007 年公共事业管理专业考题

57. 全景（名词解释）

【考试院校】鲁东大学 2014 年广播电视编导专业考题

58. 近景（名词解释）

【考试院校】山东师范大学 2007 年公共事业管理专业考题

59. 特写（名词解释）

【考试院校】山东师范大学 2007 年公共事业管理专业考题

60. 解释一下什么是推、拉、摇、移镜头。

【考试院校】中国传媒大学 2007 年数字媒体艺术专业考题

61. 电影是综合艺术，谈谈你对这种说法的理解。

【考试院校】新疆艺术学院 2006 年广播电视编导专业考题

62. 什么是主旋律电影？

【考试院校】湖南大学 2012 年编导类专业考题

63. 什么是类型电影？

【考试院校】青岛大学 2010 年广播电视编导专业考题；赣南师范学院 2011 年广播电视编导专业考题；湖南大学 2012 年编导类专业考题；云南师范大学 2012 年广播电视编导专业

考题；山东师范大学 2014 年广播电视编导专业考题

64. 主观镜头（名词解释）

【考试院校】山东艺术学院 2010、2011 年广播电视编导专业艺术传媒方向考题；河北传媒学院 2011 年广播电视编导专业考题

65. 对比分析广角镜头和长焦镜头的特点。

【考试院校】河北传媒学院 2010 年广播电视编导专业考题

66. 西部片（名词解释）

【考试院校】北京电影学院 2010 年公共事业管理专业院线经营管理方向考题；临沂师范学院 2010 年广播电视编导专业考题；赣南师范学院 2012 年广播电视编导专业考题

67. 简述声画组合的方式。

【考试院校】临沂师范学院 2010 年广播电视编导专业考题

68. 声画同步（名词解释）

【考试院校】青岛大学 2014 年广播电视编导专业考题

69. 拍摄的角度及作用

【考试院校】山东艺术学院 2012 年广播电视编导专业考题

70. 纪录片（名词解释）

【考试院校】山东师范大学 2010 年广播电视编导专业考题

71. 平行蒙太奇（名词解释）

【考试院校】临沂师范学院 2010 年文化产业管理专业考题

72. 表现蒙太奇（名词解释）

【考试院校】青岛农业大学 2012 年广播电视编导专业考题

73. 心理蒙太奇（名词解释）

【考试院校】山东师范大学 2010 年广播电视编导专业考题

74. 伊文思（名词解释）

【考试院校】上海戏剧学院 2008 年文艺编导专业考题

75. 简要论述法国新浪潮电影的特点。

【考试院校】北京电影学院 2008 年公共事业管理专业考题；临沂师范学院 2010 年文化产业管理专业考题；湖南师范大学 2014 年广播电视编导专业考题

76. 谈谈意大利新现实主义电影。

【考试院校】北京电影学院 2007 年公共事业管理专业考题；曲阜师范大学 2010 年戏剧影视文学专业考题；青岛农业大学 2010 年广播电视编导专业考题；天津师范大学 2011 年戏剧影视文学专业考题；聊城大学 2014 年广播电视编导专业考题

77. 列举斯皮尔伯格的作品。

【考试院校】浙江传媒学院 2010 年媒体创意专业考题

78. 列举电影在早期默片时代，三位有重大杰出贡献的人物。

【考试院校】湖南省 2009 年编导制作类专业考题

79. 列举好莱坞电影制片公司名称。

【考试院校】复旦大学上海视觉艺术学院 2008 年广播电视编导专业考题

80. 卢米埃尔兄弟（名词解释）

【考试院校】山东艺术学院 2010 年广播电视编导专业考题；四川音乐学院 2011 年广播电视编导专业考题

81. 卓别林（名词解释）

【考试院校】临沂师范学院 2010 年文化产业管理专业考题；山东师范大学 2014 年戏剧影视文学专业考题

82. 列举几个前苏联导演。

【考试院校】曲阜师范大学 2011 年戏剧影视文学专业考题

83. 宫崎骏（名词解释）

【考试院校】山东艺术学院 2010 年文化产业管理专业考题

84. 新德国电影四杰是 _____、_____、_____ 和 _____。

【考试院校】聊城大学 2012 年广播电视编导专业考题

85. 早期写实电影的重要代表人物是美国的弗拉哈迪，他在 1916 年拍了 _____，还有一个英国的代表人物是 _____。法国新浪潮代表人物阿仑·雷乃的代表作是 _____，新德国电影运动的代表人物施隆多夫的代表作品是 _____。

【考试院校】云南师范大学 2012 年广播电视编导专业考题

86. 我国著名导演谢晋"文革"后的主要代表作有 _____、_____；世界上第一次公开放映电影是在 1895 年，第一部影片的作者是 _____ 兄弟；美国电影界人称"悬念大师"的导演是 _____；日本第一部获得世界电影节大奖的影片是 _____，由日本最负盛名的 _____ 导演；电影《红高粱》是根据作家 _____ 的同名小说改编的。

【考试院校】山东艺术学院 2007 年公共事业管理专业考题

87. 列举你所知道的国际电影节的名称；列举部分奥斯卡奖的获奖作品。

【考试院校】重庆大学 2010 年戏剧影视文学专业考题

第二部分 广播电视常识

　　广播电视是通过无线电波或通过导线向广大地区播送音响、图像节目的传播媒介，统称为广播。广播艺术是以声音为主要造型手段作用于人们听觉的艺术。只播送声音的，称为声音广播；播送图像和声音的，称为电视广播。狭义上讲，广播是利用无线电波和导线，只用声音传播内容的。广义上讲，广播包括我们平常认为的单有声音的广播及声音与图像并存的电视。

　　电视机和收音机是人类发明的工具，它们或许只是家用电器的一部分，但电视机和收音机却是"发言"的工具，传播思想、情感和信息，时时刻刻影响和感染着亿万观众。当下，在家庭生活步入数字时代，中国文化走向世界的时代语境中，广播电视艺术的发展也在经历着历史性的机遇和挑战。

第一章　世界广播电视发展概况

第一节　广播的发明与发展

人类信息传播史上的五次革命：即语言的产生、文字的发明、印刷术的发明、无线电的发明和计算机的发明。无线电的发明是人类传播史上最重要的发明之一，标志着人类进入了电讯传播时代。

一、初创时期（1865～1928 年）

1819 年，奥斯特（丹麦）发现电、磁之间存在着某种联系。

1831 年，法拉第（英国）发现电磁感应现象——变化的磁场在闭合的导体里产生感生电流，确定电磁感应定律。

1873 年，麦克斯韦（英国，电磁学之父）推导出电磁学基本原理，发表《电磁论》，指出电磁波的传播速度为 30 万公里／秒，相当于绕地球七圈半。

1896 年，马可尼（意大利）取得无线电报专利权。1899 年 3 月 28 日，他成功将电报自英国跨越英吉利海峡拍发至法国。

1906 年 12 月 25 日，费森登（加拿大）首次做声音广播试验成功。这次试验被公认为无线电声音广播诞生的标志。

1920 年 8 月 31 日，美国底特律一家实验电台播出这个州的粗选新闻，被认为是最早的广播新闻。

1920 年 11 月 2 日，世界公认的第一家广播电台开播——美国匹兹堡 KDKA 电台。

1922 年英国宣布准许设立广播电台。1922 年底，由六家大的无线电广播公司和电器制造公司联合组成了商业性的英国广播公司，1927 年正式改名为英国广播公司，简称 BBC。

1921 年由法国邮电部经手建立第一座广播电台，1922 年成立国家广播电台，1924 年开始陆续出现私营广播电台。

1920 年 1 月俄国开始试验广播，1922 年 5 月莫斯科中央无线电台开始试播，同年 11 月 7 日被命名为共产国际广播电台，并正式播音。

1924 年日本开始建立无线电广播，第一家是私营东京广播电台，1925 年东京广播电台合并了大阪和名古屋两家电台，成立日本广播协会，简称 NHK。

二、发展成熟时期（1930～1970 年）

美国政府制定了最早的广播管理法规。1927 年美国国会通过《广播法案》，设立联邦广播委员会。1934 年美国国会制定《联邦通讯法案》，设立联邦通讯委员会（FCC）替代联邦广播委员会。1941 年联邦通讯委员会制定《广播联营条例》，也称"反垄断法"。

广播网逐渐形成。美国的三大广播公司——哥伦比亚广播公司（CBS）、美国广播公司（ABC）、全美广播公司（NBC）有效地控制了美国 70% 以上的观众市场。1990 年以后，随着联邦通讯委员会放松规则，又有三家电视网进入，即福克斯广播公司（FOX）、派拉蒙广播公司（UPN）和时代华纳公司（WB）。这六大公司目前控制着全美 90% 左右的观众市场。

新技术手段迅速发展，广播种类趋向多样化。技术手段方面，调幅、调频、立体声广播并存；广播种类方面，出现了各种专业电台，如新闻台、经济台、音乐台、服务性电台、教育台等。

三、竞争时期（1970 年以后）

20 世纪 70 年代以后，随着电视的迅速普及，广播市场受到了严重冲击。从历史来看，面对严峻的市场环境，广播业的应对措施是：

（1）在节目上下功夫，注重时效性、广泛性、服务性、参与性和多样性。

（2）利用新技术，使用数字技术广播，从根本上改善广播声音传播的质量。

（3）依托新的网络平台，拓展生存和发展空间。

第二节　电视的发明与发展

一、电视的发明

1926 年 1 月 26 日，英国科学家约翰·洛吉·贝尔德在伦敦公开表演活动画面的播送和接收，轰动了英国和整个世界。他制造出了第一台真正实用的电视传播和接收设备，表明了电视的真正诞生，因此被称为"电视之父"。

1930 年，英国广播公司与贝尔德合作试验有声音的电视图像，并获得成功。

1936 年，英国广播公司在伦敦建立了世界第一个电视发射台，于同年 11 月 2 日开始了电视节目的定期播出。

之后，法国于 1938 年，美国、苏联于 1939 年开始电视试验播出。德国于 1935 年在柏林开始播放电视节目。

第二次世界大战爆发后，大部分国家的电视台停播。

二、电视的发展和兴盛

第二次世界大战结束后，电视业开始进入发展兴盛期。英国、苏联、加拿大、日本、意大利等国家相继恢复电视播出，美国的电视业发展迅猛。

二战后，电视技术手段突飞猛进，日新月异。1946 年，美国试验彩色电视成功；1954 年，美国正式开办彩色电视节目；1956 年，磁带录像机问世，节目制作方式发生了根本变化，是电视技术的一次革命；1962 年 7 月 10 日，美国太空总署发射卫星"电星一号"，首开人类利用卫星传播电视节目的先河，"地球村"的概念由此诞生。

1981年,日本广播公司首次推出高清晰度(模拟)电视。1998年,美国率先开播数字电视。

三、电视技术发展趋势

长远来看,电视传播的新趋势为传播范围国际化、传播方式数字化、传播对象个体化、传播内容多样化和传播终端的智能高清。

有线电视(CATV) 用同轴电缆或光导纤维将电视讯号直接送到电视机上。优点:一是容量大、频道多、用途广,可同时传播电话、广播、电视;二是质量高,讯号不受干扰;三是能实现付费使用,便于管理;四是能连机,实现双向交流,并与电脑网络联合使用。

卫星电视 1964年美国发射同步通讯卫星。此后通讯卫星频道加密,实现多路讯号传播,而我国各省级电视台节目也陆续"上星"。卫星电视利用人造地球卫星与电视直接,信号可以直接到户,而不必经电视台再转送。卫星直接电视是由设置在赤道上空的地球同步卫星,接收卫星地面站发射的电视信号,再把它转发到地球上指定的区域,再由地面接收设备接收供电视机收看。它的应用可以有效解决我国广播电视的覆盖问题。

高清晰电视(HDTV) 是指拍摄、编辑、制作、传输、接收等全过程都使用数字技术(也就是信号全用0和1表示)的电视系统。这种电视机面积很大,清晰度很高。HDTV在国外被定义为分辨率至少能达到1920×1080dpi或1280×720dpi,甚至3840×2160dpi,且画面长宽比为16:9的数字电视。

智能电视 具有全开放式平台,搭载了操作系统,用户在欣赏普通电视内容的同时,可自行安装和卸载各类应用软件,持续对功能进行扩充和升级的新电视产品。智能电视能够不断给用户带来有别于使用有线数字电视接收机(机顶盒)的、丰富的个性化体验。

3D、4D电视 3D电视是三维立体影像电视的简称,3D电视立体真实感强,视觉冲击震撼。4D既在原有3D立体显示的基础上由单一空间上的立体显示升级为空间上、时间上和空间时间上三种立体显示模式,也就是可以满足全家人围坐在一台电视跟前,同时以全屏的形式观看着各自喜欢的节目而互不影响,使得一台电视变为多台电视。

网络电视 一种基于互联网的多媒体通信技术。网络电视利用宽带网的基础设施,以计算机作为主要终端设备,通过互联网网络协议(IP)传送电视信号,向用户提供包括电视节目在内的多种交换式数字媒体服务。随着信息高速公路建设的进一步提速,网络电视发展前景会更好。

第二章　中国广播电视发展概况

第一节　中国广播发展历程

1923 年 1 月 23 日，美国人奥斯邦在上海开办了中国土地上第一座广播电台。1926 年 10 月 1 日刘瀚创办了哈尔滨广播无线电台，这是中国人自办的第一座广播电台（官办）。1927 年 3 月，上海新新公司电台开播，这是中国第一座民办电台。到 20 世纪 30 年代，中国民营电台达几十座之多。

1928 年 8 月 1 日，陈果夫等人在南京创办中国国民党中央广播电台（时称"中央电台"），这是中国第一座国家级的广播电台。抗日战争初期，该台迁往重庆，1946 年又迁回南京。1949 年迁往中国台北，后改为"中国广播电台"。20 世纪 30 年代，全国东部、中部各省都建立了广播电台。

1940 年 12 月 30 日，延安新华广播电台开播，这是中国共产党领导的第一座广播电台。1943 年春停播，1945 年 8 月恢复播音。解放战争中改为"陕北新华台"，后迁往陕北窑堡、河北涉县和河北平山县西柏坡村。1949 年 3 月迁往北平，成为国家级电台。

1949 年 12 月 5 日，中央人民广播电台成立。1950 年 4 月，从中分出中国国际广播电台，专门负责对外广播。（代表中华人民共和国政府授权发布公告性新闻和外交性新闻的机构是新华通讯社。）

新中国成立后，我国广播事业突飞猛进，建立了中央、省级、地市、县级广播网，逐渐形成了我国广播电视管理的基本模式：四级办广播，四级办电视，四级混合覆盖。

第二节　中国电视发展历程

中国的电视事业起步于 1958 年。1958 年 5 月 1 日，北京电视台开始试验广播，这是我国第一座电视台，标志着我国电视事业的正式诞生。

1958 年 6 月 1 日，北京电视台播出了自己拍摄的第一条电视新闻片——报道《红旗》杂志创刊。

1958 年 6 月 15 日，北京电视台播出了我国第一部电视剧——《一口菜饼子》。

1958 年 6 月 19 日，第一次现场直播体育比赛实况。

1958 年以后，上海、广州等大城市建立了电视台。1970 年以后，全国各省级电视台相继建立。

1973年5月1日，北京电视台正式试播彩色电视。

1978年1月1日，北京电视台开办《新闻联播》节目，标志着以首都为中心的全国电视广播网的初步形成。

1978年5月1日，北京电视台定名为"中央电视台（CCTV）"，成为我国的国家电视台。至2013年，CCTV开办有21套开路播出的电视节目，并拥有两个高清电视频道。同时开办了二十多个数字电视付费频道和28个网络电视频道。

1983年以后，全国各地市级电视台相继建立。20世纪90年代以后，大部分县市建立电视台。

台湾地区有三大电视公司，即1962年开办的TTV（台视）、1968年开办的CTV（中视）和1971年开办的CTS（华视）。

香港地区的电视台有1957年开办的ATV（亚视）、1967年开办的TVB（港视），1991年开办的STV（卫星系列频道），1996年开办的"凤凰卫视"中文台。

澳门地区原无电视台，只收看香港地区的电视节目，直至1984年创办了TDM（澳视）。

第三节　中国广播电视的发展趋势

首先，对于广播电视发展趋势有着重要影响的是三网融合政策。三网融合是指电信网、广播电视网、互联网在向宽带通信网、数字电视网、下一代互联网演进过程中，三大网络通过技术改造，其技术功能趋于一致，业务范围趋于相同，网络互联互通、资源共享，能为用户提供语音、数据和广播电视等多种服务。

三网融合应用广泛，遍及智能交通、环境保护、政府工作、公共安全、平安家居等多个领域。以后的手机可以看电视、上网，电视可以打电话、上网，电脑也可以打电话、看电视。三者之间相互交叉，形成你中有我、我中有你的格局。因此，多元化经营战略和联合发展道路是中国广播电视发展的必然趋势。

其次，数字电视的不断普及，给中国电视业带来了很大的变化，这也是传统媒介和以互联网为代表的新媒介的一种融合，广播电视的数字化发展已成大势所趋。

数字电视提供的最重要的服务就是视频点播。这是一种全新的电视收视方式，它不像传统电视那样，用户只能被动地收看电视台播放的节目，它提供了更大的自由度、更多的选择权和更强的交互能力，有效地提高了节目的参与性、互动性、针对性。因此可以预见，未来电视就是朝着点播模式和个性化服务的方向发展。

再次，在三网融合和数字时代的背景下，传统广播电视一方面要跟上技术革新的步伐，另一方面在节目内容制作上必须与时俱进，着力打造品牌栏目和塑造本土节目，提高核心竞争力，为自己开拓出新的发展道路。

总之，广播电视的发展趋势就是渐渐与新媒介相互融合，广播、电视、报纸的单向信息传播已经不再适应越来越快的生活节奏。在信息化时代中，信息的及时反馈变得愈加重要，这种信息反馈不仅仅是双向的，还是多向化的。

第三章 广播电视常用术语

电视艺术 电视艺术是以电子技术为传播手段，以声画造型为传播方式，运用艺术的审美思维把握和表现客观世界，通过塑造鲜明的屏幕形象，达到以情感人目的的屏幕艺术形态。电视艺术具有传播方式的广泛性、敏捷性和表现手段的丰富性特征，是综合艺术、大众艺术。

电视文学 电视文学是指运用电视的技术与艺术手段，在屏幕上营造文学意境，抒发深沉的思想情感，给观众以文学审美情趣的电视艺术作品。其中包括：电视小说、电视诗歌散文和电视报告文学等。

电视节目 电视节目是电视台各种播出内容的最终组织形式和播出形式，是电视传播的基本单位。即指电视台或社会上制作电视节目的机构（如电视广告公司、电视文化传播公司、影视制作公司等），为播出、交换和销售而制作的表达某一完整内容的可供人们感知、理解和欣赏的视听作品。

电视栏目 把一些或一组题材内容、性质、功能目的或形态相近的小节目纳入一个定期定时长的某时段中播出，并将这一定期、定时长播出的某时段冠以名称，这一冠名播出时段的节目我们称为电视栏目。它有固定的名称、固定的播出时间、固定的栏目宗旨，每期播出不同的内容来吸引人们的视线，给人们带来信息知识、享受和欢乐。

电视剧 电视剧是指依据戏剧的构成方式或电影的时空转换，通过电视的传播媒介、制作方式和艺术手段，独立制作的、充分电视化的屏幕艺术作品。其中包括：电视小品、电视短剧、电视单本剧、电视连续剧和电视系列剧等。

电视综艺节目 电视综艺节目是根据一定的主题思想，运用电子的技术手段和艺术手段将不同体裁的文艺节目进行有机的组合。它可以将音乐、歌舞、戏剧小品、戏曲片段、杂技魔术等多样艺术体裁融为一体，构成能够满足观众审美需求的电视综艺节目。它具有明确的主题思想、综合的艺术式样、广泛的参与性等特点。中国电视综艺节目的发展有四个阶段，分别是综艺晚会和综艺栏目时期、游戏娱乐节目时期、益智博彩类节目时期、真人秀节目时期。其他新生综艺娱乐节目有情感类、婚恋交友类、电视歌会、魔术类等。

脱口秀 即电视谈话节目，最早源自美国，指在节目中主持人通常不事先备稿，讲究脱口而出、临场发挥。我国电视谈话节目的鼻祖是 1996 年 3 月 16 日正式开播的《实话实说》。之后，央视二套、三套相继推出了《对话》和《艺术人生》，在全国各地引起巨大反响。我们将"电视谈话节目"定义为：以面对面的人际传播方式，通过电视媒介再现或还原日常谈话状态的一种节目形态，通常由主持人、嘉宾（有时还有现场观众）在演播现场围绕话题或个案展开即兴、双向、平等的交流，它本质上属于一种大众传播活动。

真人秀 也称真人实境秀，一般是指以电视传媒为介质，通过举办某一类别的比赛活动，以从多名参赛者中选取最终获胜者为目的，同时有着丰富的奖品，可以获得广泛的经济效益的电视节目。也泛指"由制作者制定规则，由普通人参与并录制播出的电视竞技游戏节目"。"真"是它的特色，"人"是它的核心、根本，"秀"是指虚构和游戏。真人秀有三个特征：纪实性、冲突性和游戏性。美国有许多著名的真人秀节目如《美国偶像》等。在中国，真人秀的节目也越来越多，《梦想中国》《中国达人秀》《中国好声音》等，均受到观众的广泛关注。

电视节目策划 电视节目策划是电视节目生产、制作、传播过程中极为重要的环节，近年来已经成为电视业界最为活跃的部分。所谓电视节目策划，就是策划者遵照电视节目生产和运作规律，对电视节目的选题立意、彩排制作、播出销售等生产和运作过程进行总体筹划和论证，并形成具有指导性文案的一种电视行为。

电视纪实艺术 电视纪实艺术一般运用自然朴实的手法，真实地报道社会生活和人文现象，注重采访拍摄的方式，保持形声一体化的结构形态，纪录具有原生态的生活内容，也就是屏幕上的非虚构的艺术形态。其主要表现形式有电视纪录片、电视专题片等。

电视纪录片 指纪录型的电视专题报道类节目，是运用电子采录设备和手段，对政治、经济、文化等新闻题材，做比较系统完整的纪实报道。它运用新闻镜头，客观真实地纪录社会生活，客观地反映生活中的真人、真事、真情、真景，着重展现生活原生形态的完整过程，排斥虚构和扮演的新闻性电视节目形态。

电视谈话节目 电视谈话节目是以面对面人际传播的方式，通过电视媒介再现或还原日常谈话状态的一种节目形态，通常由主持人、嘉宾、现场观众在演播现场围绕话题或个案展开即兴、双向、平等的交流，它本质上属于大众传播和人际传播活动。知名谈话类电视栏目如《鲁豫有约》《锵锵三人行》《对话》等。

电视制式 电视制式指不同国家制作播放电视节目时，所采用的技术标准和特定规格，包括扫描的步骤原理、每秒的帧数、每帧的扫描行数、场数、带宽等。世界上的电视制式有三种：一种是美国的 NTSC 制（N 制），其次是法国的 SECAM 制（S 制），还有一种是德国的 PAL 制（P 制）。中国采用 PAL 制。

制播分离 原意是指电视播出机构将部分节目委托给独立制片人或独立制片公司来制作。随着受众对广播电视节目需求水平的日益提高，目前体制下存在广播电视精品节目少，整体节目水平长时间在较低水平上重复运转等问题，所以迫切需要广开渠道，拓宽节目生产平台，聚集全社会的力量，即实施制播分离来生产更为丰富多彩的节目。

收视率 收视率指在某个时段收看某个电视节目的目标观众人数占总目标人群的比重，以百分比表示。现在一般由第三方数据调研公司，通过电话、问卷调查、机顶盒或其他方式抽样调查得来收视率。目前国内的收视率调查市场，央视－索福瑞是占市场份额最大的机构。

电视频道专业化 指的是电视媒体经营单位根据电视市场的内在规模和电视观众的特定需求，以一频道为单位进行内容定位的划分，使其节目内容和频道风格能较集中地满足某些特定领域受众的需求。从全部是综合频道发展到大量出现专业频道，是中国电视业进一步面向市场需跨越的一大步。频道专业化的步伐在我国发展非常迅速。

珠江模式 珠江模式最重要的内涵和价值是改革创新精神。1986 年 12 月 15 日，广东珠江经济广播电台诞生，标志着我国首个专业化频率的开创。其大胆改革创新之处表现在：（1）主持人中心制，即除了新闻节目外，其他节目的信息采集、编辑、播音均由一个人完成。

（2）节目形态为大板块。（3）播出形式为直播，同时开通热线电话。听众参与，从单向灌输变为双向传播和交流。珠江模式是在香港和台湾地区广播模式的影响下产生的，不仅壮大了广东广播电台的实力，而且推动了中国广播的全面改革。珠江经济台率先打破了综合台一统天下的局面，从此经济台、文艺台、交通台等系列台模式风行全国。

东广模式　1992 年 10 月 28 日，上海东方广播电台应运而生，与上海人民广播电台形成竞争态势。他们倡导以提高节目信息量为标志的开放型改革思路：（1）新闻编排上打破了先本地、后国内国际的陈旧模式，根据新闻本身的重要性"排座次"。（2）不"画地为牢"，请进各方代表人物进直播室。（3）努力开放节目资源和挖掘频率潜力，实现 24 小时直播。东方广播电台的做法，深化了大板块直播节目的内涵，实现了广播节目与社会活动的内外联动，以媒体活动和品牌主持人来树立电台的品牌形象。最为重要的是：引入了竞争机制，触动了体制方面的某些问题，使广播改革在广度和深度上都有了不同程度的开拓。

中央人民广播电台　简称 CNR，隶属于国家新闻出版广电总局。中央人民广播电台是国家级广播电台，是中国最重要、最具有影响力的传媒之一，与中国国际广播电台、中国中央电视台并称中央三台。中央人民广播电台是目前唯一覆盖全国的广播电台，是世界上拥有国内听众最多的广播电台，现办有《中国之声》《经济之声》《音乐之声》《中华之声》等 16 套无线广播节目。

中国国际广播电台　简称 CRI，是中国面向全世界广播的国家广播电台。其宗旨是"向世界介绍中国，向中国介绍世界，向世界报道世界，增进中国人民与世界人民之间的了解和友谊"。中国国际广播电台使用 43 种语言向全世界广播。

第四章　电视节目的分类与制作

第一节　电视节目分类

无论西方还是东方的电视行业，电视节目的分类一直是电视业内和学界人士共同关注的问题。对电视节目进行科学系统的分类，对促进我国电视科学化、产业化发展具有非常重要的现实意义。现行的分类格局大致是：以内容属性分类为主，同时兼顾对象属性分类和形式属性分类。

一、我国现行的分类方式

1. 新闻类节目

新闻节目是一个电视台最主要的节目，有"新闻立台"之说。

新闻节目包括消息型新闻（如中央台的《新闻联播》）、专题型新闻（如"两会专题"）、评论型新闻（如中央台的《焦点访谈》）、现场直播型新闻，即在重大事件发生的现场同时直播，报道实况。此外，按题材还可分出体育新闻、财经新闻、娱乐新闻等。

2. 教育类节目

（1）文化教育类

大体包括：电视大学、电视中学、电视职业学校等系统传授文化知识的学校性质的教育节目，以及各种专门知识讲座。

（2）社会教育类

大体包括：理论节目、思想教育、法制教育、科学知识、国际知识以及特定对象节目等。其中大部分在节目形态上表现为"专题节目"或"专题片"。这是节目分类中交错过多、划分较难的部分。

3. 文艺类节目

文艺节目是各电视台播出时量最多的节目，包括专题型文艺节目，如 MTV（音乐电视）、音乐、舞蹈、戏曲、曲艺、杂技等；栏目性节目，如《星光大道》；晚会型文艺节目，如央视《春节联欢晚会》等。

文艺节目按内容还可分为综艺型、娱乐型、竞赛型文艺节目等。

4. 电视剧

在电视剧这一大类中，依据不同的标准又可分出许多类型。

就题材而言，可分为：现代剧、历史剧、古装剧、传记剧、传奇剧、战争剧、惊险剧、侦探剧、推理剧、武侠剧、科幻剧、音乐剧、儿童剧、广告剧等。

就体裁而言，可分为：单本剧、短剧、连续剧、系列剧等。

就风格而言，可分为：戏剧型风格、散文型风格、报道型风格、纪实型风格、政论型风格等。

5. 体育类节目

大体包括：体育比赛节目、体育报道节目、体育知识节目、体育欣赏节目、健身健美节目、体育人物节目等。

6. 服务类节目

如衣食住行、卫生保健、就业、征婚、气象、交通、旅游、购物、烹调、美容、寻人寻物、家庭工艺、房屋装修等。

二、其他分类方式

除上述的分类方式以外，国内外还流行一些其他的分类方式。

1. 三分法

三分法，即把整个电视节目分为新闻、教育、文艺三大类，早期多数电视台都是如此划分，这与当时的节目生产能力、节目设置规模和节目发展程度有关。

2. 四分法

四分法，即把整个电视节目分为新闻、教育、文艺、服务四大类，现时大多数采用这一分法，并得到普遍认可。

3. 五分法

五分法，即把整个电视节目分为新闻、教育、文艺、体育、服务五大类。

4. 六分法

六分法又包含两种分法。一种是分为新闻类、言论类、知识类、教育类、服务类、文艺类；另一种是分为新闻类、教育类、文艺类、电视剧、体育类、服务类。

5. 八分法

八分法，即把整个电视节目分为新闻类、言论类、教育类、知识类、文艺类、受众参与类、服务类、综合类。

总之，节目分类是个复杂的问题，到底如何分法，取决于采用什么视角和分类标准，还要看实际需要。另外，随着电视艺术的发展，各类节目之间已出现杂交融合的趋势，节目分类的界限趋于淡化。

第二节 电视节目制作

一、电视节目制作方式

电视节目制作方式指拍摄、编辑、播出的不同方式，一般分为三种。

1. ENG 式（电子新闻采集式）

ENG 式可单机拍，现场摄，同时录，回台后再编，可单人操作，能深入一线，善拍新闻，对突发的事件报道灵活迅捷。

2. EFP 式（电子现场制作式）

EFP 式是一种以一整套电视制作设备（摄像机、录像机、转播车等）为一体的现场电视制作拍摄方式，它现场采集，现场制作，现场编辑，现场播出，时效性强，常用于现场实况转播。EFP 可兼容 ENG 工作方式。

3. ESP 式（电子演播室制作式）

ESP 式兼有以上二者的优点，可在演播室内多机拍、同时编、同时播，又加进了事先准备好的录像带，既有时效性强的优势，又有质量高、花样多的优势，常用于转播晚会，近年的直播新闻，如《新闻联播》也是如此。

电视节目的播出方式，可以分为录播和直播。录播是先录成录像带，经剪辑、修改、包装后再播出。它可精选重点，省去一般性画面，且可防止差错，保证质量；但多了一道工序，有时差。直播是拍摄与播出同时进行，无时差，时效性强，现场感强；但只局限于特定题材，对播音员和主持人要求相对较高。

二、电视节目制作流程

电视节目制作流程主要分成三个阶段：策划与选题、现场录制、后期制作。

1. 策划与选题

策划与选题主要包括：节目构思，确立节目主题，搜集相关资料，草拟节目脚本或创作提纲；写出分镜头方案；制定具有可操作性的拍摄计划。

2. 现场录制

不同类型节目有其不同的制作方式，以演播室拍摄为例，主要包括：拍摄场地及技术设备准备；预演排练；正式录制。

3. 后期制作

后期制作主要包括：检查、整理素材；镜头组接，特技加工，字幕制作，配音，配乐；编辑合成；审看、修改；发行、播出，复制存档。

三、电视节目创作人员

监制　监制一般为局台领导人，负责宏观指导、审片把关，不参加具体制作。

策划　策划人员从宏观上提出任务和总体思路、大致框架，包括题材、标题、长度、结构等，即定向、定时、定名、定位，这是作品成败的先决条件。

编剧　编剧负责电视剧本的编写，以文学的形式完成整个节目的设计，写出剧本。要求文字功夫好，一般不参加拍摄，也不要求有组织、表演才能。

导演　导演是文艺类节目的创作把关人，负责把剧本变为节目。要有组织指挥才能，又要有表演才能，还必须具备全面的电视、音乐、美工知识，是摄制组的业务领导。

制片　制片是摄制组的行政领导，负责组织班子、人事、经费、发行、计划等。要有很强的领导、组织才能和经济头脑。

编辑　指非文艺类节目的创作负责人，也指电视节目的后期制作人员。

剧务　剧务专门负责摄制组的后勤、杂务、生活服务等。

摄像　摄像人员操纵摄像机，负责前期拍摄，如新闻、专题片中的摄像记者或现场直播时的操机者。要求镜头感强，既能领会文字记者或导演的意图，又有艺术创造性。

导播　在现场直播时，导播负责从多台摄像机送来的不同画面中，选择最恰当的镜头切换播出，并做组接处理（如叠化、慢镜头重放等）。要求责任心强，反应敏捷，蒙太奇意识强。

场记　场记是拍摄现场的纪录员，导演的主要助手，负责纪录拍摄的镜头，为剪辑提供依据，也是导演的起步职业。

舞美　舞美负责节目的美术设计，有时还包括服装、化妆、灯光、照明、道具等。

音响　音响负责节目声音方面的工作，包括录音、混编、音响等。

音乐　音乐负责音乐创作，包括作曲、编曲、指挥、演唱、演奏等。

第三节　中国的电视剧

一、电视剧的含义及影像特征

电视剧艺术是一门十分年轻的艺术，它诞生于 20 世纪 20 年代，发展于 50 年代以后，真正跻身于艺术之林不过半个世纪。由于电视剧诞生的历史不长，也由于电视技术的飞速发展，电视剧概念的界定及其观念形态还处于不断的发展变动之中。

电视剧，是用蒙太奇思维和视听语言创作的电视戏剧作品，是一种专门在电视荧屏上播映的演剧形式。其艺术语言、艺术手段、艺术技巧与电影故事片类同，其艺术形式主要是通过矛盾冲突去展开故事情节和塑造人物，剧中角色以动作和语言为基本的表演手段。和电影相比较，主要的不同点在于传播方式：电视剧具有家庭收看的随意性，收视环境、收视心理的差异使电视剧在题材方面更多地体现大众文化的特征。政府公共电视台的播出，则使电视剧更多地体现寓教于乐的宣传教育功能。

电视剧一般分单本剧、系列剧和连续剧。生活中，电视剧的定义已经狭义化，仅指电视系列剧或连续剧。一般说来，三集以下都为单本剧，三集以上则为连续剧。系列剧与连续剧的区别则在于内容和结构上，连续剧无论多长，其故事必须是一个完全的整体，就像一部长篇小说，不仅人物贯穿始终，故事也连为一体，每一集的故事都是承接上一集故事，又要为下一集故事发展留下伏笔。而系列剧则不同，尽管它的主要人物也是贯穿全剧，但每一集都是一个相对完整的故事。

电视剧具有以下影像特征：

1. 艺术综合性

艺术综合性主要表现为电视剧对其他艺术形式的兼容。电视剧吸取了诸多艺术之长，并加以创造性综合。电视剧不仅包容了同为演剧综合艺术的戏剧与电影的艺术手法，还同时兼备了小说、广播、电视等艺术的长处。它凭借先进的电视技术，具备了将一切艺术中的各种因素——声音与造型、叙述与描写、戏剧性与写实性等最大限度地综合起来的可能性。这正是电视剧强大生命力之所在。

2. 视听独特性

电视剧与电影一样，都是以连续的声音和画面构成的视听语言为媒介。但电视媒介特性使它获得了区别于电影的视听语言独特性。

从时空形态上看：电视剧单个镜头的空间容量比不上电影，但电视剧的连续的空间容量则可以超过电影，电影的优势在空间，电视剧的优势在时间。电视剧可以是一二十分钟的短剧，也可以是几十集，甚至上百集的连续剧，可以把表现时空浩大、漫长和情节曲折复杂的长篇小说（如四大名著的电视剧改编）纳为己用。

从视听感知上看：电视剧既包括了电影的造型手段，又包括了电视广播的表现手段。电影源于"照相"，而电视源于"广播"，"听"是电视剧的老祖宗，电视剧中的对话多于也重于电影。电视剧的视听语言具有广播性。

从动静表现上看：电影擅长动态场面的表现，电视剧则擅长微观环境和人物心理的表现，多用特写、近景和中景，镜头语言具有同观众促膝谈心之感，这也是电视剧视听语言的重要特质。

3. 逼真纪实性

逼真性将生活化的人物造型、景物造型及表演统摄于摄像镜头。电视剧是将艺术融入观众日常生活的文化行为，这就要求电视剧具备真实自然的生活氛围和生活气息。电视剧的假定性、戏剧性仍为逼真性所制约，是能给观众逼真感的假定性。电视剧还常借用新闻纪录手法，力求创作出酷似生活原态的空间。

电视剧确实把电影形式、戏剧形式、小说形式乃至新闻形式都吸收了过来，并在这种优势融合中，逐步形成了自身"我之为我"的艺术特质。

二、中国电视剧发展概述

1. 中国电视剧的发展初期（1958～1966年）

我国第一座电视台——北京电视台（现为中央电视台），建立于1958年5月1日。同年6月15日该台播出了我国第一部直播电视剧《一口菜饼子》，中国电视剧由此发端。

截止 1966 年，在中国电视初创阶段的八年中，共生产电视剧二百部左右，所有播出的电视剧均采取黑白图像的直播方式。这些电视剧从主题内容上看，大多侧重于政治思想教育。

2. 中国电视剧的停滞期（1967～1977 年）

从 1967 年到 1977 年的"文革"期间，电视剧"为政治服务"的色彩更为明显，且创作成绩极为寥落，几近空白，乏善可陈。

尽管 1967 年我国已引进了录像设备，1973 年进行了彩色电视试播，并进行过相应的电视戏剧的实验性制作，但收获寥寥无几。十年中仅播出了三部电视剧，即：1967 年北京电视台采用新的黑白录像设备制作的《考场上的反修斗争》；1973 年彩色电视试播阶段，北京电视台的农村儿童生活题材片《杏花塘边》；1976 年 2 月上海电视台的《崇高的职责》。

3. 中国电视剧的复苏期（1978～1989 年）

1976 年 10 月，"文化大革命"终于以"四人帮"的粉碎而宣告结束，中国电视剧的复苏期也正是伴随着"文革"梦魇的渐渐消逝而开始的。以 1978 年 5 月播出的彩色电视剧《三家亲》为起点，中国电视剧迎来了全新的发展。

20 世纪 80 年代起，电视剧进入快速发展时期。全国将近五十家电视台以及大部分电影制片厂相继成立了电视剧部，社会文艺团体也参加电视剧录制。广电部于 1982 年 7 月成立了电视剧艺术委员会，1983 年 10 月成立了中国电视剧制作中心，各省亦相继成立了电视剧制作中心。电视剧的年产量由 1981 年度的百余部，到 80 年代中叶已达千余部（1985 年度全国制作电视剧 1323 部集）。

1981 年 4 月，由中央电视台创办，全国进行优秀电视剧的评选活动，此后每年评选一次。从 1983 年 3 月第三届起定名为全国优秀电视剧"飞天奖"，由广播电影电视部下属的专业性委员会组织评选，属政府奖。此外，又有《大众电视》杂志社 1983 年创办的、由观众投票评选的全国性的电视"金鹰奖"等。

这一时期电视剧的复苏不但表现在数量上，而且在质量上也有了很大提高，直接进行宣教的剧目很少，而带有现实主义和反思色彩的电视剧却出现了很多。代表作如《蹉跎岁月》《今夜有暴风雪》《便衣警察》《西游记》《红楼梦》《济公》《乌龙山剿匪记》《篱笆·女人和狗》等。

4. 中国电视剧的繁荣期（20 世纪 90 年代）

20 世纪 90 年代的十年是我国电视剧的发展繁荣期，这不仅表现在电视剧数量的快速增长，电视剧制作单位的增加，电视剧创作队伍的扩大；还表现为电视剧在产业化、市场化方面发展成效显著，电视剧在内容、风格、样式等方面呈现多元化，涌现出了众多具有轰动效应的电视剧作品。

20 世纪 90 年代初期的标志性作品：我国第一部大型室内电视连续剧《渴望》（1990 年），第一部电视系列喜剧《编辑部的故事》（1991 年），戏说历史剧《戏说乾隆》（1991 年），表现出国潮的《北京人在纽约》（1992 年），表现当代都市情感的《过把瘾》（1993 年），等等。

20 世纪 90 年代中期的标志性作品：历史题材电视剧《三国演义》（1994 年），情景喜剧《我爱我家》（1994 年），戏说历史剧《宰相刘罗锅》（1995 年）、《还珠格格》（1998 年），政治反腐剧《苍天在上》（1995 年），等等。

20 世纪 90 年代后期的标志性作品：严肃历史剧《雍正王朝》（1997 年），香港 TVB 的武侠电视剧《天龙八部》《笑傲江湖》等。

5. 中国电视剧的持续繁荣期（新世纪以来）

新世纪以来，电视剧的市场化发展迅速，产业化格局正在形成，电视剧在思想性、艺术性、观赏性方面都达到了比较高的程度，电视剧创作更加成熟。

新世纪以来的电视剧代表作品有：表现家族变迁史的《大宅门》（2001 年），革命历史题材电视剧《大明宫词》（2001 年）、《激情燃烧的岁月》（2001 年）、《康熙王朝》（2001 年），商战奋斗剧《大染坊》（2002 年），当代中国人婚姻的家庭伦理剧《中国式离婚》（2004 年），经典抗日题材电视剧《亮剑》（2006 年），革命青春偶像剧《恰同学少年》（2007 年），一部纪录中国移民史的电视剧《闯关东》（2008 年），特色鲜明的反特剧《潜伏》（2008 年），军事题材电视剧《士兵突击》（2006 年）、《我的团长我的团》（2009 年），等等。

三、中国电视剧的发展对策及趋势

在看到我国电视剧发展的巨大成就的同时，问题和误区也不容忽视。当前，盲目跟风投资、题材扎堆、剧本原创力不足、盈利模式单一、产业链不健全、国际竞争力较弱等一系列问题都是电视剧产业发展的拦路虎。我们在对症下药的同时，更要看到电视剧市场的总体发展趋势，采取相应对策，做到审视夺度，顺势而动，应时而动。

1. 电视剧创作

在创作观念上，抵制电视剧本同质化，戒除浮躁的创作心态，倡导内容创新，塑造品牌系列，已经成为当前业内的共识。在未来的发展过程中，应通过市场激励机制和政策的倾斜引导来进一步激发电视剧创作领域的创新欲望和激情，提高编剧者的创作自觉。

在创作内容、题材上，中国电视剧创作应回归现实，体现当代性。比如，今天的中国农村"空心化"问题，农村将近一个亿的留守老人、妇女和儿童的问题，"打工子弟学校"的问题，"都市农庄"、新农业、新农民的问题，城镇化的问题等，都应该有而且完全可以有电视剧作品加以表现。把握时代的脉搏，说出小人物的心声，也许正是未来我们电视剧所需要做的。

在创作手法上，坚持追求多样化叙事，加强电视艺术叙事语言的艺术创新，用一流的表达来演绎一流的故事。在这方面可以主动借鉴美剧、韩剧的创作经验，融会贯通，为我所用。

2. 电视剧播出

新兴网络传播方式的出现，是对传统影视传播方式的一次全面的、根本性变革，它的优势决定了其将在信息传播领域占有重要地位，并对电视剧的传播、生产和发展产生深远影响。一方面，网络播出日益成为电视剧播出的主要途径和回收成本的来源；另一方面，随着电视剧网络版权的增长，也催生了电视剧新形态的发展。

3. 电视剧营销

新媒体的出现和技术的革新使受众对电视剧拥有了更多的自由支配权，随着电视剧受众的日益多元化，电视剧营销将会走上分众化、品牌化、类型化的发展道路，将越来越注重受众的细分以及观众的忠诚度，注重类型元素的宣传包装，未来将会有更多的品牌化剧场的出现。这就需要业内人士具备现代的营销理念,并付诸实践。

4. 电视剧产业布局

目前,我国正在进行传媒资源整合,组建优势互补、以资本为纽带的跨地区、跨媒介、跨行业的传媒集团,电视剧产业应在传媒产业结构的优化升级中抓住机遇,秉持改革创新理念,建立以影视拍摄基地为基础的影视制作产业集群,采取基地化生产方式、资源共享、集约经营、降低成本,不断改善和优化自身产业环境,打造品牌形象,整体提升中国电视剧产业的核心竞争力。

5. 从文化传播的角度看,电视剧是一个民族文化和精神价值的最佳体现

电视剧不仅仅是一种娱乐,还应能够传达一种文化形态以及通过这种文化形态所表现出的国家形象。这就需要我们采取跨文化传播的策略,主动"走出去"。跨文化传播的关键就在于它要找到不同文化的契合点,实现社会文化心理的同构。普世原则,国际化视野是"走出去"的关键,这就需要编剧的国际化视野与创作,在主题利益上寻找到中国民族文化资源与人类共同终极命题的契合点,以现代语言和产业化思路创造能够让全世界接受的中国影视剧。有中国元素和世界眼光,让中国故事通过世界表述,让全球观众接受,既经得住历史检验,也能受到当下观众喜爱。

第五章　广播电视常识考试真题

以下考试真题的答案请在本部分的第一章至第四章中查找。

1. 电视传播的基本单位是 _____。

A. 电视节目　　　　　B. 电视专题　　　　C. 电视画面　　　　D. 电视栏目

【考试院校】海南大学 2014 年戏剧影视文学专业考题

2. 广播艺术是以 _____ 作为主要造型手段作用于人们听觉的艺术。

【考试院校】临沂大学 2014 年广播电视编导专业考题

3. 电视栏目（名词解释）

【考试院校】山东师范大学 2014 年广播电视编导专业考题

4. 真人秀节目（名词解释）

【考试院校】广东财经大学 2014 年广播电视编导专业考题

5. 代表中华人民共和国政府授权发布公告性新闻和外交性新闻的机构是 _____。

A. 中央人民广播电台　B. 中央电视台　　　C. 新华通讯社　　　D. 人民日报

【考试院校】海南大学 2014 年戏剧影视文学专业考题

6. 中央电视台的前身是 _____。

A. 延安电视台　　　　B. 北京电视台　　　C. 新华电视台　　　D. 中央新影制片厂

【考试院校】海南大学 2014 年戏剧影视文学专业考题

7.《新闻联播》正式成立于 _____ 年。

A. 1975　　　　　　　B. 1978　　　　　　C. 1979　　　　　　D. 1980

【考试院校】海南大学 2014 年戏剧影视文学专业考题

8. 1958 年，新中国第一家电视台建立，当时电视台的名称是 _____。

A. 中国人民电视台　　B. 新华电视台　　　C. 东北电视台　　　D. 北京电视台

【考试院校】重庆邮电大学 2014 年广播电视编导专业考题

9. 下列表述不属于"消息类"电视新闻节目的特征概述的是 _____。

A. 快速　　　　　　　B. 简短　　　　　　C. 客观　　　　　　D. 深刻

【考试院校】重庆邮电大学 2014 年广播电视编导专业考题

10. 下列影视奖项中属于"电视类"的评奖是 _____。

A. 百花奖　　　　B. 金马奖　　　　C. 飞天奖　　　　D. 梅花奖

【考试院校】重庆邮电大学 2014 年广播电视编导专业考题

11. 以下哪个电视节目属于访谈类电视节目？（　　　）

A.《鲁豫有约》　　B.《我爱发明》　　C.《回声嘹亮》　　D.《探索·发现》

【考试院校】九江学院 2014 年广播电视编导专业考题

12. 电视系列剧（名词解释）

【考试院校】鲁东大学 2014 年广播电视编导专业考题

13. 世界上最早利用卫星传播电视信号的国家是 _____。

A. 英国　　　　B. 美国　　　　C. 日本　　　　D. 法国

【考试院校】海南大学 2014 年戏剧影视文学专业考题

14. 1940 年 12 月 30 日 _____ 广播电台正式开播，标志着人民广播事业的开始。1936 年，_____ 在伦敦建成世界上第一座电视发射台，建立了世界上第一个正规的电视台。

【考试院校】天津师范大学 2011 年广播电视编导专业考题

15. 1923 年 1 月，美国人 _____ 在上海创办广播电台，是中国境内最早的广播电台。_____ 年，美国成为了世界上第一个正式开办彩色电视节目的国家。

【考试院校】青岛大学 2014 年广播电视编导专业考题

16. 下列哪一广播传媒集团不属于美国。（　　　）

A. NBC　　　　B. ABC　　　　C. NHK　　　　D. CBS

【考试院校】海南大学 2014 年戏剧影视文学专业考题

17. 最早正式播出彩色电视节目的国家是 _____。

A. 英国　　　　B. 法国　　　　C. 美国　　　　D. 苏联

【考试院校】重庆邮电大学 2014 年广播电视编导专业考题

18. 被称之为"电视之父"的是英国工程师 _____。1925 年 4 月，他发明了世界上第一台机械电视机。

【考试院校】陕西科技大学 2010 年广播电视编导专业考题；曲阜师范大学 2011 年戏剧影视文学专业考题

19. 电视谈话节目（名词解释）

【考试院校】山东艺术学院 2008 年公共事业管理专业考题

第三部分 文学常识

　　文学是指以语言文字为工具形象化地反映客观现实、表现作家心灵世界的艺术，是文化的重要表现形式，主要包括诗歌、小说、散文、戏剧四大类别。文学代表一个民族的艺术和智慧。一位杰出的文学家就是一个民族心灵世界的英雄。这样的英雄越多，这个民族的文学艺术就越丰富多彩，对世界文学的影响也就越大。

第一章　中国文学

第一节　中国文学概述

中国文学源远流长，在数千年的发展进程中，取得了光辉灿烂的成就。中国文学以特殊的内容、形式和风格构成了自己的特色，有自己的审美理想，有自己的起支配作用的思想文化传统和理论批判体系，成为世界文学宝库中光彩夺目的瑰宝。中国文学根据时代不同又可分为古代、近代、现代和当代文学。中国古代文学又可以分为八大部分，分别是先秦、两汉、魏晋南北朝、隋唐五代、宋代、元代、明代和清代文学。

先秦文学是整个中国文学的源头。先秦有广义和狭义之分，广义的先秦是指秦统一中国以前直至远古，包括原始社会、奴隶社会和封建社会得以确立的战国时代。狭义的先秦主要是指秦统一六国之前的春秋战国时期。诗歌和散文是先秦文学作品的主要样式，作为中国古代文学的起步，先秦文学经历了三个阶段：原始社会的口头文学——神话传说与歌谣；奴隶社会的诗乐舞相结合的诗歌祭颂；封建社会萌芽时期的散文、楚辞、寓言并举。先秦文学具有文史哲不分、作者和时代难以考证、作品由稚嫩走向成熟等特点。

秦代实行文化专制政策，焚书坑儒，二世而亡，几乎无文学可言。李斯的《谏逐客书》是这一时期少有的优秀散文篇章。

两汉时期，疆土统一，国势强大，封建经济和文化得到充分的发展。其中辞赋作为一种新兴文体，既像诗歌，讲求压韵和形式整齐，又像散文，没有格律的严格限制，状物叙事，抒情说理，兼具诗歌和散文的表现功能，得到繁荣发展；两汉文学中最有价值的是乐府诗，乐府民歌以"感于哀乐，缘事而发"的现实主义精神，从抒情出发，深刻反映了两汉社会生活的各个方面，体现了当时劳动人民的心态、愿望和要求；在汉乐府民歌的直接哺育下，汉代文人五言诗也开始酝酿，并逐渐发展成熟，东汉末年产生的《古诗十九首》，成为文人五言诗成熟的标志；两汉文学的另一种重要成就就是散文创作，汉初代表作家先有贾谊和晁错，后有司马迁和班固。

魏晋南北朝时期，指从东汉建安时代到隋朝统一中国之前约四百年的历史时期。这是中国历史上长期分裂、动荡、不安的一个时期。从汉末大乱到三国鼎立，而后到西晋实现了短暂的统一，但安定的时间不过二三十年，接着就进入了连年混战和南北对峙阶段。

魏晋南北朝时期虽然是中国历史上最动荡的时期，但这个时期的文化思想和文学艺术却是中国历史上极其活跃，极富创新精神的。整体来看，魏晋南北朝时期的文学日益摆脱经学的影响，而获得独立的发展，开始进入文学的"自觉"时代。诗歌、散文、辞赋、骈文、小说等文学样式，都取得了显著的成就。涌现出了"三曹"、"建安七子"、"竹林七贤"、陶渊明、谢朓、谢灵运、刘勰、钟嵘、干宝、刘义庆等一大批影响千古的名家名作。就文学的主题而言，此时期的文学使"人"成为了真正的主题；就文学的题材而言，也更加丰富，将山水题材也融入其中；就文学批评与文学理论而言，它不仅涌现出一批专门的文章和著作，而且还就文学的创作和审美，提出了诸如文气、风骨、意象、缘情、形神等一系列重要的概念和范畴。应该说唐代文学的全面繁荣以及后来文学的持续发展，和魏晋南北朝文学的贡献是分不开的。

唐朝是中国封建社会的鼎盛时期，也是当时世界上拥有最先进文明的王朝。唐朝实行相对宽松的统治政策，重农重商，大力发展经济，国力空前强盛。加之南北文化的融合，中外文化的交流，科举考试以诗赋取士等多种因素，造就了唐代文学的空前繁荣。诗歌、散文、传奇等都得到繁荣发展，唐代文学作家作品数量之多，成就之高，影响之大，都是前所未有的。

唐代诗歌创作是诗歌史上的黄金时代。古体、近体争奇斗艳，各种风格流派异彩纷呈，初、盛、中、晚各期，都名家辈出，星驰云涌。《全唐诗》收录诗人两千余家，诗作近五万首。散文是唐代文苑的又一重大收获。《全唐文》收作者三千多人，作品（包括骈散两体）一万八千四百余篇，可以反映当时的创作盛况。特别是韩愈、柳宗元领导的"古文运动"，既革除六朝旧习，又开辟了宋元以后散文的发展道路，在中国文学史上起着承前启后的作用，他们也成为继司马迁之后两位最优秀的散文家。除诗歌散文之外，唐人传奇的成就也引人瞩目。就人物形象鲜明，故事情节曲折和语言华艳生动的特色而言，标志着我国古代小说艺术的成熟，并为后世小说的发展提供了创作经验。

宋代在政治和军事上十分软弱无力，外有辽、金等少数民族政权的长期威胁，内部又党争不断，但在经济和文化方面却相对繁荣。宋代文学继承了唐代文学的优良传统，在古文、诗、词各方面，都出现了许多著名的作家，并在创作上呈现出自己的独特面貌。特别是词的发展，形成了宋代文学的主要标志。

词发展到宋代，进入了鼎盛时期。据《全宋词》所载，作品有二万余首，词人一千四百余位。涌现出了柳永、苏轼、周邦彦、李清照、辛弃疾、姜夔等一大批词作家。唐诗、宋词，堪称中国文学的双璧。

宋代的散文致力于延续韩愈、柳宗元所倡导的古文传统，在欧阳修、苏轼等人的努力下，取得了足与唐文媲美的杰出成就。欧阳修、王安石、曾巩、苏轼、苏洵、苏辙加上唐代的韩、柳，被后世尊崇为"唐宋八大家"，他们的作品一直是后人学习古代散文的楷模。

由于北宋积贫积弱的社会特点和南宋深重的民族危机，宋诗缺乏唐诗恢弘开阔的气象，多采用写实手法，痛陈国事，沉郁悲愤。因此，宋诗大多具有浓厚的政治色彩，体现了诗人关心时政的忧患意识，爱国主义的诗作在宋代形成空前的高潮。代表作家有欧阳修、王安石、苏轼、黄庭坚、陆游、杨万里、文天祥等。

宋代的通俗文学也得到了发展。在唐代讲唱文学的基础上演化产生了"话本"，成为后世演义小说和白话小说的滥觞。

元朝的历史是比较短暂的，蒙古贵族在公元1271年建立了元朝，到被朱元璋领导的义军推翻、元顺帝逃离大都（1368年）止，不到一百年的历史。但以元曲为代表的群众文化却空前繁荣，成为元代文学的主流。

元曲汲取了唐宋以来的"说话"艺术，并在此基础上形成了新的文学样式。元曲包括杂剧和散曲两部分。杂剧是戏剧,而散曲则是诗歌的一体。其中元杂剧以它高度的社会历史价值、独特的艺术风格和形式体制,开辟了我国戏曲文学的黄金时代,涌现了关汉卿、王实甫、白朴、马致远、郑光祖等一大批影响深远的剧作家。

由于北方少数民族乐曲不断传入中原地区,元代还出现了一种配合当时流行曲调清唱的抒情诗体,就是散曲。散曲有小令和套数两种。散曲作品具有浓厚的市民通俗文学色彩,给诗坛注入了一股清新的空气。

元末杂剧衰微,南戏又复盛行,出现了像高明《琵琶记》这样的杰作。南戏的兴盛为明清传奇奠定了基础。

明代是一个高度中央集权的朝代,统治阶级在思想文化领域实行严厉的控制政策,这不能不影响到文学创作。但另一方面,由于城市经济的高度发展,资本主义萌芽已经出现,市民势力不断增长,为明代文学创作又提供了新的因素和有利条件。总的来说,适应市民文化娱乐需要的通俗文学如小说、戏曲等方兴未艾,特别昌盛,而正统诗文则不免相形见绌。

明代出现了长篇小说创作的高潮。开山之作是罗贯中的《三国演义》,后有施耐庵的《水浒传》、吴承恩的《西游记》、兰陵笑笑生的《金瓶梅》(我国第一部文人独创的以描写家庭生活为题材的长篇小说)等,众多长篇小说题材多样,特色鲜明,蔚为大观。与此同时,明代小说批评理论也在明代后期达到了鼎盛。金圣叹的小说批评理论代表了明清两代小说理论的最高成就,也是中国古代文学的重要遗产。

明代的短篇小说是拟话本。这是一种文人模仿民间话本而创作的案头文学,大多来源于社会生活,情节简单明了,在艺术上追求雅俗共赏。代表作是《三言》和《二拍》。其中最精彩的篇章有《杜十娘怒沉百宝箱》《卖油郎独占花魁》等。

在戏曲领域,明传奇取代了杂剧的主导地位,尤其在明后期,传奇创作出现了新的高潮,产生了杰出的剧作家汤显祖。其爱情剧《牡丹亭》,是我国戏曲史上的浪漫主义杰作。

清代是中国最后一个封建王朝。清代统治者在完成全国统一之后,继承并进一步加强了中央集权政治制度,形成了极端专制的统治。清代社会的民族矛盾和阶级矛盾,以及统治阶级内部的矛盾都异常尖锐,暴露出了封建末世的种种特征。清廷对知识分子施行高压与笼络两手并用的政策,一方面大兴文字狱,实行严酷的思想控制,另一方面又用科举制度来网罗为清廷效劳的文士。清代也是中国古文学史上最后一个重要的阶段。小说、戏曲继明代之后又取得了巨大的成就,诗、词、散文、骈文领域作家众多,流派林立,进入了全面总结的时期。

小说是清代文学的主流,与明代相比,小说的思想性和艺术性都达到了新的高度。其中有历史演义小说《隋唐演义》,我国古典小说的艺术高峰——曹雪芹的《红楼梦》,长篇讽刺巨著——吴敬梓的《儒林外史》,文言短篇小说巨擘——蒲松龄所作的《聊斋志异》。

清代戏曲创作也有重要的收获。其中尤以"南洪北孔"为代表,代表作有洪升的《长生殿》和孔尚任的《桃花扇》。

清代的诗、词、散文、骈文,虽然总的成就未超越前代,但是名家迭出,流派众多,也不可轻视。涌现了黄宗羲、顾炎武、王夫之、王士祯、纳兰性德、桐城派、阳湖派等作家及流派。

随着鸦片战争的爆发,中国逐渐沦为半封建半殖民地,这一时期的文学也发生了重要的变化,被称为近代文学,这是一个向新文学的过渡阶段;一方面,反帝爱国和民主主义成为文学的基本主题，显现出强烈的政治性、战斗性；另一方面，维护封建统治、抗拒新思潮的正统文学，虽然渐陷于窘境，但仍在不断挣扎。

近代文学的代表人物、作品、事件主要有：龚自珍的《己亥杂诗》，梁启超提出的"诗界革命""文界革命"，清末四大谴责小说——李宝嘉的《官场现形记》、吴沃尧的《二十年目睹之怪现状》、曾朴的《孽海花》、刘鹗的《老残游记》，"桐城派"诗文，"鸳鸯蝴蝶派"小说，京剧成为影响深广的全国性剧种，话剧开始在我国兴起等。

中国现代文学发端于"五四"新文化运动和文学革命。1917年，陈独秀在《新青年》杂志上发表《文学革命论》一文，高举文学革命的大旗。十月革命后马克思主义传入中国，中国工人阶级作为独立的力量登上了政治舞台，"五四"新文化运动爆发。"五四"文学革命反对封建蒙昧主义和专制主义，提倡科学和民主；反对文言文，提倡白话文。向封建旧文学展开了猛烈进攻，中国文学从内容到形式都发生了巨大变革，一个文学发展的新时期到来了。

最早发生变化的是诗歌创作。胡适的《尝试集》是"五四"运动时期第一部白话诗集。另外，郭沫若、闻一多、李金发、戴望舒等诗人或激情、或评论、或象征、或婉约，为现代诗歌创作开拓了一片崭新天地。20世纪30年代初"左联"成立后，新诗的现实主义精神得到发扬，殷夫、蒋光慈、胡也频、艾青、臧克家等创作了一大批现实主义力作。40年代，抗日根据地和解放区在毛泽东《在延安文艺座谈会上的讲话》指引下，诗歌创作特别活跃，和国统区以胡风为代表的"七月诗派"相呼应，用诗歌为战斗武器，揭露和抨击国民党反动统治下的种种腐朽没落的社会现象，歌唱人民美好的明天。

"五四"以后，小说创作获得了丰收。鲁迅的《狂人日记》是现代白话小说的发轫之作，另有短篇小说集《呐喊》和《彷徨》，都体现了彻底反封建的"五四"精神。同时期，"文学研究会"主张为人生的文学，倾向于现实主义，有成就的小说家有冰心、叶圣陶、王统照等；"创造社"作家则走上另一条创作道路，其中郁达夫成就最高。三四十年代，优秀的中长篇小说相继问世，茅盾的《子夜》、巴金的《家》、老舍的《骆驼祥子》、叶圣陶的《倪焕之》、沈从文的《边城》等，都为中国现代长篇小说的成熟作出了贡献。其中"左联"的成立为小说创作输入了新的血液。特别是在抗日根据地和解放区，丁玲的《太阳照在桑干河上》、周立波的《暴风骤雨》、赵树理的《小二黑结婚》、孙犁的《白洋淀纪事》等都洋溢着群众生活和革命斗争的诗情画意。

现代戏剧文学以话剧为主体。"五四"时期即有一批先驱者开始做西方话剧创作的介绍和引进工作。20世纪20年代初，涌现出一批专门从事现代话剧创作的戏剧家如欧阳予倩、田汉、洪深等。随着民主革命的深入，戏剧家的队伍又增添了郭沫若、曹禺、夏衍、阳翰笙、陈白尘、于伶等一批有才华的作者。在革命根据地，贺敬之等人执笔的《白毛女》具有鲜明的斗争精神和为群众喜闻乐见的民族化风格，是新歌剧的典范作品。

现代散文创作，是在吸收外来思潮和接受中国优秀散文传统的基础上发展起来的。"五四"思想启蒙运动促使大量议论散文的诞生，其中以李大钊、陈独秀、鲁迅为代表，冰心和朱自清的抒情散文也取得很高成就。

1949年，中国人民解放战争取得最后胜利，中华人民共和国宣告成立，中国历史开始进入社会主义阶段，社会格局发生了重大的"结构性变革"，文学作为一种特殊的意识形态也不例外，也随之发生了翻天覆地的变化。

新中国成立初，对电影《武训传》的批判，对所谓"胡风反革命集团"的批判等一系列运动导致了新中国成立之后文艺界"左"的倾向十分严重。而 1958 年的"大跃进"运动又给当时的文坛带来了一股浮夸风。

但十七年（1949 ～ 1966 年）时期，也涌现出了一批有影响力的作家作品。如杨沫的《青春之歌》，柳青的《创业史》，杜鹏程的《保卫延安》，姚雪垠的《李自成》，曲波的《林海雪原》，吴强的《红日》，梁斌的《红旗谱》，罗广彬、杨益言的《红岩》等。

十年"文革"时期，文学样式主要是"革命样板戏"。

1976 年底"文革"宣告结束，中国的政治、经济、社会和文化也随之发生了重要变化，中国当代社会历史翻开了新的一页。新时期文学在几十年里走过了一段很不平凡的路程。20 世纪 70 年代末到 80 年代，先后出现了"朦胧诗""伤痕文学""反思文学""改革文学""寻根文学""现代派文学"等创作思潮。20 世纪 90 年代文坛最引人注目的文学现象是林林总总的新小说争奇斗艳。对传统文化和权威的怀疑和消解，构成了 90 年代新小说的共同特征。

进入 21 世纪以来，中国当代文学的创作在书写媒介、创作理念、传播方式上都出现了复杂的变化，整体上呈现出文学道统式微、亚文化创作盛行、网络文学蓬勃发展、商业文学泛滥、快餐化写作蔚然成风等特征。

第二节　中国古代文学

一、先秦文学

1.《山海经》

《山海经》是先秦重要古籍，是我国现存的保存古代神话资料最多的地理著作，具有重要的民俗、地理、历史、文学价值。其中，最有代表性的神话寓言故事包括《夸父逐日》《女娲补天》《精卫填海》《大禹治水》《共工撞天》《羿射九日》等。

2.《诗经》

《诗经》是我国第一部诗歌总集，共 305 篇，分风、雅、颂三类。"风"指地方乐调，"雅"指朝廷正乐，"颂"指宗庙祭祀的乐调。《诗经》的艺术成就主要表现为强烈的现实主义精神，它是我国现实主义的源头；赋、比、兴三种艺术手法为《诗经》首创，赋是直陈其事，比是打比方，兴是感物起兴。前人称风、雅、颂、赋、比、兴为诗的"六义"。

《诗经》名篇有：《关雎》《黍黎》《伐檀》《硕鼠》《无衣》《七月》《采拟》等。

3.《楚辞》与屈原

楚辞，本意是指"楚国的诗歌"。楚辞地方色彩浓厚，句式多为上下句，以五言、六言为主，诗句中大量运用语气词"兮"字，成为楚辞的一个标志。铺排夸饰、想象丰富是楚辞的特征。

《楚辞》，又指一本书，由西汉的刘向将战国时楚国的诗歌编辑而成。书中除屈原的作品外，还有宋玉、唐勒、景差及汉代贾谊等人的诗作。

《诗经》和《楚辞》是我国文学史上最早出现的现实主义与浪漫主义的高峰，成为现实主义和浪漫主义两大不同的创作方法和艺术流派的典范。另外，人们常从《诗经》中之"风雅颂"和《楚辞》中之《离骚》各取一字，合称"风骚"，代称诗歌，泛指文学。

屈原，湖北秭归人，战国末期楚国的爱国政治家和伟大诗人，楚辞的代表作家。他曾任楚国高官，因坚持改革、坚持抗秦而屡遭诬陷，流放江湖，写下大量忧国忧民的诗歌。秦兵攻破楚都后，投汨罗江自尽。

屈原的作品有《离骚》《天问》《九歌》《九章》等。《离骚》是屈原最重要的代表作品，亦是中国古代最为宏伟的抒情长诗。它发展了《诗经》的比兴手法，运用众多的比喻构成一连串的艺术形象，创造出一种寄托幽远、耐人寻味的意境，开拓了我国诗歌以香草美人寄情言志的境界。在诗体形式上，创造了一种以六言为体、长短相间、灵活多变的新诗体。诗中充满炽热的爱国热情、崇高的精神境界和不满现实、追求理想的执着信念。艺术上想象奇特，辞藻瑰丽，音调铿锵，充满浪漫主义色彩。

4.《诗经》与《楚辞》的区别

首先，在内容及风格上，《诗经》以朴素自然的语言如实地反映社会现实，既有较高的概括性又十分具体、生动。不论是长篇的叙事诗，还是篇幅较短的抒情之作，还是在人物形象的塑造方面，《诗经》都显示了其现实主义的艺术特色。《楚辞》作品中则贯穿着强烈的浪漫主义精神，主要着力于表现作者的主体感受和情感，他们不再专注于真实细致地描绘现实世界，而是利用天才的想象力去创造五彩斑斓的幻想世界。

其次，在语言句式上，《诗经》大部分是四言诗，大多为短章小品，以凝练精粹见长。《楚辞》相比《诗经》，其辞藻更为华丽，富有个性。《楚辞》以楚方言为特色语言运用，"兮"字为代表，开创了以六言、七言为主的句式"骚体诗"。

再次，在对后世的影响上，《诗经》是我国现实主义文学的光辉起点，它的出现以及所达到的高度的思想和艺术成就，使其在我国和世界文化史上具有极高的地位。《楚辞》是浪漫主义的奠基之作，以其思想上的博大精深、艺术上的精美富丽深受世人的瞩目。《诗经》和《楚辞》所代表的现实主义与浪漫主义的诗歌传统，对后来的文学都产生了深远的影响。

5. 历史散文

《春秋》首创"编年体"，是我国第一部编年体史书（以年代为序），是春秋时鲁国的大事记。

《国语》我国第一部国别体史书（按不同国家编排），记叙了西周、春秋时各国的历史，以记言为主。名篇如《召公谏厉王弭谤》《勾践灭吴》等。

《战国策》西汉刘向根据战国时各国的史书加工整理而成的国别体史书，反映了战国时各国的政治斗争，具有传记文学的特点。名篇《唐雎不辱使命》《邹忌讽齐王纳谏》《冯谖客孟尝君》是先秦时期三大历史散文著作。

《尚书》我国第一部以散体文形式来写历史的文稿汇编，收录了商周时君王的谈话。

《左传》即《左氏春秋传》，是左丘明为《春秋》做的注解，而内容比《春秋》详尽得多，擅写战争、人物，名篇如《曹刿论战》《崤之战》等。

6. 诸子散文

春秋战国时，中国社会急剧变化，思想斗争空前活跃，各阶层的知识分子纷纷宣传自己的主张，展开争论，形成了"百家争鸣"的局面，这就是"诸子散文"的由来。诸子散文可分为三个阶段：春秋末战国初的《论语》《老子》《墨子》等，战国中叶的《孟子》《庄子》等，战国末期的《荀子》《韩非子》《吕氏春秋》等。

《论语》以语录体的形式记述了孔子及其弟子的言行，由孔子弟子及再传弟子编辑，比较集中地反映了早期儒家的思想和活动。

《墨子》一部墨子及其后学的著作汇编，反映的是墨家学派所代表的小生产者的思想。文章质朴无华，注重说明，主张"兼爱""非攻"。

《老子》又称《道德经》，基本上是道家创始人老子的著作，它以玄深的哲理思辩和精妙的诗一般的语言相结合，显示出独特的艺术风格。

《孟子》孟子及其弟子的著作，反映了战国中期儒家思想的面貌，其政治学说的核心内容是"仁政""民贵君轻"。《孟子》的散文体现着语录体向专题性论文的过渡，其突出的文学成就在于高超的论辩艺术。代表作品有《鱼，我所欲也》《天时不如地利，地利不如人和》等。

《庄子》庄周及其后学的著作，亦是道家的又一部经典之作。其文章以独特的艺术造诣绝响于先秦诸子之中，奇妙的构思、汪洋恣肆的语言、浪漫的风格，都体现了在诸子散文中的独特地位和辉煌的文学成就。名篇有《逍遥游》（北冥有鱼，其名为鲲。鲲之大，不知其几千里也。化而为鸟，其名为鹏。鹏之背，不知其几千里也)、《齐物论》、《养生主》等，《养生主》中的"庖丁解牛"尤为后世传诵。

《荀子》一书多为荀子自作，其思想体系博大精深，体现出儒学的进步与发展。其文章多为结构严谨、说论周详的专题性论文，标志着先秦说理散文进入了完全成熟的阶段。

《韩非子》法家思想的集大成之作。文章语言犀利，具有强烈的批判精神，运用了大量的寓言，如《守株待兔》《买椟还珠》《郑人买履》等。

《吕氏春秋》吕不韦集门客的集体创作，体制宏大、内容博杂、兼收并蓄，是先秦学术思想的一次大规模的总结，也具有较强的文学性。

先秦诸子散文集还有《孙子》《商君书》《晏子春秋》《列子》等。

7. 四书五经

"四书五经"是对先秦几部儒家经典的总称，是中国传统文化的重要组成部分，是儒家思想的核心载体，更是中国历史文化古籍中的宝典。"四书五经"包含内容极其广泛深刻，在世界文化史、思想史上具有极高的地位。

四书 指《论语》（孔子）、《孟子》（孟子）、《大学》（曾参）、《中庸》（子思），其中后两者是《礼记》中的两篇。

五经 指《诗经》《尚书》《易经》《周礼》《春秋》。

二、秦汉文学

1. 李斯《谏逐客书》

李斯，秦代著名政治家，官至丞相。其作品《谏逐客书》是给秦王嬴政的一篇奏议。文章从秦国统一天下的高度立论，反复阐明驱逐客卿的错误，写得理足辞胜，雄辩滔滔，因此打动了秦王，使他收回了逐客的成命，而此文也成为一篇脍炙人口的名文，千百年来被人们传诵。

2. 汉代辞赋

在汉代文坛占主流地位的是辞赋。辞赋是一种独特的文体，它介于诗歌和散文之间，可以说是诗的散文化或散文的诗化。汉代辞赋讲究文采和声律，极力铺陈事物，辞藻华丽，结尾议论，以寄讽喻之意。但内容较空，多描写宫殿园林景色，形式也较呆板，文字艰深。

汉代的赋，以其内容和表现形式可以分为骚体赋（如贾谊的《吊屈原赋》、司马相如的《长门赋》、司马迁的《悲士不遇赋》等）、散体大赋（如枚乘的《七发》、司马相如的《子虚赋》与《上林赋》、扬雄的《甘泉赋》等）和抒情小赋（如扬雄的《逐贫赋》、张衡的《归田赋》等）三类。

汉赋代表作家和作品有：汉初开山之作——贾谊的《吊屈原赋》，萌芽之作——淮南小山的《招隐士》，正式形成之作——枚乘的《七发》。汉中期有汉赋最高成就的代表——司马相如的《子虚赋》《上林赋》，另外还有东方朔、扬雄、王褒、班固等人的作品。后期有科学家张衡的《二京赋》《归田赋》，以及赵壹、蔡邕等人的作品。

3. 汉代散文

贾谊是汉初杰出的政治家、文学家，曾任汉文帝顾问，后被贬为长沙王太傅，被称为“贾长沙”。他的著名散文《过秦论》深刻总结了秦灭亡的教训，影响极大。其他论文有《治安策》《论积贮疏》等。

晁错也是汉初政治家，曾在文帝、景帝时期任职，主张中央集权。散文《论贵粟疏》论述了农业的重要性，见解精辟。

司马迁，字子长，是西汉伟大的历史学家、文学家，曾任汉武帝的史官太史令。他经过十多年的艰辛劳动，完成了中国古代最杰出的历史巨著——《史记》。

《史记》是我国第一部纪传体通史（以人物为中心），共一百三十篇，五十二万字，包括十二本纪、十表、八书、三十世家、七十列传五个部分。记叙了上自传说中的黄帝，下到当时（汉武帝）约三千年的历史，收集了大量资料，具有极高的史学价值。《史记》有进步的历史观，能科学评价人物，肯定农民起义的功绩，揭露统治者的劣行。《史记》还是我国史书中文学性最强的一部，语言生动，故事性强，情节曲折，取材精当，人物性格鲜明，鲁迅称其为“史家之绝唱，无韵之离骚”。名篇有《廉颇蔺相如列传》《项羽本纪》《陈涉世家》等。《史记》和《资治通鉴》并称为“史学双璧”。

班固，字孟坚，东汉史学家。在其父班彪《史记后传》的基础上，撰写了《汉书》的大部分，未成而死于狱中。该书后由其妹班昭完成。

《汉书》是我国第一部纪传体断代史（写一个朝代的历史）。记述了西汉王朝二百三十年的历史，充满了正统观念。《汉书》尊重事实，材料翔实，组织严密，人物形象鲜明。其名篇有《苏武传》《霍光传》《外戚传》等。

《汉书》是一部信实可据的优秀史著。他的人物传记在文学史上也享有较高的声誉。因此，与《史记》《后汉书》《三国志》并称“四史”。

4. 汉代诗歌

乐府是西汉武帝时设立的音乐机关，负责制作、采集、整理乐曲和歌词，以供宫廷演唱。后指该机关采集的民歌，或民歌体的文人诗。

汉代乐府诗现存四十余首,多为东汉作品,如《上邪》《陌上桑》《十五从军征》《长歌行》《东门行》等。它们反映了民间疾苦,塑造了人物形象,有较完整的情节,标志着我国叙事诗的成熟。

《孔雀东南飞》是我国古代最杰出的长篇叙事诗。记叙了焦仲卿、刘兰芝夫妇的爱情悲剧,控诉了封建婚姻的不自主性,塑造了三个富于个性的人物形象。全诗一千七百多字,全用五言句,结构完整。

汉末的《古诗十九首》标志着五言诗的成熟,成为中国文学史上早期文人五言诗的典范。刘勰在《文心雕龙》中称誉它为"五言之冠冕",给予极高的评价。从此以后,五言就取代了《诗经》的四言模式,成为格律诗的主要形式。名篇有《迢迢牵牛星》。

三、魏晋南北朝文学

1. 诗歌

魏晋南北朝时期的文学成就主要体现在诗歌创作方面。代表作家有"三曹"、"建安七子"、蔡琰、左思、陶渊明、"大小谢",另外还有"竹林七贤"中的阮籍和嵇康等。

"建安文学"指汉末建安至魏初的文学。代表作家有曹操、曹丕、曹植和"建安七子"等。这时期的文学,以诗歌成就最高。建安文人开阔博大的胸襟、追求理想的远大抱负、积极通脱的人生态度,直抒胸臆、质朴刚健的抒情风格,形成了建安诗歌所特有的梗概多气、慷慨悲凉的风貌。为中国诗歌开创了一个新的局面,并确立了"建安风骨"这一诗歌美学风范。

三曹,指曹操、曹丕、曹植。其中以曹植的文学成就最高,被称为"建安之杰",曹植诗歌中的个人抒情形象十分鲜明,语言精美工致,"骨气奇高,词采华茂",是前人对他的诗歌艺术成就的恰当评价。诗歌代表作有《白马篇》(名编壮士籍,视死忽如归。捐躯赴国难,不得中顾私)等。曹植的赋写得也相当不错,代表作有《洛神赋》。

曹操的诗歌沉雄悲凉,反映了动乱的社会现实,表露了诗人渴望建功立业、统一天下的雄心壮志。曹操被鲁迅称为"改造文章的祖师",其诗歌代表作有《龟虽寿》(烈士暮年,壮心不已;老骥伏枥,志在千里)、《短歌行》(对酒当歌,人生几何!譬若朝露,去日苦多。慨当以慷,忧思难忘。何以解忧?唯有杜康。……山不厌高,海不厌深。周公吐哺,天下归心)、《嵩里行》(白骨露于野,千里无鸡鸣)等。

曹丕的诗歌代表作《燕歌行》,是我国现存第一首完整的七言诗,也是现存文人诗中最早的完整七言诗。曹丕在文学理论上颇有建树,他的《典论·论文》是我国现存第一篇文学理论和文学批评专论,文章中他提出了"文以气为生"和"文章经国之大业,不朽之盛事"的著名论点。

建安七子,指孔融、陈琳、王粲、徐干、阮瑀、应玚、刘桢七位作家。其中以王粲的成就最高,他的诗歌代表作《七哀诗》是建安文学中具有现实主义精神的杰作,赋代表作是《登楼赋》。

蔡琰,字文姬,是中国历史上著名的才女和文学家。她曾流落到南匈奴,后被曹操赎回。代表作品有《悲愤诗》《胡笳十八拍》。

竹林七贤,指阮籍、嵇康、山涛、王戎、向秀、刘伶、阮咸七人。其中阮籍(《咏怀诗》

82 首)、嵇康(《赠秀才入军》《忧愤诗》)文学成就最高。

左思,字太冲,《咏史》八首是他的代表作。"振衣千仞岗,濯足万里流""非必丝与竹,山水有清音"都是他为人所称赏的俊句。《三都赋》也是左思的名作,文成而"洛阳纸贵"。

陶渊明,又名潜,字元亮,号五柳先生,是东晋时代最杰出的诗人,他在中国文学史上的一大贡献,就是开创了文人诗歌创作的新领域——田园诗。其诗作大多写他隐逸时期的田园风光,抒发其闲适自得的心情,代表作品如《饮酒》组诗、《归园田居》等。《归园田居》中的"暧暧远人村,依依墟里烟"、《饮酒》中的"采菊东篱下,悠然见南山"等佳句传诵千古。陶渊明的诗也有抒发其壮志难酬的苦闷和匡世济民的一面,如《咏荆轲》和《读山海经》等,诗中"其人虽已没,千载有余情""刑天舞干戚,猛志固常在"就反映了他的这种思想。陶渊明的散文写得也很不错,《桃花源记》《五柳先生传》就是这方面的代表。而《归去来兮辞》则是他赋作中的代表作品,也是千古传诵的名篇。欧阳修甚至推崇它为"晋无文章,《归去来兮辞》一篇而已"。苏轼曾评价陶渊明诗歌的特点"其诗质而实绮,癯而实腴",实为中肯之词。

魏晋南北朝时期诗歌的一个大的变化就是出现了山水诗,山水诗的代表诗人是"大小谢",也称"二谢",指谢灵运和谢朓。谢灵运的诗清新自然,人誉"如出水芙蓉"。如写春天"池塘生春草,园柳变鸣禽"(《登池上楼》);写秋色"野旷沙岸净,天高秋月明"(《初去郡》);写冬景"明月照积雪,朔风劲且哀"(《岁暮》)。谢灵运除诗歌外另有赋十余篇,其中以《山居赋》最为著名。谢灵运还与颜延之并称"颜谢",然而颜延之的诗显雕琢之气,多为人诟病。谢朓的诗歌代表作是《晚登三山还望京邑》,诗中的"余霞散成绮,澄江静如练"也是传诵人口的名句。

魏晋南北朝时期的诗人鲍照,与谢灵运、颜延之齐名,但所取得的文学成就比他们要小。其代表作有《拟行路难》18 首。他是南朝最早有意识创作边塞题材的诗人,代表作有《代出自蓟北门行》《代苦热行》等。他的散文和赋也写得文采飞扬,代表作是《登大雷岸与妹书》《芜城赋》。

《西洲曲》是南朝民歌的压卷之作,《木兰辞》则是北朝民歌的代表作品。《西洲曲》中的"开门郎不至,出门采红莲。采莲南塘秋,莲花过人头。低头弄莲子,莲子清如水。置莲怀袖中,莲心彻底红。忆郎郎不至,仰首望飞鸿"是颇令人寻味的诗句。朱自清就曾在他的《荷塘月色》中引用过"采莲南塘秋,莲花过人头。低头弄莲子,莲子清如水"。叙事诗《木兰辞》塑造了女扮男装、保卫祖国的英雄形象。

2. 辞赋和散文

魏晋南北朝的辞赋受到田园、山水诗的影响,抒情成分大为增加,以曹植、王粲、左思、鲍照等为代表。曹植的赋作,以《洛神赋》为代表;王粲的《登楼赋》被刘勰称为"魏晋之赋首"。南北朝时期的辞赋以陶渊明、鲍照和庾信为代表。陶渊明的辞赋以《归去来兮辞》为代表,鲍照有《芜城赋》《舞鹤赋》。

庾信是魏晋南北朝时期最杰出的赋作家,也是中国文学史上最为杰出的赋作家,他的代表作品是《哀江南赋》。杜甫曾不止一次称赞他的辞赋,"庾信文章老更成,凌云健笔意纵横""庾信平生最萧瑟,暮年诗赋动江关"。

诸葛亮，山东临沂人，三国时蜀汉的丞相，杰出的政治家、军事家，散文周密畅达，慷慨凄清，写有《前出师表》和《后出师表》。

曹丕的《典论》是一部自成体系的综合性论说文集，内容包括政治、道德、伦理、生活、文化等诸方面。

嵇康的论说文以《声无哀乐论》为代表，这是一篇逻辑严密、论说细致的论文。但就文学意义上讲，他的《与山巨源绝交书》更为重要。

陶渊明的《桃花源记》是历代散文中的名篇，陈寿的《三国志》、李密的《陈情表》、王羲之的《兰亭集序》也是传世名作。

郦道元的《水经注》是地理书，记叙多条河流的景色，为游记散文的开创之作。

3. 笔记小说与文学批评

魏晋南北朝时期，叙事散文得到发展，小说初步形成，出现了大量短篇文言笔记小说。一类是志怪小说，纪录神仙鬼怪故事、民间传说；如东晋干宝的《搜神记》，其中著名的有《宋定伯捉鬼》《干将莫邪》。另一类是志人小说，记文人名士的言行轶事；如南朝刘义庆的《世说新语》。

曹丕的《典论·论文》是我国现存第一篇文学理论和文学批评的专论；陆机的《文赋》是中国文学史上第一篇较为系统而完整的文学创作专论；钟嵘的《诗品》是中国文学史上第一部诗论。

南朝刘勰，字彦和，山东莒县人，其作品《文心雕龙》是中国古代文学理论和文学批评的集大成著作。

《昭明文选》是中国现存最早的古代诗文总集，由萧统偕众文士编成。

四、隋唐五代文学

隋代文学具有承前启后的作用，而唐代文学是中国文学史全面繁荣的新阶段，文学创作百花齐放，万紫千红——特别是诗歌的成就更为突出，成为中国古典诗歌发展的黄金时代。唐诗的发展一般可分为初唐、盛唐、中唐和晚唐四个阶段，而盛唐又是诗歌发展史上的巅峰时期。

1. 初唐诗坛

初唐四杰：王勃、杨炯、卢照邻、骆宾王，简称"王杨卢骆"。王勃写有五律《送杜少府之任蜀州》，骈文《滕王阁序》，诗中"海内存知己，天涯若比邻"和文中"落霞与孤鹜齐飞，秋水共长天一色"更是千古传诵的名句。杨炯写有《从军行》等诗；卢照邻写有《长安古意》《行路难》；骆宾王七岁时因《咏鹅》一诗而闻名，后期作品以《在狱咏蝉》为代表。

陈子昂是初唐诗歌革新的先驱，他高举革新大旗，提出要学习汉魏风骨，重视思想内容，反对形式主义，以自己的理论和实践，为唐诗发展开辟了道路。他的《登幽州台歌》——"前不见古人，后不见来者。念天地之悠悠，独怆然而涕下"，更是引起古往今来无数仁人志士的强烈共鸣。名诗有《登幽州台歌》、《感遇诗》38首。

此外，初唐张若虚的《春江花月夜》脍炙人口，乃千古绝唱，素有"孤篇盖全唐"之誉，闻一多称之为"诗中的诗，顶峰上的顶峰"。

初唐著名诗人还有宋之问、贺知章、张九龄等。

2. 盛唐边塞诗

盛唐时，边疆战事频仍，不少文人置身其中，写下大量描写边塞题材的诗作。描写大漠风光、从军打仗、报国壮志、思念家乡等，成为一个诗歌流派。

高适、岑参是盛唐边塞诗派的代表诗人。高适的边塞诗苍凉悲壮，感情丰富，代表作是《燕歌行》《别董大》（莫愁前路无知己，天下谁人不识君）、《塞上》等。岑参的边塞诗想象丰富，气势磅礴，代表作有《走马川行奉送出师西征》、《逢入京使》、《白雪歌送武判官归京》（忽如一夜春风来，千树万树梨花开）。

除高、岑外，边塞诗人中较突出的还有王昌龄、王之涣、崔颢等。王昌龄的诗素负盛名，长于七绝。号"七绝圣手"，与李白诗称"联璧"。其名作有《出塞》（秦时明月汉时关，万里长征人未还。但使龙城飞将在，不教胡马度阴山）、《芙蓉楼送辛渐》（洛阳亲友如相问，一片冰心在玉壶）等。王之涣的名作有《凉州词》（羌笛何须怨杨柳，春风不度玉门关）、《登鹳雀楼》（欲穷千里目，更上一层楼）。崔颢的名作是《黄鹤楼》，前人称它是"意得象先，神行语外"，被后人誉为"唐人七绝第一"。

3. 盛唐山水田园诗

山水田园诗描写自然风光、田园生活，短小精悍、意境悠闲，大多缺乏社会意义，但却有很高的艺术造诣，以孟浩然、王维为代表。

孟浩然是唐代第一个倾力写作山水田园诗的诗人。代表作有《春晓》（夜来风雨声，花落知多少）、《过故人庄》（待到重阳日，还来就菊花）、《宿建德江》（野旷天低树，江清月近人）等。

王维，字摩诘，代表作有《使至塞上》（大漠孤烟直，长河落日圆）、《山居秋暝》（明月松间照，清泉石上流）、《鸟鸣涧》、《送元二使安西》（劝君更尽一杯酒，西出阳关无故人）等。苏轼曾称赞王维的诗"诗中有画，画中有诗"。

4. 李白与杜甫

李白，字太白，号青莲居士，是继屈原之后中国文学史上最伟大的浪漫主义诗人，后世称为"诗仙"。他的诗内容宏阔，多惊世之语，想象奇特，驰骋天外，语言清丽，不加雕饰，风格豪放，飘逸不羁。

李白的诗题材多样。有的揭露社会的黑暗腐朽，如《古风》五十九首；有的抒发政治理想和壮志难酬的愤懑，如《行路难》《将进酒》《梦游天姥吟留别》；有的歌颂祖国的壮丽河山，如《蜀道难》《望庐山瀑布》《望天门山》《早发白帝城》《黄鹤楼送孟浩然之广陵》。代表作有《梦游天姆吟留别》（安能摧眉折腰事权贵，使我不得开心颜）、《蜀道难》（蜀道之难，难于上青天）、《将进酒》（君不见黄河之水天上来，奔流到海不复回。天生我才必有用，千金散尽还复来）、《宣州谢朓楼饯别校书叔云》（蓬莱文章建安骨，中间小谢又清发。俱怀逸兴壮思飞，欲上青天览明月。抽刀断水水更流，举杯消愁愁更愁。人生在世不如意，明朝散发弄扁舟）、《黄鹤楼送孟浩然之广陵》、《早发白帝城》、《月下独酌》（花间一壶酒，独酌无相亲。举杯邀明月，对影成三人）、《望天门山》、《望庐山瀑布》、《秋浦歌》等。

杜甫，字子美，我国伟大的现实主义诗人。后人尊称他为"诗圣"，又称他的诗为"诗史"，是继《诗经》之后现实主义的又一高峰。1962年被评为当年的世界文化名人。

杜甫忧国忧民,他的诗具有"沉郁顿挫"的特点,杜甫的一千四百多首诗,多数反映了"安史之乱"前后人民的疾苦。他的诗歌代表作有"三吏"(《新安吏》《石壕吏》《潼关吏》)、"三别"(《新婚别》《无家别》《垂老别》)、《望岳》(会当凌绝顶,一览众山小)、《茅屋为秋风所破歌》(安得广厦千万间,大庇天下寒士俱欢颜,风雨不动安如山)、《兵车行》、《春望》(感时花溅泪,恨别鸟惊心。烽火连三月,家书抵万金)、《自京赴奉先县咏怀五百字》(朱门酒肉臭,路有冻死骨)、《羌村》三首、《春夜喜雨》(随风潜入夜,润物细无声)、《月夜》、《登岳阳楼》、《闻官军收河南河北》等。

杜甫的诗对后世影响十分深远,如宋代的"江西诗派"就视杜甫的诗歌创作为不二法门,黄庭坚的"脱胎换骨""点铁成金"等诗歌创作理论就是针对杜甫的诗歌来说的。

李白与杜甫是很好的朋友,两人互有诗歌应答。如李白怀念杜甫"何时石门路,重倚金樽开",杜甫称赞李白"笔落惊风雨,诗成泣鬼神""白也诗无敌,飘然思不群。清新庚开府,俊逸鲍参军"等。李白与杜甫一向被视为唐诗世界中两座高峰,被人们称作诗歌史上的"双子星座",成为唐代诗歌的高伟丰碑。

5. 新乐府运动

新乐府运动是中唐诗人白居易、元稹领导的一场诗歌革新运动。他们主张诗歌内容上要反映现实,反映民生疾苦;形式上要学习汉乐府民歌,通俗易懂,生动活泼。这在诗歌史上有进步意义。

白居易,字乐天,自号香山居士,伟大的现实主义诗人,也是唐代创作数量最多的诗人。他有进步的文学理论,提出"文章合为时而著,歌诗合为事而作""惟歌生民病",主张文学要反映民间疾苦。他继承杜甫的现实主义传统,倡导新乐府运动,主张学习汉乐府民歌,要求语言通俗易懂。

白居易的诗现存数目为唐诗之冠。他最有价值的是讽喻诗:《新乐府》五十首,多为小叙事诗,如《卖炭翁》《红线毯》《上阳白发人》;《秦中吟》十首,写他在关中的见闻、百姓的疾苦,如《重赋》《轻肥》《买花》《观刈麦》。他还有两首叙事长诗:《长恨歌》,写唐玄宗和杨玉环的爱情悲剧;《琵琶行》,通过写琵琶女生活的不幸,结合诗人自己在宦途所受到的打击,唱出了"同是天涯沦落人,相逢何必曾相识"的心声。

除白居易外,新乐府运动的代表人物还有元稹,与白居易齐名,合称"元白",但成就远不如白居易,代表作有《田家词》《织女词》《估客乐》《连昌宫词》《行宫》等。

6. 古文运动

"古文"这一概念由韩愈最先提出。他把六朝以来讲求声律及辞藻、排偶的骈文视为俗下文字,认为自己的散文继承了先秦两汉文章的传统,所以称"古文"。韩愈提倡古文,目的在于恢复古代的儒学道统,将改革文风与复兴儒学变为相辅相成的运动。在提倡古文时,进一步强调要以文明道。除唐代的韩愈、柳宗元外,宋代的欧阳修、王安石、曾巩、苏洵、苏轼、苏辙等人也是其中的代表性人物。

韩愈,字退之,世称韩昌黎,中唐杰出的文学家和政治家。韩愈的诗歌奇绝险怪,代表作有《山石》《左迁至蓝关示侄孙湘》等。韩愈也是唐朝古文运动的倡导者和领袖人物,是继司马迁之后最杰出的散文家。其散文代表作有《诗说》、《原道》、《进学解》（业精于勤荒于嬉，行成于思毁于随）、《马说》、《祭十二郎文》等。其中，《祭十二郎文》更被誉为祭文中的"千古绝调"。韩愈在文学理论上提出了"唯陈言之务去""辞必己出，文从句顺"的观点。

韩愈在文学上的最大贡献在于倡导了"古文运动"。他主张"文以载道"，对扭转六朝以来的形式主义坏文风起了积极作用。他的三百多篇散文，结构严谨，说理透彻，词语丰富，成为历代学习的范文。

柳宗元，字子厚，中唐杰出的政治家和文学家，诗歌代表作有《江雪》《渔翁》等。柳宗元是唯物主义改革家，参与王叔文的"永贞革新"，失败后多次被贬。柳宗元和韩愈一起，倡导了"古文运动"，留下了许多散文名篇，成为历代学习的范文。其重要作品有：哲学政治论文《封建论》，寓言《三戒》（《黔之驴》《永某氏之鼠》《临江之麋》）。他的散文以山水游记最为出色，如《永州八记》（《小石潭记》等）。传记散文《捕蛇者说》《童区寄传》等文章写得也比较出色。

7. 中唐其他诗人

刘禹锡也是中唐诗坛著名诗人，被称为"诗豪"。他和柳宗元合称"刘柳"，与白居易合称"刘白"。代表作有《乌衣巷》（旧时王榭堂前燕，飞入寻常百姓家）、《酬乐天扬州逢席上见赠》（沉舟侧畔千帆过，病树前头万木春）、《竹枝词》（东边日出西边雨，道是无晴却有晴）。刘禹锡的作品充满乐观向上的奋斗精神，他还写有《竹枝词》《杨柳枝词》《浪淘沙》等民歌体诗，《西塞山怀古》《金陵五题》等怀古诗，《陋室铭》等散文。

孟郊，以苦吟著称，讲究用字，追求奇异。他的《游子吟》（慈母手中线，游子身上衣。临行密密缝，意恐迟迟归。谁言寸草心，报得三春晖）写母爱。孟郊和韩愈合称"韩孟诗派"，他们主张"不平则鸣"，苦吟以抒愤，崇尚奇崛险怪，"以丑为美"，"以文为诗"，诗歌形成一种奇崛硬险的风格。他们在艺术上力求避熟就生，标新立异，力矫诗风的平弱纤巧。这种诗歌的新的追求与新的变化，积极推动了盛唐以后诗歌艺术境界的开拓，在唐诗中别开生面。

贾岛也以苦吟著称，与孟郊合称"郊寒岛瘦"。名诗有《寻隐者不遇》《题李凝幽居》，"推敲"一词即出于后者。

李贺被称为"诗鬼"。他的诗想象丰富，构思奇特，辞藻瑰丽，不受格律束缚，充满浪漫主义色彩，代表作如《金铜仙人辞汉歌》《雁门太守行》等。

8. 唐代传奇

唐代传奇，中唐时文人创作的文言短篇小说。它的出现标志着中国古典小说的成熟，影响深远，后世许多文艺作品都从中汲取素材和经验。唐传奇现存约四十余部，主要收录在宋初李昉等人编纂的《太平广记》中，名篇有：李朝威的《柳毅传》，白行简的《李娃传》，元稹的《莺莺传》和蒋防的《霍小玉传》，都以爱情为题材。此外还有讽刺、历史题材的传奇。

9. 晚唐文学

李商隐的诗歌具有深情绵邈的风格，意象优美，情思宛转，辞藻精丽，声调和美，读来令人荡气回肠。名作有爱情诗《无题》（相见时难别亦难，东风无力百花残。春蚕到死丝方尽，蜡炬成灰泪始干）、《夜雨寄北》，写景诗《登乐游原》（夕阳无限好，只是近黄昏），咏史诗《隋宫》《南朝》等。

杜牧善写七绝，诗风豪爽，隽永含蓄，意味深长。名诗有《山行》《泊秦淮》《过华清宫》等。李商隐和杜牧被并称为"小李杜"。

聂夷中和杜荀鹤是晚唐现实主义诗人，诗作多反映民间疾苦。皮日休、陆龟蒙、罗隐是晚唐小品文作家。

10. 五代十国词

词萌芽于隋唐之际，兴于晚唐五代而极盛于宋。晚唐时期出现了第一位正式以词的形式进行大量创作的词人——温庭筠。

温庭筠是晚唐著名词人，"花间派"首领。他们创作的《花间集》是我国第一部文人词集。其内容多为美人艳情，风格柔靡艳丽。但他讲究语言格律，对词的发展影响很大。

五代时，文学中心是十国中的南唐，有著名词人冯延巳、李璟、李煜等。李煜是南唐后主，灭国后当了宋的俘虏，写下许多词作，抒发亡国之恨。名作如《虞美人》《浪淘沙》《相见欢》等。

五、宋代文学

在宋代文学中，成就最为辉煌的要数宋词。宋词也被人们视为宋代文学的代表，故后来就有唐诗、宋词、元曲并称之说。其题材除了爱情，还包括了咏物咏史、田园风光、送别赠答等。宋词名家流派众多，有柳永、苏轼、周邦彦、李清照、辛弃疾、姜夔等著名词人，同时也出现了"豪放"和"婉约"两大词派。

1. 北宋诗词

柳永是北宋第一个专业词人，常为歌女填词，多写城市风貌和歌女生活。名词有《望海潮》（东南形胜）、《雨霖铃》（寒蝉凄切）、《八声甘州》（对潇潇暮雨）、《凤栖梧》（衣带渐宽终不悔，为伊消得人憔悴）。

苏轼，字子瞻，号东坡居士，北宋著名的文学家、政治家、书法家、画家和金石鉴赏家。在整个中国艺术史上，都是一个难得的全才。文称"欧苏"，诗称"苏黄"，词称"苏辛"，他代表了北宋文学的最高成就。苏词现存三百五十余首，他改变了以往凄丽柔美的婉约词风，开创了豪放词派。代表作有《水调歌头·中秋》《念奴娇·赤壁怀古》《江城子·密州出猎》《江城子·阵亡妻》等。

晏殊擅长小令，诗属"西昆体"。名词有《浣溪沙》（一曲新词酒一杯）。梅尧臣是宋诗的开山鼻祖，现实主义诗人，名诗有《汝坟贫女》。

晏几道是晏殊之子，二人合称"二晏"。名词有《鹧鸪天》（彩袖殷勤捧玉钟）。

苏舜钦与梅尧臣齐名，合称"苏梅"，诗风与梅相近。名诗有《淮中晚泊犊头》。

秦观，即秦少游，苏轼的学生和妹夫。名词有《鹊桥仙》（纤云弄巧）、《满庭芳》（山抹微云）。秦观写有名句"山抹微云，天连衰草""斜阳外，寒鸦数点，流水绕孤村。"

周邦彦是北宋婉约词之集大成者，他的作品标志着宋词艺术的深化和成熟。多写男女相思和景物，名词有《兰陵王》。

黄庭坚是北宋著名诗人、政治家，"江西诗派"的创始人。他与秦观、张耒、晁补之都是苏轼的学生，都有很高的文学成就，合称"苏门四学士"。黄庭坚是江西诗派的首领，主张"无一字无来处"，片面追求用典，内容较贫乏。但他也有很多好诗，如《雨中登岳阳楼望君山》

《登快阁》《寄黄几复》等。他还是著名的书法家，与苏轼、米芾、蔡襄合称"宋四家"。他的影响最为深远的理论是"点铁成金""脱胎换骨""无一字无来处"。

李清照，号易安居士，山东济南人，宋代女词人，我国古代最杰出的女文学家，和柳永是宋词婉约派的代表。她前期的词多写少女生活，情调明快艳丽。如《如梦令》（昨夜雨疏风骤）、《醉花阴》（薄雾浓云愁永昼）、《渔家傲》（天接云涛连晓雾）、《一剪梅》（花自飘零水自流）。南迁以后，多写身世飘零和家园之思，如《声声慢》（寻寻觅觅），将国破家亡的悲愤与身世漂泊的伤痛融合一气，缠绵抑郁，撼人心魄，其审美价值大大超过了早期主要抒写闺情的篇章。另有诗《绝句》（生当作人杰，死亦为鬼雄。至今思项羽，不肯过江东）。

2. 北宋散文

范仲淹是北宋初年著名政治家，主持过"庆历新政"，文学上也卓有成就，名作有散文《岳阳楼记》，诗《江上渔者》，词《渔家傲》（塞下秋来风景异）。

欧阳修，字永叔，号醉翁，又号六一居士，北宋中叶文坛领袖。他领导了诗文革新运动，反对"西昆派"的浮靡文风。他主张革弊复古，学习韩（愈）柳（宗元），提拔人才，培养了大批著名文人，使文坛面貌为之一新。

欧阳修的创作以散文最为著名，政论文有《朋党论》《与高司谏书》，史论文有《五代史伶官传序》，散文有《醉翁亭记》《卖油翁》，辞赋有《秋声赋》，诗歌有《戏答元珍》《画眉鸟》，词有《踏莎行》等。他的《六一诗话》是文学评论集，开创了"诗话"这一新体裁。此外，他还主编了历史巨著《新唐书》。

3. 唐宋八大家

唐宋八大家，指八位杰出的散文作家，即中唐的韩愈、柳宗元，北宋的欧阳修、曾巩、王安石和三苏（苏洵、苏轼、苏辙）。他们在古文运动中成就突出，散文成为历代学习的范文。唐宋八大家，北宋就占了六家。欧阳修的《秋声赋》《醉翁亭记》《朋党论》，王安石的《游褒禅山记》《答司马谏议书》，苏辙的《上枢密韩太尉书》《黄州快哉亭记》，苏洵的《六国论》，曾巩的《墨池记》，历来都是传诵人口的佳作。

古文运动，指唐宋时期两次开展的诗文革新运动。它以恢复先秦散文传统为号召，故名"古文"，实为反对魏晋南北朝时泛滥的形式主义和浮靡文风，强调文章要言之有物，形式要为内容服务。第一次古文运动是中唐时韩、柳领导的，第二次古文运动是北宋中叶欧阳修领导的。

王安石，北宋杰出的政治家、文学家。宋神宗时主持"王安石变法"，后遭保守派反对而失败。他是唐宋八大家之一，文章内容充实，风格峭拔崎岖。政论文有《上仁宗皇帝言事书》《答司马谏议书》，游记散文有《游褒禅山记》，小品文有《伤仲永》《读孟尝君传》等。他的诗作有《泊船瓜州》《书湖阴先生壁》《明妃曲》，词作有《桂枝香·金陵怀古》。

苏轼与父亲苏洵、弟弟苏辙合称"三苏"。苏轼的创作十分丰富，影响深远，充满浪漫主义风格。他写诗四千余首，名诗有《题西林壁》《饮湖上初晴后雨》《惠崇春江晚景》《荔枝叹》等，充满了诗情画意和哲理。苏轼是宋词豪放派的代表，词作风格多样，且不受音乐束缚，使词成为脱离音乐的独立诗体。苏轼在散文上，和欧阳修并称为"欧苏"，和韩愈并称为"韩潮苏海"。代表作品有《贾谊论》《石钟山记》《赤壁赋》等。另外，他还提出了"画中有诗"

的评价标准。

4. 南宋诗人

陆游，字务观，号放翁，宋代伟大的爱国诗人，中国文学史上创作最丰富的诗人之一。陆游生活在南宋初年金兵南侵、民族矛盾尖锐的时代，他的诗主要抒发收复失地、统一祖国的炽热感情和报国无门的悲愤，风格高亢、激烈、悲壮。代表作有：《十一月四日风雨大作》、《秋夜将晓出篱门迎凉有感》、遗嘱诗《示儿》、《书愤》、《关山月》、《游山西村》（山重水复疑无路，柳暗花明又一村）、《书叹》、《农家奴》。

陆游的写景诗、生活诗、爱情诗也各具情趣，如《游山西村》《沈园》。他还写过许多好词，如《诉衷情》《卜算子·咏梅》《钗头凤》等。他的诗词雄浑奔放，气势恢弘，想象丰富，具有浪漫主义风格，又针砭时弊，深刻冷峻、清新明朗，具有现实主义风格，并用爱国主义的红线贯穿始终。此外，他还是一位著名的散文家，代表作为《入蜀记》。

范成大是中国诗歌历史上最著名的田园诗人之一，他的代表作是《四时田园杂兴》。《州桥》等诗是他出使全国的纪行诗，渗透着强烈的爱国热情。《后催租行》等诗则反映农民的疾苦。

杨万里，号诚斋，他的诗多写自然风光，新鲜活泼，通俗流畅，构思奇特，风格诙谐幽默，是古代写诗最多的人（两万首）。如《晓出净慈寺送林子方》《戏笔》《闲居初夏午睡起》等。他与陆游、范成大、尤袤同时代且齐名，合称"中兴四大诗人"。

南宋中期的著名诗作，有林升的《题临安邸》和叶绍翁的《游园不值》。

宋末的文天祥是抗元民族英雄，他的七律《过零丁洋》（人生自古谁无死，留取丹心照汗青）和五言歌行《正气歌》都充满了爱国热情和崇高的民族气节。

5. 南宋词人

辛弃疾，字幼安，号稼轩，山东济南人，南宋初年伟大的爱国词人。

辛弃疾写词六百余首，是宋代写词最多、成就最高的词人。他与苏轼同为宋词豪放派的代表。辛弃疾进一步打破了"诗庄词媚"的狭隘概念，是继苏轼之后豪放词的又一高峰。前人评其词为"慷慨纵横，有不可一世之慨"。他的词充满了爱国情怀，倾诉报国无门的悲愤，并揭露南宋王朝的屈辱投降。如《破阵子·为陈同甫赋壮词以寄之》《永遇乐·京口北固亭怀古》《菩萨蛮·书江西造口壁》《水龙吟·登健康赏心亭》《南乡子·登京口北固亭有怀》等。另一些词，描写了农村生活，如《清平乐·村居》《西江月·夜行黄沙道中》《鹧鸪天·代人赋》，清新自然，《青玉案·元夕》更是脍炙人口。辛弃疾的词，想象奇特，意境雄浑，极富浪漫主义色彩，词风豪放沉郁，又多姿多彩，不拘一格，语言丰富凝炼，融化了大量典故和口语。

南宋初期，面对金兵入侵，许多人写下爱国词章。抗金名将岳飞的《满江红》即是一首传诵千古的佳作（三十功名尘与土，八千里路云和月。莫等闲，白了少年头，空悲切）。

6. 宋代话本

宋代城市繁荣，街头演出盛行，说书艺术发达。说书艺人的故事底本叫"话本"，是曲艺，又是白话小说。从此，白话小说成为古代小说的主要形式。一类为"平话"，讲叙长篇历史故事，如《新编五代史平话》《大宋宣和遗事》；另一类为小说，内容以爱情、公案为主，如《碾玉观音》《错斩崔宁》等。作品常以普通百姓为主人公，反映下层人民的生活意愿，艺术上也较成熟，故事性强，情节曲折，人物形象鲜明，语言通俗生动，对元明清的小说、戏剧产生了深远影响。

六、元代杂剧和散曲

中国文学从宋代开始了由雅到俗的转变。元代文学的主流是元曲，包括杂剧和散曲。杂剧是戏曲，它标志着元代文学的最高成就，散曲属诗歌。

元杂剧有完整的故事情节，一般分为四折（幕），开头可加楔子（序幕）。人物由演员扮演，角色分旦（女）、末（男）、净（大花脸）、丑（小花脸）等。剧本包括三部分，即曲（唱词、音乐）、白（台词）、科（表情动作）。元杂剧作家有百余人，剧作五百五十多种。

1. 元剧四大家

元剧四大家：关汉卿（《窦娥冤》《救风尘》《拜月亭》《单刀会》）、马致远（《汉宫秋》）、白朴（《墙头马上》《梧桐雨》）、郑光祖（《倩女离魂》）。

关汉卿，元大都（北京）人，元代杂剧的奠基人，我国古代最伟大的戏剧家，1958 年被评为当年的世界文化名人。他比英国的戏剧大师莎士比亚早了三百年，剧作多了一倍。

关汉卿的代表作是悲剧《窦娥冤》，写童养媳窦娥遭恶势力陷害而冤屈致死的故事。通过这一悲剧，揭露了当时冤狱遍地的黑暗现实，塑造了敢于反抗、坚贞不屈的妇女形象，这是中国文学史上前所未有的。

关汉卿的其他作品有喜剧《救风尘》和《望江亭》，分别写赵盼儿和谭记儿为解救亲友与恶少斗争，塑造了正义善良而又机智勇敢的妇女形象。此外还有历史剧《单刀会》，公案戏《鲁斋郎》《蝴蝶梦》等。

关汉卿不仅是杰出的杂剧作家，也是优秀的散曲作家，最能代表他散曲成就的是《一枝花·不伏老》（我是个蒸不烂、煮不熟、捶不匾、炒不爆、响珰珰一粒铜豌豆）。

王实甫是元代著名的戏剧家，与关汉卿同时代，剧作现存《西厢记》《破窑记》《丽堂春》三种。

《西厢记》写书生张珙（即张生）与相府小姐崔莺莺的爱情故事，他们在侍女红娘的帮助下，冲破崔夫人的阻挠，克服自身弱点，终于结成夫妻。剧本提出"愿普天下有情人终成眷属"，饱含反封建礼教、争取婚姻自由的进步观点。剧中人物性格鲜明，内心世界丰富。侍女红娘的形象更是光彩照人，成为撮合婚姻乃至牵线沟通的代名词。剧情组织波澜起伏、引人入胜，文辞华美，充满诗意。

康进之的《李逵负荆》是现存元人"水浒戏"中最优秀的一种。

纪君祥的《赵氏孤儿》是我国最早被介绍到西方的杂剧，法国大作家伏尔泰把它改编为《中国孤儿》上演，轰动了巴黎。

元代四大传奇是《拜月亭》《荆钗记》《月兔记》《杀狗记》。

2. 元代散曲

元散曲多写恋情和风景，成就远不如唐诗宋词，也不如元杂剧。散曲又分为小令和套数。小令只有一支曲子。优秀的小令有马致远的《天净沙·秋思》、张养浩的《山坡羊·潼关怀古》。套数由几个同一宫调的曲子连缀而成，类似现代的组曲。元套数的名作首推睢景臣的

《哨遍·高祖还乡》。

马致远是元朝最优秀的散曲作家，代表作为《天净沙·秋思》（枯藤老树昏鸦，小桥流水人家，古道西风瘦马。夕阳西下，断肠人在天涯），被称为"秋思之祖"。

元代涌现出许多少数民族诗人，萨都剌是元代少数民族诗人中成就最高的一位。

七、明代文学

1. 长篇小说

明代，中国小说开始不断向成熟发展。章回小说是中国古代长篇小说的唯一体裁，《三国演义》《水浒传》《西游记》《金瓶梅》等小说的问世，开创了中国长篇小说的创作热潮。

《三国演义》是中国第一部长篇历史小说，也是中国第一部章回小说，是中国古代最优秀的长篇历史小说之一。

作者是元末明初的罗贯中，山东东平人。他在历代说书艺人"话本"的基础上，加工整理再创作，写成这部一百二十回的章回小说。《三国演义》以宏大的结构，曲折的情节，展现了东汉末年和整个三国时期各封建统治集团之间的军事、政治、外交斗争，是一幅生动的历史画卷。书中"拥刘反曹"的基本倾向，反映了作者的封建正统观念。

小说在艺术上有突出的成就。一是战争描写多姿多彩，突出了战争的谋略思想。二是人物塑造成功，全书四百多个人物中，至少有十几个写得性格鲜明。如诸葛亮才智超人，刘备宽仁厚道，关羽忠义勇武，张飞鲁莽急躁，曹操奸诈残忍，孙权老谋深算等。三是结构上脉络清楚，主次分明，众多人物事件写得井井有条。

《水浒传》是我国第一部长篇白话英雄传奇小说，作者是明初的施耐庵。《水浒传》是一部农民革命的英雄史诗，描写了北宋末年宋江领导的、以山东水泊梁山为根据地的农民起义，反映了这次起义发生、发展、胜利到失败的全过程。他通过一系列"官逼民反"的故事，揭示了起义的根本原因是阶级压迫，"乱自上作"，因而被"逼上梁山"。

小说最高的艺术成就，是塑造了众多叱咤风云的英雄形象。如李逵、鲁智深、林冲、宋江、吴用，个个性格鲜明，同中有异。作品的结构很有特色，每段以一个人物形象为中心，即可单独成篇，又环环相扣，形成整体。全书也渗透着浓厚的忠义思想，艺术上后半部不及前半部那样有光彩。小说的语言是在民间口语的基础上提炼出来的文学语言，生动、传神、通俗，富于个性化。

《西游记》是中国第一部杰出的浪漫主义长篇神魔小说，作者是明中叶的吴承恩。他描写神猴孙悟空大闹天宫，随后保护唐僧西天取经，一路与各种妖魔鬼怪斗争的故事。小说通过神魔形象，曲折地反映了当时社会的黑暗现实，玉帝龙王、妖魔鬼怪是现实生活中帝王将相、豪绅恶霸的化身。作者歌颂了孙悟空身上不畏强权的精神，这是难能可贵的。小说风格幽默，语言活泼，妙趣横生。

孙悟空是书中最光辉的形象。他神通广大，敢于斗争，蔑视皇权。他又善于斗争，机智乐观，不屈不挠，调皮活泼，猴性十足。猪八戒和唐僧则是他的重要陪衬。小说中的人物，是人、神、动物三者的混合体。小说想象力丰富，神奇瑰丽，五光十色，达到古代浪漫主义的最高峰。

《金瓶梅》是我国第一部由文人独立创作的长篇小说，作者是明中叶的兰陵笑笑生（笔名）。它是我国第一部以家庭日常生活为题材的小说，它的出现标志着中国古代小说的发展进入了一个新阶段。小说描写了店铺老板西门庆的罪恶一生。他巧取豪夺，欺压百姓，吃喝嫖赌，无恶不作。他原有一妻一妾，但又勾引潘金莲，霸占李瓶儿，收用婢女春梅（书名即以这三个妇女名字合成）。

小说《金瓶梅》暴露了剥削阶级的腐朽，有一定的历史价值。主要人物性格鲜明，细节生动，语言流畅，对《红楼梦》也有过影响。但作品存在严重缺陷，他对丑恶的现象只是暴露，不作批判，甚至欣赏，尤其是书中充斥了淫秽描写，败坏了社会风气。

《三国演义》《西游记》《水浒传》《金瓶梅》被称为明代四大传奇。《三国演义》《西游记》《水浒传》《红楼梦》被称为我国古代四大名著。

2. 短篇小说集："三言"和"二拍"

"三言""二拍"是明末几部白话短篇小说集的合称，代表了中国古代白话短篇小说的最高成就。"三言"指《喻世明言》（即《古今小说》）、《警世通言》和《醒世恒言》，作者冯梦龙。每部各四十篇，共一百二十篇。主要反映城市平民生活，以爱情题材居多。如《杜十娘怒沉百宝箱》《乔太守乱点鸳鸯谱》《卖油郎独占花魁》等，另外，《沈小霞相会出师表》《灌园叟晚逢仙女》等歌颂了正义力量和邪恶势力的斗争；"二拍"指《初刻拍案惊奇》和《二刻拍案惊奇》，作者为凌濛初，共七十八篇，其思想性和艺术性都不如"三言"。此后，抱瓮老人（笔名）从中选出四十篇，辑录成《今古奇观》出版，它是三百年来最流行的话本选集。

3. 明代的诗歌和散文

明代诗文，明初有宋濂的《送东阳马生序》、刘基的《卖柑者言》、高启的《登金陵雨花台望大江》，稍后有于谦的诗《石灰吟》等。

明中叶文学流派纷呈，明代"前七子"的代表作家是李梦阳、何景明，"后七子"的代表作家是李攀龙、王世贞。前后七子强调"文必秦汉，诗必盛唐"。"公安派"的代表作家是袁宏道，他们在创作上倡导"性灵"。"唐宋派"的代表作家是归有光，他的代表作品是《项脊轩记》。

明后期杰出的思想家李贽，除了写出大量论文、杂文外，还是我国第一位通俗文学研究家，评点过《水浒传》等书。此后，还有以袁宏道为首的"公安派"，名篇为《虎丘记》《满井游记》，以钟惺为首的"竟陵派"。明末作家作品有张溥的《五人墓碑记》，陈子龙的诗《小车行》，少年英雄夏完淳的诗《鱼服》《遗夫人书》，张岱的散文《西湖七月半》《湖心亭看雪》等。

张岱是明代小品文的代表作家，其代表作为《陶庵梦忆》《西湖寻梦》等，名篇如《湖心亭看雪》。

徐霞客的《徐霞客游记》不仅是一部水文地理方面的科学著作，也是一部优美的游记散文集，有很高的文学价值。

传奇发源于唐代，明代发展到了成熟时期。代表作家有汤显祖，他是明代最杰出的戏剧家，与英国的莎士比亚同一时代，是东西方两位戏剧大师。

汤显祖的代表剧作是《牡丹亭》（又名《还魂记》）。写贵族小姐杜丽娘冲破封建礼教的管束，追求爱情，郁闷而死。死后她魂魄复生，历尽艰险，终于与梦中情人结为夫妻。剧本揭露了封建礼教、程朱理学对青年的摧残，歌颂了"情"对"理"的斗争，全剧情节离奇曲折，想象丰富，充满了浪漫主义色彩。剧本语言绚丽多彩，曲文优美，《游园》《惊梦》两折尤为精彩。

除此之外，汤显祖还写了《紫钗记》《南柯记》《邯郸记》。这四出戏都有一个"记"字，都写了梦，所以合称"临川四梦"或"玉茗堂四梦"。

八、清代文学

清代文学是中国古代文学的终结，又是古代到近代文学的桥梁。清代文学以小说创作最为繁荣，长篇、短篇、文言、白话都取得了很高的成就。

1. 清代小说

《儒林外史》是我国最杰出的长篇讽刺小说，作者是清中叶的吴敬梓。全书五十五回，由十几个故事连缀而成，没有中心人物作主干。

《儒林外史》主要揭露封建科举制度的弊端，是各类"儒林"——封建文人的百丑图。书中的读书人在科举制的驱使下，追求功名利禄，思想受到毒害，灵魂出现变态。主要人物如周进、范进、马二先生、严贡生、匡超人、王惠等都是丑态百出。在少数几个正面形象上，则寄托了作者的理想。小说最大的艺术特色是讽刺，常通过白描的手法，让人物自身的言行说话。如"范进中举"一段，用人物的言行不一、前后不一，揭示了人物肮脏的灵魂。《儒林外史》达到了我国古典文学讽刺艺术的高峰，得到鲁迅的极高评价。

曹雪芹，名霑，字梦阮，号雪芹，写下了中国古代文学的压卷之作——《红楼梦》。曹雪芹生前基本完稿八十回，后四十回则由高鹗续写。

《红楼梦》是我国古代小说中成就最高的一部，它的出现标志着我国古典小说的创作达到了最高峰。

《红楼梦》是一部封建时代的百科全书。它以一对贵族青年的恋爱悲剧为主线，反映了封建大家庭贾府由盛而衰的过程，全面揭示了封建社会末期的各种矛盾，揭示了它必然灭亡的趋势。小说又歌颂了青年叛逆者对自由幸福的追求，他们的爱情悲剧具有深刻的思想根源和社会内涵。

《红楼梦》是我国古典文学现实主义艺术的高峰。小说塑造了几十个性格鲜明的人物，主要人物如贾宝玉、林黛玉、王熙凤、薛宝钗、晴雯、袭人、贾政、刘姥姥等，都栩栩如生，具有典型意义。小说的结构、语言也达到很高的水平。

蒲松龄，字留仙，号柳泉居士，世称聊斋先生，山东淄博人，其《聊斋志异》代表了清代文言短篇小说的最高成就，也是中国文言小说创作的高峰。

《聊斋志异》共四百九十一篇，大都为妖狐神鬼故事。一类揭露社会黑暗，鞭挞贪官污吏，同情人民疾苦，如《促织》《席方子》；二类为爱情题材，多为书生与化为美女的狐狸精的恋爱故事，歌颂了青年男女对爱情的追求和对封建礼教的反抗，如《红玉》《婴宁》《小翠》；三类抨击科举制的腐朽，如《叶生》《司文郎》《王子安》；其他题材有《画皮》《崂山道士》等。

《聊斋志异》想象丰富，是浪漫主义的杰作。书中人物性格鲜明，故事情节极富戏剧性，语言是经过提炼的文言，又吸收了口语，精炼含蓄。

2. 清代戏曲

清初最杰出的戏剧家是李玉，他的剧作《清忠谱》歌颂了明末苏州人民反抗宦官魏忠贤的斗争。

就清代戏曲理论贡献而言，当首推中国古代戏曲理论的集大成之作——李渔的《闲情偶寄》。李渔结合舞台演出实践，全面而系统地总结了戏曲的结构、词采、音律、宾白、科诨、格局等编剧理论和戏曲表演理论，把中国古典戏曲理论推进到一个新的水平。

清康熙年间，剧坛上出现了两位名家，合称"南洪北孔"。"南洪"指洪升，他的剧作《长生殿》写唐明皇与杨玉环的爱情故事。"北孔"指孔尚任，山东曲阜人，孔子的第六十四代孙。他的剧作《桃花扇》以明末复社文人侯方域和秦淮名妓李香君的爱情故事为主线，反映了南明王朝的兴亡历史，"借离合之情，写兴亡之感"，揭露了统治者的腐朽享乐、争权夺利导致灭亡的本质，歌颂了爱国将领和下层民众的民族气节，李香君也成为中国戏剧史上最光辉的女性形象之一。

清乾隆年间，四大徽班进京演出，标志着京剧成为"国剧"。京剧是一门综合性艺术，第一，其综合性表现在各个地方曲调剧种的融合。在主要以西皮、二黄两大声腔为主的基础上，又逐渐吸收融合了昆曲、四平调、南梆子等约十几类地方曲调。第二，京剧艺术的综合性表现在不同艺术形式的融合上。京剧的艺术表演以唱、念、做、打为基础形式，借鉴、融合有话剧、歌剧、舞剧，甚至哑剧等表现手法。在武打动作中吸收了传统武术、杂技等动作加以艺术的美化和夸张。

3. 清代诗词与散文

清代诗歌的数量居历代之首。王士祯是清代神韵派诗人代表，他继承并发展了当代司空图和宋代严羽的理论，认为"不着一字，尽得风流"是诗的最高境界。代表作有《真州绝句》《秦淮杂诗》等。

袁枚继承了明代公安派的文学观点而又有所发展，独创"性灵说"，成为"性灵派"的代表人物，他还著有《随园诗话》等著作，代表作有《春日杂诗》《马嵬》等。

郑燮，字克柔，号板桥，清代著名的书画家，是清代画坛"扬州八怪"之一。他的诗歌比较关注民众疾苦，代表作品如《逃荒行》《还家行》等。此外，《题竹石画》也是一首广为传颂的诗作。

龚自珍是清代道光年间杰出的思想家、文学家。他生活在鸦片战争前后，看到封建社会衰落期的种种腐败现象，强烈要求改革自强。先后写了六百多首诗歌，开一代风气之先。代表作为《己亥杂诗》315首，"九州生气恃风雷"和"化作春泥更护花"等名句更是振聋发聩。另外，他还写有散文《病梅馆记》。

黄遵宪是中国近代最著名的诗人、爱国外交家。他曾任清政府驻外使节十多年，积极参加维新变法运动。作为文学家，他是"诗界革命"的主将和"新诗派"的代表，提出了"我手写我口"，主张诗歌要反映现实，口语化。黄遵宪的诗集有《人境庐诗草》《日本杂事诗》等。他的诗取材极广，直接描写了当时一系列重大政治事件，表现了强烈的爱国主义精神。如《冯将军歌》写中法战争，《悲平壤》《度辽将军歌》《哀旅顺》《台湾行》写甲午中日战争等。他被梁启超誉为"诗史"。

桐城派是清代乾隆年间的一个散文流派，这一派的主要人物是安徽桐城人，故名。方苞是桐城派的创始人，首创"义法"说，主张文章要有物（内容）、有序（形式），代表作有《狱中杂记》《左忠毅公逸事》。其他有刘大櫆的《游三游洞记》、姚鼐的《登泰山记》等。

梁启超是近代资产阶级维新改良运动的领袖之一，他首先是政治家，其次是学者和报刊主笔，再次才是作家。

梁启超在文学上的最大贡献，在于他提倡了"文界革命"并带头实践，创作了大量的新式论文、散文、诗歌、小说、戏曲，其中以散文影响最大，如《少年中国说》《戊戌政变记》等。他的新体散文被称为"新文体"，这是文言文的一次大解放，为不久以后的"五四"新文化运动、白话文运动开辟了道路，在观念上、风格上和语言上都对后世产生了很大影响。

辛亥革命时期，南社诗人柳亚子、陈去病、高旭、苏曼殊等人的作品洋溢着充沛的爱国主义和民主主义精神。秋瑾是当时杰出的女诗人，她的诗作激昂慷慨，富有巾帼英雄的气慨。为了宣传革命思想，邹容、陈天华等相继写作了通俗化古文和白话文，而章炳麟的古文取法魏晋，古奥难懂。

4. 清末谴责小说

20 世纪初，中国文坛出现了一大批暴露社会黑暗的谴责小说。当时资产阶级改良派和革命派都提倡"小说界革命"，运用小说来进行宣传，加之清政府已经摇摇欲坠，抨击官场的作品盛极一时，其中最著名的是"清末四大谴责小说"，即李伯元（宝嘉）的《官场现形记》、吴趼人（沃尧）的《二十年目睹之怪现状》、刘鹗的《老残游记》和曾朴的《孽海花》。

第三节　中国现代文学

中国现代文学是指从 1917 年《新青年》倡导文学革命，到 1949 年中华全国文学艺术工作者代表大会召开这一历史时期的文学。此后的中国文学则进入当代阶段。

1. "五四"文学革命

1917 年 1 月，胡适在《新青年》上发表了《文学改良刍议》，提出了改良文学应从八事入手：即须言之有物，不模仿古人，须讲求文法，不做无病呻吟，勿取滥用套词，不用典，不讲对仗，不避俗词俗语；并且主张以白话文学为文学正宗，取代文言文。这篇文章再次唤起了人们对文学改革的注意。1 月，由郑振铎、沈雁冰、周作人、叶绍钧、王统照、许地山等 12 人发起成立文学研究会。他们反对"礼拜六派"的游戏文学，将文学看作是"与人生很重要的工作"，认为"文学应反映社会现象，表现并且讨论一些有关人生一般的问题"，他们的文学倾向被概括为"为人生"。

"五四"文学革命正式发难的标志是，胡适的《文学改良刍议》和陈独秀的《文学革命论》在《新青年》的发表，这两篇文章共同促成了文学革命的爆发。

鲁迅，浙江绍兴人，原名周樟寿，后改名树人，中国现代文学的伟大奠基者。鲁迅是他发表《狂人日记》时开始使用的笔名。《狂人日记》是中国现代文学史上第一篇白话小说，标志着中国现代小说的诞生，宣告了一个崭新的文学世纪的开始。鲁迅的小说集主要有《呐喊》《彷徨》和历史小说集《故事新编》。鲁迅的杂文集主要有《热风》《坟》《华盖集》；散文诗集《野草》《朝花夕拾》。

其中，小说集《呐喊》收录了《狂人日记》、《孔乙己》、《阿 Q 正传》、《药》（华老栓）、《社戏》等名篇；小说集《彷徨》收录了《祝福》（祥林嫂）、《在酒楼上》（吕纬甫）、《伤逝》（涓生和子君）等名篇；历史小说集《故事新编》收录了《补天》《奔月》《铸剑》等名篇；散文集《野草》收录了《过客》《死火》《风筝》等名篇；散文集《朝花夕拾》收录了《从百草园到三味书屋》《藤野先生》《范爱农》等名篇。

鲁迅的杂文对中国的历史和现实进行了深刻的分析和批判，真正发挥了匕首和投枪的作用。

2."五四"至新中国成立前的诗歌与散文

1921 年 7 月，在日本的郭沫若、郁达夫、张资平、郑伯奇、成仿吾等组成了创造社。他们崇拜天才，讲求文学的"全"与"美"，强调文学必须忠实表现内心的要求。

郭沫若，原名郭开贞，是继鲁迅之后，我国文化战线上又一面光辉的旗帜，是"五四"新文学运动的奠基者之一，也是一位杰出的浪漫主义诗人。郭沫若的诗集《女神》是第一部具有真正意义的新诗集，名篇如《凤凰涅槃》《炉中煤》《天狗》《地球，我的母亲》等，作品以雄浑豪放的气势和鲜明的浪漫主义风格为新诗开辟了一个新纪元。同时，他还是一位剧作家，代表作为《屈原》。

"新月诗派"的代表诗人是闻一多和徐志摩。闻一多不仅是新月诗派的代表人物，还是现代格律诗的提倡者和实践者。他提倡"带着镣铐跳舞"的新格律诗，在艺术上追求"三美"，即音乐美、绘画美、建筑美，代表作有《红烛》《死水》。他还是一位著名的民主战士，毛泽东曾称赞他"拍案而起，横眉怒对国民党的手枪，宁可倒下去，不愿屈服"。

徐志摩是新月诗派的另一位代表诗人。茅盾称他是"中国布尔乔亚开山的同时又是末代的诗人"。代表诗集《志摩的诗》，其最具代表性的作品是《再别康桥》，《沙扬娜拉》也是一首著名作品。他还著有散文集《落叶》、与陆小曼合作的书信日记合集《爱眉小札》等。

戴望舒是现代诗派代表作家，他最著名的作品是《雨巷》，人们因此称他为"雨巷诗人"。

艾青，原名蒋海澄，是抗战时期成就最大的诗人，也是现代最杰出的诗人之一。他充分吸收象征派、现代派诗歌的表现手法，运用自由诗体，将新诗艺术推向新的高峰。他的诗集《北方》《向太阳》《旷野》《火把》《黎明的通知》等，是我国抗战前期诗歌创作最丰硕的收获。成名作《大堰河——我的保姆》，另有代表作品《雪落在中国的土地上》《光的赞歌》《古罗马的大斗技场》《火把》等。名句有"为什么我的眼里常含泪水，因为我对这土地爱得深沉"（《我爱这土地》）。

殷夫的诗素来被誉为"红色鼓动诗"，代表作为《血字》《别了，哥哥》。鲁迅称赞他的诗说："这是东方的微光，是林中的响箭，是冬末的萌芽，是进军的第一步，是对于前驱者的爱的大纛，也是对于摧残者的憎的丰碑"。

冰心，原名谢婉莹，是一位在散文、小说、诗歌三方面俱有成就的作家。代表作品有诗集《繁星》《春水》，散文集《寄小读者》等。冰心的作品里，处处透露着一种"爱的哲学"，处处洋溢着她对自然、母爱、童心的赞美和对自由、光明、人类之爱的向往。《两个家庭》是冰心小说的处女作,是一部反映社会问题的"问题小说",《超人》则是其"问题小说"的代表作品。

朱自清,原名自华,号秋实,我国著名的散文家,人们称他的文章为"美文"。代表作品有《背影》《荷塘月色》《桨声灯影里的秦淮河》《绿》《匆匆》等。

3."五四"至新中国成立前的小说与戏剧

茅盾,原名沈德鸿,字雁冰,是文学研究会的发起者之一。茅盾是"左联"最优秀的小说家,大革命失败后,开始进行文学创作,代表作有:处女作《蚀》三部曲(《幻灭》《动摇》《追求》),著名长篇小说《子夜》,优秀短篇小说《林家铺子》,"农村三部曲"(《春蚕》《秋收》《残冬》)等。其中《子夜》以十里洋场的上海为中心,以民族资本家吴荪甫与买办资本家赵伯韬之间的斗争为主线,全景式地反映了20世纪30年代半封建半殖民地中国的现实。作为一部社会分析小说的杰作,它是我国文学史上第一部描写民族资产阶级和交易所生活的作品,也是我国文学史上第一部成熟的革命现实主义作品。《白杨礼赞》《风景谈》是其寓政治于风景之中的抒情散文。

叶圣陶,原名叶绍钧,是中国现代文学史上最早写童话的作家,他的第一部童话集《稻草人》被鲁迅称为"给中国的儿童开了一条自己创作的路"。叶圣陶还是文学研究会"为人生"派的代表作家,《倪焕之》是他最优秀的长篇小说,也是中国现代文学史上最早出现的优秀长篇小说之一。此外,《多收了三五斗》也是他的名篇之一。

郁达夫是创造社的代表作家之一,代表作品有小说集《春风沉醉的晚上》《沉沦》《薄奠》等。其中,小说集《沉沦》是现代文学史上第一部小说集,作品以大胆暴露年轻人的病态心理震动文坛。郁达夫的作品往往带有自叙性质,人们称他的小说为"自叙体小说"。

巴金,原名李尧棠,处女作《灭亡》描写了一个无政府主义革命青年的悲剧,震动文坛。巴金的代表作有"爱情三部曲"(《雾》《雨》《电》)和"激流三部曲"(《家》《春》《秋》)。其中,《家》(高老太爷、觉慧、觉民、觉新、瑞珏、鸣凤)不仅是他的第一部长篇小说,而且也是他最负盛名的作品,是新文学史上的里程碑。

老舍,原名舒庆春,字舍予,出生于北京底层市民家庭,《离婚》是其第一部比较成熟的作品,开始将幽默与对生活的深刻思考结合起来。他的代表作《骆驼祥子》情节单纯,结构简单,对北京口语的熟练运用,让人耳目一新,老舍被誉为"杰出的语言大师",其他著名的作品还有长篇小说《四世同堂》《二马》,中篇小说《我这一辈子》《月牙儿》,话剧作品《茶馆》(王利发)、《龙须沟》、《春华秋实》等。

曹禺,原名万家宝,现代文学史上最优秀的戏剧家,他的处女作《雷雨》(周朴园、侍萍、四凤、鲁大海、繁漪)代表着我国现代话剧创作的最高水平,在中国话剧史上具有里程碑的意义。另有代表作《日出》(陈白露)、《原野》(仇虎)、《北京人》等。

夏衍是抗战初期最杰出的戏剧家,早在抗战前,他就创作了《上海屋檐下》等优秀剧作,抗战爆发后,又创作了《心防》《法西斯细菌》等作品。

赵树理,"山药蛋"派代表作家,代表作有短篇小说《小二黑结婚》《登记》,中篇小说《李有才板话》,长篇小说《三里湾》,剧本《十里店》。

东北作家群,指"九一八"事变以后,一群从东北流亡到关内的文学青年在左翼文学运动推动下共同自发地开始文学创作的群体。他们的作品反映了处于日寇铁蹄下的东北人民的悲惨遭遇，表达了对侵略者的仇恨、对父老乡亲的怀念及早日收回国土的强烈愿望。作品具有粗犷宏大的风格，写出了东北的风俗民情，显示了浓郁的地方色彩。"东北作家群"的主要作家有萧军、萧红、舒群、端木蕻（hóng）良等，代表作有萧红的《呼兰河传》《生死场》，萧军的《八月的乡村》等。

丁玲的《太阳照在桑干河上》和周立波的《暴风骤雨》完整地反映了解放区的土地改革，是两部史诗性作品。这两部作品都曾荣获 1951 年斯大林文学奖。其中，丁玲的《太阳照在桑干河上》还是中国现代文学史上最早出现的反映土改运动的长篇小说。

张爱玲，抗战时期沦陷区女性作家的代表，因 1943 年发表小说《沉香屑：第一香炉》一举成名。1944 年出版短篇小说集《传奇》，其中《金锁记》、《倾城之恋》（白流苏），以婉约感伤的古典式情调描写了男男女女，令人耳目一新。张爱玲和北方的梅娘并称为"南玲北梅"。

此外，沈从文的《边城》等湘西小说，李吉人的《死水微澜》等"大河小说"，张恨水的《春明外史》《金粉世家》《啼笑因缘》等章回体小说，钱钟书的《围城》（方鸿渐），田汉、洪深、欧阳予倩、李健吾的戏剧，戴望舒的现代诗，臧克家的乡土诗，林语堂的闲适小品，都有独特的成就，他们共同创造了 20 世纪三四十年代文学的大繁荣。

第四节　中国当代文学

一、新中国成立十七年的文学

"十七年文学"是指从中华人民共和国成立（1949 年）到"无产阶级文化大革命"（1966 年）这一阶段的中国文学历程，属于中国当代文学的一个时期。这个时期的文学创作具有鲜明的时代性和政治性，作品题材大约有三个：歌颂、回忆和斗争。歌颂党、领袖、社会主义、人民；回忆战争岁月，回忆苦难年代，回忆过去生活；和帝国主义、资本主义、旧思想、旧观念作斗争。这十几年的文学历程虽有种种的不足，但在中国文学史上也是占有相当地位的。

1. 诗歌与散文

李季的《王贵与李香香》以陕北民歌信天游的形式描写了青年农民王贵和李香香的悲欢离合，表现了地主与农民之间的尖锐冲突，反映了土地革命波澜壮阔的时代背景。

田汉是"街头诗运动"的代表诗人。他的代表作品有《假如我们不去打仗》《义勇军》《给战斗者》。

由贺敬之、丁毅执笔，集体创作的《白毛女》是新歌剧的里程碑，是我国民族新歌剧的奠基之作。贺敬之在新中国成立后的诗歌代表作有《回延安》《雷锋之歌》《桂林山水歌》等。

少数民族民间文学的搜集与整理，在新中国成立后取得了很大成绩。其中以长篇叙事诗《阿诗玛》和《嘎达梅林》为代表。《阿诗玛》是彝族口头流传的长篇叙事诗，《嘎达梅林》是反映现代蒙古族斗争生活的作品。

杨朔、秦牧、刘白羽、魏巍被称作当代四大散文家。杨朔的代表作品有《雪浪花》《茶花赋》《海市》《荔枝蜜》《香山红叶》等，秦牧的代表作品有《土地》《花城》《社稷坛抒情》等，刘白羽的代表作品有《长江三日》《日出》等，魏巍的代表作品是《谁是最可爱的人》。

吴伯箫的《菜园小记》《记一辆纺车》《猎户》《难老泉》等也是这一时期优秀的散文作品。

2. 小说

"山药蛋"派是 20 世纪五六十年代的小说创作流派，这个作家群以赵树理为代表，以马烽、西戎、孙谦等人为主力，以《火花》文学月刊为阵地。

孙犁，原名孙树勋，优秀的短篇小说作家，代表作有《荷花淀》《芦花荡》《嘱咐》等。他的这些作品形成了白洋淀小说系列，他的小说也被称为"诗化小说"。

杨沫，代表作《青春之歌》是我国文学史上第一部塑造革命知识分子形象的长篇小说，这部作品与后来的《芳菲之歌》《英华之歌》都是以林道静为主人公，被合称为杨沫的"青春三部曲"。

这一时期重要的作家作品还有：柳青的《创业史》《铜墙铁壁》，杜鹏程的《保卫延安》，姚雪垠的《李自成》，曲波的《林海雪原》，李准的《李双双小传》，吴强的《红日》，梁斌的《红旗谱》，罗广斌、杨益言的《红岩》，王愿坚的《普通劳动者》《党费》《七根火柴》《闪闪的红星》，茹志鹃的《百合花》，王蒙的《青春万岁》《组织部新来的年轻人》《春之声》，陆文夫的《小巷深处》，邓友梅的《在悬崖上》。

二、新时期及以后的文学

1. 诗歌

新边塞诗派是 20 世纪 80 年代诗坛上的一个诗歌流派，以杨牧、周涛等人为代表。代表作有杨牧的《我是青年》《复活的海》，周涛的《神山》《大西北》，章德益的《我应该是一角大西北的土地》等。

20 世纪 70 年代末到 80 年代初，"知青"一代崛起诗坛，他们的作品反叛现实主义传统，张扬现代主义，细节形象鲜明，整体意蕴朦胧，因此被称为"朦胧诗"派，以舒婷、北岛、顾城、梁小斌等为代表。舒婷的代表作有《致橡树》《船》《祖国啊，我亲爱的祖国》，北岛的代表作《回答》（卑鄙是卑鄙者的通行证，高尚是高尚者的墓志铭），顾城的代表作《方舟》、《如期而来的不幸》、《一代人》、《黑眼睛》（黑夜给了我黑色的眼睛，我却用它寻找光明）等。

先锋诗派又被称为"后朦胧派"，统指比"朦胧诗"派诗人更年轻的诗人。海子的长诗《土地》，西川的诗集《隐秘的汇合》，韩东的《有关大雁塔》《温柔的部分》，李亚伟的《中文系》都是其中的代表作品。

2. 小说

这一时期的小说，有代表性的作家作品有：

伤痕小说：刘心武的《班主任》《钟鼓楼》；卢新华的《伤痕》。

反思小说：王蒙的《青春万岁》；张贤亮的短篇小说集《灵与肉》（后改编为电影《牧马人》）；高晓声的《陈奂生上城》；古华的长篇小说《芙蓉镇》；李存葆的《高山下的花环》。

知青小说：梁晓声的《今夜有暴风雪》《一个红卫兵的自白》；王安忆的《本次列车终点》；叶辛的《蹉跎岁月》《孽债》。

改革小说：蒋子龙的《乔厂长上任记》；水运宪的《祸起萧墙》；路遥的《平凡的世界》《人生》；铁凝的《哦，香雪》。

寻根小说：韩少功的《爸爸爸》；阿城的《棋王》；贾平凹的《废都》《商州》；李准的《黄河东流去》。

前先锋小说：刘索拉的《你别无选择》；徐星的《无主题变奏》；莫言的《红高粱》（莫言获得 2012 年诺贝尔文学奖，2013 年诺贝尔文学奖授予加拿大当代短篇小说大师——爱丽丝·门罗）。

3. 20 世纪 90 年代的文学

20 世纪 90 年代文学面临的新局势：文学失去社会轰动效应，进入平静而寂寞的发展时期；文学由社会话语中心走向边缘；商业主义大潮突起，精英文化受挫。

新写实小说 新写实小说大多描绘卑微小人物的卑琐人生，突出他们窘困的生存状态。描写中常常突出其中执着的生命状态，或在平凡的婚恋生活中感受与体验生命的存在，或在变通的人生历程中突出生命的顽强与挣扎。代表作家作品：刘恒的《狗日的粮食》《伏羲伏羲》，池莉的《烦恼人生》《小姐，你早》，方方的《风景》，刘震云的《一地鸡毛》。

先锋小说 先锋小说的艺术特征表现为反对传统文化，刻意违反约定俗成的创作原则及欣赏习惯。追求艺术形式和风格上的新奇；注重发掘内心世界。其技巧上广泛采用暗示、隐喻、象征，联想、意象、通感和知觉化，以挖掘人物内心奥秘。代表作家作品：苏童的《妻妾成群》《米》，余华的《活着》《许三观卖血记》，北村的《施洗的河》。

女性小说 20 世纪 90 年代的女性小说创作以超乎以往任何时期的盛势，锐利耸起于中国文坛。这种爆发式的繁荣景观，充分标示着中国当代女性意识的觉醒已转化为女性写作的主动行为，从性别歧视、性别压抑、性别遮蔽而真正浮出了当代文化历史地表。代表作家作品：陈染的《与往事干杯》，林白的《一个人的战争》，铁凝的《棉花垛》《玫瑰门》等。

反腐小说 反腐小说是以正面描写官场权力生态和揭露腐败现象为特点的官场文学。代表作家作品：张平的《抉择》，陆天明的《大雪无痕》《苍天在上》，周梅森的《中国制造》。

其他代表作家作品有：王朔的《动物凶猛》，王小波的《黄金时代》，陈忠实的《白鹿原》，王安忆的《长恨歌》，莫言的《檀香刑》，张炜的《九月寓言》，张承志的《心灵史》，韩少功的《马桥词典》，李佩甫的《羊的门》，阎真的《沧浪之水》，阿来的《尘埃落定》，贾平凹的《废都》，余秋雨的《文化苦旅》，史铁生的《我与地坛》等。

第二章 外国文学

第一节 古代亚非文学

古代亚非文学主要是指埃及、巴比伦、中国、印度以及希伯来文学。较之古希腊罗马的海洋文明，东方各国文明的建构主体是典型的内陆河流文明。黄河和长江流域、印度河和恒河流域、幼发拉底河和底格里斯河流域以及尼罗河流域等，这些大河冲积的平原土地肥沃，便于精耕细作，因而产生了古老的农耕文明和安土重迁、封闭传统的文化心理，但东方各民族勤劳智慧，创造了许多闻名世界的古典文学名著。

1.《吉尔伽美什》

世界上最早写成的史诗是巴比伦的《吉尔伽美什》，代表了巴比伦文学的最高成就。

2.《亡灵书》和《吠陀》

世界上最早编成的诗集是埃及的《亡灵书》（它也是古埃及的文学汇编）和印度的《吠陀》。

3.《旧约》

希伯来的文学成就主要体现在《旧约》一书中。《圣经》包括《新约》和《旧约》两部分，是不同历史时期、不同作者的著作的汇编。《旧约》是犹太人的经典，大约形成于公元前5世纪至公元前2世纪，主要内容是犹太人关于世界和人类起源的神话以及犹太教的法典和教义。以《旧约》为代表的希伯来文学对世界文学的影响是深远的，从而使希伯来文学与中国文学、印度文学和希腊文学并列为世界四大古代文学之一。

4.《源氏物语》和《春香传》

日本古典文学的典范是紫式部创作的《源氏物语》，它对日本后来的小说、戏剧和诗歌创作影响很大。

《春香传》被公认为是朝鲜古典文学史上最优秀的作品。

第二节 古希腊和中世纪文学

欧洲古代文学包括古希腊文学和古罗马文学。古希腊、古罗马是欧洲文明的发祥地。可以说，没有希腊文化和罗马帝国所奠定的基础，也就没有现代的欧洲文明。古希腊罗马文学是古希腊罗马文化的重要组成部分。古希腊文学是欧洲文学的源头，古罗马文学是在继承古希腊文学的基础上发展起来的，是沟通古希腊文学与欧洲近代文学之间的桥梁。

1. 古希腊神话

古希腊神话是原始氏族社会的精神产物，是古希腊人集体创造的口头文明，是欧洲最早的文学形式，大约产生于公元前 8 世纪之前。希腊神话是希腊民族对世界朴素认识的艺术化的具体表现，反映希腊人原始社会时期的历史观、宗教观和道德观。

2.《荷马史诗》

《荷马史诗》包括《伊利亚特》和《奥德赛》，相传是由一个名叫荷马的诗人所作，故称荷马史诗。荷马史诗是古希腊文学辉煌的代表，两千年来一直被看作是欧洲叙事诗的典范。

《荷马史诗》用神话方式表现了特定的社会历史内容。两大史诗规模宏伟，内容丰富，极为广阔地描绘了由氏族社会向奴隶社会过渡时期希腊的社会生活和人们的精神面貌，对当时的社会形态、思想观念、宗教活动、田园耕作、体育竞技、家庭生活、商品交换、风俗礼仪等，都做了生动的描绘。《荷马史诗》对古希腊人来说具有百科全书的性质，他们从中吸取知识，接受教育。《荷马史诗》又称为"英雄史诗"，这主要是因为史诗塑造了众多的英雄形象，并通过这些形象表现了那个"英雄时代"的英雄主义理想。如希腊第一英雄阿喀琉斯，在战场上勇敢善战、奋不顾身而又暴烈鲁莽。奥德修斯则是一个英勇、顽强、战斗不息且又智慧过人的英雄形象，特洛伊城就是被他的木马计攻破的。

3. 悲剧之父与喜剧之父

戏剧家埃斯库罗斯被称为悲剧之父，他的《被缚的普罗米修斯》、索福克勒斯的《俄狄浦斯王》、欧里庇得斯的《美狄亚》都是著名的悲剧作品，被称为古希腊三大悲剧。而阿里斯托芬则被称为喜剧之父，他的代表作为《阿卡奈人》。

4.《伊索寓言》

《伊索寓言》是古希腊罗马时代流传的讽喻故事，是世界上最早的一部寓言故事集，收入了三百多个寓言，经后人汇集，统归在伊索名下。《伊索寓言》主要是以故事（多为动物故事）来引申、总结出斗争经验和生活经验。其文字凝练，故事生动，想象丰富，饱含哲理，融思想性和艺术性于一体。其中《农夫和蛇》《狐狸和葡萄》《龟兔赛跑》《乌鸦喝水》等已成为全世界家喻户晓的故事。

5. 柏拉图和亚里士多德

古典时代的雅典出现了两大文艺理论家，即柏拉图和亚里士多德。柏拉图继承了苏格拉底的唯心主义，创立了"理念论"，成为西方客观唯心主义哲学的始祖，代表作有《理想国》等。亚里士多德利用他那丰富的哲学和自然科学知识，对希腊文艺作了总结，代表作有《诗学》等。

6. 但丁和《神曲》

但丁，意大利从中世纪向文艺复兴运动过渡时期最有代表性的作家、诗人、人文主义先驱者，被恩格斯称为"中世纪的最后一位诗人，同时又是新时代最初的一位诗人"，其代表作是《神曲》。

《神曲》,全诗分《地狱》《炼狱》《天堂》三部。采用中世纪文学特有的幻游形式,但丁以自己为主人公,假想自己作为一名活人对冥府——死人的王国进行了一次游历。《神曲》已带有新兴市民阶级之个人主义的性质,它反映出文艺复兴个性解放的萌芽。

第三节　文艺复兴时期文学

文艺复兴是 14 ～ 16 世纪在欧洲许多国家先后发生的文化和思想上的革命运动。这个时期,古希腊罗马文化重新受到重视,因而有"文艺复兴"之名。但文艺复兴不是古代文化简单的复兴,而是标志了资产阶级文化的萌芽,反映了新兴资产阶级的要求。文艺复兴,首先兴起于意大利,对欧洲社会历史的发展产生了极其重大而深远的影响。

1. 意大利:彼特拉克和薄伽丘

彼特拉克被誉为"人文主义之父",代表作《歌集》,他是第一位运用十四行诗体的人,也被称为"彼特拉克诗体",是欧洲近代诗体中一种新的重要诗体。

薄伽丘是意大利文艺复兴运动的杰出代表,他是一位才华横溢的作家,短篇小说、传奇小说、叙事诗、牧歌、十四行诗等都成就卓著。他的《十日谈》是欧洲近代文学史上第一部现实主义巨著,对 16 ～ 17 世纪西欧现实主义文学产生过很大影响,为欧洲近代短篇小说开了先河。

2. 法国:七星诗社和拉伯雷

七星诗社是 16 世纪中叶出现在法国的具有贵族倾向的诗人团体,由龙沙等七人组成。他们肯定生活,歌颂自然和爱情,反对禁欲主义,推崇古希腊罗马文学,注意民族语言的统一和民族诗歌的建立。

拉伯雷是继薄伽丘之后具有全欧影响的杰出的人文主义作家,法国文艺复兴时期代表作家,代表作是长篇小说《巨人传》。《巨人传》是欧洲文学史上第一部长篇小说,拉伯雷的创作开创了一种新的文学形式,小说汲取了民间故事的传统,富于幻想和传奇性,出色地运用了夸张和讽刺手法。

蒙田也是法国文艺复兴时期的著名人物,代表作《随笔集》是法国文学史上第一部优秀的散文作品。

3. 西班牙:塞万提斯

塞万提斯是西班牙文艺复兴时期最伟大的作家,被认为是欧洲现实主义小说的先驱,他的代表作《堂·吉诃德》是文艺复兴时期欧洲最优秀的长篇小说和现实主义的杰出代表,同时也是世界文学的瑰宝之一。

《堂·吉诃德》描绘了 16 世纪末、17 世纪初西班牙社会广阔的生活画面,揭露了封建统治的黑暗和腐朽,具有鲜明的人文主义倾向,表现了强烈的人道主义精神;并以犀利的讽刺笔触和夸张的艺术手法在世界文学史上占据着无可撼动的地位。《堂·吉诃德》的出现标志着欧洲长篇小说的创作跨入了一个新的阶段。

4. 英国：莎士比亚

英国文艺复兴的先驱作家是乔叟，代表作是诗体的《坎特伯雷故事集》；斯宾塞是当时最重要的诗人，代表作《仙后》。

威廉·莎士比亚是文艺复兴时期英国伟大的诗人和剧作家，也是欧洲人文主义文学的杰出代表。代表作《哈姆雷特》《奥赛罗》《李尔王》《麦克白》被称为莎士比亚的"四大悲剧"，《威尼斯商人》《仲夏夜之梦》《第十二夜》《亨利四世》被称为是莎士比亚的"四大喜剧"。此外，《罗密欧与朱丽叶》也是他创作的一部著名悲剧。他的十四行诗达到当时英国抒情诗的最高水平。

莎士比亚创作的艺术特色可以归纳为以下几点：

（1）作品反映生活的广度和深度。莎士比亚坚持现实主义创作原则，认为戏剧是反映人生的一面镜子，他把现实主义提高到文艺复兴时期所能达到的新水平。

（2）戏剧情节的丰富性和生动性。剧里常有几条交织在一起的复杂线索，悲喜剧因素结合在一起。

（3）个性化的人物形象。塑造了一系列具有鲜明个性的艺术形象，如哈姆雷特等。

（4）丰富多彩的语言。莎士比亚是语言大师，他学习当时人们的口语和文学的语言，加以锤炼，形成了自己独特的语言风格。

第四节　17世纪古典主义文学

古典主义文学，是指17世纪流行于欧洲，特别是法国的文学思潮，因为它在文艺创作上以古希腊罗马文学为典范，故被称为古典主义，笛卡尔的理性主义是古典主义文学的思想基础。古典主义作为一种文学思潮，首先出现在法国，随后波及全欧，成为二百年间欧洲文坛的重要文学流派。

1. 法国古典主义文学

高乃依是法国古典主义悲剧的奠基人，被称为法国的"悲剧之父"，代表作《熙德》。

拉辛是法国古典主义第二阶段的悲剧诗人，代表作《安德罗玛克》。

莫里哀则是当时最著名的喜剧代表作家，代表作《悭吝人》（阿尔巴贡，守财奴的典型）、《伪君子》（达尔杜弗，伪君子的同义词）、《唐·璜》。

2. 英国清教徒文学

英国资产阶级革命是以宗教革命的形式出现的，它的思想体系就是清教主义，因此又被称为清教徒革命。清教徒主张过简朴节俭的生活，其精神也影响了当时的文学，英国文学舞台沉寂，唯一重要的诗人是弥尔顿。

弥尔顿是17世纪英国最重要的作家，也是欧洲杰出的诗人，他的《失乐园》《复乐园》是英国17世纪最优秀的作品。

第五节　18世纪启蒙主义文学

在文学领域，18世纪独领"风骚"的是启蒙文学。启蒙文学作家把文艺当作宣传启蒙思想的工具和批判封建主义的武器，以自由、平等、博爱、天赋人权等"理性原则"全面批判封建统治，在欧洲形成启蒙文学的强大潮流。代表作家如英国的笛福，法国的孟德斯鸠、伏尔泰、狄德罗和卢梭，德国的歌德和席勒等。

1. 英国启蒙主义文学

英国是启蒙文学的发源地。现实主义小说创作代表了18世纪英国文学的最高成就。

笛福是英国现实主义小说的奠基人，代表作《鲁滨逊漂流记》标志着英国现实主义的诞生，鲁滨逊也是欧洲文学史上第一个资产阶级的正面形象。

斯威夫特是英国著名的讽刺作家，代表作《格列佛游记》采用幻想游记的形式，通过讲述主人公格列佛航海漂流到几个虚构的岛国的神奇经历，影射和抨击了英国的现实，表达了作家的社会理想。

菲尔丁是英国现代小说的重要奠基人之一，是18世纪英国最杰出的小说家，代表作《汤姆·琼斯》。

2. 法国启蒙主义文学

法国是启蒙运动的主战场，法国启蒙文学批判力度最强，最富于民主战斗精神。

孟德斯鸠、伏尔泰是18世纪上半期启蒙文学的代表作家，18世纪中期狄德罗、卢梭等以更激进的姿态登上文坛，把法国启蒙文学推向繁荣的顶峰。博马舍是最后一位启蒙作家。

孟德斯鸠，法国最早的启蒙作家。他的书信体小说《波斯人信札》是一部哲理小说，为法国启蒙文学开辟了道路。

伏尔泰，法国启蒙运动的精神领袖，也是具有全欧洲影响的小说家、戏剧家和诗人。代表作品为哲理小说《老实人》。

狄德罗，法国启蒙运动的中坚力量，代表作有哲理小说《修女》《拉摩的侄儿》。

卢梭，启蒙运动激进民主派的代表，其文学创作是浪漫主义文学的先声。代表作有《新爱洛伊斯》《忏悔录》。

博马舍，18世纪法国最著名的戏剧作家，代表作《费加罗的婚礼》。

3. 德国"狂飙突进"文学运动

"狂飙突进"文学运动是德国启蒙运动的继续和发展，也是德国文学史上反封建的高潮。其基本内容是强调个性、崇尚天才、赞美自然、推崇感情，具有强烈的反封建倾向，也带有个人主义狂热的因素。代表作家是青年时期的歌德和席勒。

歌德，德国伟大的民族诗人、剧作家，代表作是《少年维特之烦恼》和《浮士德》（靡菲斯特）。其中，《浮士德》与《荷马史诗》《神曲》《哈姆雷特》并称为欧洲四大古典文学名著。

席勒，德国文学史上地位仅次于歌德的作家，代表作有《强盗》《阴谋与爱情》。至今为止，歌德和席勒还是德国文学史上的双子座星。

第六节　19世纪浪漫主义文学

浪漫主义作为一种文艺创作方法，在不同国家和不同时代都发生过。浪漫主义是一个美学范畴，浪漫主义文学注重人的主观内心世界，强调想象的运用，语言热情奔放，手法比较夸张。浪漫主义作为一个思潮流派或运动，18世纪后半叶到19世纪盛行于欧洲各国，是文学史上的一个范畴。其特征有：带有强烈主观性、对自然的向往和对城市文明的诅咒；酷爱描写中世纪，尊重历史及民间文学；充满忧郁感伤的抒情基调。另外，19世纪的批判现实主义文学也得到了蓬勃发展。

1. 浪漫主义文学运动

欧洲浪漫主义文学思潮首先产生于德国，海涅是德国最富批判性的浪漫主义诗人和革命民主主义诗人，代表作《德国——一个冬天的神话》。

英国浪漫主义文学成就最大。早期的代表诗人，同时也是"湖畔派"的代表人物华兹华斯著有《抒情歌谣集》。浪漫主义后期的代表诗人，也是英国整个浪漫主义的代表诗人是拜伦、雪莱和济慈。拜伦的代表作品有《恰尔德·哈洛尔德游记》《唐·璜》《希腊古瓮颂》；雪莱的代表作有《解放了的普罗米修斯》《西风颂》《致云雀》；济慈的代表作有《夜莺颂》。

雨果是法国浪漫主义运动的领袖，是法国最伟大的诗人和小说家之一。他的《〈克伦威尔〉序言》是一篇反古典主义的檄文和浪漫主义运动的宣言。其代表作品有《巴黎圣母院》（爱斯梅拉达、卡西莫多）、《悲惨世界》、《海上劳工》、《笑面人》。大仲马也是法国浪漫主义文学的重要作家，代表作品有《基督山伯爵》和《三个火枪手》。

俄国浪漫主义文学以诗歌为主，富有强烈的战斗精神，向往自由和民主。普希金是19世纪俄国伟大的浪漫主义民族诗人，也是俄国现实主义文学的奠基人。代表作品有诗体长篇小说《叶甫盖尼·奥涅金》和《上尉的女儿》。小说主人公奥涅金是俄国文学史上第一个"多余人"的典型。

美国浪漫主义文学的特点是争取和歌颂个性的自由及精神解放。欧文素有"美国文学之父"之称，代表作品有《纽约外史》；霍桑是美国影响最大的浪漫主义小说家，代表作《红字》；惠特曼是19世纪美国最杰出的浪漫主义诗人，他的《草叶集》创作了"自由体"诗歌的新形式，是美国诗歌史上一座灿烂的里程碑。

裴多菲是匈牙利的爱国诗人和英雄，也是匈牙利民族文学的奠基人。代表作为《民族之歌》和《自由与爱情》。

2. 批判现实主义文学发展

司汤达是19世纪法国现实主义文学的创始人，他的代表作《红与黑》，标志着法国批判现实主义的开始。

巴尔扎克"社会百科全书"式的巨著《人间喜剧》则把现实主义推向高峰。在《人间喜剧》中以《高老头》《欧也妮·葛朗台》最为著名。

福楼拜的代表作品《包法利夫人》，小仲马的《茶花女》，短篇小说之王莫泊桑的《羊脂球》《俊友》《项链》从不同角度揭露了社会矛盾并取得了文学上的很高成就。

狄更斯是 19 世纪英国最重要的现实主义作家，代表作有《大卫·科波菲尔》《艰难时世》《双城记》《远大前程》《匹克威先生外传》等。

萨克雷是当时著名的英国讽刺作家，作品有《名利场》。

英国的夏洛蒂·勃朗特（《简爱》）、艾米莉·勃朗特（《呼啸山庄》）和安妮·勃朗特（《艾格妮丝·格雷》）被称为"勃朗特三姐妹"。

哈代是 19 世纪后期英国杰出的现实主义小说家和诗人，代表作《德伯家的苔丝》。

丹麦最杰出的作家是安徒生，他的作品有童话《卖火柴的小女孩》《皇帝的新装》《白雪公主》等。

易卜生是挪威最伟大的作家，被誉为"现代戏剧之父"，代表作《玩偶之家》。

果戈理是俄国"自然派"——带有讽刺倾向的现实主义文学的主要创始人，代表作有《钦差大臣》、《死魂灵》（泼留希金，世界四大吝啬鬼形象之一）。

列夫·托尔斯泰，19 世纪中期俄国批判现实主义作家、文学家、思想家，被列宁称为"俄国革命的镜子"，也是公认的世界上最伟大的小说家之一，代表作品《战争与和平》《安娜·卡列妮娜》《复活》，其作品深刻地展现了俄国剧烈的社会变动。

陀思妥耶夫斯基是一个描述城市下层平民和罪犯心理的能手，代表作品有《穷人》《罪与罚》。《卡拉马佐夫兄弟》则是他一生创作的总结。

契诃夫是 19 世纪俄国批判现实主义文学的最后一位伟大作家，短篇小说艺术大师，出色的戏剧家，短篇小说《套中人》是其代表作。

斯托夫人的《汤姆叔叔的小屋》取得了"废奴文学"的最高成就；马克·吐温的出现标志着美国文学的成熟，其代表作有《镀金时代》《哈克贝利·费恩历险记》等。

第七节　20 世纪现代主义文学

现代主义文学是 20 世纪在欧美出现的各种文学流派的总称。现代主义文学创作在思想内容、审美追求、表现形式上都表现出反传统的倾向，具有标新立异、大胆试验、追求绮丽的特点，所以也被称为先锋主义、现代派和实验派，如象征主义、表现主义、存在主义、意识流小说、荒诞派戏剧文学等。现代主义文学表现了现代人的异化感、失落感和孤独感以及荒诞意识。

1. 象征主义

象征主义是现代主义文学中最早也最有影响力的文学流派。其最基本的特征是象征性，擅长用具体的形象表现抽象的观念，用物质的可感性表现隐秘的内心世界，用暗示、烘托、自由联想等手段揭示作品的思想内涵。艾略特是其最杰出的代表。

波德莱尔，法国 19 世纪最著名的现代派诗人，象征派诗歌先驱，代表作有《恶之花》。

艾略特 1922 年发表的《荒原》为他赢得了国际声誉，被评论界看作是 20 世纪最有影响力的一部诗作，并被认为是英美现代诗歌的里程碑。艾略特在诗中象征性地概括了西方一代人的精神幻灭。

2. 表现主义

表现主义是 20 世纪初至 30 年代欧美文学的一个重要的现代主义流派。它首先从绘画开始，后波及音乐与文学领域。表现主义文学善于表现人物的心灵体验，展示内在的生命冲动，认为艺术是表现而不是再现，多采用象征手法和内心独白、梦境、变形处理等手段，来表现自己对生活的强烈感受。奥地利的卡夫卡是其卓越代表。

卡夫卡，奥地利小说家，现代主义文学的鼻祖。其主要作品有"孤独三部曲"《美国》《审判》《城堡》以及中短篇小说《变形记》（格里高尔）等。

3. 存在主义

存在主义是"二战"后流行于欧美各国的一个现代主义文学流派，于 20 世纪 30 年代最先起源于法国，战后达到鼎盛。存在主义文学是存在主义哲学的形象体现，具有深刻的哲理性和鲜明的进步倾向性。萨特是其创始人和杰出代表，加缪和波伏娃亦是其重要代表。

萨特，存在主义哲学家、文学家和社会活动家。《恶心》是萨特的成名作，也是存在主义文学的重要代表作品。

波伏娃代表作有《女客人》，加缪代表作有《局外人》《鼠疫》。

4. 意识流小说

意识流小说是西方现代主义文学中重要的小说流派之一。发端于英国，20 世纪 20～30 年代盛行于欧美各国，40 年代走向衰落。主要特征是：依据现代哲学、心理学的新概念，着力表现人物的各种意识流动过程，展示人的非逻辑、非理性的精神世界；其主要艺术手段是自由联想和内心独白；结构上，打破时空界限，进行立体交叉式的叙述以及多层次结构。

代表作家作品有英国乔伊斯的《尤利西斯》、伍尔芙的《海浪》，法国普鲁斯特的《追忆似水年华》，美国福克纳的《喧哗与骚动》等。

5. 荒诞派戏剧

20 世纪 50 年代源于法国波及欧美的一个重要文学流派。它是存在主义哲学在戏剧领域的体现。1950 年法国剧作家尤奈斯库的《秃头歌女》上演，标志着这一流派的诞生。基本特征是：反映当代西方人存在的荒诞性，将深邃的哲理寓于荒诞的形式之中；在创作方法上摒弃传统的戏剧程式，戏剧情节荒诞不经，舞台形象支离破碎，戏剧语言颠三倒四。

这一流派的杰出代表是法国的尤奈斯库（《椅子》《秃头歌女》）和贝克特（《等待戈多》）。

6. 黑色幽默

黑色幽默，20 世纪 60 年代兴起于美国。基本特征为：用冷嘲热讽的态度对待现实中的荒谬与丑恶，用喜剧的形式表现悲剧的内容，又被称为"绝望的喜剧""绞刑架下的幽默"；塑造"反英雄"式的人物；运用非逻辑的叙事结构。代表作家作品有约瑟夫·海勒的《第二十二条军规》。

7. 魔幻现实主义

魔幻现实主义是 20 世纪中叶盛行于拉丁美洲的一个重要文学流派。其主要特点为：把现实与神话、真情与梦幻巧妙融合，即"变现实为幻想而又不失其真"；其次，引入现代主义表现技巧，追求神奇效果，如荒诞夸张、象征寓意、时空颠倒、联想暗示等。

代表作家有阿根廷的博尔赫斯（《交叉小径的花园》）和哥伦比亚的马尔克斯（《百年孤独》）。

8. 苏联现实主义文学

十月革命开辟了人类历史的新纪元，诞生了世界上第一个社会主义国家，同时也诞生了一种新文学——苏联文学。苏联文学继承和发展了俄国文学的优秀传统，揭开了世界文学史上的新篇章。

马雅可夫斯基被斯大林称为"苏维埃时代最优秀、最有才华的诗人"，他的代表作有长诗《列宁》。

高尔基是苏联社会主义文学的奠基人，被列宁称为"无产阶级的杰出代表"，代表作《母亲》和自传体三部曲《童年》《在人间》《我的大学》，长篇史诗《克里姆·萨姆金的一生》是高尔基最杰出的艺术成就之一。

肖洛霍夫的《静静的顿河》《被开垦的处女地》，阿·托尔斯泰的《苦难的历程》，奥斯特洛夫斯基的《钢铁是怎样炼成的》，法捷耶夫的《青年近卫军》则标志着苏联文学的新成就。

9. 欧美各国现实主义文学

20世纪欧美各国的现实主义文学创作继承了19世纪现实主义传统，也取得了比较突出的成就，主要体现在新老两代作家的创作中。跨世纪的老一代作家如罗曼·罗兰、萧伯纳等仍在创作，新一代作家的代表有海明威等人。

萧伯纳是英国著名的高产作家，代表作《伤心之家》《苹果车》。

罗曼·罗兰是法国著名的现实主义作家，代表作《约翰·克里斯多夫》。

欧·亨利是美国著名的短篇小说家之一，被誉为"美国生活幽默百科全书"。代表作《警察与赞美诗》《麦琪的礼物》等。

海明威，美国著名的现实主义作家，作品有《老人与海》《太阳照常升起》。海明威的小说中塑造了一系列的"硬汉"形象，其独创的"电报体"文风和"冰山"理论，对20世纪世界文学产生了重要影响。

10. 亚洲文学

泰戈尔是近代印度伟大的诗人和作家，印度近代文学的杰出代表，在世界许多国家泰戈尔都被尊为"诗圣"。代表作品有诗集《吉檀迦利》《飞鸟集》《新月集》，长篇小说《戈拉》等。他是亚洲第一个获得诺贝尔文学奖的作家。

夏目漱石是日本近代文学史上的杰出代表，诺贝尔文学奖获得者，代表作品《我是猫》。

川端康成是日本当代著名作家，诺贝尔文学奖获得者，代表作《伊豆的舞女》《雪国》《古都》《千只鹤》。

第三章 文学常识考试真题

以下考试真题的答案请在本部分的第一章和第二章中查找。

1. 李耳是 _____ 学派的创始人。

A. 道家　　　　　B. 儒家　　　　　C. 墨家　　　　　D. 法家

【考试院校】西南大学 2014 年戏剧影视文学专业考题

2. 李商隐诗歌的风格是 _____。

A. 峭健俊爽　　　B. 深情绵邈　　　C. 清奇僻苦　　　D. 正大高华

【考试院校】湖南师范大学 2014 年广播电视编导专业考题

3. "君不见黄河之水天上来，奔流到海不复回。君不见高堂明镜悲白发，朝如青丝暮成雪。"出自 _____ 的诗作《将进酒》。

A. 杜牧　　　　　B. 李白　　　　　C. 贾岛　　　　　D. 韩愈

【考试院校】海南大学 2014 年戏剧影视文学专业考题

4. "落霞与孤鹜齐飞，秋水共长天一色。渔舟唱晚，响穷彭蠡之滨；雁阵惊寒，声断衡阳之浦。"出自 _____ 名篇。

A. 王勃　　　　　B. 江淹　　　　　C. 庾信　　　　　D. 杨炯

【考试院校】海南大学 2014 年戏剧影视文学专业考题

5. "对酒当歌，人生几何？譬如朝露，去日苦多。慨当以慷，忧思难忘。何以解忧？唯有杜康。"出自曹操的 _____。

A.《短歌行》　　B.《观沧海》　　C.《龟虽寿》　　D.《蒿里行》

【考试院校】海南大学 2014 年戏剧影视文学专业考题

6. "慈母手中线，游子身上衣。临行密密缝，意恐迟迟归。谁言寸草心，报得三春晖！"出自 _____ 的《游子吟》。

A. 贾岛　　　　　B. 孟郊　　　　　C. 韩愈　　　　　D. 王勃

【考试院校】海南大学 2014 年戏剧影视文学专业考题

7. "独自莫凭栏，无限关山。别时容易见时难。流水落花春去也，天上人间！"出自 _____ 李煜的《浪淘沙令》。

A. 南唐　　　　　B. 初唐　　　　　C. 中唐　　　　　D. 晚唐

【考试院校】海南大学 2014 年戏剧影视文学专业考题

8. 下列作品中与"楚辞"创作风格相似的是 _____。

A.《第二十二条军规》 　　　　　　B.《老人与海》

C.《巴黎圣母院》 　　　　　　　　D.《等待戈多》

【考试院校】海南大学 2014 年戏剧影视文学专业考题

9. 被誉为"史学双璧"的两部史学著作是《资治通鉴》和 _____；诗句"何以解忧、唯有杜康"的作者是 _____；诗句"春蚕到死丝方尽，蜡炬成灰泪始干"的作者是 _____。

【考试院校】重庆邮电大学 2013 年广播电视编导专业考试真题

10.《史记》（名词解释）

【考试院校】山东师范大学 2014 年广播电视编导专业考题

11. 唐宋八大家（名词解释）

【考试院校】山东师范大学 2014 年广播电视编导专业考题

12. 在司马迁编著的《史记》中记载的最后一位皇帝是 _____。

A. 秦始皇 　　　　B. 汉文帝 　　　　C. 汉武帝 　　　　D. 汉献帝

【考试院校】重庆邮电大学 2014 年广播电视编导专业考题

13. 字"幼安"，号"稼轩"的宋代文学家是 _____。

A. 欧阳修 　　　　B. 王安石 　　　　C. 陆游 　　　　D. 辛弃疾

【考试院校】重庆邮电大学 2014 年广播电视编导专业考题

14. 被鲁迅称为"改造文章的祖师"，开创"建安风骨"新风的人是 _____。

A. 曹操 　　　　B. 曹植 　　　　C. 曹丕 　　　　D. 嵇康

【考试院校】长江大学 2014 年广播电视编导专业考题

15. 王国维在《人间词话》中提出人生的三种境界，第二重境界是"衣带渐宽终不悔，为伊消得人憔悴"。这句词出自 _____。

A. 苏东坡《卜算子》 　　　　　　B. 辛弃疾《青玉案·元夕》

C. 柳永《凤栖梧》 　　　　　　　D. 晏殊《蝶恋花》

【考试院校】长江大学 2014 年广播电视编导专业考题

16. 文学作品《漱玉集》收录的是 _____ 创作的文学作品。

【考试院校】重庆邮电大学 2014 年广播电视编导专业考试真题

17. "北冥有鱼，其名为鲲。鲲之大，不知其几千里也。化而为鸟，其名为鹏。鹏之背，不知其几千里也。"出自 _____；20 世纪 40 年代有"南玲北梅"之称的中国女作家是 _____ 和 _____。

【考试院校】河南大学 2014 年广播电视编导专业考题

18. 老子是道家学派的创始人，提出 _____ 的政治主张。

A. 君权神授 　　　B. 百家争鸣 　　　C. 君轻民贵 　　　D. 无为而治

【考试院校】西南大学 2014 年广播电视编导专业考题

19. 韩孟诗派（名词解释）

【考试院校】临沂大学 2014 年广播电视编导专业考题

20. 在中国文学史上，经常有一些作家并称，其中韩孟诗派指的是 _____ 和孟郊；郊寒岛瘦指的是孟郊和 _____；小李杜指的是李商隐和 _____。

【考试院校】临沂大学 2014 年广播电视编导专业考题

21. 我国现代新月诗派的主要成员有 _____、徐志摩和胡适等。

【考试院校】青岛农业大学 2014 年广播电视编导专业考题

22. 新文化运动（名词解释）

【考试院校】山东师范大学 2014 年戏剧影视文学专业考题

23. 莫言（名词解释）

【考试院校】聊城大学 2014 年广播电视编导专业考题

24. 我国现存的保存古代神话资料最多的著作是 _____。

【考试院校】赣南师范学院 2011 年广播电视编导专业考题

25.《诗经》（名词解释）

【考试院校】山东师范大学 2008 年公共事业管理专业考题；山东师范大学 2011 年广播电视编导专业考题；中国戏曲学院 2011 年戏剧影视文学专业戏曲文学方向考题；鲁东大学 2014 年广播电视编导专业考题

26.《楚辞》（名词解释）

【考试院校】山东艺术学院 2010 年公共事业管理专业考题；临沂大学 2012 年广播电视编导专业考题

27. 谈谈《诗经》和《楚辞》的区别。

【考试院校】湖南省 2009 年编导制作类专业联考试题

28. 四书五经（名词解释）

【考试院校】山东师范大学 2011 年戏剧影视文学专业考题；聊城大学 2014 年广播电视编导专业考题

29. 左丘明的《国语》属于 _____ 文体。

A. 编年体　　　　　B. 国别体　　　　　C. 自传体　　　　　D. 通史

【考试院校】天津工业大学 2009 年广播电视编导专业考题

30. 汉代乐府诗（名词解释）

【考试院校】周口师范学院 2010 年广播电视编导专业考题

31.《兰亭序》（名词解释）

【考试院校】山东师范大学 2008 年公共事业管理专业考题

32. 建安文学（名词解释）

【考试院校】聊城大学 2011 年广播电视编导专业考题

33."五柳先生"是指 _____，他创建了 _____ 诗派。

【考试院校】重庆邮电大学 2010 年广播电视编导专业考题；河南省 2010 年编导制作类专业统考试题

34.《世说新语》的作者是 _____,《世说新语》是我国第一部 _____。《文心雕龙》的作者是 _____,《文心雕龙》是我国第一部 _____。

【考试院校】曲阜师范大学 2011 年戏剧影视文学专业考题；临沂师范学院 2010 年文化产业管理专业考题

35. 新乐府运动（名词解释）

【考试院校】鲁东大学 2011 年广播电视编导专业考题

36. 古文运动（名词解释）

【考试院校】周口师范学院 2012 年广播电视编导专业考题

37. 楚辞《九歌》的作者是 _____ 时期的楚国诗人 _____；《草叶集》的作者是 _____。

【考试院校】北京电影学院 2008 年公共事业管理专业考题

38. 谈谈《琵琶行》的喻义。

【考试院校】吉林艺术学院 2010 年广播电视编导专业考题

39. 三吏三别（名词解释）

【考试院校】临沂大学 2010 年广播电视编导专业考题

40. 韩愈（名词解释）

【考试院校】广西民族大学 2011 年广播电视编导专业考题

41. 白居易（名词解释）

【考试院校】广西民族大学 2011 年广播电视编导专业考题

42. 唐传奇（名词解释）

【考试院校】中国戏曲学院 2011 年戏剧影视文学专业考题

43. 三言二拍（名词解释）

【考试院校】聊城大学 2010 年广播电视编导专业考题

44. 话本（名词解释）

【考试院校】广西艺术学院 2011 年文化产业管理专业考题

45. 元曲四大家及其代表作品。

【考试院校】聊城大学 2011 年广播电视编导专业考题；山东师范大学 2014 年戏剧影视文学专业考题

46. 元杂剧四大爱情剧是指关汉卿的《拜月亭》、王实甫的 _____、白朴的《墙头马上》、郑光祖的《倩女离魂》。元代四大悲剧分别是 _____、_____、_____、_____。

【考试院校】河南省 2010 年编导制作类统考试题；南阳师范学院 2011 年广播电视编导专业考题

47. 元四大悲剧（名词解释）

【考试院校】山东师范大学 2014 年戏剧影视文学专业考题

48. 善于通过写梦来反映现实的汤显祖的代表作是 _____，又名《还魂记》，与他的另外三部作品合称"临川四梦"。

【考试院校】天津师范大学 2009 年戏剧影视文学专业考题

49. 中国近代四大谴责小说指吴沃尧的 _____、李宝嘉的 _____、刘鹗的 _____ 和曾朴的《孽海花》。

【考试院校】河南省 2009 年编导制作类专业统考试题

50. 我国第一部文人独创的以描写家庭生活为题材的长篇小说是 _____；_____ 是郭沫若的第一本诗集；奥地利作家卡夫卡的代表作是 _____ 和《城堡》；巴尔扎克是法国著名的文学家，他的代表作是 _____。

【考试院校】天津师范大学 2012 年广播电视编导专业考题

51. "六义"是指"风、雅、_____、赋、比、兴"；文学史上说的"南洪北孔"指的是 _____ 和孔尚任；《儒林外史》的作者 _____；茅盾的《春蚕》《秋收》《残冬》被称为 _____；《骆驼祥子》的作者是 _____；在中国诗坛上，舒婷是 _____ 的代表诗人之一；卡西莫多是雨果小说 _____ 中的人物；《钦差大臣》是俄国现实主义作家 _____ 的代表作。

【考试院校】天津师范大学 2011 年广播电视编导专业考题

52. 20 世纪 30 年代东北作家群创作的小说中，《生死场》的作者是 _____。
   A. 萧红　　　　　　B. 萧军　　　　　　C. 骆宾基　　　　　　D. 端木蕻良

【考试院校】海南大学 2014 年戏剧影视文学专业考题

53. 丁玲的《太阳照在桑干河上》和周立波的 _____ 是 20 世纪 40 年代解放区"土改小说"的代表作。
   A.《山乡巨变》　　B.《创业史》　　C.《三里湾》　　D.《暴风骤雨》

【考试院校】海南大学 2014 年戏剧影视文学专业考题

54. 我国作家莫言 2012 年获得诺贝尔文学奖，下列小说中 _____ 不是他的作品。
   A.《红高粱》　　　B.《蛙》　　　　C.《丰乳肥臀》　　D.《白雪乌鸦》

【考试院校】海南大学 2014 年戏剧影视文学专业考题

55. 闻一多认为诗歌应该具备"三美"：_____、_____、_____。
   A. 节奏美、词语美、意境美　　　　　B. 音乐美、绘画美、建筑美

C. 形式美、象征美、韵律美　　　　　D. 结构美、节奏美、意象美
【考试院校】长江大学 2014 年广播电视编导专业考题

56. 下列人物中出自鲁迅散文集《朝花夕拾》的是 _____。
A. 祥林嫂　　　　B. 魏连殳　　　　C. 范爱农　　　　D. 闰土
【考试院校】海南大学 2014 年戏剧影视文学专业考题

57. 《凤凰涅槃》《天狗》《炉中煤》等诗歌出自 _____ 1921 年出版的诗集《女神》。
A. 徐志摩　　　　B. 闻一多　　　　C. 郁达夫　　　　D. 郭沫若
【考试院校】海南大学 2014 年戏剧影视文学专业考题

58. 白流苏是张爱玲的小说 _____ 里的人物。
A. 《倾城之恋》　　B. 《金锁记》　　C. 《连环套》　　D. 《红玫瑰与白玫瑰》
【考试院校】海南大学 2014 年戏剧影视文学专业考题

59. 下列哪部作品不是茅盾先生创作的 _____。
A. 《寒夜》　　　　B. 《春蚕》　　　　C. 《秋收》　　　　D. 《残冬》
【考试院校】重庆邮电大学 2014 年广播电视编导专业考题

60. "涓生"是鲁迅先生笔下的一个人物形象，这个人物出自下列哪一部小说作品 _____。
A. 《离婚》　　　　B. 《故乡》　　　　C. 《祝福》　　　　D. 《伤逝》
【考试院校】重庆邮电大学 2014 年广播电视编导专业考题

61. "王利发"是老舍先生的某部文学作品中的主要人物，这部文学作品的名称是 _____。
【考试院校】重庆邮电大学 2014 年广播电视编导专业考题

62. 瑞珏是小说 _____ 中的人物形象。
A. 《子夜》　　　　B. 《家》　　　　C. 《腐蚀》　　　　D. 《春蚕》
【考试院校】西南大学 2014 年广播电视编导专业考题

63. 著名散文《过秦论》是 _____ 的代表作。
A. 司马迁　　　　B. 李斯　　　　C. 贾谊　　　　D. 荀子
【考试院校】西南大学 2014 年广播电视编导专业考题

64. 列举老舍的主要作品。
【考试院校】中国传媒大学南广学院 2010 年戏剧影视文学专业考题

65. 鲁迅的主要作品有哪些？
【考试院校】大连艺术学院 2014 年广播电视编导专业考题；中国传媒大学南广学院 2010 年摄影照明专业考题

66. 中国最早的纪传体通史是 _____，鲁迅对它的评价是 _____。
【考试院校】中国传媒大学南广学院 2010 年摄影照明专业考题

67. 现代诗歌中《凤凰涅槃》的作者是 _____，《大堰河——我的保姆》的作者是 _____。_____ 的短篇小说"农村三部曲"包括 _____《秋收》_____，展现了 20 世纪 30 年代中国农民破产的悲剧。

【考试院校】河南省 2009 年编导制作类专业统考试题

68. 什么叫赋比兴？举例说明。

【考试院校】中国传媒大学 2005 年艺术类专业面试考题

69. 左联（名词解释）

【考试院校】临沂师范学院 2010 年广播电视编导专业考题

70. 1915 年，由陈独秀创办的、成为"新文化运动"主阵地的刊物是 _____。

A.《新青年》　　　B.《红旗杂志》　　　C.《创造月刊》　　　D.《共产党人》

【考试院校】西南大学 2012 年广播电视编导专业考题

71. 巴金晚年的代表作是 _____。巴金的"_____"指的是《家》《春》《秋》，"_____"指的是《雾》《雨》《电》。

【考试院校】北京电影学院 2009 年戏剧影视文学专业影视媒体理论方向考题；新疆艺术学院 2011 年广播电视编导专业考题

72. 朦胧诗派（名词解释）

【考试院校】青岛大学 2011 年广播电视编导专业考题；青岛农业大学 2014 年广播电视编导专业考题；山东财经大学 2014 年文化产业管理专业考题

73.《欧也妮·葛朗台》的作者是法国作家 _____；《堂·吉诃德》是西班牙塞万提斯的作品，其中跟随堂·吉诃德的仆人是 _____；《荷马史诗》是古希腊的长篇史诗，分为《伊利亚特》和 _____；《少年维特之烦恼》的作者是德国作家歌德，他代表性的长篇诗作是 _____。

【考试院校】中央戏剧学院 2014 年戏剧文学系考题

74.《老人与海》的作者是 _____。

A. 海明威　　　B. 马克·吐温　　　C. 杰克·伦敦　　　D. 狄更斯

【考试院校】西南大学 2014 年戏剧影视文学专业考题

75. 下列剧作中不是文艺复兴时期英国戏剧家莎士比亚的是 _____。

A.《李尔王》　　　B.《哈姆雷特》　　　C.《罗密欧与朱丽叶》D.《奥德赛》

【考试院校】海南大学 2014 年戏剧影视文学专业考题

76.《套中人》是 19 世纪俄国批判现实主义作家 _____ 的著名短篇小说。小说塑造了在生活和思想方面都有很多"套子"的主人公别里科夫的形象。

A. 契诃夫　　　B. 屠格涅夫　　　C. 托尔斯泰　　　D. 普希金

【考试院校】海南大学 2014 年戏剧影视文学专业考题

77. 列夫·托尔斯泰（名词解释）

【考试院校】湖南师范大学 2014 年广播电视编导专业考题

78. 文艺复兴时期 _____ 但丁的长诗《神曲》抨击了教会的丑恶现象。

A. 德国　　　　　B. 法国　　　　　C. 意大利　　　　　D. 希腊

【考试院校】海南大学 2014 年戏剧影视文学专业考题

79. 2013 诺贝尔文学奖获得者是 _____。

【考试院校】湖南省 2014 年编导类专业联考真题

80. 其创作被誉为"美国生活幽默百科全书"的作家是 _____。

A. 海明威　　　　B. 欧·亨利　　　　C. 马克·吐温　　　　D. 易卜生

【考试院校】重庆邮电大学 2014 年广播电视编导专业考题

81. 下列小说作品不属于苏联作家高尔基的"自传体三部曲"的是 _____。

A.《童年》　　　　B.《母亲》　　　　C.《在人间》　　　　D.《我的大学》

【考试院校】重庆邮电大学 2014 年广播电视编导专业考题

82. 现代小说《变形记》描写了一个叫格里高尔的人变成巨大甲虫的故事，这部小说的作者是 _____。

A. 博尔赫斯　　　　B. 贝克特　　　　C. 卡夫卡　　　　D. 艾略特

【考试院校】长江大学 2014 年广播电视编导专业考题

83. 下列哪部作品不是法国作家莫泊桑的作品？（　　）

A.《漂亮朋友》　　　　B.《套中人》　　　　C.《羊脂球》　　　　D.《项链》

【考试院校】河南大学 2014 年广播电视编导专业考题

84.《夜莺颂》是英国浪漫主义诗人 _____ 创作的诗歌。

A. 济慈　　　　　B. 兰德　　　　　C. 拜伦　　　　　D. 雪莱

【考试院校】西南大学 2014 年广播电视编导专业考题

85. _____ 是荷马史诗《伊利亚特》中的战神。

A. 俄狄修斯　　　　B. 奥德赛　　　　C. 哈姆雷特　　　　D. 阿喀琉斯

【考试院校】西南大学 2012 年广播电视编导专业考题

86.《荷马史诗》（名词解释）

【考试院校】山东艺术学院 2007 年戏剧影视文学专业考题

87.《伊索寓言》（名词解释）

【考试院校】湖南师范大学 2011 年广播电视编导专业考题

88. 古希腊的三大悲剧家是 _____、_____、_____。

【考试院校】中国戏曲学院 2006 年国际文化交流专业考题；广西艺术学院 2010 年广告学专业考题；青岛农业大学 2011 年广播电视编导专业考题；天津师范大学 2011 年戏剧影视文学专业考题；云南艺术学院 2011 年文化产业管理专业考题

89. 莎士比亚的四大悲剧是什么？

【考试院校】河南省 2009 年编导制作类专业统考试题；中国传媒大学南广学院 2010 年戏剧影视文学专业考题；南阳师范学院 2011 年广播电视编导专业考题；青岛农业大学 2011 年广播电视编导专业考题；新疆艺术学院 2011 年戏剧影视文学专业考题；山东师范大学 2011 年戏剧影视文学专业考题

90. 简述欧洲文艺复兴时期文学创作的贡献。

【考试院校】山东艺术学院 2007 年戏剧影视文学专业考题；鲁东大学 2014 年广播电视编导专业考题

91. 狄更斯（名词解释）

【考试院校】山东艺术学院 2010 年广播电视编导专业考题

92. 世界著名三大短篇小说家是欧·亨利、契诃夫、_____，其代表作品分别是《麦琪的礼物》《变色龙》《项链》。

【考试院校】山东艺术学院 2010 年广播电视编导专业考题。

93. 文学作品《浮士德》的作者是 _____。《强盗》《阴谋与爱情》是德国著名戏剧家 _____ 的代表作。著名的德国现代戏剧家兼诗人 _____，他提出并付诸实践的"间离效果"演剧方法独树一帜。

【考试院校】天津师范大学 2009、2010 年戏剧影视文学专业考题

94. 贝克特的《等待戈多》和尤奈斯库的《秃头歌女》等作品是 _____ 派戏剧的代表作。

【考试院校】天津师范大学 2009 年戏剧影视文学专业考题

95. 塞万提斯（名词解释）

【考试院校】山东艺术学院 2010 年公共事业管理专业考题

96. "现代戏剧之父"是 _____。

【考试院校】曲阜师范大学 2010 年戏剧影视文学专业考题

97. 德国作家歌德的成名作是 _____；《红与黑》的作者是 _____；亚洲第一位获诺贝尔奖的诗人是印度的 _____，他的著作有《飞鸟集》等；《堂·吉诃德》的作者是西班牙的 _____。

【考试院校】天津师范大学 2008 年广播电视编导专业考题

98. 小说《复活》的作者是俄国作家 _____。

【考试院校】北京电影学院 2011 年公共事业管理专业院线经营管理方向考题

99. 果戈里（名词解释）

【考试院校】陕西科技大学 2010 年广播电视编导专业考题

100. 俄罗斯文学史上著名的"多余人"形象有 _____。

【考试院校】青岛大学 2010 年广播电视编导专业考题

101. 俄国著名作家 _____ 的代表作是《苦难的历程》。

【考试院校】河南省编导制作类专业统考 2011 年考题

102. 下列属于意识流作品的是 _____。

A.《喧哗与骚动》　　B.《悲惨世界》　　C.《基督山伯爵》　　D.《唐·璜》

【考试院校】河南省编导制作类专业统考 2010 年考题

103. 泰戈尔（名词解释）

【考试院校】成都理工大学广播影视学院 2010 年摄影专业考题

104. 日本已经有两位作家获得过诺贝尔文学奖，一位是川端康成，另一位是 _____。

【考试院校】天津师范大学 2009 年广播电视编导专业考题；中国戏曲学院 2011 年戏剧影视文学专业戏曲文学方向考题

第四部分 戏剧戏曲常识

　　戏剧，指以语言、动作、舞蹈、音乐、木偶等形式达到叙事目的的舞台表演艺术的总称。文学上的戏剧概念是指为戏剧表演所创作的脚本，即剧本。戏剧的表演形式多种多样，常见的包括话剧、歌剧、舞剧、音乐剧、木偶戏等。中文"戏剧"一词的字源来自于"南戏北剧"的合称，戏指的是戏文，剧指的是杂剧，是元代以前在中国南方与北方不同的政局与文化环境下，所形成的不同表演艺术，将两者合称则是明代以后才出现的用法。

　　戏曲，我国特有的民族艺术，历史上也称戏剧。戏曲是以演员表演为中心，以唱、念、做、打等手段为基础，融文学、音乐、舞蹈、美术、武术、杂技等为一体的综合性舞台艺术。戏曲主要包括宋元南戏、元杂剧、明清传奇、近现代京剧和各种地方戏。世界上将其和希腊悲喜剧、印度梵剧并称为三大古老的戏剧文化。

第一章　戏剧常识

一、戏剧的概念

戏剧是一种综合性的舞台表演艺术，它借助文学、音乐、舞蹈、美术等手段塑造舞台艺术形象，揭示社会矛盾，反映现实生活。戏剧的基本要素是矛盾冲突。通过不同人物之间的矛盾冲突，展开情节，构成戏剧性，使观众获得美的享受。

在中国，戏剧是话剧、歌剧、舞剧、戏曲等艺术形式的总称；而西方，戏剧仅指话剧。世界各国戏剧都由古代的歌舞技艺演变而来，逐渐发展成由文学、表演、美术、音乐等多种成分组成的综合艺术。

二、戏剧分类

（1）按表现手段可分为：话剧、哑剧、歌剧、舞剧、歌舞剧、芭蕾舞剧等。

（2）按篇幅场幕可分为：小品（片段剧、微型剧、袖珍剧）、独幕剧、多幕剧、连台本戏等。

（3）按风格基调可分为：正剧（悲喜剧）、悲剧、喜剧、讽刺剧、闹剧、荒诞剧、轻喜剧等。

（4）按题材内容可分为：儿童剧、爱情剧、神话（童话）剧、侦探剧、寓言剧、社会问题剧、历史剧、现代剧等。

（5）按传媒手段可分为：舞台剧、街头剧、广播剧、电视剧、案头剧（仅供阅读，不供演出）等。

此外，还有一部分戏剧不由人扮演角色，而由人操纵像人的东西在前台表演，称为木偶戏，也叫"傀儡戏"，包括杖头木偶、提线木偶、布袋木偶，以及人和木偶合演的木偶戏。另有中国的皮影戏。

三、戏剧艺术的特征

1. 艺术的综合性

戏剧艺术要遵循极为复杂的、互相制约的许多艺术门类的特征，它本身具备多方面的审美价值。除了以形体艺术为基础的表演以外，还包含有文学、美术、音乐、舞蹈成分等，但戏剧又不是各种成分简单相加的总和，这些成分在戏剧中构成的是一个有机的整体，从而使戏剧成为一种全新的独立艺术。

2. 形象的直观性

戏剧艺术是行动的艺术，是摹仿行动中的人的艺术，人物必须具有强烈的直观的动作。因此，戏剧是演员在舞台空间中的直观表演，是通过舞台空间展现演员和观众之间的"事件"

来感染人。其中的人物、环境和情节发展都是直观再现，而不像其他文学作品那样必须通过阅读和想象，才能在脑海中间接呈现出来。

3. 矛盾的集中性

戏剧的本质特征在于直接、集中地反映社会的矛盾冲突，没有冲突就没有戏剧。因为剧本受篇幅和演出时间的限制，所以对剧情中反映的现实生活必须凝缩在适合舞台演出的矛盾冲突中。剧本中的矛盾冲突大体分为发生、发展、高潮和结尾四部分。演出中，从矛盾发生时就应吸引观众，矛盾冲突发展到最激烈的时候称为高潮，这时的剧情也最吸引观众，最扣人心弦。

四、常见的戏剧术语

1. 台词

剧中人所说的话称为台词。其中，相互对话为对白，一人自言自语为独白，假设其他角色在场而未听见、表达心理活动的话为旁白（戏曲中称"打背拱"，电影电视中常用画外音表达）。台词字面之外的弦外之音、言外之意、未尽之言叫潜台词，它不讲出来，但要让观众听出真意来。

2. 幕

戏剧作品和演出中的段落，称为幕或场。按剧情发展的时间、地点和事件的变化转换而划分，常以舞台上幕布的关合、拉开为标志，故称"幕"，现也常用灯光转暗换景来进行。较小的幕也可叫做"场"。有些多幕剧的前面常有"序幕"，也称之为"引子""楔子"；通常较短，以引出故事、交代背景为主。结束后又常有"尾声"，以交代事情的结局，常与序幕相呼应。

3. 戏剧构成的五要素

戏剧构成的五要素是剧本、导演、演员、剧场和观众。这五者是戏剧的本体性要素，或称主导元素；其余诸方面，如作曲、舞台美术、音响效果等，可视为戏剧的附属性要素，或称次要元素。

4. 戏剧表演

演员不依据剧本，或事先未经排练而进行的表演为即兴表演。演员不论扮演何种性格的角色，都带有演员本人的个性特点，叫本色表演，这种演员称本色演员。与此相对，演员能着重体现角色的性格特征，角色与演员二者之间的性格相差很远，叫性格化表演，这种演员称性格化演员。

演员不借助实物（实景、实道具），而纯粹靠动作表演，能让观众想象出实物，这种动作称为"虚拟动作"。演员的有些动作是从生活中提炼出来的，经过艺术夸张，成为一种规范的套路，这种动作称为"程式化动作"。

5. 戏剧语言

戏剧语言包括舞台说明和人物语言。

舞台说明　舞台说明是帮助导演和演员掌握剧情，为演出注意事项做出的有关说明。包括人物表、舞台美术、环境、音响、人物上下场、人物对话的姿态（动作、表情）等。这些说明对刻画人物性格和推动、展开戏剧情节发展有一定的作用。这部分语言要求写得简练、扼要、明确。一般出现在每一幕（场）的开端、结尾和对话中间，用括号括起来。

人物语言 人物语言包括独白、旁白、对白（独白是剧中人物独自抒发个人情感和愿望时说的话，旁白是剧中某个角色背着台上其他剧中人从旁侧对观众说的话），是剧本的主要组成部分，其任务是展开情节、提示人物性格、表现主题思想。

6. 戏剧性

戏剧性是戏剧艺术审美特征的集中体现，是戏剧之所以成为戏剧的基本因素的总和。对"戏剧性"这一概念，历来众说纷纭。主要集中在文学构成和舞台呈现这两个层面。

文学构成中的戏剧性为舞台呈现中的戏剧性提供了思想情感的基础、灵感的源泉与行为的动力，后者则赋予了前者以美的、可感知的外形。这两者的完美结合，便是戏剧的最佳状态。

7. 戏剧冲突

剧本中所展示的人物之间、人物自身以及人与环境之间的矛盾冲突，其中主要体现为剧中人物的思想性格冲突。矛盾是戏剧冲突的依据，戏剧冲突应比生活矛盾更强烈、更典型、更集中，更富有戏剧性。

8. 三一律

三一律是17世纪欧洲古典主义戏剧的艺术法则，要求戏剧创作在时间、地点和情节三者之间保持一致性，即要求一出戏所叙述的故事发生在一天（一昼夜）之内，地点在一个场景，情节服从于一个主题。其代表人物有法国的莫里哀。这种规则在艺术上体现了时间和空间方面高度简练、紧凑、集中等优点，但存在人物性格单一化、类型化，戏剧结构上绝对化、程式化等弱点，最终束缚了戏剧艺术的发展，18世纪以后，三一律逐步被打破。

9. 舞台美术

舞台美术，简称"舞美"，指戏剧、音乐、曲艺、舞蹈、电影、电视中的美术活动，主要包括布景、灯光、人物造型、化妆和道具等。

10. 舞台调度

排戏的时候，导演会根据构思，对每个演员在舞台上的位置及其相互关系，提出明确要求，这就是舞台调度。按照戏剧舞台的特点和导演的构思要求，以剧本为基础确定演员与布景间最佳的空间组合和动作方式，使表演具有统一性和完整性。

11. 悲剧

悲剧常以正面人物的失败、不幸、死亡为结局，以悲惨的故事情节、人物的不幸遭遇、催人泪下的剧场效果而取胜。悲剧精神的具体表现有：一是严肃的情调，二是崇高的境界，三是英雄的气概。正如亚里士多德所说，悲剧写"一个人遭遇不应遭遇的厄运"，以引起人们的"怜悯和恐惧之情"。鲁迅说，悲剧是"将人生的有价值的东西毁灭给人看"。

12. 喜剧

喜剧又称"搞笑剧"，以幽默的语言、滑稽的动作、夸张的手法制造笑料，以惹人发笑的剧场效果取胜。喜剧冲突的解决较轻快，常以正面人物的胜利为结局。正如鲁迅所说，喜剧就是"将那无价值的撕破给人看"。喜剧精神可概括为三方面：一是轻松活泼的情调，二是豁达乐观的胸怀，三是追求自由的精神。喜剧又可分为多种，讽刺喜剧重在嘲笑、鞭笞丑恶现象，以批判和揭露为主，如《钦差大臣》；抒情喜剧又叫轻喜剧，以轻松诙谐的笔调，利用误会巧合等手法，歌颂美好的生活，如《仲夏夜之梦》；闹剧是喜剧中手法更为夸张的一种，充满打闹、起哄的场面，剧场效果十分强烈。

13. 正剧

兼有悲剧和喜剧特点的戏剧称为悲喜剧，也称正剧。正剧能够反映悲喜等思想感情的复杂变化和广阔的社会生活，正剧既可表现重大、严肃的社会事件，也可以表现富有社会意义的日常生活，既有对正面人物的歌颂，又有对反面人物的批判。

14. 话剧

话剧是表演艺术与语言艺术相结合的产物，它是各种戏剧样式中文学性最强的一种。自从产生了话剧，中国戏剧的"戏曲一元化"格局就被打破了，从而形成了全新的"戏曲—话剧"二元格局，这是中国戏剧现代化进程中所发生的一个重要变化。

15. 歌剧和音乐剧

歌剧是表演艺术与音乐艺术相结合的产物，以技巧性的美声为主要表演手段，音乐具有决定性的地位。

音乐剧是歌剧的现代变种，一般与舞蹈相结合，具有通俗性、场面性和大众性。

16. 舞剧

舞剧是表演艺术与舞蹈艺术相结合的产物，是以舞蹈为主要表现手段的戏剧。

17. 哑剧

哑剧是演员表演艺术的单项变体，以肢体语言来表现剧本。靠身姿、手势和面部表情传达剧情、表现人物或突出主题。

18. 街头剧

街头剧也称"广场剧"，是一种不受舞台和剧场条件限制，适合街头、广场演出的戏剧形式。多以群众关心的政治斗争为题材，常能鼓动观众与演出者融为一体。

19. 广播剧

广播剧是戏剧形式的一种。其适应广播的特点，用对白、音乐、音响效果等艺术手段创造听觉形象，展开剧情，刻画人物。有时穿插必要的解说词，帮助听众了解剧中情境和人物活动。

20. 电视剧

电视剧是一种专为在电视机荧屏上播映的戏剧形式。它兼容电影、戏剧、文学、音乐、舞蹈、绘画、造型艺术等诸因素，是一门综合性很强的艺术。电视剧是一种适应电视广播特点、融合舞台和电影艺术表现方法而形成的艺术样式。一般分单本剧、连续剧和系列剧。

五、戏剧流派和体系

1. 流派

表现派 19世纪末法国著名演员科克兰提出，表演不是演员与角色的"合一"，而是"表现"。演员在逼真地表现情感时，应当始终保持冷静，不为所动，这一派戏剧被称为"表现派"。

体验派 19世纪意大利著名演员萨尔维尼认为，演员在表演中，情感要重于理智，要将自己置身于角色的生活中，体验角色的情感。这一派后来被戏剧大师斯坦尼斯拉夫斯基极力推崇，被称为"体验派"。

荒诞派 20世纪中叶在法国等西方国家兴起并流行的戏剧流派。它一反过去传统的戏剧规律和特点，不是利用矛盾冲突构成情节，而是用毫无逻辑、杂乱无章的情节表达复杂的感情，又称为"反戏剧派"，其代表作是爱尔兰作家贝克特的《等待戈多》。

2. 体系

斯氏体系 斯坦尼斯拉夫斯基是俄国（苏联）杰出的戏剧大师。1898年，他创立了莫斯科艺术剧院。在领导该剧院的40年中，他主演、导演、指导过一百二十多部话剧、歌剧，如《青鸟》《海鸥》《底层》等。他写有《我的艺术生活》《演员自我修养》等专著，系统总结了"体验派"戏剧理论，强调现实主义原则，主张演员要沉浸在角色的情感中。他的一整套戏剧教学和表演体系，被称为"斯坦尼斯拉夫斯基体系""斯坦尼体系"，对各国戏剧学院的教学影响很大。

布氏体系 指布莱希特戏剧体系。布莱希特是20世纪前期德国杰出的戏剧家。他创作并导演了大量话剧，如《大胆妈妈和她的孩子们》《伽利略传》等。他写过《戏剧小工具篇》《表演艺术新技巧》等理论专著。他提出建立一种新型戏剧，即史诗戏剧。这种戏剧以辩证唯物主义和历史唯物主义的思想认识生活、反映生活，突破了"三一律"编剧法，采用自由舒展的戏剧结构形式，多侧面地展现生活宽广多彩的内容，促使人们思考，激发人们变革社会的热情。布莱希特演剧方法推崇"间离方法"，又称"陌生化方法"，是他提出的一个新的美学概念，又是一种新的演剧理论和方法。它的基本含义是利用艺术方法把平常的事物变得不平常，揭示事物的因果关系，暴露事物的矛盾性质，使人们认识改变现实的可能性。但就表演方法而言，"间离方法"要求演员与角色保持一定的距离，不要把二者融合为一，演员要高于角色、驾驭角色、表演角色。

梅氏体系 指梅兰芳戏剧体系，即中国戏剧体系。梅兰芳的艺术成就成为了中国戏曲艺术体系的代表和标志。他在唱、念、做、舞、化妆、服饰等方面进行创新，创造了花旦这一新的行当，大大丰富了旦角唱腔的优美旋律，使中国古老戏曲在歌、舞、剧三结合，形成了梅派艺术独创风格。但遗憾的是，梅氏体系缺少系统的理论总结。

第二章　戏剧发展概要

一、古希腊戏剧

古希腊戏剧的基本特征：亚里士多德将古希腊戏剧的特点归纳为三一律，即时间的一致、地点的一致和表演的一致。古希腊戏剧的情节通常只发生在一天之内，地点也不变换。在情节上也往往只有一条主线，不允许其他支线情节存在。

古希腊戏剧是世界上最古老的戏剧，产生于公元前 6 世纪，公元前 5 世纪达到鼎盛。雅典最早的戏剧传统起源于祭奠酒神狄奥尼索斯的宗教活动。

古希腊戏剧是人类戏剧发展史上的第一个高峰，亚里士多德的《诗学》是戏剧史上第一部戏剧理论经典。

这一时期出现了大批名家名作，古希腊三大悲剧家是埃斯库罗斯、索福克勒斯、欧里庇得斯。他们的代表作分别为《被缚的普罗米修斯》《俄狄浦斯王》《美狄亚》。

阿里斯托芬被誉为"喜剧之父"，代表作品为《鸟》和《阿卡奈人》。他与克拉提诺斯、欧比利斯合称古希腊三大喜剧家。

古罗马著名的喜剧作家是普劳图斯，其代表作品有《一坛黄金》。

二、文艺复兴戏剧

文艺复兴戏剧的基本特征：追求剧情的丰富性，采用开放式结构，大大拓展了反映社会生活的广度与深度；重视人物刻画，剧中的人物大多个性鲜明，而且具有相当的复杂性，剧情的丰富性与人物形象的鲜明性获得了统一；以世俗生活为主要描写对象，对人的世俗欲望和情感进行了大胆的肯定，其思想内容和生活图景具有浓厚的世俗趣味。

人文主义戏剧也有取材于宗教典籍和古代神话的剧作，但大量的剧作取材于虚构的生活故事和历史传说，社会生活蕴含相当丰富，它是此前的戏剧所无法比拟的。蕴含深刻的社会批判精神，富有强烈的世俗化色彩，是人文主义戏剧在内容上的主要特征。

西班牙文艺复兴时期的大剧作家维迦，写有《羊泉村》《狗占马槽》等一千多个剧本，是世界上创作剧本最多的人。

英国文艺复兴时期的莎士比亚是"英国戏剧之父"，是世界上最杰出的剧作家，马克思称他为"人类最伟大的天才之一""人类文学奥林匹斯山上的宙斯"。他一生写有 37 部戏剧，其早期作品主要是历史剧和喜剧，表达了对社会人生所抱的进取态度和美好憧憬；中期作品主要是悲剧，反映了广阔的社会背景和人生矛盾，其戏剧思想逐步深化，创作手法逐渐成熟；晚期作品主要是传奇剧，表现了他对世界的清醒认识和对人生的深刻洞察。他的《哈姆雷特》

《奥赛罗》《李尔王》《麦克白》被称为莎士比亚的四大悲剧。《威尼斯商人》《仲夏夜之梦》《第十二夜》《亨利四世》被称为莎士比亚的四大喜剧。著名爱情悲剧《罗密欧与朱丽叶》也是莎士比亚的重要作品。

三、古典主义戏剧

古典主义戏剧的基本特征：崇尚理性，蔑视情欲，理智和感情的矛盾是构成戏剧冲突的基本内容，而最终都以理智的胜利为结局；以古希腊罗马戏剧为典范，作品中的故事情节和人物，大多来自古代戏剧、史诗、神话和历史；十分强调规范化，推崇"三一律"创作理念。

17世纪古典主义戏剧的产生和发展主要是在法国。

高乃依是17世纪法国古典主义悲剧的创始人和代表作家。代表作品是《熙德》，这也是法国戏剧史上的第一部古典主义悲剧。

法国剧作家首推莫里哀，他是法国古典主义时期最杰出的戏剧家。代表作《伪君子》《悭吝人》是杰出的讽刺喜剧。

四、启蒙主义戏剧

狄德罗的戏剧理论，在18世纪的法国具有划时代的意义。它意味着古典主义的终结，宣告了资产阶级戏剧观的诞生。狄德罗的戏剧理论著作主要有《关于〈私生子〉的三次谈话》和《论戏剧诗》。狄德罗主张：艺术要平民化，用符合资产阶级的市民剧来代替为封建宫廷服务的古典主义戏剧；提出介乎悲剧和喜剧之间的戏剧体裁——正剧；指出戏剧要起教育民众的作用，剧作家要坚持现实主义创作的基本原则。

博马舍是18世纪后期法国著名喜剧作家，其代表作有"费加罗三部曲"：《塞维勒的理发师》《费加罗的婚礼》和《有罪的母亲》。

意大利喜剧大师哥尔多尼是启蒙运动时期杰出的现实主义剧作家，他一生共创作有二百多部剧本，其中《一仆二主》和《女店主》等最为著名。

德国18世纪末出现了两位诗人剧作家。歌德的《铁手骑士葛兹》和席勒的《阴谋与爱情》是启蒙主义戏剧的代表作。

五、浪漫主义戏剧

浪漫主义戏剧的基本特点：从产生的背景来看，它坚决冲破一切古典主义的既定规则，反对三一律，反对理性的束缚；从创作思想来看，它崇尚主观，强调艺术家的激情、想象与灵感；从艺术形式上看，它常用强烈的对比和夸张，使舞台色彩斑斓，自由多变，充满机巧和突转，处处出奇制胜。总之，浪漫主义戏剧以奇特瑰丽的想象、鲜明强烈的个性、大开大阖的传奇性情节、多彩多姿的民间或异国情调和生动有力的通俗语言，为戏剧艺术注入了新的生命。

雨果，法国伟大的文学家、戏剧家，浪漫主义的旗帜人物。雨果的浪漫主义剧作有《克伦威尔》《欧那尼》《逍遥王》等，代表作《欧那尼》。

小仲马的《茶花女》堪称法国浪漫主义戏剧的杰作。

六、现实主义戏剧

现实主义戏剧发展的历史时期是19世纪70年代到20世纪初。其起点是易卜生发表于1877年的社会问题剧《社会支柱》。现实主义戏剧的主要特征：在题材和主题方面，注重揭露社会的黑暗现象，试图在舞台上暴露现实的真相，激起人们对生活本质的思索；在艺术表现方面，现实主义戏剧将客观真实地再现生活作为基本准则；在舞台演出方面，现实主义戏剧严格划分了舞台和观众席的界限，主张在二者之间筑起观众看来透明，演员看来不透明的"第四堵墙"；在舞台美术方面，现实主义戏剧尽力在舞台上布置写实景。

现实主义戏剧的代表人物：挪威的易卜生，德国的霍普特曼，英国的萧伯纳，俄国的契诃夫、果戈里、奥斯特洛夫斯基。

挪威的剧作家易卜生被誉为"现代戏剧之父"，是杰出的现实主义戏剧大师，他创作有《社会支柱》《玩偶之家》《群鬼》《人民公敌》等"社会问题剧"。

霍普特曼，德国剧作家、诗人。其代表剧作《织工》被看作是德国戏剧发展史上的里程碑。1912年，由于"他在戏剧艺术领域中丰硕、多样而又出色的成就"，获得诺贝尔文学奖。

萧伯纳是英国著名剧作家，现实主义戏剧大师。创作有《华伦夫人的职业》《鳏夫的房产》等51个剧本。1925年，萧伯纳凭借剧作《圣女贞德》获诺贝尔文学奖。

果戈里，俄国批判现实主义文学的奠基人，他的讽刺喜剧《钦差大臣》是俄国戏剧发展史上的里程碑式作品。

奥斯特洛夫斯基的《大雷雨》，契可夫的《海鸥》《万尼亚舅舅》等都是优秀的现实主义戏剧作品。

七、现代派戏剧

现代派戏剧或现代主义戏剧是指与现实主义戏剧相对立的、以西方各种现代主义哲学思想为基础的戏剧流派。主要包括象征主义戏剧、表现主义戏剧、唯美主义戏剧、超现实主义戏剧、存在主义戏剧和荒诞派戏剧等。

象征主义戏剧的代表人物是比利时的梅特林克，代表作有梦幻剧《青鸟》等。另外，德国剧作家霍普特曼的童话剧《沉钟》也是象征主义戏剧的代表作。

瑞典著名戏剧家斯特林堡被认为是表现主义戏剧的奠基人，他的戏剧对20世纪欧洲剧坛产生了巨大影响，其代表作品《鬼魂奏鸣曲》是典型的表现主义作品。

王尔德，英国唯美主义思想家和剧作家，主张为艺术而艺术，以创作唯美主义戏剧著称于世。《温德米尔夫人的扇子》是王尔德最为著名的作品。

超现实主义的代表人物是蒂塞尼，代表作《刀子的眼泪》。意大利著名戏剧家皮兰德娄的作品也具有超现实主义风格，代表作有《六个寻找作者的剧中人》。

存在主义戏剧的代表人物是法国著名存在主义哲学家萨特，主要有《苍蝇》、《禁闭》（又译《密室》）、《死无葬身之地》等11部剧作。

贝克特是爱尔兰小说家、戏剧家，他的作品《等待戈多》是荒诞派戏剧的代表作品，此派亦称"反传统戏剧派"。1969年贝克特凭借《等待戈多》获得诺贝尔文学奖。

尤奈斯库，法国著名荒诞派剧作家，其代表作独幕剧《秃头歌女》是第一部上演的荒诞派戏剧。

八、美国戏剧

美国戏剧的历史较短。从殖民地时代起到 19 世纪初，美国戏剧在其成就上远逊于同时期的散文、诗歌和小说。直到 20 世纪初，才渐趋成熟，在两次世界大战之间赶上了世界水平而进入黄金时代。

尤金·奥尼尔被认为是美国戏剧的奠基人，他一生共获得四次普利策奖，并获得诺贝尔文学奖。由于奥尼尔的出现，美国才真正拥有了自己的严肃戏剧，美国戏剧才逐渐赶上世界水平，因此奥尼尔被誉为 20 世纪最杰出的戏剧家之一。代表作品：《琼斯皇帝》《天边外》《安娜·克里斯蒂》《进入黑夜的漫长旅程》《悲悼》《毛猿》。

百老汇在剧作家、戏剧演员心中的地位，相当于耶路撒冷在以色列人心目中的地位：是圣地，是至尊的圣堂。百老汇的剧场如同好莱坞的影院，它们都是演员梦寐以求的地方。

百老汇实际上只是一条贯穿纽约曼哈顿区的大街，在靠近这条街的中段地区，剧院林立，长期以来一直是美国商业戏剧最大的娱乐中心。百老汇兴起于 19 世纪中叶，它的剧院数目、规模和豪华程度随着纽约的繁荣和经济实力的增长而增长，到 19 世纪末，以"伟大的白色街道"而著称。到 20 世纪 20 年代后期，百老汇的戏剧活动达到顶峰。1925 年的剧院数目达 80 家。在 1927～1928 年的演出季节中，百老汇新上演剧目 280 个，创造了它有史以来的最高纪录。在今天，百老汇依旧辉煌灿烂。的确，百老汇在推动美国戏剧艺术的发展，培养大批优秀的演员、导演和剧作家方面，起着不可取代的作用，"百老汇"一词实际上成了美国戏剧的同义词。

在这里，有全美最好的剧场、最优秀的演员，它的发展历史可以说是美国当代戏剧发展的一个缩影。但是，浓浓的商业气氛又在某种程度上扼制了美国戏剧的生命力，因为戏剧不能仅在钱袋里茁壮成长。

九、中国现代话剧的历史发展

1. 早期话剧——文明戏

话剧是在引进了西方近代散文剧的基础上，逐步发展起来的一种戏剧样式。1907 年，留日学生李叔同、曾孝谷、欧阳予倩等组织了中国最早的话剧团体春柳社，创作演出了中国第一部话剧《黑奴吁天录》，这标志着文明新戏的开始。此后，话剧以"新剧""文明戏"的名义流传开来。

2. 20 世纪 20 年代话剧

在"五四"新思潮和西方戏剧流派、作品的影响下，20 世纪 20 年代一批话剧艺术家如田汉、丁西林、洪深、欧阳予倩、郭沫若等完成了中国现代话剧的奠基任务。"爱美剧"等社会问题剧以及随后出现的话剧剧坛百花争艳的局面使戏剧艺术获得了空前的发展，出现了一大批优秀作品。如欧阳予倩的《泼妇》、洪深的《赵阎王》、田汉的《获虎之夜》、丁西林的《压迫》、郭沫若的《三个叛逆的女性》等。1928 年，经洪深提议，称新剧为"话剧"。

3. 20 世纪 30 年代话剧

20 世纪 30 年代是中国话剧逐渐壮大并臻于成熟的历史时期，话剧艺术逐渐为民众接受。左翼戏剧的发展与抗战戏剧的兴起，使话剧反映现实的力度有所增强。同时戏剧创作手法渐趋圆熟，杰出作品不断出现，话剧理论日趋系统和完善。曹禺在 1933 年完成其处女作多幕剧《雷雨》，继而又发表《日出》《原野》等，取得了巨大成功，成为中国现代戏剧走向成熟的标志。其他名剧还有田汉的《名优之死》、洪深的《农村三部曲》、夏衍的《上海屋檐下》和李健吾的《这不过是春天》等。

4. 20 世纪 40 年代话剧

总的说来，当时无论是国统区戏剧还是沦陷区亦或解放区戏剧，都有意识地吸收富有民族特色的艺术精华，创作出一大批优秀剧作，如曹禺的《北京人》，郭沫若的《屈原》，陈白尘的《升官图》，贺敬之等的《白毛女》，阳翰笙的《天国春秋》，欧阳予倩的《忠王李秀成》《桃花扇》，吴祖光的《风雪夜归人》，田汉的《丽人行》，宋之的的《雾重庆》。

5. 新中国十七年话剧

1949 年中华人民共和国的成立，使中国话剧发展也掀开了新的一页。十七年的话剧事业发展历史是辉煌的，又是曲折的。既有伟大的成就，也有惨痛的教训。

（1）新中国成立初期话剧的开拓与收获

1949 ～ 1956 年，话剧艺术家们充满革命热情投身社会主义建设当中，创作出大批歌颂新生活、新事物的优秀剧作，如老舍的《龙须沟》、陈其通的《万水千山》等。同时由于吸收了斯坦尼斯拉夫斯基的导演、表演体系，话剧舞台表演艺术水平有了很大提高。

（2）"双百"方针指引下的话剧繁荣

1956 年党中央提出"百花齐放，百家争鸣"的文艺方针，其后又提出艺术的"民族化"，使艺术家们倍受鼓舞，艺术创造力大大增强。被誉为"中国话剧史上又一丰碑"的老舍三幕话剧《茶馆》面世。

（3）文艺政策调整与劫难前的话剧繁盛

1959 年冬天至"文革"开始，在文艺政策调整的情况下，话剧艺术出现了一定程度的繁荣，在重新贯彻党的"双百"方针基础上，话剧舞台涌现出一批优秀剧作，如郭沫若的《蔡文姬》《武则天》，田汉的《关汉卿》《文成公主》，曹禺的《胆剑篇》，沈西蒙的《霓虹灯下的哨兵》等。

其后，"文革"浩劫横扫中国大地，话剧艺术在"样板戏"的冲击下出现十余年的停滞，这是中国现代话剧艺术的悲哀。

6. 新时期话剧

党的十一届三中全会之后，真理标准问题的讨论和思想解放运动的兴起，促使新时期话剧孕育再生、蓬勃发展。

1977 ～ 1979 年，是一个亢奋复苏的阶段，涌现出一批优秀的剧作。其中有刻画我国老一代革命家的作品《丹心谱》《陈毅市长》和《彭大将军》等；有反思"文革"的《枫叶红了的时候》《于无声处》《报春花》和《左邻右舍》等。这些话剧大胆突破，勇于创新，既善于反思左倾思潮的历史教训，又敢于揭示新时期社会生活的现实矛盾，表现出前所未有的真实性和多样性。

20 世纪 80 年代的话剧是在危机中探索的阶段。由于当时西方现代主义思潮的涌入和大众传媒的勃兴，中国话剧发展从高潮走入低谷。面对危机，话剧工作者们锐意革新，从形式入手，掀起了具有探索性的实验话剧热潮。谢民的《我为什么死了》，北京人艺的《狗儿爷涅槃》，徐晓钟的《桑树坪纪事》，高行健的《绝对信号》《野人》，魏明伦的《潘金莲》等是最有代表性的剧作。其中《桑树坪纪事》是当代中国话剧发展的集大成之作，标志着当代中国话剧艺术的成熟。

20世纪90年代以来，在纷纭复杂的时代潮流面前，话剧艺术经历着前所未有的变革和动荡。总体来看，近二十年中国话剧的基本走向是：探索剧热潮消歇，现实主义回归，多种创作方法交织；人物形态上，从塑造典型性格到更为注重内心展示；话剧整体呈现为从以艺术为标尺移位为市场运作和媒介包装；小剧场话剧日益兴盛，以其机动灵活的运作机制，为话剧在新的历史时期的发展提供了可资开拓的空间，为寻求戏剧和观众的结合拓展了新的路径。

第三章　中国戏曲

第一节　戏曲基础知识

一、戏曲的概念

清末学者王国维说："戏曲者，谓以歌舞演故事也。"即戏曲是运用音乐化的对话和舞蹈化的动作去表现现实生活的艺术。

戏曲是中国传统的戏剧形式，是包括文学、音乐、舞蹈、美术、武术、杂技、表演在内的综合艺术。戏曲剧本一般兼用韵文和散文，分"折"或"出"，剧中人物分由生旦净丑等角色行当扮演，按角色行当有不同的程式动作和唱念做打的不同特点，有一定的音乐体式和舞蹈要求。

比较流行的剧种有：京剧、昆曲、越剧、豫剧、湘剧、粤剧、秦腔、川剧、评剧、晋剧、汉剧、潮剧、闽剧、祁剧、河北梆子、安庆黄梅戏、湖南花鼓戏等五十多个剧种，尤以京剧流行最广，遍及全国，不受地区所限。

二、常见术语

1. 折

戏曲的幕和场叫"折"，一次演出时只选用大剧中较精彩的一幕（折）叫"折子戏"，而全场都演的叫"全本戏"。

2. 压轴

一台折子戏中最后一个剧目叫"大轴"，它前面（即倒数第二个）的剧目叫"压轴戏"，压在大轴之前，通常是最精彩的。

3. 地方戏

地方戏是流行于一定地区，具有地方特点的戏曲剧种的统称。如秦腔、川剧、越剧、沪剧、湘剧、闽剧、吕剧等，是与流行全国的剧种（如京剧）相对而言的。

4. 草台班

旧时演员较少、设备简陋的戏曲班社的俗称。大都注重武打，表演风格粗犷，由于常在乡村庙台或广场演出而得名。

5. 连台本戏

连台本戏是指连日接演的整本大戏。清末上海流行连台本戏,多演神怪武侠故事,如《狸猫换太子》《封神榜》等。全剧往往有几十本,每场只演一本。剧情连贯,有文有武,通俗易懂。

6. 唱腔

唱腔是指戏曲音乐中人声歌唱的部分。每个剧种都有一定的唱腔曲调,同一唱腔曲调又因演员具体行腔的不同而形成各种流派。

7. 帮腔

帮腔指戏曲演出时后台或场上的帮唱。用以衬托演员的唱腔,渲染舞台气氛,描写环境和刻画人物心情。源自夯歌、号子等民间歌曲。

8. 行头

行头是传统戏曲服装的统称。一般不分朝代、地域和季节,只按不同的剧目、角色行当和人物特点分为各种基本固定的式样和规格。大都色彩鲜明,纹饰华美,着重装饰性,富有独特的民族风格。

9. 梨园

梨园是唐玄宗时宫廷中所设专门训练乐工的机构,后成为对戏曲班子的别称。我国人民在习惯上称戏班、剧团为"梨园",戏曲演员为"梨园子弟",把几代人从事戏曲艺术的家庭称为"梨园世家",戏剧界称为"梨园界",等等。

10. 四大徽班

即三庆班、四喜班、和春班、春台班。多以安徽籍艺人为主,故名。徽班是中国清朝中期兴起于安徽、江苏等地的戏曲班社,以唱"二黄"声腔为主,兼唱昆曲、梆子等,以扬州一带为最盛,因艺人多来自安徽安庆等地,而得名徽班。

11. 唱念做打

唱念做打是京剧表演的四种艺术手段,也是京剧表演的四项基本功。唱指歌唱,念指具有音乐性的念白,二者相辅相成,构成歌舞化的京剧表演艺术两大要素之一的"歌"。做指舞蹈化的形体动作,打指武打和翻跌的技艺,二者相互结合,构成歌舞化的京剧表演艺术两大要素之一的"舞"。俗称"四功五法"的"四功",即指唱、念、做、打四种技艺的功夫。"五法"指手、眼、身、法、步,即手势、眼神、身段(舞蹈化的形体动作)、技法和台步。

12. 戏曲程式

戏曲程式是指戏曲表演中形成发展起来的艺术及技术上的格律和规范。它把生活中的语言和动作提炼加工,使唱、念、做、打和音乐伴奏、化妆、服装等都形成规范化的表演法式,使生活的形态音乐化、舞蹈化、规范化。如表演中的关门、行船、跑马等,都有基本固定的格式。它比生活中的自然形态更富有表现力和形式美,程式又须随着社会的发展不断有所丰富、变化和发展。

三、戏曲行当

行当指戏曲中角色的分工,根据角色的性别、年龄、身份、性格而规划的人物类型,以便学员学习。主要分生、旦、净、丑四大行当。

1. 生行

扮演男性角色。其中老生指中老年男子，都带胡子，故又名须生，如诸葛亮、蔺相如；小生扮青少年男子，不挂胡须，多用尖音假嗓唱，如周瑜、张生；武生扮演武艺高强的青壮年，其中长靠武生用长兵器、穿厚底靴，扎大靠（盔甲）表现马战，如赵云；短打武生用短兵器、穿薄底靴，表现步战，如武松。

2. 旦行

扮演女性角色。其中正旦扮演中青年女性，重唱功，穿青色褶子的又称青衣，多演悲剧主角，如秦香莲；花旦演天真活泼的女青年，重做工和念白，如小青；彩旦演滑稽、奸刁的女性，如媒婆；刀马旦演擅舞的女将，重唱、做、舞，如穆桂英；武旦演勇猛的妇女，重武打，如孙二娘；老旦扮老年女性，用本嗓唱，如佘太君。（其余旦角一律用小嗓唱。）

3. 净行

又叫花脸，扮演性格、品质、相貌特异的男性，一般要画脸谱，用宽音或假音唱，如张飞、李逵、包公等。之下又分大花脸（铜锤花脸）、二花脸（副净）、五花脸等。

4. 丑行

指语言幽默、行动滑稽的角色，以搞笑为特长。常在鼻梁上抹一小块白粉，俗称"小花脸"。多为地保一类小人物，也可演正面主角，如七品芝麻官。下面还可分为文丑、武丑、旦丑等。

京剧的表演艺术表现在其夸张性、虚拟性、技巧性和抒情性。所有的京剧表演艺术特点都是互相关联、不可分割的。

第二节　中国戏曲发展概要

一、中国古代戏曲的滥觞

1. 先秦傩戏

傩戏是中国古代戏曲的源头。在原始社会，原始人类遇到可怕的事情总把它归于一种无形的力量，认为是"鬼""怪"在作祟。于是，人们借助可怕的形象来驱逐恶魔，逐渐形成了一种巫术仪式——傩。穿戴绚丽服饰、载歌载舞是傩和戏曲的共同点。随着宗教色彩的淡化，演员逐渐代替巫师，表演目的由娱神转向娱人，巫术仪式由此而转化成戏曲表演。

至今，江西、湖南、湖北、广西等地农村，仍保存着比较古老的傩舞形式。

2. 先秦俳优

"优"是春秋战国时期宫廷中专供帝王声色之娱的职业艺人，多能歌善舞，擅长模仿。我国最早的戏曲演员是优孟。优孟的表演具备了后代戏剧的种种因素，展现了戏剧艺术的萌芽，对后代戏剧艺术的发展有重要影响。

3. 汉魏百戏

"百戏"是汉代多种技艺、歌舞、幻术、杂耍等娱乐活动的总称，又称角抵戏，在汉武帝时达到极盛。《东海黄公》便是当时角抵戏的典型，是我国最早的戏曲剧目，具备了原始的戏剧形态。

4. 南北朝歌舞戏

南北朝末年，产生了明显呈现戏曲雏形的歌舞戏，其代表曲目《踏摇娘》反映了妇女的痛苦生活。

5. 参军戏

唐代，参军戏普遍流行。参军戏的表演有两个基本的角色：戏中被戏弄的角色叫做参军，嘲弄参军的角色叫做苍鹘。这两者成为扮演优戏节目中人物的角色名称。中国戏剧有角色行当之分，就是从参军戏开始的。

二、中国古代戏曲的形成——宋杂剧和南戏

1. 宋杂剧

北宋时出现了杂剧，这是中国最早出现的戏剧形式。此前的表演皆是单一性而非综合性的艺术表演。宋杂剧是在唐代参军戏的基础上，广泛吸收歌舞、多种表演技艺而形成的一种综合性的表演艺术，其演出场所称为瓦舍、勾栏。宋杂剧的角色有五种：末泥、引戏、副净、副末、装孤，称作"五花爨（cuàn）弄"。宋杂剧的演出由三部分组成：艳段、正杂剧和杂扮。

宋杂剧直接影响了金院本和元杂剧的创作与表演。宋杂剧是一种综合性表演，改变了以前表演的单一性，标志着古典戏曲的正式形成。

2. 南戏

南宋是我国政治经济重心南移的重要时期。由于北方的战乱，人口流徙到南方，大量南徙的北方人带来了先进的农业生产技术，促进了江南地区的进一步发展。经济基础决定上层建筑，城市经济繁荣，民间表演技艺十分兴盛，南戏就在民间歌舞的基础上形成了。这种戏曲流行于浙江温州以及福建泉州、福州一带，所以称南戏。南戏又称"温州杂剧""永嘉杂剧""戏文"。

南戏主要在民间流行，一般由民间艺人或者下层知识分子创作。剧目多表现民间故事，表达劳动人民的愿望和要求。《张协状元》是现存唯一一部南宋戏文，也是我国目前发现最早的一部完整的南戏剧本。

一本四折的杂剧和分出表演的南戏是我国戏曲艺术的两种主要形式。杂剧在元代达到鼎盛，后逐渐消亡于明清。南戏在宋元两代得到了大力发展。明清时，南戏演化为传奇。

三、中国古代戏曲的成熟——元杂剧

元代是中国戏剧史上的黄金时代。在儒家思想占统治地位的封建社会中，诗文被认为是正统的艺术，而戏曲则被视为旁门左道。故元代以前的戏曲艺术多为优伶、艺妓等下层人物为之，不受文人们重视，因此也很难产生高品位的作品。到元代这种情况发生了变化，涌现出许多著名的剧作家和高品位的戏曲作品。使元曲成为与唐诗、宋词并称的我国文学史上三大瑰宝之一。

元代剧本的创作极大地推动了戏曲的发展，以后的各戏种不断将之改编并搬上舞台。

元曲已经将诗词、歌唱、对白、音乐、舞蹈等多种表演形式结合起来，有完整的故事情节和角色配合，标志着中国古代戏曲的成熟。

元曲四大家是指关汉卿、白朴、马致远、郑光祖，他们的代表作品分别是《窦娥冤》《墙头马上》《汉宫秋》《倩女离魂》。

关汉卿，号已斋，被誉为"元人第一"。他是元代最为多产的剧作家，其杰出代表作品有：《窦娥冤》《救风尘》《单刀会》《望江亭》《蝴蝶梦》《拜月亭》《鲁斋郎》等。此外，他还有相当数量的散曲传世。关汉卿创作的两部成功的"公案戏"是《鲁斋郎》和《蝴蝶梦》，两部精彩的喜剧是《救风尘》和《望江亭》，《单刀会》是成就很高的历史故事戏。

王实甫，杰出的元杂剧作家，其杂剧创作共14种，现存《西厢记》《破窑记》《丽春堂》三种。《西厢记》又称《会真记》，是古典戏曲的杰作，取材于唐代元稹的小说《莺莺传》。

元杂剧的著名剧作还有康进之的《李逵负荆》、石君宝的《秋胡戏妻》、纪君祥的《赵氏孤儿》等。其中《赵氏孤儿》于18世纪传到了欧洲，在世界文坛曾引起强烈反响。

南戏在元代以杭州为中心，在东南沿海地区得到繁荣发展。高明，字则诚，他的《琵琶记》是元南戏中最成功的作品，被尊为"南曲之祖"。四大南戏（又称"四大传奇"）是指《荆钗记》《白兔记》《拜月亭》《杀狗记》。

元明时期，南戏表演形成几大声腔。明代中叶，出现了海盐、余姚、弋阳、昆山四大声腔竞争的局面。

四、中国古代戏曲的繁荣——明清传奇

明代传奇是在宋元南戏的基础上，吸收元杂剧某些优点发展起来的。一般为篇幅较长、表演大故事的长篇戏曲。其取材多出自传奇故事，剧情又颇具传奇性，故专称为"传奇"。其中最有影响的是被称为明代"三大传奇"的李开先的《宝剑记》、相传为诗人王世贞所作的《鸣凤记》和梁辰鱼的《浣纱记》。

汤显祖，明代文学家、戏曲作家，江西临川人，自号其居为"玉茗堂"，与莎士比亚是同时代的人。他的传奇作品有《紫箫记》《紫钗记》《牡丹亭》《南柯记》《邯郸记》，其中后四种世称"临川四梦"，又称"玉茗堂四梦"。《牡丹亭》是汤显祖的代表作，是中国戏曲史上可以和王实甫的《西厢记》媲美的戏曲佳作。

徐渭，明代杰出的文学家和艺术家，文学上提倡独创，戏曲则提倡"本色"，戏曲作品有《四声猿》《歌代啸》。其中《四声猿》由《狂鼓史》《玉禅师》《雌木兰》《女状元》四个短剧组成。徐渭的《南词叙录》则是中国戏曲史上第一部研究南戏的专著，也是宋元明清四代专论南戏的唯一专著。

李玉，明末清初苏州派的主要代表，擅长反映市民阶层和下层文人的审美旨趣、思想情绪，一生创作传奇四十多种，现存"一人永占"、《清忠谱》等。"一人永占"即《一捧雪》《人兽关》《永团圆》《占花魁》，又称"一笠庵四种传奇"。

李渔，字笠翁，中国古代杰出的戏曲理论家、著名的戏剧作家。他是中国戏曲史上第一个专门从事戏剧创作的剧作家，他的传奇作品有《奈何天》《风筝误》《凤求凰》等十种，合称"笠翁十种曲"。其晚年创作的集其实践经验结晶的《闲情偶寄》，是我国第一部系统的戏曲理论著作，是中国古代戏曲理论的集大成之作。

清康熙年间，洪升的《长生殿》和孔尚任的《桃花扇》问世，继而把昆腔传奇创作推向了高峰，成为两部不朽的历史名剧，被称为清代戏曲双璧。洪升和孔尚任被称为"南洪北孔"。

五、中国古代戏曲的鼎盛——京剧

1. 地方戏的兴起

从清初到清中叶，除昆曲、弋阳腔继续流行外，已有梆子腔、乱弹腔、秦腔等几十种地方戏曲出现，形成诸腔杂陈、百花竞放的局面，还分别在北京和扬州形成南北两大戏曲中心。

2. 京剧的产生过程

京剧发端的契机是乾隆五十五年（1790年）庆祝皇帝八十寿辰。京剧发端的标志事件是扬州盐商组织阵容强大的徽班（三庆、四喜、春台、和春）进京祝寿。徽班进京，为京剧的形成准备了初步条件。在北京地区地方戏曲繁荣发展的情况下，徽班博采众长、兼容并蓄、为我所用，最终在北京站住脚跟。

汉戏即汉调，是流行于湖北汉水一带的地方戏曲，主要声腔为西皮和二簧。汉戏在乾隆末年传入北京。汉戏演员进入北京后，没有单独组班演唱，而是搭入徽班。徽汉合流为京剧的最终形成创造了条件。

到1840年左右，京剧的唱腔、念白、剧本和表演已经成熟，尤其是出现了以演"京戏"为主的一批演员，他们不再以徽戏、汉戏为名，而以演"京戏"自居。从此，诞生了一个独立的剧种——京剧。京剧是徽、汉两个剧种在北京融合以后形成的产物。但在形成过程中，汉调占据重要的位置。严格地说，汉调的声腔、板式、剧目、字韵等，是后来形成的京剧的主要"内涵"；徽班则是融会徽汉二调演员同台演出的"载体"。因此专家有谓：班曰徽班，调曰汉调。

京剧不是北京的地方戏，而是在众多地方戏曲的基础上博采众长逐渐形成的。因为它是在北京形成并最初在北京流行，所以被称为"京剧"。具体来说，京剧是由南方入都的安徽徽调、湖北汉调，吸收流行于北京的梆子、昆曲、京腔等的营养，融会本地语言，然后形成的一个新剧种。

3. 京剧的艺术特征

（1）时空的综合艺术

戏曲的内容要有一定的空间来表现，表现又需一定的过程，即时间。这是各国的艺术所共有的，而中国戏曲的艺术性特别强，是各种艺术的大综合，是说、唱、舞等有机的融合体。

（2）虚拟性

这是戏曲反映生活的基本手段。生活是无限的，而任何艺术要表现生活都是有限的，因此，要做到如实地按照生活的原型反映生活是办不到的，因此需要变形，用虚幻的事物表现剧情，这样才能引起观众联想，使观众受到感染，获得美感享受。

（3）程式性

程式是中国戏曲舞台实践中形成的一整套独有的虚拟性和象征性表现手法。一切自然形态的戏剧素材，都要按照美的原则予以提炼、概括、夸张、变形，使之成为节奏鲜明、格律严整的技术格式，即程式。演唱中的板式、曲牌、锣鼓经，念白中的韵味、声调，表演中的身段、手式、步法，武打中的各种套子，以至喜怒哀乐、哭笑惊叹等感情的表现形式等等，无一不是生活中的语言声调、心理变化和形体动作的规律化，即程式化的表现。程式化是戏曲塑造舞台形象的艺术语汇。

　　所有这些特征，凝聚着中国传统文化美学的思想精髓，构成中国戏曲独特的戏剧观，使中国戏曲在世界戏曲文化的大舞台上闪耀着它独特的艺术光辉。

第三节　中国戏曲表演艺术家

1. 老生三鼎甲

　　指京剧形成初期，第一代演员中的三位杰出老生人才——程长庚、余三胜、张二奎。其中余三胜最早，隶属春台班，代表汉派；张二奎隶属四喜班，代表京派；程长庚成名较晚，隶属三庆班，代表徽派，但其后来居上，在早期京剧史上威望最高，影响最大。

2. 老生小（后）三鼎甲

　　指京剧第二代演员中的三位杰出老生人才——谭鑫培、汪桂芳、孙菊仙。谭鑫培还统一了当时舞台上所使用的字音，成为舞台字音的标准。谭鑫培在程长庚、余三胜、王九龄及卢胜奎诸家演唱艺术的基础上发展形成的"谭派"，是京剧有史以来传人最多、流布最广、影响最大的老生流派，以技艺全面、精当，注重刻画人物性格为主要特色。

3. 三大贤

　　20世纪20年代到30年代，被誉为京剧界"三大贤"的是旦行的梅兰芳、老生行的余叔岩和武生行的杨小楼。

4. 四大名旦

　　20世纪20年代先后成名的四位京剧旦角演员——梅兰芳、尚小云、程砚秋、荀慧生。梅兰芳经过多方面的实践，创造了京剧旦行的表演艺术流派——"梅派"，与斯坦尼斯拉夫斯基表演体系、布莱希特表演体系并称为世界三大表演体系。其代表剧目有《贵妃醉酒》《霸王别姬》《宇宙锋》《四郎探母》《天女散花》《游园惊梦》等。

5. 四大须生

　　京剧形成后的第四代著名老生演员。20世纪20年代，社会公认的四大须生是余叔岩、马连良、言菊朋、高庆奎，后来又演变为余叔岩、马连良、言菊朋、谭富英。40年代与50年代之交，具有全国影响的四大须生又演变为马连良、谭富英、杨宝森、奚啸伯。

6. 南麒、北马、关东唐

　　京剧界驰名南北的几位演员——南方的麒麟童周信芳、北方的马连良和东北的唐韵生。

7. 四小名旦

　　李世芳、毛世来、宋德珠、张君秋四位京剧旦角的合称。继四大名旦以后，北平（今北京）

《立言报》游艺版发起并主办北平童伶选举。1938 年初,舆论界在男旦中推出李世芳、毛世来、宋德珠、张君秋为四大童伶。1939 年四大童伶已毕业组班,观众口碑称四大童伶为四小名旦。

8. 杨小楼和盖叫天

杨小楼,京剧演员,工武生;先后与谭鑫培、王瑶卿、梅兰芳、尚小云、荀慧生、高庆奎、余叔岩、郝寿臣等名家合作,有"武生宗师"之盛誉。盖叫天,京剧演员,工武生;创造了特色独具的"盖派"艺术,长期在上海、杭州等地演出,有"江南活武松"的美誉。

9. 田际云

河北梆子演员,工花旦,戏剧活动家,艺名"响九霄"。

10. 侯俊山

山西梆子、河北梆子演员,工花旦。13 岁成名,因此得艺名"十三旦"。代表剧目有《辛安驿》《珍珠衫》《八大锤》等。

11. 袁雪芬

越剧女演员,工旦。她博采众长,提倡越剧改革,1946 年首次将鲁迅《祝福》改编为《祥林嫂》上演。

12. 红线女

粤剧女演员,工旦。艺术上勇于革新,创造了新颖的"女腔"。

13. 严凤英

中国著名戏剧表演艺术家,黄梅戏女演员,工小旦、花旦、闺门旦,兼演老旦。自成一家,誉为"严派",她以 38 年的短暂生命历程,为黄梅戏的发展作出了不朽的贡献,被公誉为"黄梅戏一代宗师",代表剧目《天仙配》《女驸马》《江姐》等。

14. 新凤霞

评剧女演员,工青衣、花旦。创造了很多新的板式和新的唱腔,是评剧的改革家。代表剧目有《刘巧儿》《杨三姐告状》等。

15. 郎咸芬

著名吕剧表演艺术家。20 世纪 50 年代,曾因主演《李二嫂改嫁》而享誉全国,数十年来,创造了许多令人难忘的艺术形象。她的表演朴实稳健,大气丰厚,唱腔委婉深沉。注重以情带声、声情并茂。多年的实践,形成自己独特的表演和演唱风格,深受广大观众的喜爱,是山东吕剧的代表人物。

16. 常香玉

著名豫剧表演艺术家,戏曲界公认的豫剧大师。在艺术上广泛吸收京剧、评剧、秦腔、河南曲剧以及坠子、大鼓等艺术之长,同时把风格不同的各种豫剧唱腔——豫东调、祥符调、沙河调等,融会于豫西调中,独创了常派真假混合声演唱体系,形成豫剧中的一支主要流派,被誉为"豫剧皇后"。"常派"唱腔字正腔圆,运气酣畅,韵味淳厚,格调新颖,以声绘情、以情带声,多彩多姿,雅俗共赏,表演刚健清新、细腻大方,内涵深邃、性格鲜明,在表达人物内在的思想感情上，细致入微，一人一貌，栩栩如生。代表作有《花木兰》《拷红》《断桥》《大祭桩》《人欢马叫》《红灯记》等。

第四节　中国戏曲剧种举要

全国有三百多个戏曲剧种，其中最有代表性的京剧、豫剧、越剧，被誉为中国戏曲三鼎甲。其他常见戏曲剧种有：昆曲、高腔、梆子腔、评剧、河北梆子、晋剧、秦腔、河南曲剧、山东梆子、滑稽戏、黄梅戏、闽剧、赣剧、湘剧、湖南花鼓戏、粤剧、潮剧、川剧、黔剧、滇剧、傣剧、藏剧、皮影戏等。

1. 豫剧

豫剧，河南省地方戏曲剧种之一，也称河南梆子、河南高调。因早期演员用本嗓演唱，起腔与收腔时用假声翻高尾音带"讴"，又叫"河南讴"。在豫西山区演出多依山平土为台，当地称为"靠山吼"。因为河南省简称"豫"，解放后定名为豫剧。豫剧的流行地区分布甚广，主要流行于河南全省以及陕西、甘肃、山西、河北、山东、江苏、安徽、湖北等省的部分地区，以至新疆、西藏都有豫剧演出。代表性的艺术家有常香玉、马金凤、陈素真、牛得草等，代表剧目有《花木兰》《穆桂英挂帅》《七品芝麻官》等。

2. 越剧

越剧，主要流行于上海、浙江、江苏、福建等地的戏曲形式。越剧前身是浙江嵊县一带流行的说唱形式"落地唱书"，1906 年春开始演变为在农村草台演出的戏曲形式，曾称小歌班、的笃班、绍兴文戏等。1925 年上海《新闻报》演出广告中首次以"越剧"称之。越剧长于抒情，以唱为主，声腔清悠婉丽，优美动听，表演真切动人，极具江南地方色彩。越剧演员初由男班演出，后改为男女混合班或全部女班。代表性的艺术家有袁雪芬、傅全香、范瑞娟、姚水娟等，代表剧目有《梁山伯与祝英台》《碧玉簪》《红楼梦》等。

3. 昆曲

昆曲是我国的古老剧种，被誉为"百戏之祖"，约在元末明初形成于江苏昆山一带，又称"昆山腔"。明代嘉靖时期杰出的戏曲音乐家魏良辅，对昆山腔进行了重大改革。他吸收众家之长，创造出一种轻柔委婉的"水磨腔"，并迅速流行全国，成为一个具有全国性影响的剧种。昆曲经过五百多年的发展，形成了一套完整的表演体系和独特的声腔系统。昆曲唱腔华丽婉转、念白儒雅、表演细腻、舞蹈飘逸，加上完美的舞台置景，可以说在戏曲表演的各个方面都达到了最高境界。昆曲中的许多剧本，如《牡丹亭》《长生殿》《桃花扇》《浣纱记》等，都是古代戏曲文学中的不朽之作。

昆曲在 2001 年被联合国教科文组织列为"人类口述和非物质遗产代表作"。

4. 黄梅戏

黄梅戏，原名"黄梅调""采茶戏"，是在安徽、湖北、江西三省毗邻地区以黄梅采茶调为主的民间歌舞基础上发展而成，属全国五大剧种之一（黄梅戏、吕剧、评剧、越剧、豫剧）。

严凤英、王少舫是黄梅戏代表性的艺术家，代表剧目有《天仙配》《女驸马》等。

5. 吕剧

吕剧，又名"化装扬琴""琴戏"，流行于山东和江苏、安徽部分地区，起源于山东以北黄河三角洲，由山东琴书演变而来，迄今有一百多年的历史。据说最初常演《王小赶脚》而被戏称为"驴戏"，最初的吕剧班大都走乡串村，演出于田间地头，影响甚小。1910年前后搬上舞台，1950年定名为吕剧。1953年山东省吕剧院成立之后，才使吕剧成为遍及山东、享誉全国的剧种。吕剧唱腔悠扬缠绵，表演朴实敦厚，甚有山东地方风韵。郎咸芬、李岱江是吕剧的代表艺术家，代表剧目有《姊妹易嫁》《李二嫂改嫁》《苦菜花》《穆桂英挂帅》《沂河两岸》等。

6. 评剧

评剧流行于华北、东北及其他一些地区，其前身是民间说唱"莲花落"和民间歌舞"蹦蹦"，所以俗称"蹦蹦戏""落子戏"，又称"平腔梆子"。1910年前后形成于唐山，1935年在上海演出时正式称"评剧"。代表性的艺术家有成兆才、白玉霜、新凤霞等，代表剧目有《秦香莲》《刘巧儿》《花为媒》《杨三姐告状》等。

7. 川剧

川剧是流行于四川、重庆和贵州、云南等地的戏曲剧种。明清以来，四川已经有高腔、昆腔、梆子腔、皮黄腔流入，当地还有灯戏。各种声腔在四川的流传过程中，逐步实现地方化。辛亥革命时期，各种腔系的戏班涌入城市。在三庆会的影响和号召下，五种声腔实现"共和"，形成今日所见的"高、昆、胡、弹、灯"五种声腔共存的川剧。近代川剧代表性艺术家有康子林、萧楷成、周慕莲等，代表剧目有《柳荫记》《白蛇传》《玉簪记》《拉郎配》等。

8. 秦腔

秦腔，又称"乱弹"，源于西秦腔，流行于我国西北地区的陕西、甘肃、青海、宁夏、新疆等地，又因其以枣木梆子为击节乐器，所以又叫"梆子腔"，俗称"桄桄子"（因以梆击节时发出吭吭声）。乾隆年间，魏长生进京演出秦腔，轰动京师。对各地梆子声腔的形成有着直接影响。秦腔唱腔为板式变化体，分欢音、苦音两种。前者长于表现欢快、喜悦情绪，后者善于抒发悲愤、凄凉情感，依剧中情节和人物需要选择使用。秦腔的表演朴实、粗犷、细腻、深刻，以情动人，富有夸张性。代表性艺术家有刘毓中、樊新民、苏育民、李正敏等，代表剧目有《三滴血》《火焰驹》《铡美案》等。

9. 各省市主要的地方戏曲

上海——沪剧；

甘肃——陇剧；

陕西——秦腔；

内蒙古——二人台；

吉林——吉剧；

山西——晋剧；

山东——山东梆子、吕剧、柳子剧、五音戏；

江苏——昆曲、淮剧、扬剧、锡剧；

浙江——越剧、绍剧、婺剧；

安徽——黄梅戏、庐剧、徽剧；

福建——闽剧、梨园戏、莆仙戏；

河北——评剧、河北梆子；

河南——豫剧、越调、河南曲剧；

黑龙江——龙江剧；

广东——粤剧、潮剧；

湖南省——湘剧、花鼓戏；

湖北省——汉剧、高腔；

四川——川剧；

江西——赣剧；

云南——滇剧、花灯戏、傣剧；

贵州——黔剧；

广西——桂剧；

海南——琼剧；

西藏——藏剧。

第五节　中国曲艺

一、中国曲艺概况

曲艺是中国各种民间说唱艺术的总称。它以文学为基础,同音乐、表演相结合,叙述故事,塑造人物,反映生活。曲艺以叙事为主,演员人数较少,只有一两个,道具简单,无需布景,具有演出方便、短小精悍、通俗易懂、声情并茂的特点,特别适于街头、茶楼、酒店的演出。演员能与观众直接对话、贴近交流,具有很强的群众性和娱乐性。

曲艺与戏剧的最大区别,在语言上演员以间接叙述为主,很少扮演角色,只是临时模拟一下角色的口气,具有一人多角的特点。

曲艺有悠久的历史。古代的说书十分盛行,唐代的"说话",特别是宋代的"话本",说明曲艺曾是人们最主要的艺术形式。它们又成为中国古代白话小说和戏曲的源头。

二、曲艺的种类

我国曲艺带有很强的地方色彩和乡土气息,形成三百多个大小品种,按形式可分为两大类。一类以说为主,如相声、评书、故事、笑话、快板、双簧、对口词、群口词等；一类以唱为主,如弹词、大鼓、单弦、琴书、曲子、道情等。全国各地都有一些著名的曲艺品种。如北方的二人转,还有天津快板、天津时调、山东快书、山东大鼓,河南坠子,四川清音、四川扬琴,陕北说书,扬州评书,苏州评弹,上海独角戏,福建南音,长沙弹词,常德丝弦等,一般都用方言演出。

1. 相声

相声是以说笑话或滑稽问答引起观众发笑的曲艺形式。它源于北京、天津，流行于北方，现风行于全国并出现一些方言相声。

相声是语言的艺术。演出极为方便，几乎不借助道具、化妆、布景、伴奏，也不要求大的场地，全凭演员的一张嘴，加上表情姿势，造成浓烈的演出效果。相声的风格幽默诙谐，演出气氛轻松欢乐，擅长讽刺，题材上有一定限制。

相声的基本手段为"说、学、逗、唱"四项。"说"是叙事，以展示口齿伶俐，如绕口令；"学"是模拟各地方言、不同人物的说话，以惟妙惟肖、传神逼真取胜；"逗"是逗笑，常是一人"捧"，一人"抖包袱"，以制造笑料；"唱"是唱歌、唱戏曲选段，以摹拟明星为主，展示演员的多才多艺。

相声演出形式有单口（一人）、对口（二人）和群口（三人以上）。

2. 苏州评弹

苏州评弹是苏州评话和弹词的总称，产生并流行于苏州及江浙沪一带，用苏州方言演唱。评话通常一人登台开讲，内容多为金戈铁马的历史演义和叱咤风云的侠义豪杰。弹词一般两人说唱，上手持三弦，下手抱琵琶，自弹自唱，内容多为儿女情长的传奇小说和民间故事。评话和弹词均以说唱细腻见长，吴侬软语，抑扬顿挫，轻清柔缓，娓娓动听。

3. 山东快书

山东快书是起源于山东临清、济宁、菏泽、兖州一带的一种汉族传统曲艺形式。流行于山东、华北、东北各地，起初专说武松故事。演唱者一人手持竹板或铜板两块，以快节奏击板叙唱，语言节奏性强，又名"竹板快书"。

4. 天津快板

天津快板，形成于20世纪50年代，由天津时调演变而来，用天津方言演唱，形式上采用了数来宝的数唱方式，句式灵活，节奏轻快，几言皆可，但要求上下句对仗，尾字押韵，常巧妙地使用天津土语制造俏皮的包袱儿。经典剧目有《狗不理包子》。

5. 河南坠子

河南坠子源于河南，流行于河南、山东、安徽、天津、北京等地，约有一百多年历史。因主要伴奏乐器为"坠子弦"（今称坠胡），且用河南语音演唱，故称之为河南坠子。赵铮和刘宗琴为河南坠子大师级人物。

6. 二人转

二人转是北方的一种民间说唱艺术。二人转，史称小秧歌、双玩艺、蹦蹦，又称过口、双条边曲、风柳、春歌、半班戏、东北地方戏等。它植根于民间文化，属走唱类曲艺，流行于辽宁、吉林、黑龙江三省。二人转，边说边唱，载歌载舞，唱词诙谐幽默，唱腔高亢粗犷，富有生活气息。

7. 京韵大鼓

京韵大鼓，又名"京音大鼓"，广泛流行于河北省、华北、东北部分地区，是我国北方说唱音乐中艺术成就较高的曲种。京韵大鼓的表演形式是一人站唱，演员自击鼓板掌握节奏，有三弦、四胡、琵琶为伴奏乐器，以三弦为主。旋律起伏跌宕，挺拔潇洒，歌声悠扬婉转，长于抒情。代表人物有刘宝全、白云鹏、张筱轩、骆玉笙等。

8. 评书

评书，又称说书、讲书、评词，古代称为说话，是中国一种传统口头讲说的表演形式，在宋代开始流行。传统的表演形式为：一人坐于桌子后面，以折扇和醒木为道具，身着传统长衫，通过叙述情节、描写景象、模拟人物、评议事理等艺术手段，讲评历史及现代故事。评书的节目以长篇大书为主，所说演的内容多为历史朝代更迭及英雄征战和侠义故事。

四、著名曲艺演员

朱少文 清代同治、光绪年间人士，相声的奠基人，艺名"穷不怕"。他原为京剧丑角，后在北京天桥一带摆地摊演出相声，并在单人表演的基础上，创造了对口相声。代表作有《字象》《折十字》等。

侯宝林 当代相声艺术大师，代表作有《关公战秦琼》《夜行记》《游园惊梦》等。其他著名相声演员有郭启儒、马三立、刘宝瑞、马季、姜昆、冯巩、刘伟、牛群等。

韩起祥 陕北盲艺人，善说书弹词，有惊人的记忆力和即兴编唱能力，曾任中国曲协副主席，代表作有《刘巧团圆》《反巫神》，流行于陕甘宁边区。

王老九 农民艺术家，善编快板和唱词，善说书演唱，主要作品为快板，多歌颂农民翻身，如《进延安》《进北京》等。

高元钧 中国最负盛名的山东快书表演艺术家，代表性节目是长篇山东快书《武松传》。

刘宝全 是京韵大鼓形成后，首屈一指的京韵大鼓表演艺术家，被尊称为"鼓界大王"。

骆玉笙 著名曲艺表演艺术家。"骆派"京韵大鼓的创建者，艺名"小彩舞"。《剑阁闻铃》是骆玉笙的成名作，也是骆派京韵大鼓的代表作。

魏喜奎 女，奉调大鼓和北京曲剧演员。擅演曲目有：奉调大鼓《李大成救火》《渔女和战士》《宝玉哭灵》，北京曲剧《罗汉钱》《红花向阳》《杨乃武与小白菜》等。

袁阔成 著名的评书表演艺术大师，与刘兰芳、单田芳、田连元合称"四大评书表演艺术家"，擅讲《三国演义》。

单田芳 著名评书表演艺术大师，国家级非物质文化遗产继承人，擅讲《隋唐演义》《三侠五义》《白眉大侠》等。

刘兰芳 女，著名评书表演艺术家，擅讲《杨家将》《岳飞传》。

第四章　戏剧戏曲常识考试真题

以下考试真题的答案请在本部分的第一章至第三章中查找。

1. 话剧《风雪夜归人》的作者是中国剧作家 ＿＿＿＿＿＿＿；奥菲莉亚是莎士比亚戏剧作品＿＿＿＿＿＿ 中的人物；元曲四大家"关、马、郑、白"中"郑"指的是 ＿＿＿＿＿＿＿。

【考试院校】中央戏剧学院 2014 年戏剧文学系考题

2. 京剧中，饰演性格活泼、开朗的青年女性的应是 ＿＿＿＿＿＿＿。

A. 青衣　　　　　　B. 花旦　　　　　　C. 彩旦　　　　　　D. 小生

【考试院校】西南大学 2014 年戏剧影视文学专业考题

3. 由成语"墙头马上"的原意可知，元朝白朴所著的《墙头马上》属于 ＿＿＿＿＿＿＿ 杂剧。

A. 武侠　　　　　　B. 言情　　　　　　C. 战争　　　　　　D. 伦理

【考试院校】西南大学 2014 年戏剧影视文学专业考题

4. 四大南戏为元代南戏的著名剧目，包括《荆钗记》《白兔记》《拜月亭》和 ＿＿＿＿＿＿

【考试院校】湖南师范大学 2014 年广播电视编导专业考题

5. 下列人物中是"革命样板戏"《沙家浜》主要角色的是 ＿＿＿＿＿＿＿。

A. 杨子荣　　　　　B. 李玉和　　　　　C. 阿庆嫂　　　　　D. 李铁梅

【考试院校】海南大学 2014 年戏剧影视文学专业考题

6.《名优之死》的剧作家是 ＿＿＿＿＿＿＿。

【考试院校】中央戏剧学院 2014 年戏剧影视文学专业考题

7. "陈白露"是曹禺先生创作的戏剧作品中的一位悲剧性的女性形象，这部作品的名称是 ＿＿＿＿＿＿＿。

A.《原野》　　　　B.《日出》　　　　C.《北京人》　　　　D.《雷雨》

【考试院校】重庆邮电大学 2014 年广播电视编导专业考题

8. "仇虎"是曹禺笔下哪部作品中的人物？（　　　　）

A.《日出》　　　　B.《北京人》　　　　C.《雷雨》　　　　D.《原野》

【考试院校】重庆邮电大学 2013 年广播电视编导专业考题

9. 黄梅戏是流行于我国民间的戏曲剧中，该剧主要流行于下列哪一个地区 ＿＿＿＿＿＿。

A. 河北　　　　　　B. 安徽　　　　　　C. 陕西　　　　　　D. 广东

【考试院校】重庆邮电大学 2014 年广播电视编导专业考题

10. 现代京剧《智取威虎山》改编自 _____ 的长篇小说 _____。

【考试院校】九江学院 2014 年广播电视编导专业考题

11. 中国地方剧种很多，河南省代表剧种是 _____，广东省代表剧种是 _____，陕西省代表剧种是 _____。

【考试院校】九江学院 2014 年广播电视编导专业考题

12. 汤显祖《牡丹亭》剧本中的女主人公是 _____。

A. 杜丽娘　　　　　B. 杜十娘　　　　　C. 红娘　　　　　D. 孙二娘

【考试院校】九江学院 2014 年广播电视编导专业考题

13. 古希腊戏剧（名词解释）

【考试院校】聊城大学 2014 年广播电视编导专业考题

14. 元杂剧（名词解释）

【考试院校】聊城大学 2014 年广播电视编导专业考题

15. _____ 是流行于我国西北各省地方戏曲的剧种，由陕西、甘肃一带的民歌发展而成。

【考试院校】聊城大学 2014 年广播电视编导专业考题

16. 我国相声艺术的四项基本功是 _____。

【考试院校】临沂大学 2014 年广播电视编导专业考题

17. 中国戏剧史上成功塑造"蘩漪"这一人物的作品是 _____。

A.《日出》　　　　　B.《茶馆》　　　　　C.《上海屋檐下》　　　D.《雷雨》

【考试院校】南昌理工学院 2014 年广播电视编导专业考题

18. 目前唯一能看到的南戏剧本是 _____。

【考试院校】天津师范大学 2012 年广播电视编导专业考题

19. 梅兰芳（名词解释）

【考试院校】山东艺术学院 2010 年广播电视编导专业考题

20. 简述京剧艺术的综合性。

【考试院校】山东艺术学院 2012 年文化产业管理专业考题

21. 瓦舍（名词解释）

【考试院校】山东艺术学院 2007 年戏剧影视文学专业考题

22. 简述戏曲程式化的特征。

【考试院校】山东艺术学院 2007 年戏剧影视文学专业考题

23. 苏州评弹（名词解释）

【考试院校】广西大学 2011 年戏剧影视文学专业考题

24. 四大名旦是 _____ 、 _____ 、 _____ 、 _____ 。
【考试院校】北京电影学院 2008 年戏剧影视文学专业考题

25. 京剧的行当有 _____ 、 _____ 、 _____ 、 _____ 。
【考试院校】成都理工大学广播影视学院 2010 年摄影专业考题

26. 明代四大声腔是海盐腔、戈阳腔、_____ 、 _____ 。四大徽班是指三庆、_____ 、 _____ 、和春。
【考试院校】聊城大学 2011 年广播电视编导专业考题

27. 我国戏剧表演体系中最知名的是世界三大戏剧表演体系中的 _____ 。
【考试院校】鲁东大学 2010 年广播电视编导专业考题

28. 戏剧三大贤（名词解释）
【考试院校】山东艺术学院 2009 年戏剧影视文学专业考题

29. 相声艺术的奠基人是清代的 _____ 。
【考试院校】聊城大学 2011 年广播电视编导专业考题

30. 黄梅戏是 _____ 省的地方戏。
【考试院校】天津师范大学 2009 年戏剧影视文学专业考题

31. 戏剧冲突（名词解释）
【考试院校】聊城大学 2010 年广播电视编导专业考题

32. "间离效果"是 _____ 创造出来的一个术语。
A. 梅耶荷德　　　　B. 斯坦尼拉夫斯基　　C. 陀思妥耶夫斯基　　D. 布莱希特
【考试院校】海南大学 2014 年戏剧影视文学专业考题

33. 靡菲斯特这一人物是诗剧 _____ 中的主人公。
A. 《少年维特之烦恼》　　　　　　　　B. 《浮士德》
C. 《红与黑》　　　　　　　　　　　　D. 《套中人》
【考试院校】西南大学 2014 年广播电视编导专业考题

34. 三一律（名词解释）
【考试院校】山东艺术学院 2011 年戏剧影视文学专业考题

35. 《等待戈多》是 _____ 的代表作。
A. 现代派　　　　B. 新小说派　　　　C. 意识流派　　　　D. 荒诞派
【考试院校】浙江传媒学院 2010 年媒体创意专业考题

36. 舞台调度（名词解释）
【考试院校】河北传媒学院 2011 年广播电视编导专业考题

第五部分 美术常识

美术是以一定的物质材料，塑造可视的平面或立体形象，以反映客观世界和表达对客观世界的感受的一种艺术形式，因此，美术又称之为"造型艺术""空间艺术"，包括绘画、雕塑、工艺美术、建筑艺术等，在中国还包括书法和篆刻艺术。"美术"这一名词始见于欧洲17世纪，也有人认为正式出现于18世纪中叶。近代日本以汉字意译，"五四"运动前后传入中国，开始普遍应用。

第一章　美术分类概述

第一节　绘　画

一、关于绘画

绘画是美术中最主要的一种艺术形式。它使用笔、刀等工具，墨、颜料等物质材料，通过线条、色彩、明暗及透视、构图等手段，在纸、纺织品、木板、墙壁等二维空间范围内，创造出可以直接看到的，并具有一定形状、体积、质感和空间感觉的艺术形象。这种艺术形象，既是现实生活的反映，也包含着作者对现实生活的感受，反映了画家的思想感情和世界观，同时还具有一定的美感，使人从中受到教育和美的享受。

二、绘画的分类

从绘画的种类、形式来讲，绘画在整个艺术门类中是最丰富多彩的艺术形式之一。

（1）按绘画地域，可分为东方绘画和西洋绘画。

（2）按工具材料，可分为水墨画、油画、版画、水彩画、水粉画、素描、速写等。

（3）按表现形式，可分为宣传画（招贴画）、年画、漫画、连环画、组画和插画等。

（4）按题材内容，可分为宗教画、肖像画、风俗画、历史画、人物画、动物画、花鸟画、风景画和静物画等。

下面让我们来具体介绍几种绘画种类：

1. 油画

油画是利用快干性的植物油调和颜料，在亚麻布、纸板或木板上进行绘制的一个画种。主要材料和工具有颜料、松节油、画笔、画刀、画布、上光油、外框等。画面所附着的颜料有较强的硬度，当画面干燥后，能长期保持光泽。凭借颜料的遮盖力和透明性能较充分地表现描绘对象，色彩丰富，立体质感强。油画是西洋画的主要画种之一。

2. 壁画

壁画是墙壁上的艺术，即人们直接画在墙面上的画。作为建筑物的附属部分，它的装饰和美化功能使它成为环境艺术的一个重要方面。壁画为人类历史上最早的绘画形式之一，我国隋唐时期敦煌莫高窟壁画是壁画艺术成就的杰出代表。

敦煌壁画是敦煌艺术的主要组成部分，规模巨大，技艺精湛。敦煌壁画的内容丰富多彩，多以描写神的形象、神的活动、神与神的关系、神与人的关系以寄托人们善良的愿望，安抚人们的心灵。因此，壁画的风格具有与世俗绘画不同的特征。著名的敦煌壁画有《九色鹿救人》

《释迦牟尼传记》等。

3. 水彩画

用水调和透明颜料作画的一种绘画方法，简称水彩。由于色彩透明，一层颜色覆盖另一层可以产生特殊的效果。水彩画适合制作风景等清新明快的小幅画作。颜色携带方便，也可作为速写，搜集素材用。

4. 水粉画

使用水调和粉质颜料绘制而成的一种画。其表现特点为色彩处在不透明和半透明之间，可以在画面上产生艳丽、柔润、明亮、浑厚等艺术效果。水粉画在湿的时候，颜色的饱和度很高，干后则由于粉的作用及颜色失去光泽，饱和度大幅度降低，这就是其颜色纯度的局限性。

5. 素描

素描指的是用单色的线条或块面来塑造对象的形体、结构、质感、空间感、光感的绘画形式，是所有造型艺术的基础。来源于西方绘画，一般作为绘画、雕塑等艺术的基础训练手段。文学上简洁朴素而不加渲染的创作手法亦称素描。

6. 年画

中国画的一种，始于古代的"门神画"。清光绪年间，正式称为年画，是中国特有的一种绘画体裁，也是中国农村老百姓喜闻乐见的艺术形式。年画大都用于新年时张贴，装饰环境，含有祝福新年吉祥喜庆之意。传统民间年画多用木板水印制作。中国著名的年画产地有：天津杨柳青，苏州桃花坞，潍坊杨家埠，四川绵竹，广东佛山等。

7. 连环画

指用多幅画面连续叙述一个故事或事件的发展过程。连环画兴起于20世纪初的上海，是根据文学作品故事，或取材于现实生活，编成简明的文字脚本，据此绘制多页生动的画幅而成。一般以线描为主，也有彩色表现等。

8. 漫画

人们喜闻乐见的一种通俗的艺术形式，是用简单而夸张的手法来描绘生活或时事的图画。一般运用变形、比拟、象征、暗示、影射等方法，构成幽默诙谐的画面或画面组，以取得讽刺或歌颂的效果，具有较强的社会性。

9. 宣传画

又名招贴画，是以宣传鼓动、制造社会舆论和气氛为目的的绘画。一般带有醒目的、号召性的、激情的文字标题。其特点是形象醒目，主题突出，风格明快，富有感召力。

10. 插画

也称为插图，插在文字中间用以说明文字内容的图画。对文字内容做形象的说明，以加强作品的感染力和书刊版式的活泼性。

第二节 雕 塑

一、关于雕塑

雕塑艺术，是造型艺术的一种，又称雕刻，是雕、刻、塑三种创制方法的总称。指用各种可塑材料（如石膏、树脂、粘土等）或可雕、可刻的硬质材料（如木材、石头、金属、玉块、玛瑙等），在立体三维空间里创造出具有一定空间的可视、可触的艺术形象，借以反映社会生活，表达艺术家的审美感受、审美情感、审美理想的艺术。但它在题材上有一定的局限性，无法展现复杂的场景，它最善于表达永久性、纪念性和装饰性题材。

二、雕塑的分类

（1）按创作工艺手段，可分为雕（击减）、塑（补加）、刻（用刀刻画）、铸（作外模用浇铸成形）。

（2）按雕塑使用的材料，可分为木雕、石雕、骨雕、漆雕、贝雕、根雕、冰雕、泥塑、面塑、陶瓷雕塑、石膏像等。

（3）按雕塑的形式，可分为圆雕（无背景依附，全立体，可四面欣赏）、浮雕（依附在背景上，平面凸起形象，靠透视等因素来表现三维空间，并只供一面或两面观看）和透雕（去掉底板的浮雕则称透雕，也称镂空雕）。

（4）按雕塑的功能，可分为纪念性雕塑、主题性雕塑、装饰性雕塑、功能性雕塑以及陈列性雕塑。

三、西方雕塑史上的四个高峰

1. 古希腊罗马雕塑

第一个高峰是古希腊罗马时期，雕塑艺术便已达到了相当高的水平，创造了崇高、典雅、完美的人物形象。公元前 5 至公元前 4 世纪是古希腊雕刻艺术的繁荣时期，出现了米隆、菲狄亚斯等一批杰出的雕塑家。米隆的代表作《掷铁饼者》、菲狄亚斯的名作《命运三女神》、古希腊雕刻著名作品《维纳斯像》都是举世瞩目的佳作。

2. 文艺复兴时期雕塑

第二高峰是指被称为意大利文艺复兴"三杰"之一的米开朗基罗，他是成就斐然的雕塑家、画家和建筑师，其成名作是《哀悼基督》。此外，他为故乡佛罗伦萨创作的大理石雕像《大卫》，成为文艺复兴时代英雄的象征。其他作品如《摩西》等，也都是世界雕刻史上的不朽作品。

3. 19 世纪法国雕塑

第三个高峰当属 19 世纪法国雕塑。其代表人物为吕德，为巴黎凯旋门创作了巨形浮雕《马赛曲》；现实主义流派大师罗丹更是以《巴尔扎克像》《思想者》《地狱之门》等一大批优秀作品，将西方雕塑艺术推向新的高峰。

4. 20 世纪西方雕塑

第四个高峰是 20 世纪西方雕塑，代表人物有法国著名雕塑家马约尔，以及现代主义雕塑家、法国的阿尔普和英国的亨利·摩尔等为代表，他们拓展了雕塑的观念，探索出了新的雕塑语言。

四、中国雕塑发展简史

1. 史前雕塑（公元前 6500 ～公元前 1600 年）

史前雕塑是中国迄今发现最古老的雕塑，属新石器时代氏族公社繁盛阶段的遗物。这一时期雕塑的造型还都是依附在整体器物上的饰物，均为粗略的、夸张式的，具有极强的装饰性。

2. 商周雕塑（公元前 1600 ～公元前 221 年）

青铜器艺术代表了商周雕塑的最高水平。此时的青铜作品虽然多具实用目的，但已初步具备了雕塑艺术的特性。夸张、变形、奇特的纹饰，渲染了威严神秘的气氛，形成了端庄、华丽、气质伟岸、形象乖张的艺术特性，突出反映了商周时期人们的审美观和对自然环境的理解。鼎是这一时期典型的雕塑作品，而《司母戊大方鼎》就是此期间最著名的作品之一。

3. 秦代雕塑（公元前 221 ～公元前 206 年）

秦代雕塑在建筑装饰、陵墓装饰中发展，形成雕塑史上的第一个高峰。秦代雕塑追求写实逼真，最为壮观的是被称为世界"第八奇观"的秦始皇陵出土的兵马俑。从总体看，秦代雕塑的风格特点是浑厚雄健，朴实厚重，庞大强壮，气魄宏大，体现出封建社会上升期的积极向上、朝气蓬勃的精神风貌。

4. 汉代雕塑（公元前 206 ～公元 220 年）

汉代雕塑在继承秦代恢弘庄重的基础上，更突出了雄浑刚健的艺术个性。这一时期的墓葬雕塑特别发达，已从秦陵地下墓葬的雕塑形式发展到地上的陵墓表饰。在形式上，突出了石雕作品的雄浑之势和整体之美。

汉朝骠骑将军霍去病墓石刻就是留存至今的一组非常具有代表性的大型石雕作品。霍去病墓石刻群雕在中国雕塑史上有着十分重要的地位。它打破了汉代以前旧的雕刻模式，建立了更加成熟的中国式纪念碑雕刻风格，具有划时代的意义。而《马踏匈奴》是整个群雕作品的主体，雕塑的外轮廓准确有力，形象生动传神，刀法朴实明快，具有丰富的表现力和高度的艺术概括力，是我国陵墓雕刻作品的典范之作。

5. 魏晋南北朝雕塑（公元 220 ～公元 581 年）

魏晋南北朝是一个佛教思想与儒学思想碰撞、交融的时期。因此，统治者利用宗教大建寺庙，凿窟造像，利用直观的造型艺术宣传统治者思想和教义，佛像雕塑遂成为当时中国雕塑的主体。代表性的石窟为：敦煌石窟、云冈石窟、龙门石窟、麦积山石窟等。

这个时期的雕塑特点为较注重细部的刻画，技术更圆转纯熟，雕塑形象和题材大都为宗教题材，因而雕塑形象具有神化倾向和夸张的特征。

6. 隋唐雕塑（公元 581 ～公元 907 年）

隋唐是中国封建社会的鼎盛期，也是文学艺术发展的鼎盛期。宗教造像艺术、陵墓的装饰雕刻艺术、陪葬的陶瓷雕塑艺术、肖像造型艺术等都进入一个空前繁荣时期。

唐代代表性的石刻是《昭陵六骏》。《昭陵六骏》是唐太宗陵墓前的浮雕，与兵马俑一脉相承，体现中国古代雕塑的现实主义手法，没有失实的夸张，没有虚化诡异的造型表达，显示出对自然和人的力量的肯定。

在唐代，敦煌石窟、龙门石窟等继续得以开凿，其雕塑风格的多样化与技巧的纯熟已达到了史无前例的水平。

7. 宋代雕塑（公元 960 ～公元 1279 年）

宋代以城市为中心的商品经济空前繁荣，市民阶层壮大起来，代表市民趣味的审美观念随之兴起。因此，宋代的佛教雕塑无论内容还是风格都明显呈现出世俗化，那些神圣不可及的面貌渐渐模糊了，取而代之的是更接近现实生活的形象。雕塑创作手法也趋于写实风格，材料使用上更加宽泛，其中彩塑较为发达。

8. 元明清雕塑（公元 1279 ～公元 1911 年）

元代，特别是明清两代，宗教观念进一步淡薄，此时的宗教雕塑显现出缺乏创造性和生命力的程式化倾向。而一些与广大人民群众尤其是市民及知识阶层有着较密切关系的各种小型案头陈设雕塑和工艺品装饰雕刻，则有显著的发展，出现了生机勃勃的景象，可以算是明清时期雕塑艺术的一个亮点。

明清的世俗雕塑艺术多趋于装饰化和工艺化，强调实用性与赏玩性功能，其作品造型一般小巧玲珑、精致剔透、精雕细凿，缺乏大气之作和大型之作，艺术上逐渐转向个人化风格。

9. 现代雕塑（1911 年后）

现代著名雕塑有《人民英雄纪念碑》、广州城徽《五羊像》、哈尔滨城徽《天鹅像》、珠海城徽《珠海渔女像》、深圳城徽《开荒牛》、《孙中山像》、《李大钊像》等。

中国著名的雕像艺术家有刘开渠（《人民英雄纪念碑》浮雕）、江小鹣（《孙中山像》）、王丙召（《金田起义》）、潘鹤（《开荒牛》）、钱绍武（《李大钊像》）等。

五、中西方雕塑艺术比较

（1）从作品外表上看，在中国，作品并没有名字，也没有容颜，如云岗石窟、秦俑、大足石刻等。在西方，作品被赋予鲜明的形象及思想性，如米开朗基罗的《大卫》、罗丹的《思想者》等。

（2）从题材上看，中国雕塑受佛教影响，题材多为佛教神像和故事造型。欧洲的作品多为古希腊及古罗马的经典人物和故事造型。

（3）从人物塑像的刻画上看，中国古代雕塑艺术继承了"托物言志""寓意于物"这一美学风格与传统，人物塑像以直立式、端坐式为主，表情变化少，强调人首而虚化人体。西方雕塑以表现运动形式为主，表情丰富，强调人体而虚化人首。

第三节　书法与篆刻

一、书法

书法是用毛笔书写汉字的艺术，是我国传统的艺术形式，它主要通过汉字的用笔用墨、点画结构、行次章法等造型美，来表现人的气质、品格和情操，从而达到美学境界。

书法之所以成为一种独特的艺术，是因为它具备两个条件：一、汉字是表意文字（其他各国大多是纯音符文字），结构复杂，笔画多且有变化，具有"造型性"；二、汉字书写工具为毛笔，属软笔，锋尖有弹性，书写时产生轻重粗细、肥瘦刚柔的"笔意"，给人以美的享受。

近百年来，中国人的书写工具以硬笔（钢笔、铅笔等）为主，硬笔书法也随之兴起。硬笔书法具有很强的实用性和普遍性。

1. 书法工具——文房四宝

书法的主要工具是笔、墨、纸、砚，合称"文房四宝"。文房四宝加上颜料，是创作中国画的主要工具及材料。

笔　有大、中、小三号，刚、中、柔三性，尖、齐、圆、健四要。名产为浙江湖州的"湖笔"。

墨　有松墨、油墨、全烟三种，全烟最好。名产为安徽徽州的"徽墨"。

纸　名产有安徽宣城的"宣纸"。

砚　有四大名砚，即广东肇庆的端砚、安徽歙县的歙砚、甘肃临洮的洮砚和山西绛州的澄泥砚。

2. 书体

大篆　大篆是先秦时的甲骨文、金文、籀（zhòu）文和春秋战国时通行于六国的文字，字体多重叠，笔画繁复难认，风格古朴神秘，如石鼓文。

小篆　也称秦篆，传说是秦朝统一时由丞相李斯制定的，通行于秦代。它由大篆衍变而成，比大篆简单，形体偏长，匀圆齐整，笔画平直，具有图案美和装饰性，后常用于篆刻印章。如泰山石刻。

隶书　隶书是在篆书的基础上，为适应书写便捷的需要而产生的字体。汉代以后盛行，比小篆更简单化，字体由圆变方，笔画改曲为直，连笔改为断笔，是汉字演变史上的一个转折点。隶书是汉字中常见的一种庄重的字体，书写效果略微宽扁，横画长而直画短，讲究"蚕头燕尾""一波三折"。隶书起源于秦朝，在东汉时期达到顶峰，书法界有"汉隶唐楷"之称。

楷书　又称正书，或称真书，传说由三国时的钟繇所创制。楷书比隶书更简单化，形体方正，笔画中省去汉隶的波势，横平竖直，规范整齐，堪称"楷模"，故名楷书。它是各书的基础，也是当时最流行的字体。南北朝时，北魏流行魏碑体，是楷书的一个变种，它厚重雄奇，粗犷野逸，庄严稳当，常用作标题和招牌设计。

草书　草书形成于汉代，是为书写简便，在隶书基础上演变而来的。有章草、今草、狂草之分，狭义的草书指今草。它书写快速，连笔多，难于辨认。草书风格放纵，浪漫而富于变化。

行书 行书是介于楷书、草书之间的一种字体，也可以说是楷书的草化或草书的楷化，是为了弥补楷书的书写速度太慢和草书的难于辨认而产生的。笔势不像草书那样潦草，也不要求如楷书那样端正。书写速度较快，又易于辨认，是后世使用最多、最实用的字体。楷法多于草法的谓之"行楷"，草法多于楷法的谓之"行草"。

二、书法家

1. 古代书法家

李斯 秦始皇时期的丞相，统一全国时由其负责整理文字，创"小篆"体，作品为《泰山石刻》。

张芝 东汉酒泉人，善草书，被誉为"草圣"，对后世王羲之、王献之的草书影响颇深。

蔡文姬 女，东汉陈留人，文学家，善篆书、隶书，创"飞白"书（笔画中丝丝露白）。

钟繇 三国时期魏国人，是楷书的创制者。与大书法家胡昭并称"胡肥钟瘦"。与晋王羲之并称"钟王"。其学生卫夫人是著名女书法家。

王羲之 东晋临沂人，被誉为"书圣"。代表作《兰亭集序》，书法"字势雄强，如龙跳天门，虎卧凤阁"，被誉为"天下第一行书"。

王献之 王羲之之子，善行书、草书，另创"破体"，与父并称"二王"。典故"入木三分"出于他。

欧阳询 唐初长沙人，精楷书，称"欧体"，代表作《九成宫醴泉铭》《化度寺碑》等。他与虞世南、褚遂良、薛稷并称"唐四书家"。

怀素 唐湖南人，僧名怀素，以"狂草"名世。怀素草书，笔法瘦劲，飞动自然，如骤雨旋风，随手万变。他的书法虽率意颠逸，千变万化，而法度具备。怀素与张旭形成唐代书法双峰并峙的局面，是中国草书史上两座不可企及的高峰。

张旭 唐苏州人，僧人，善狂草，师承怀素，合称"颠张醉素"。代表作为《怀素自叙帖》。

颜真卿 唐长安人，精通楷书，开创"颜体"。代表作为《多宝塔碑》《麻姑仙坛记》。在书法史上，他是继"二王"之后成就最高、影响最大的书法家。

柳公权 唐陕西耀县人，精通各体，善楷书，创"柳体"。代表作为《玄秘塔碑》。他与颜真卿并称"颜柳"，有"颜筋柳骨"之说。

苏轼 宋眉山人，善行书、楷书，书法作品有《前赤壁赋》《丰乐亭记》，及大量题词。他与黄庭坚、米芾、蔡襄同时代，且同为诗人、画家、书法家，因此合称"宋四家"。

赵孟頫 元吴兴人，画家、楷书家，创"赵体"。他与唐代的欧阳询、颜真卿、柳公权合称"楷书四大家"。

祝允明 明代苏州人，善诗、文、书。民间流传有"唐伯虎的画，祝枝山的字"之说。

文征明 明代苏州人，以小楷《离骚经》出名。

清代书法家还有郑板桥、梁同书、钱沣、包世臣、何绍基、黄自元、康有为等。

2. 现当代书法家

沈尹默 现代文化名人,浙江吴兴人,曾任北大校长。善行、草、楷。尤以行书《世说新语》为著,并有《执笔五字法》等多部书法艺术专著。

舒同 江西东乡人,中国书法家协会主席,老革命家,曾任山东省委第一书记,多为各处题写匾额,被毛泽东誉为"党内头号书法家"。

启功 满族,姓爱新觉罗,出身清皇室,曾任中国书协主席。

沈鹏 当代书法家,中国书协主席,中国文联副主席。

赵朴初 中国宗教界著名领袖,中国佛教协会主席,全国政协副主席。他还是杰出的诗人和书法家,为各地佛寺题词甚多。

庞中华 当代硬笔书法家,所写钢笔字帖流行甚广。

李泽 湖南醴陵人,军人书法家,所写《孙子兵法》不愧为书法珍宝。

三、篆刻

篆刻,顾名思义,即是用篆书刻成的印章,也称治印,是我国的传统艺术,因印章多为篆体字,且都是先篆后刻而得名。

篆刻有悠久的历史。殷商时在龟甲兽骨上刻字,称"甲骨文"。商周时,在青铜器上铸刻铭文,称"钟鼎文",也叫"金文"。春秋战国时,出现印章,常用大篆体,称"珍",作为显示名人凭证和权力的戳印。秦汉以后,印章流行开来,并有严格的等级,一般帝王的印称"玺",官印称"章",私印称"印"。此后篆刻艺术得到很大的发展。在现代印章作为权力、凭证的象征已相对削弱,但仍作为艺术品、收藏品、礼品而身价百倍。

篆刻与书法、绘画有很深的血缘关系,三者互相渗透,密不可分。著名的篆刻家也常常是书法家、画家,反之亦然。如明代的何震(徽派),清代的程邃、丁敬(浙派)、邓石如(皖派),近代的吴昌硕(西泠印社),现代的齐白石、李立等。

篆刻是书法、绘画、镌刻相结合的艺术,最讲究章法、篆法和刀法。印章刻的文字,成凸状的叫"阳文"(印泥钤盖呈红色,称"朱文");成凹状的叫"阴文"(印泥钤盖呈白色,称"白文")。印章所用的材料,有木、石、玉、金属等。

吴昌硕 晚清金石篆刻家、书画家,浙江安吉人。他在杭州西湖创办"西泠印社",这是我国最著名的书法篆刻机构。

第四节 建筑艺术

一、建筑艺术的含义

建筑艺术是指按照美的规律,运用建筑艺术独特的艺术语言,使建筑形象具有文化价值和审美价值,具有象征性和形式美,体现出民族性和时代感。任何建筑都应当是物质功能与审美功能、实用性与审美性、技术性与艺术性的统一。

建筑的艺术语言和表现手段非常丰富,包括空间、形体、比例、均衡、节奏、色彩、装饰等许多因素,正是它们共同构成了建筑艺术的造型美。

二、建筑艺术的分类

主要分为民用建筑、公共建筑、纪念性建筑、工业建筑、园林建筑、桥梁建筑等。

三、东方建筑艺术的代表——中国园林

园林，是在一定的地域运用工程技术和艺术手段，通过改造地形、种植花草、营造建筑和布置园路等途径创作而成的自然环境。从广义来讲，园林艺术也是建筑艺术中的一种类型。

世界三大园林体系，包括东方园林（以中国园林为代表）、欧洲园林（以法国园林为代表），以及阿拉伯式园林，都具有极高的艺术性和观赏性。中国园林又可分为北方大型皇家园林（如颐和园）与江南小型私家园林（如拙政园）两大体系。

中国园林真正的精华与核心是它的文化美。尤其需要指出的是，中国园林艺术深深植根于民族文化沃土，因而具有浓郁的民族风格和民族色彩。由于中国传统园林将风景美、艺术美和文化美融为一体，因而更加富有魅力。在中国园林艺术里，蕴藏着十分丰富的美学思想，颐和园就采用了借景、分景、隔景等多种艺术手法来创造空间美感。整个园林的设计，有层次、有变化，虚实相生，曲折含蓄，咫尺山林，韵味无穷。风景时而开朗，时而隐蔽，犹如一幅逐步展开的画卷，让人回味无穷，颇有"山重水复疑无路，柳暗花明又一村"的雅趣，在有限的环境中创造出无限的意境来。

四、西方建筑艺术的基石——古希腊建筑

古代希腊是欧洲文化的发源地，古希腊建筑开欧洲建筑的先河，以其独特和唯美的建筑风格在世界建筑史上熠熠闪光，其创造的柱式影响深远，几乎贯穿在整个欧洲两千年的建筑活动中，给人类留下了不朽的艺术经典之作。

雅典卫城建筑群和帕提农神庙是古希腊的代表性建筑。

雅典卫城，是古希腊遗址中最为出名的建筑群。作为古希腊建筑的代表作，雅典卫城达到了古希腊圣地建筑群、柱式和雕刻的最高水平。这些古建筑无可非议地堪称人类遗产和建筑精品，在建筑学史上具有重要地位。

现在的帕提农神庙虽已被破坏，但那庄重而又完美的形象仍使人为之神往。帕提农神庙的造型是建立在严格的比例关系上的，整个神庙尺度合宜，饱满挺拔，各部分比例匀称，风格开朗，并有大量的精美雕刻相衬托，体现了和谐、单纯、庄重、布局清晰的古希腊建筑风格。

五、中西方建筑艺术比较

1. 建筑材料不同

西方建筑材料主要是石材。诸如埃及的金字塔、古希腊的神庙、古罗马的斗兽场、中世纪欧洲的教堂等无一不是用石材筑成；我国古典建筑是以木材作为房屋的主要构架，属于木结构系统。

2. 建筑空间布局不同

以北京故宫和巴黎卢浮宫比较为例，前者是由数以千计的单个房屋组成的波澜壮阔、

气势恢宏的建筑群体，围绕轴线形成一系列院落，平面铺展，异常庞大；后者则采用"体量"的向上扩展和垂直叠加设计，由巨大而富于变化的形体，形成巍然耸立、雄伟壮观的整体。

3. 建筑发展历程不同

从建筑发展的历程来看，中国建筑是保守的。据文献资料可知，中国的建筑形式和所用的材料三千年基本不变。而西方建筑经常求变，其结构和材料演变得比较急剧。从古希腊古典柱式到古罗马的穹窿顶技术，从哥特建筑的尖券技术到欧洲文艺复兴时代的罗马圣彼得大教堂，无论从形象、比例、装饰和空间布局，都发生了很大变化。这反映出西方人敢于独辟蹊径、勇于创新的精神。

4. 建筑审美观念不同

西方古典建筑的艺术风格重在表现人与自然的对抗之美。从几何体的建筑风格和急剧变化的发展历史，可以看出西方人求智求真的理性精神。中国传统建筑的艺术风格以"和谐"之美为基调。通过纡余委曲的建筑空间层次、婉转舒缓的建筑节奏韵律和凝重自然的建筑装饰设计，体现的是"天人合一"的宇宙观。

第五节　工艺美术

一、工艺美术的含义

工艺美术，又可称为实用工艺，一般是指在造型和外观上具有审美价值，与人类的生活用品或生活环境相关的一类工艺美术品的总称。工艺美术直接受到物质材料和生产技术的制约，具有鲜明的时代风格和民族特色。

二、工艺美术的分类

工艺美术品主要包括三大类：一类是经过艺术处理的日常生活实用品，如漂亮的绣花枕套、精致的被面床单、美观的玻璃器皿等，这些用品多是以实用为主，装饰为辅；另一类是民间工艺美术品，如竹编器件、草编器件、蜡染织物、泥塑、木雕、剪纸等，采用的原材料一般比较低廉，工艺比较简单，价格也比较便宜，既可供实用，又可供观赏；再一类是特种工艺美术品，如景泰蓝器皿、象牙雕刻、瓷器玉雕等，采用的原材料比较珍贵，工艺非常精细，价格也比较昂贵，主要供观赏和珍藏之用，这些特种工艺品实际上已经不具有实用价值，而是主要具有审美价值和艺术价值了。

第二章　中国绘画

第一节　中国画理论

中国画，简称国画，又称丹青，是中国独有的绘画形式。它形成于两千年前的汉代，成熟于一千多年前的唐代。国画的工具是我国特有的笔、墨、纸、砚。特点是以线条为主，以形写神，不求形似，但求神似。这与西洋画以写实为主的"艺术即模仿"的形态不同。它与诗文、书法、篆刻互相结合，形成独特的艺术风格。画幅形式上有壁画、屏幛、卷幅（横批、立轴）、扇面等，并有独特的装裱工艺来衬托、保护和收藏。中国画在思想内容和艺术创作上，反映了中华民族的社会意识和审美情趣，集中体现了中国人对自然、社会及与之相关联的政治、哲学、宗教、道德、文艺等方面的认识。

一、中国画的分类

按题材可分为：山水画、花鸟画、人物画。

按使用材料和表现方法可分为：水墨画、重彩、浅绛、工笔、写意、白描等。

按绘画作者可分为：院体画、文人画和民间画。

1. 山水画

山水画是中国画特有的画种之一。在魏晋南北朝时已逐渐从人物画中分离出来，形成独立的画科，到唐代已完全成熟。山水画以描绘自然风景为主体，举凡名山大川、田野村居、城市园林、历史名胜、宫殿楼台、舟船车马，均可入画。山水画可再细分为水墨山水、青绿山水、金碧山水、浅绛山水等。

2. 花鸟画

在中国画中，凡以花卉、花鸟、鱼虫等为描绘对象的画，称之为花鸟画。四五千年以前的陶器上就出现了简单的鸟鱼图案，可以作为我国最早的花鸟画。魏晋南北朝时期的花鸟画逐步形成了独立的画科，至唐代已趋成熟。花鸟画中的画法中有"工笔""写意""兼工带写"三种。工笔花鸟画即用浓、淡墨勾勒对象，再深浅分层次着色；写意花鸟画即用简练概括的手法绘写对象；介于工笔和写意之间的就称为兼工带写。

3. 水墨画

水墨画是用毛笔蘸着墨和水的混合物，描绘在宣纸上的一种绘画形式。水墨画以墨代色，用不同的墨色（焦墨、浓墨、重墨、淡墨、清墨）表现不同的深浅和颜色，故有"墨分五色"

之说。用墨的方法，有积墨法、泼墨法、破墨法等。水墨画相传始于唐代，成于五代，盛于宋元，明清及近代以来续有发展。水墨画讲究笔法层次，具有水乳交融、酣畅淋漓的艺术效果，符合中国绘画注重意境的审美理想，被视为国画的代表。

4. 工笔画

中国画传统画法之一。画法比较工整严谨，以描绘被画对象的准确形象为准则。相对于写意画而言，工笔画用线细致，以勾为主，一丝不苟，敷色层层渲染，要用极细腻的笔触描绘物象，故称"工笔"，最擅长画翎毛花卉、亭台楼阁。

5. 写意画

中国画的一种画法，即用简练的笔法描绘景物。写意画是融诗、书画、印为一体的艺术形式。写意画注重用墨，一反勾染烘托的表现手法，以泼墨法写之，强调作者的个性发挥。作画不拘常规，肆意涂写。写意画，简言之即是"以形就意"，描写一切自然景物概以主观精神，透过作者心领神会表现出来，而非仅是实质自然景物的呈现。古人谓"外师造化，中得心源"，即是写意最好的说明，所以写意画是胸中之物，非眼中之物，以超脱形似谋求意境的再现。

6. 院体画

简称"院体""院画"，中国画的一种。一般指宋代翰林图画院及其后宫廷画家比较工致一路的绘画。这类作品为迎合帝王宫廷需要，多以花鸟、山水、宫廷生活及宗教内容为题材，作画讲究法度，工整细致、构图严谨，色彩灿烂，富丽堂皇，有的有较强的装饰性。

7. 文人画

也称士夫画，中国画的一种。泛指中国封建社会中文人、士大夫所作之画。有别于民间画工和宫廷画院职业画家的绘画，文人画是画中带有文人情趣，画外流露着文人思想的绘画，具有文学性、哲学性、抒情性等相一统的特点。在传统绘画里它特有的"雅"与工匠画和院体画所区别，独树一帜。

8. 民间画

又称匠人画，在中国画中指除专业画家、文人画家等之外的专以绘画为生存手段的街头艺人所作的种种画作，其创作体现了一般市井民众的审美口味。作品倾向艳丽甜俗细腻，不同于专业画家、文人画家所作的画作较为讲究诗意、画境等文化内涵。民间画，比起院体画缺乏严格的技巧训练；比起文人画，缺乏文学和理论修养。但是，民间画又趋于朴实、热烈，某些优点也是文人画与院体画所不及的。

二、中国画技法

笔墨　中国画术语，亦作中国画技法的总称。技法上，"笔"通常指钩、勒、皴、擦、点等笔法；"墨"指烘、染、破、泼、积等墨法。理论上，强调笔为主导，墨随笔出，相互依赖映发，完美地描绘物象、表达意境，以取得形神兼备的艺术效果。常用的笔墨技法有白描、勾勒、没骨和渲染等。

白描　有线无色。用墨线勾描物象，不着颜色修饰，多画人物、花卉。

勾勒　有线有色。画出轮廓后再着色，多画工笔花鸟。其中用笔顺势为勾，逆势为勒。

没骨 无线有色。不用墨线勾勒，直接以彩色描绘物象，多画山水。

渲染 用水墨或颜色强化物象的明暗色彩，使其明显。如画云来表现明月，画背景以显现、突出要表达的东西。

此外，中国画技巧还有破墨、泼墨、积墨、钩研、点苔、折枝、十八描等。

三、中国画理论及著作

1. 谢赫六法

谢赫六法是中国古代品评美术作品的标准和重要美学原则。谢赫，南朝齐人，他的《古画品录》是我国绘画史上第一部完整的绘画理论著作。该书中提出绘画的"六法"是：一、气韵生动；二、骨法用笔；三、应物象形；四、随类赋彩；五、经营位置；六、传移模写。"六法"之说，影响深远，为历代画家、鉴赏家所遵循，有极高的理论价值。

2.《历代名画记》

唐代张彦远著，是中国第一部绘画通史著作。全书十卷，可分为对绘画历史发展的评述与绘画理论的阐述、有关鉴识收藏方面的叙述、三百七十余名画家传记三个部分，具有当时绘画"百科全书"的性质，在中国绘画史学的发展中，具有无可比拟的承前启后的里程碑意义。

3. 三远

三远为中国传统山水画的透视处理方法，由宋代郭熙在《林泉高致》一书中提出，其具体说法为"自山下而仰山颠，为之高远；自山前而窥山后，为之深远；自近山而望远山，谓之平远"。

4. 三品

三品为中国古代画论中品评艺术高低的三个等级，即神品、妙品、能品。

5. 传神

传神，源于晋代顾恺之的"传神写照"一语，即图绘人物能生动传达其神情意志。后来"传神"一词也被应用在山水、花鸟等画科中，表现出事物的自然生机。

6. 立意

立意指画家对客观事物反复观察而获得丰富的主题思想。唐代王维说："凡画山水，意在笔先。"张彦远也说："意在笔先，画尽意在。"

7. 书画同源

早期人们对书画同源的认识定位在"起源"之上，即是说书法与绘画在起源上有相同之处。后来，人们认识到书画同源之"源"表现在笔墨运用上的同源性，更表现在意境营造的同源性。还有人认为，书画同源，源自人心。也就是说，字如其人，画如其人，人的品性皆会融入其书画作品之中，书法与绘画艺术也因其作者而有了其各自品格。

8.《中国画观念更新与技法新探》

1989 年，薛宣林的《中国画观念更新与技法新探》一书的出版具有中国绘画艺术历史新的里程碑意义。1989 年也因此被视为标志着中国艺术历史继魏晋南北朝以来，传统中国绘画理论，即"谢赫六法"和"笔墨"定性的中国传统绘画理论阶段性的终结。中国绘画艺术开始了全面科学化、系统化、国际化的发展时代。

四、中国画的艺术特点

（1）在工具材料上，往往采用中国特制的毛笔、墨或颜料，在宣纸或绢帛上作画。因此，中国画又可称之为"水墨画"或"彩墨画"。

（2）在构图方法上，不受焦点透视的束缚，多采用散点透视法，使得视野宽广辽阔，构图灵活自由，画中的物象可以随意列置，冲破了时间与空间的局限。

（3）绘画与诗文、书法、篆刻四者有机地结合在一起，相互补充，交相辉映，形成了中国画独特的内容美和形式美，也形成了中国画特有的诗、书、画、印交相辉映的特色。

（4）中国画的特点来源于中华民族悠久的传统文化和丰富的美学思想。中国画的传统画法有工笔画，也有写意画。前者用笔细致工整，结构严谨，无论人物或景物都刻画得十分具体入微；后者笔墨简练，高度概括，洒脱地表现物象的形神和抒发作者的感情。不管是工笔画，还是写意画，在处理形神关系时都要求"神形兼备"，在造型和意境的表达上都要求"气韵生动"。中国画总体上的美学追求，不在于将物象画得逼真肖似，而是通过笔墨情趣抒发胸臆、寄托情思。

第二节 中国绘画名家名作

一、中国古代画家

顾恺之 东晋画家，中国古代第一位著名画家。代表作为《洛神赋图》《女史箴图》，还写有理论专著《论画》。

阎立本 唐朝画家、工程学家，代表作是《历代帝王图》，现藏美国波士顿艺术博物馆。另一幅描绘唐太宗同迎接文成公主入藏的吐蕃使臣会见情景的作品《步辇图》，是反映汉藏和亲的历史画卷。

吴道子 唐代画家，擅长宗教画，兼花鸟、侍女、台阁画。所画衣褶有飘举之势，故世称"吴带当风"。在中国古代艺术史上，有三位艺术家被称作"圣人"：一位是晋代王羲之，被称为书圣；一位是唐代杜甫，被称为诗圣；还有一位被誉为画圣，那就是唐代的吴道子。代表作有《天王送子图》《孔子行教像》等。

王维 字摩诘，盛唐诗人、著名画家。崇佛教，性喜山水。北宋苏轼称赞他"诗中有画，画中有诗"。代表作是《雪溪图》。

韩滉 唐代书画家，雅好书画，工章草，擅画人物及农村风格景物，写牛、羊、驴等走兽，神态生动，尤以画牛"曲尽其妙"。传世作品有《五牛图》。

张萱和周昉 盛唐两位工笔人物画家，其代表作分别是《捣练图》和《簪花仕女图》。

关仝 五代著名画家，擅长画北方山水，名画作是《关山行旅图》《山溪待渡图》。他与荆浩、董源、巨然被称为五代四大山水画家，并称"荆关董巨"。

文同 北宋著名画家、诗人。以善画竹著称，形成墨竹一派，称之为"湖州竹派"。代表作

《墨竹图》现藏中国台北故宫博物院。

米芾 北宋书法家、画家、书画理论家。善诗，工书法，与苏轼、黄庭坚、蔡襄并称宋代四大书法家。其绘画擅长枯木竹石，尤工水墨山水，人称"米氏云山"。米芾传世的书法墨迹有《向太后挽辞帖》《蜀素帖》等，无绘画作品传世。其书画理论见于所著《书史》《画史》《宝章待访录》等书中。

张择端 北宋画家，故宫博物院藏《清明上河图》是其传世名作，描绘了北宋都城开封汴河两岸的都市风情，是我国古代规模最大的风俗画卷。

宋四家 苏轼、黄庭坚、米芾、蔡襄合称"宋四家"，他们都是画家、书法家和诗人。

南宋四家 中国画史上的南宋画院画家李唐、刘松年、马远、夏圭。南宋四家发展出了以描绘近距离实景为特征的所谓"偏角山水"，完全不同于北宋山水画中常见的全景式构图。作品有刘松年的《雪山行旅图》、李唐的《采薇图》、马远的《踏歌图》和夏圭的《溪山清远图》等。

崔白 北宋画家，擅画花竹、翎毛，亦长于佛道壁画。崔白的花鸟画打破了自宋初一百年来的花鸟体制，开北宋宫廷绘画之新风，将花鸟画的发展推向了新的高度，《双喜图》《寒鹊图》是他的代表作。

赵佶 即宋徽宗，北宋的亡国皇帝，著名的书画家。他的书与画均可彪炳史册：其书，首创"瘦金书"体；其画，尤好花鸟，并自成"院体"，充满盎然富贵之气，令花鸟画步入其全盛时期。代表作品有《芙蓉锦鸡图》等。

元四家 黄公望、王蒙、倪瓒、吴镇四位元代画家。其共同特色是"雅洁淡逸"的山水画风。黄公望的代表作是《富春山居图》《九峰雪霁图》。

吴门四家 明代中期，苏州吴门画派的领袖沈周和他的学生唐寅、文征明、仇英合称"吴门四家"，也称为"明四家"。

清初四王 明末清初的四位画家王时敏、王鉴、王翚（huī）、王原祁，又称"江左四王"。

清初四僧 朱耷、石涛、髡（kūn）残、弘仁四位画僧，其中杰出的代表朱耷，号八大山人，代表作《秋林亭子图》。他们多抱有强烈的民族意识，借画书写身世之感和抑郁之气，寄托对故国山川的情感，对后世影响深远。

扬州八怪 清代中期活动于江苏扬州画坛的一批风格相近的书画家的总称，或称扬州画派。"八怪"为汪士慎、郑燮（xiè）、高翔、金农、李鳝、黄慎、李方膺、罗聘。其中最著名的是郑燮（郑板桥），他是政治家、文学家、书画家，以画梅兰竹菊著称，尤擅画墨竹，如《竹石图》《梅竹石图》等。

任颐 字伯年，我国近代杰出画家，擅画花鸟、肖像，重要作品有《五十六岁仲英写像》《雀屏图》等。

吴昌硕 中国近代杰出的艺术家，是当时公认的海派画坛、印坛领袖，名满天下。吴派篆刻的创始人，书法、绘画、篆刻、诗词无一不精，画有《灯下观书》《姑苏丝画图》等。他在杭州西湖创办了我国第一个金石印刻团体——西泠印社。

二、中国现当代画家

齐白石 20 世纪国画艺术大师，书法篆刻家、诗人。擅画小动物，尤擅画虾。传世画作有《墨虾》《蛙声十里出山泉》《看你横行到几时》等。著有《借山吟馆诗草》《白石诗草》《白石老人自传》等。

黄宾虹　现代杰出画家，诗文书印家，擅长山水画，也兼花鸟。70岁以后，形成了人们所熟悉的"黑、密、厚、重"的画风。一生做画过万，代表作品有《阳朔初霁》《黄山松谷图》《富春江上游图》等。

何香凝　伟大的女革命家、画家。她与丈夫廖仲恺都是孙中山的战友、国民党左派领袖。曾任中国美术家协会主席，擅画山水花卉，尤擅画狮、虎、鹤，代表作有《和平颂》《万古长青》等。

高剑父　现代中国画家、美术教育家、岭南画派创始人之一。画有《枫鹰图》《东战场的烈焰》等，与高奇峰、陈树人合称"岭南三绝"。

徐悲鸿　中国现代美术事业的奠基者之一，杰出的画家和美术教育家。曾留学欧洲八年，融中西美术为一炉，赢得巨大国际声望。新中国成立后创中央美术学院，任中国美协主席。擅长国画，也擅长油画，尤擅画马。代表作有《奔马》《愚公移山》《田横五百士》等。在中国美术史上起到了承前启后的重大作用。

刘海粟　现代杰出画家、美术教育家。他在中国首次采用裸体模特儿写生，积极引进西方美术教育理念。油画代表作品有《欧游快车》《向日葵》等。

潘天寿　现代著名画家、美术教育家。曾任中国美协副主席、浙江美术学院院长。擅长写意花鸟画和山水画，他的指画（以手代笔，蘸墨作画）也可谓别具一格，成就极为突出，名作有《映日》《露气》《晴霞》《朱荷》等。

丰子恺　我国现代著名画家、文学家、美术和音乐教育家、翻译家，是一位多方面卓有成就的文艺大师。著名画作有《锣鼓响》《庆千秋》《饮水思源》等，擅长漫画、儿童题材画。

张大千　20世纪中国画坛最具传奇色彩的国画大师，无论是绘画、书法、篆刻、诗词都无所不通。后旅居海外，画风工写结合，重彩、水墨融为一体，尤其是泼墨与泼彩，开创了新的艺术风格。与齐白石并称为"齐张"。

傅抱石　著名画家、美术教育家，"新山水画"代表画家。擅画山水，代表作为《江山如此多娇》（与关山月合作，挂人民大会堂）、《韶山》、《罗马尼亚写生集》等。

关山月　著名国画家，岭南画派新代表。名画有《江山如此多娇》（与傅抱石合作）、《俏不争春》、《香港回归梅报春》等。

张乐平　中国当代最杰出的漫画家之一，作有"三毛系列漫画"，如《三毛流浪记》《三毛与阿辽莎》。他所创作的三毛形象，妇孺皆知，名播海外，被誉为"三毛之父"。

当代其他画家还有：

油画家　董希文（《开国大典》）、罗工柳（《地道战》）、靳尚谊（《果实》）、艾中信（《通往乌鲁木齐》）、吴作人（《三门峡》）、吴冠中（《鲁迅故乡》）、罗中立（《父亲》）、李自健（《南京大屠杀》）等。

漫画家　华君武、方成、钟灵等。

版画家　古元、彦涵、李桦、黄新波等。

国画家　李可染、李琦、石鲁、黄胄、董辰生、范曾等。

壁画家　张仃、袁运甫、侯一民等。

第三章　西方绘画

第一节　西方绘画简史

一、史前绘画

西方人最早的美术作品产生于旧石器时代晚期，即距今三万到一万多年之间。最杰出的原始绘画作品，发现于法国南部和西班牙北部地区的几十处洞窟中，其中最著名的是法国的拉斯科洞窟壁画和西班牙的阿尔塔米拉洞窟壁画。

二、奴隶社会绘画

墓室壁画是古埃及最主要的绘画形式。

古希腊人喜欢在器皿上作画，所以能流传下来的很少，能让古希腊美术流传得更广的主要是雕塑艺术。

三、中世纪绘画

受基督教制约，中世纪美术不注重客观世界的真实描写，而强调所谓精神世界的表现。建筑的高度发展是中世纪美术最伟大的成就。拜占廷教堂、罗马式教堂和哥特式教堂，各具艺术上的创造性。与宗教建筑相结合，哥特式绘画（彩色玻璃）、天顶壁画等有较大的发展。

四、文艺复兴绘画

14～16世纪的欧洲文艺复兴，美术以坚持现实主义方法和体现人文主义思想为宗旨，在追溯古希腊罗马艺术精神的旗帜下，创造了最符合现实人性的崭新艺术。意大利的达·芬奇、米开朗基罗和拉斐尔是文艺复兴时期的美术三杰。

五、17世纪绘画

17世纪在欧洲出现了巴洛克美术，它发源于意大利，后风靡全欧。其特点是追求激情和运动感的表现，强调华丽绚烂的装饰性。鲁本斯是巴洛克绘画的代表人物，他热情奔放、绚丽多彩的绘画风格对西方绘画产生了持久影响，代表作有《抢夺留希普斯的女儿》等。

六、18世纪绘画

18世纪洛可可风格在法国兴起，随后波及欧洲其他国家。洛可可美术的特点是追求华丽、纤巧和精致。代表画家有法国的瓦托、布歇和弗拉戈纳尔。

随着1789年法国资产阶级大革命的到来，进步的美术家们又一次重振了古希腊罗马的英雄主义精神，开展了一场新古典主义艺术运动。其代表画家是法国的大卫和安格尔。

浪漫主义随着新古典主义的衰落而兴起。法国籍里柯的《梅杜萨之筏》被视为浪漫主义绘画的开山之作，而这一运动的主将却是德拉克洛瓦，其绘画色彩强烈，用笔奔放，充满强烈激情，代表作有《希阿岛的屠杀》和《自由领导人民》等。

七、19 世纪绘画

19 世纪中期是现实主义美术蓬勃兴盛的时期。法国画家库尔贝是现实主义的倡导者，他的代表作《奥南的葬礼》堪称绘画中的"人间喜剧"。政治讽刺画家杜米埃创作了大量思想深刻而形象夸张的石版画和油画。德国女版画家柯勒惠支，创作了反映工人运动和农民革命的系列铜版画和石版画。俄国的批判现实主义产生了列宾、苏里科夫等杰出画家。

19 世纪后期在法国产生了印象派。此派绘画以创新的姿态出现，它反对当时已经陈腐的古典学院派的艺术观念和法则，受到现代光学和色彩学的启示，注重在绘画中表现光的效果。代表画家有马奈、莫奈、雷诺阿、德加、毕沙罗等。继印象派之后还出现了新印象派（修拉和西涅克）和后印象派（塞尚、梵·高和高更）。

八、20 世纪绘画

20 世纪以来的西方绘画艺术，发生了很大的变化，各种流派此起彼伏、层出不穷。其中影响最大的是现代主义美术（或称现代派美术）。它包括许多流派，呈现出复杂的现象。但是，它们有一个共同的特征，那就是反对西方写实美术的传统，强调表现美术家的主观精神和艺术形式的探索。

20 世纪主要美术流派有：野兽派、立体派、表现主义、未来主义、抽象主义、达达主义、超现实主义、波普艺术等。

野兽派　20 世纪最早出现的新艺术象征主义的画派。特点是狂野的色彩使用和强烈的视觉冲击力，常给人不合常理的感觉。1905 年一群以亨利·马蒂斯为首的年轻画家在巴黎秋季沙龙展出自己形象简单、色彩鲜艳大胆、追求画面装饰性的作品，震惊了画坛，人们惊呼："这简直是野兽！"从此画坛上出现了一个新的派别。

立体派　1908 年崛起的以布拉克和毕加索为代表的立体派绘画继承了塞尚的造型法则，将自然物象分解成几何块面，从而从根本上挣脱了传统绘画的视觉规律和空间概念。

表现主义　随着德国 1905 年桥社和 1909 年蓝骑士社的先后成立，表现主义作为一种重要流派登上画坛，此派绘画注重表现画家的主观精神和内在情感。

未来主义　1909 年意大利出现了未来主义美术运动，此派画家热衷于利用立体主义分解物体的方法表现活动的物体和运动的感觉。

抽象主义　抽象主义的美术作品大约于 1910 年前后产生，其杰出代表有俄国画家康定斯基和荷兰画家蒙德里安。

达达主义　第一次世界大战期间产生的达达主义思潮，此派艺术家反对战争、反对权威、反对传统。杜尚将达·芬奇的《蒙娜丽莎》画上胡须，并将小便池作为艺术品，便是达达主义思想的体现。

超现实主义　随着达达主义运动消退，在此基础上出现了超现实主义艺术思潮。此派画家以柏格森的直觉主义、弗洛伊德的精神分析学和梦幻心理学为理论基础，力图展现无意识和潜意识世界。代表画家有恩斯特、马格利特、夏加尔、达利、米罗等。

波普艺术　20世纪50年代初萌发于英国、50年代中期鼎盛于美国的波普艺术，继承了达达主义精神，作品中大量利用废弃物、商品招贴、电影广告和各种报刊图片做拼贴组合，故又有新达达主义的称号。代表人物有美国画家约翰斯、劳生柏、安迪·沃霍尔等。

第二节　西方主要画家

一、意大利

乔托　意大利文艺复兴时期杰出的雕刻家、画家和建筑师，被认定为是意大利文艺复兴时期的开创者，被誉为"欧洲绘画之父"。他的绘画作品有《逃亡埃及》《犹大之吻》等，其雕塑作品有反映打铁、纺织等为内容的连续浮雕《人民生活图景》等。

达·芬奇　意大利文艺复兴时期最负盛名的画家、雕塑家、建筑师、工程师、机械师、科学巨匠、文艺理论家、哲学家、诗人、音乐家和发明家。代表作有《岩间圣母》《最后的晚餐》《蒙娜丽莎》。

米开朗基罗　意大利文艺复兴时期伟大的画家、雕塑家、建筑师和诗人，文艺复兴时期雕塑艺术最高峰的代表。代表作是雕塑《大卫》《奴隶》《摩西》等。他在西斯廷教堂800平方米天花板上，连续工作四年，独立完成了巨型天顶画《创世纪》的绘制。

拉斐尔　意大利文艺复兴时期杰出的画家，擅画圣母像，他的圣母像寓崇高于平凡，被誉为美和善的化身，充分地体现了其人文主义理想。代表作有油画《西斯廷圣母》、壁画《雅典学院》等。

以上三人都是15～16世纪意大利文艺复兴时期的画家，都是佛罗伦萨人，合称"画坛三杰"，也称"文艺复兴三杰"，其中拉斐尔还被誉为西方的"画圣"。

提香　意大利文艺复兴时期威尼斯画派的代表画家。主要作品有《圣母升天》《爱神节》等。

二、德国

丢勒　16世纪德国画家、建筑学家，画有木刻组画《启示录》、铜版画《苦闷》、油画《四圣图》，著有学术著作《人体解剖学原理》。世界上最早的一幅水彩画便是丢勒的《一块草皮》。

柯勒惠支　德国表现主义版画家和雕塑家，20世纪德国最重要的画家之一。她画有《织工的反抗》、组画《农民战争》等，反映民生疾苦，歌颂反抗斗争。

三、西班牙

委拉斯贵支　17世纪西班牙现实主义画家，代表作有《教皇英诺森十世肖像》《纺织女》《宫娥》等。

戈雅　18世纪西班牙浪漫主义画家。虽然他从没有建立自己的门派，但对后世的现实主义画派、浪漫主义画派和印象派都产生了很大的影响，是一位承前启后的过渡性人物。代表作有《1808 年 5 月 3 日夜枪杀起义者》《穿衣的玛哈》。

毕加索　西班牙著名画家、雕塑家，现代艺术（立体派）的创始人，西方现代派绘画的主要代表，杰出的和平战士。他长期侨居法国，"二战"期间参加过反法西斯斗争。传世杰作有《亚威农少女》《格尔尼卡》《和平鸽》等。

四、荷兰

伦勃朗　欧洲 17 世纪最伟大的画家之一，也是荷兰历史上最伟大的画家之一。代表作为《夜巡》《杜普教授的解剖课》。

梵·高　继伦勃朗之后被认为是荷兰最伟大的画家。他和高更、塞尚并称为后印象派的代表人物。画作有《食土豆者》《夜咖啡》《向日葵》《星夜》《自画像》等。

五、法国

大卫　18 世纪法国大革命时期的杰出画家，新古典主义的代表人物，画有《马拉之死》《拿破仑加冕式》等。

安格尔　法国新古典主义、学院派的重要画家，著名的作品有《圣玛丽夫人肖像》《里维耶夫人肖像》及《泉》。他创造的理想美典范就是《泉》，这部作品展现了古典美和人体美的完美结合，标志着安格尔艺术达到光辉的顶峰。

籍里柯　19 世纪法国浪漫主义画家，代表作是《梅杜萨之筏》《奴隶市场》。

德拉克洛瓦　19 世纪法国浪漫主义画家，画有世界名画《自由引导人民》《希阿岛的屠杀》《十字军进入君士坦丁堡》等。

米勒　19 世纪法国著名的"农民画家"，巴比松画派的代表人物。他出身农民，擅画农村风情画，代表作《播种者》《拾穗者》《晚钟》被称为"米勒三部曲"。

库尔贝　19 世纪法国现实主义画家，代表作有《打石工》《奥尔南的葬礼》等。

马奈　19 世纪法国印象派先驱，善用色彩，代表作有《草地上的午餐》《奥林匹克》等。

莫奈　19 世纪法国画家，印象派的创始人。他的画刻意追求形、光、色的和谐瞬间印象。"印象派"的名称就源于他的画作《日出·印象》。他长期探索光色与空气的效果，在运用色彩方面有所突破，代表作有《日出·印象》《阿尔让特伊大桥》《阿尔让特伊的帆船》《睡莲》《鲁昂大教堂》等。

塞尚　法国后印象画派的代表人物，是印象派到立体主义之间的重要画家，被尊为"现代艺术之父"。画有《三浴女》《苹果、筐、静物》等。

高更　法国后印象派画家，高更和塞尚、梵·高合称"后印象派三杰"。其杰作有《我们从哪里来？我们是谁？我们往哪里去？》《布道后的幻象》等。

修拉　新印象画派（点彩派）的创始人，画有《大碗岛的星期天下午》。

罗丹　19 世纪后期法国著名雕塑家、美学家，作品有《思想者》《巴尔扎克像》等。

马蒂斯　20 世纪初法国画家，野兽派的创始人和主要代表人物，被称为"野兽派画家之祖"。同时他也是一位雕塑家、版画家，以使用鲜明大胆的色彩而著称。亨利·马蒂斯的代表作有《舞蹈》《音乐》《开着的窗户》《戴帽子的妇人》等。

六、俄国

列宾 19 世纪后期伟大的俄国批判现实主义绘画大师。代表作是《伏尔加河上的纤夫》《查罗仕人写信给苏丹王》等。

苏里科夫 19 世纪俄国批判现实主义画家,巡回展览派著名画家之一。代表作是《近卫军临刑前的早晨》《女贵族莫洛卓娃》等。

康定斯基 20 世纪初俄国画家,抽象派的代表人物,画有《秋》《冬》等。现代抽象艺术在理论和实践上的奠基人,他所著的《论艺术的精神》《关于形式问题》《论具体艺术》等,都是抽象艺术的经典著作,是现代抽象艺术的启示录。

第三节　西方主要绘画流派

一、佛罗伦萨画派

佛罗伦萨画派是意大利文艺复兴时期形成的美术流派,画家高举人文主义旗帜,与教会神权文化作斗争。14～16 世纪几乎所有文艺复兴时期的重要画家,皆诞生、学习或工作于佛罗伦萨。画派于 13 世纪末已形成,早期有代表画家乔托、马萨乔,盛期有代表画家达·芬奇、米开朗基罗、拉斐尔。该画派具有鲜明的现实主义倾向,虽以宗教题材为主,但较多地表现世俗生活的情景,注重空间关系与人物的立体表现,体现了文艺复兴美术的基本特点,即现实主义与人文主义的完美结合。

二、威尼斯画派

威尼斯画派是意大利文艺复兴时期的一个欧洲画派。从 15 世纪后期兴起,繁荣于 16 世纪。因兴起于意大利北部城市威尼斯而得名。威尼斯画派较早采用了尼德兰传来的油画技法,追求明丽的色彩和细腻写实的风格,并发展了油画技巧,对 17～18 世纪的欧洲绘画有深远影响。提香是威尼斯画派最杰出的代表。

三、古典主义与新古典主义画派

古典主义艺术从广义上讲,是指以古希腊罗马艺术为典范,并加以推崇、摹仿的艺术。在欧洲艺术史上曾出现过几次"复兴"古代艺术的艺术思潮。第一次是文艺复兴,第二次则是在 17 世纪的法国,以普桑为代表的学院派美术及其美术思潮,被特指为古典主义美术。而 18 世纪末至 19 世纪初流行于法国的古典主义思潮则被称为新古典主义。

新古典主义的绘画产生于法国大革命(1789 年)前夕,由于与法国大革命的密切关系,赋予了古典主义以新的内容,使得许多艺术家能够突破古典主义的程式束缚,创造出一些具有现实意义的作品,因而新古典主义又常被称为"革命的古典主义"。

新古典主义绘画以文艺复兴时期的美学作为创作的指导思想,崇尚古风、理性和自然,其特征是选择严肃的题材;注重塑造性与完整性;强调理性而忽略感性;强调素描而忽视色彩。新古典主义绘画的代表人物是雅克·路易·大卫和安格尔。

四、浪漫主义画派

19 世纪浪漫主义画派的诞生是对当时新古典主义、学院派美术的一次革命。浪漫主义以追求自由、平等、博爱和个性解放为思想基础。追求幻想的美、注重情感的传达，喜欢热情奔放的性情抒发。浪漫主义艺术以动态对抗静止，以强烈的主观性对抗过分的客观性。浪漫主义在题材上，多取自异国的情调、中世纪传说和文学名著等。

浪漫主义的先驱者是法国画家籍里柯，另一位法国画家德拉克洛瓦将浪漫主义绘画推向了顶峰。籍里柯的《梅杜萨之筏》、德拉克洛瓦的《自由领导人民》是重要代表作。

浪漫主义艺术的全盛期在 19 世纪三四十年代，但作为一种文化精神，浪漫主义的历史却很长，最早可以追溯到中世纪的哥特时期，甚至更早。

五、现实主义画派

现实主义，就广义而言，指各个不同历史时期中努力用艺术手法来表现生活真实的艺术。但就我们这里所说的狭义的现实主义，则是指 19 世纪中叶在欧洲兴起的一种艺术思潮和流派。艺术家用忠实于对象的手法描写自己眼界所及的事物，并且只表现当代的平素生活，因此人们又将其称之为"写实主义"。

画家库尔贝和理论家尚弗勒里是现实主义画派的精神领袖。现实主义坚决如是地表现画家所处时代的风格、思想和面貌，其中至关重要的是真诚。

六、巴比松画派

巴比松画派是 19 世纪法国的风景画派。巴比松位于法国巴黎枫丹白露森林进口处，风景优美。19 世纪 30 ～ 40 年代，一批不满七月王朝统治和学院派绘画的画家，陆续来此定居作画，形成画派。它不仅以写实手法表现自然的外貌，并且致力于探索自然界的内在生命，力求在作品中表达画家对自然的真诚感受，以真实的自然风景画创作否定了学院派虚假的历史风景画程式，揭开了 19 世纪法国声势浩大的现实主义美术运动的序幕。卢梭为其领袖，米勒为代表画家。画风以朴实见长，不求华美，善画农村、劳作景象，色彩浑厚。

七、印象派

印象派，也称印象主义，是 19 世纪后半期诞生于法国的绘画流派。当时因莫奈的油画《日出·印象》受到一位记者嘲讽而得名。该派反对当时学院派的保守思想和表现手法，采取在户外阳光下直接描绘景物，追求光色变化中表现对象的整体感和氛围的创作方法，主张根据太阳光谱所呈现的赤橙黄绿青蓝紫七种色相去反映自然界的瞬间印象，一反过去宗教神话等主题内容和陈陈相因的灰褐色调，使欧洲绘画出现了发挥光色原理加强表现力的新方法，对绘画技法的革新有很大影响。

印象派的先驱是马奈，代表画家主要有莫奈、毕沙罗、德加和雷诺阿等。

八、新印象主义

19 世纪 80 年代后期，一群受到印象主义强烈影响的画家掀起了一场技法革新。他们不用轮廓线条划分形象，而用点状的小笔触，通过合乎科学的光色规律的并置，让无数小色点在观者视觉中混合，从而构成色点组成的形象。这种画法被称为新印象主义，又称分色主义。

新印象主义出现在印象主义之后，它与印象主义既有联系又有区别。其创始人是修拉，代表作是《大碗岛的星期天下午》。

九、后印象主义

后印象主义泛指那些曾经追随印象主义，后来又极力反对印象主义的束缚，从而形成独特艺术风格的画家，其中杰出者有塞尚、梵·高、高更等。实际上，后印象主义并不是一个社团或派别，也没有共同的美学纲领和宣言，而且画家们的艺术风格也是千差万别。之所以称之为"后印象主义"，主要是美术史论家为了从风格上将其与印象主义明确区别开来。

后印象主义者不喜欢印象主义画家在描绘大自然转瞬即逝的光色变幻效果时，所采取的过于客观的科学态度。他们主张，艺术形象要有别于客观物象，同时应饱含艺术家的主观感受。后印象主义绘画偏离了西方客观再现的艺术传统，启迪了两大现代主义艺术潮流，即强调结构秩序的抽象主义与强调主观情感的表现主义。所以，在艺术史上，后印象主义被称为西方现代艺术的起源。

十、巡回展览画派

巡回展览画派是19世纪末至20世纪初，俄国一批现实主义画家所组成的艺术团体，他们反对当时美术展览集中于圣彼得堡一地，主张在莫斯科及外省各大城市进行流动美术展览，来推动和宣扬其绘画艺术作品，也称为"巡回展览协会"。代表人物有列宾、苏里科夫、希施金、列维坦等。他们的许多作品在一定程度上揭露了农奴制度的残余，反映了俄国人民的苦难生活。

十一、象征主义

象征主义是19世纪末和20世纪初流行于欧美的重要文艺流派之一。1886年诗人让·莫雷亚斯发表《象征主义宣言》首先提出这个名称。美术中的象征主义思潮与诗坛的象征主义运动有很大的联系。象征主义美术思潮反对印象主义和写实主义，象征主义艺术家希望用视觉形象表达神秘与隐秘的感觉，以解决物质世界与精神世界之间的关系。高更被认为是象征主义的精神领袖，代表画家有法国的夏凡纳、莫罗、雷东等。

十二、野兽派

野兽派也被称为野兽主义，是自1898～1908年在法国盛行一时的现代绘画潮流。野兽派画家热衷于运用鲜艳浓重的色彩，以直率粗放的笔法，创造强烈的画面效果，充分显示出追求情感表达的表现主义倾向。野兽派以马蒂斯、德兰、弗拉克曼为代表，成为现代主义的开端。

十三、表现主义

表现主义是20世纪初至30年代盛行于欧美的文学艺术流派。第一次世界大战后在德国和奥地利流行最广。它首先出现于美术界，后来在音乐、文学、戏剧以及电影等领域得到重大发展。表现主义强调表现艺术家的主观感情和自我感受，而引发对客观形态的夸张、变形乃至怪诞处理的一种思潮，用以发泄内心的苦闷。表现主义认为主观是唯一真实，否定现实世界的客观性，反对艺术的目的性，是社会文化危机和精神混乱的反映，在社会动荡时代表现得尤为突出和强烈。以基希纳、康定斯基为代表。

十四、立体主义

立体主义是 1907 ~ 1914 年出现于法国画坛的现代艺术流派，它的出现标志着现代派艺术进入一个新的阶段。立体主义追求一种几何形体的美，追求形式的排列组合所产生的美感。立体主义对于空间处理的新观念不仅影响了 20 世纪抽象与非抽象绘画的发展，还有力地推动了雕塑建筑和设计艺术的革新，被人们看作是传统美术与现代美术的分水岭。

其代表画家是毕加索，他的《亚威农少女》是立体主义的起点。毕加索用不同的透视方位和不同的光源打破传统的空间表现法则，用饱满的构图将五个女人体挤压在不同视点的空间里，给人以全新的空间感受。布拉克是另一位代表人物，其代表作有《埃斯塔克的树林》等。

十五、达达主义

达达主义艺术运动是 1916 ~ 1923 年间出现于法国、德国和瑞士的一种无政府主义的艺术运动，它试图通过废除传统的文化和美学形式发现真正的现实。达达主义由一群年轻的艺术家和反战人士领导，他们通过反美学的作品和抗议活动表达他们对资产阶级价值观和第一次世界大战的绝望。代表人物有阿尔普和马塞尔·杜尚。

杜尚的作品《带胡子的蒙娜丽莎》是达达主义向传统审美观念的宣战，作品《泉》是对"完全麻木的状况"的讽刺。画家的创作目的并不是"建立在能否在其中发现审美本质的基础上"，而是"建立在这些物品使人们思考的审美的问题上"。

第四章　美术常识考试真题

以下考试真题的答案请在本部分的第一章至第三章中查找。

1. 东晋王羲之《兰亭集序》的书法"字势雄强，如龙跳天门，虎卧凤阁"是 _____。

A. 行书　　　　　B. 楷书　　　　　C. 隶属　　　　　D. 草书

【考试院校】海南大学 2014 年戏剧影视文学专业考题

2. 两宋时期，_____ 是当时画坛最大的亮点，代表作有《清明上河图》。

A. 文人画　　　　B. 山水画　　　　C. 风俗画　　　　D. 人物画

【考试院校】海南大学 2014 年戏剧影视文学专业考题

3. "草圣"是指下列哪位书法家？（　　）

A. 张旭　　　　　B. 王羲之　　　　C. 柳公权　　　　D. 怀素

【考试院校】南昌理工学院 2014 年广播电视编导专业考题

4. 下列哪位书法家与其他三位所生活的朝代不同？（　　）

A. 颜真卿　　　　B. 褚遂良　　　　C. 柳公权　　　　D. 赵孟頫

【考试院校】天津工业大学 2014 年广播电视编导专业考题

5. 写意画（名词解释）

【考试院校】广西民族大学 2010 年广播电视编导专业考题；广西艺术学院 2012 年文化产业管理专业考题

6. 敦煌壁画（名词解释）

【考试院校】枣庄学院 2010 年广播电视编导专业考题

7. 花鸟画（名词解释）

【考试院校】山东艺术学院 2010 年文化产业管理专业考题

8. 水墨画（名词解释）

【考试院校】鲁东大学 2011 年广播电视编导专业考题

9. 文人画（名词解释）

【考试院校】山东师范大学 2011 年戏剧影视文学专业考题

10. 漫画（名词解释）

【考试院校】青岛大学 2011 年广播电视编导专业考题

11. 绘画创作中留白的作用是什么？

【考试院校】湖南省 2009 年编导制作类联考考题

12. 你认为西方的油画与中国的水墨画有什么不同？

【考试院校】中国传媒大学 2006 年艺术类专业考题

13. 素描（名词解释）

【考试院校】北京电影学院 2007 年公共事业管理专业考题；山东艺术学院 2011 年公共事业管理专业考题

14. 齐白石（名词解释）

【考试院校】广西艺术学院 2012 年文化产业管理专业考题

15. 我国现当代的著名画家有 _____、_____、_____ 等。

【考试院校】聊城大学 2012 年广播电视编导专业考题

16. 吴带当风（名词解释）

【考试院校】山东艺术学院 2010 年广播电视编导（艺术传媒）专业考题

17. 王羲之（名词解释）

【考试院校】陕西科技大学 2010 年广播电视编导专业考题

18.《清明上河图》（名词解释）

【考试院校】山东艺术学院 2010 年广播电视编导专业考题

19. 中国传统画的三大画科分别是 _____、_____ 和 _____；我国现代画家中，"南北二石"指的是 _____ 和 _____；在美术方面，"文艺复兴三杰"是 _____、_____ 和拉斐尔；"米勒三部曲"指的是 _____、_____ 和 _____；_____ 别号"八大山人"，是明代皇室的后裔，又是清初的著名画家。

【考试院校】山东艺术学院 2007 年公共事业管理专业考题

20. 下列人物中，_____ 是 16 世纪文艺复兴时期的"美术三杰"之一。

A. 拉斐尔　　　　B. 伦勃朗　　　　C. 毕加索　　　　D. 贝里尼

【考试院校】海南大学 2014 年戏剧影视文学专业考题

21. 展现了古典美和人体美的完美结合，把雅典的人体美表现得淋漓尽致的画作是安格尔的 _____。

A.《泉》　　　　B.《舞蹈者》　　　　C.《拾穗者》　　　　D.《丽达与天鹅》

【考试院校】海南大学 2014 年戏剧影视文学专业考题

22. 莫奈的作品《日出·印象》《草垛》等是法国 _____ 的代表作。

A. 抽象主义　　　　B. 超现实主义　　　　C. 印象主义　　　　D. 波普艺术

【考试院校】长江大学 2014 年广播电视编导专业考题

23.《最后的晚餐》是 _____ 的代表作，他和米开朗基罗、拉斐尔被称为文艺复兴时期"美术三杰"。

【考试院校】临沂大学 2014 年广播电视编导专业考题

24._____ 是法国 20 世纪初的画家，被称为"野兽派绘画之祖"，其作品有名画 _____《音乐》《舞蹈》等。

【考试院校】青岛农业大学 2014 年广播电视编导专业考题

25. 书圣（名词解释）

【考试院校】山东财经大学 2014 年文化产业管理专业考题

26. 梵·高是 19 世纪荷兰后印象派作家，代表作有《农民》《囚徒放风》和 _____。唐代的 _____ 开创了"颜体"，其代表作有《多宝塔碑》。

【考试院校】天津师范大学 2011 年广播电视编导专业考题

27. 印象画派（名词解释）

【考试院校】鲁东大学 2010 年广播电视编导专业考题

第六部分 音乐常识

　　音乐是最古老的艺术形式之一，与人类诞生的历史一样悠久。它起源于劳动，是劳动者在生活劳动中口耳传唱形成的。正如俄国音乐之父格林卡所说："创造音乐的是人民，作曲家不过是把它编成曲子而已"。

第一章　音乐基础常识

一、音乐的含义

音乐是一种听觉表演艺术。音乐是将人声的演唱和乐器的演奏，通过有组织的音（主要是乐音）所形成的艺术形象，表现人们的思想感情，反映社会现实生活的艺术。它以旋律、节奏、和声、配器、复调等为基本手段，以表达人的审美情感为目标，具有较强的情感表现力。

（1）音乐整体上可以分为声乐（演唱）和器乐（演奏）两大类。

（2）音乐的风格种类可以分为古典音乐、流行音乐和民族音乐。

（3）音乐的艺术实践包括三个环节，即创作、表演和欣赏。

音乐是独立的艺术门类，又常是其他姐妹艺术的组成部分，如舞蹈、戏剧、电影、电视中都有音乐成分。

二、音乐语言

音乐语言是指音乐所特有的表现手段，其表情达意的方式主要有：

旋律　又称曲调，是按照一定的高低、长短和强弱关系而组成的音的线条。它是塑造音乐形象最主要的手段，是音乐的灵魂和基础。

节奏　指各个音在进行时的长短和强弱关系，包含于旋律之中。

节拍　指强拍和弱拍的组合规律。如：

2/4 拍（2 拍子）：　强 弱 ｜ 强 弱 ｜

3/4 拍（3 拍子，也叫"华尔兹"或"圆舞曲"）：　强 弱 弱 ｜ 强 弱 弱 ｜

4/4（四拍子）：强 弱 次强 弱 ｜ 强 弱 次强 弱 ｜

音区（音域）　指从最高音到最低音之间的范围，人声中女高音最高，男低音最低。

音色　指不同人声、乐器声及其不同组合的音响上的特色。通过音色的对比和变化，可以丰富和加强音乐的表现力。

和声　两个以上不同的音按一定的法则同时发声而构成的音响组合。

复调　复调由两段或两段以上同时进行、相关但又有区别的声部所组成，这些声部各自独立，但又和谐地统一为一个整体，彼此形成和声关系。不同旋律的同时结合，叫做对比复调；同一旋律隔开一定时间的先后模仿，称为模仿复调。运用复调手法，可以丰富音乐形象，加强音乐发展的气势和声部的独立性，造成前呼后应、此起彼落的效果。

曲式　指音乐作品的基本结构形式。如乐段式、二段式、三段式、同旋曲式、变奏曲式、奏鸣曲式、混合曲式、套曲式等。

三、记谱法

一首曲子一般都包含高低、长短、强弱等要素。把这些要素用各种记号、符号纪录在纸面上的方法叫记谱法。近现代在我国使用比较普遍的是简谱和五线谱。从世界范围来看，使用最普遍的是五线谱。

简谱　16 世纪形成于欧洲，后来日趋完善，经日本传入中国后被普遍采用。它用 1234567 七个阿拉伯数字代表七声（读如 do，re，mi，fa，sol，la，si），用 0 代表休止符，时值相当于四分音符（或休止符）。数字上、下加圆点表示高（或低）八度。后面加圆点（即附点）表示延长前面那个音的一半，加横线则为加长一倍。在音的下面加一横线表示时值减少一半，两横线表示减到四分之一。依此类推。

五线谱　也叫正谱，目前世界上通用的记谱法。在五根等距离的平行横线上，标以不同时值的音符及其他记号来记载音乐的一种方法。因其直观、形象，而便于乐器演奏。

工尺谱　中国民间传统记谱法之一。因用工、尺等字记写唱名而得名。它与许多重要的民族乐器的指法和宫调系统紧密联系，在民间的歌曲、曲艺、戏曲、器乐中应用广泛。

四、声乐的分类

1. 按音域的高低和音色的差异分类

按音域的高低和音色的差异分类，声乐可以分为女高音、女中音、女低音和男高音、男中音、男低音。

2. 按演唱风格分类

按演唱风格分类，声乐可以分为美声（西洋）唱法、民族唱法和通俗唱法。

美声（西洋）唱法　产生于 17 世纪意大利的一种演唱风格。音色优美而富于变化；声部区分严格，重视音区的和谐统一；发声方法科学，音量的可塑性大；气声一致，音与音的连接平滑匀净。这种演唱风格对全世界产生了很大影响。现在所说的美声唱法是以传统欧洲声乐技术，尤其是以意大利声乐技术为主体的演唱风格。

民族唱法　是与西洋唱法相对而言的。它按照中国人的美学原则和欣赏习惯，用善于表现我们民族性格特征、精神风貌、字音语调、旋律特征的音乐形象和歌唱技巧，演唱我国各民族、各地区、各种具有民族风格声乐作品的唱法，称为民族唱法。民族唱法在长期的发展过程中，形成了声情并茂、字正腔圆、神形兼备、唱表结合、载歌载舞的二度创作原则。

通俗唱法　20 世纪 30～40 年代流行起一种轻柔的、多愁善感的唱法，以情取胜，借助话筒，由舞厅乐队伴奏。通俗唱法吐字行腔，靠近口语，一般采用真声演唱，又根据歌曲情绪需要，分别采用柔声、气声、吼声、嘶哑等不同声音来演唱，带有很强的即兴性、娱乐性和抒情性。

3. 按演唱方式分类

按演唱方式分类，声乐可分为独唱、对唱、重唱、齐唱、合唱、轮唱和清唱。

独唱　由一个人演唱的形式。

对唱　两人（或两队）轮流唱，一人一句，两句成一段，也可合唱。

重唱　指两个以上的演唱者，各按自己所分任的声部演唱同一乐曲。按声部或人数分为二重唱、三重唱、四重唱、六重唱等。

齐唱 指一个歌唱集体，大家都唱同一个旋律，也就是单声部的群唱。

合唱 指集体演唱多声部声乐作品，常有指挥，可有伴奏或无伴奏。

轮唱 由两个、三个或四个声部演唱同一个旋律，但不是同时开始的齐唱，而是先后相距一拍或一小节出现，形成此起彼落、连续不断的模仿效果。属于多声部音乐，各声部既演唱同一个旋律，又形成互相对比、交叉的效果。在复调音乐中称之为"卡农曲"。

清唱 指无伴奏演唱，另指不化妆演唱。

五、乐器的分类

乐器分为打击乐、管乐、弦乐和键盘四类。前三类又可分为：西洋乐器，又称西乐；中国乐器，又称民族乐器、民乐或国乐。此外各民族都有一些独有的乐器。

1. 打击乐

打击乐诞生最早，节奏性最强，最适于作舞蹈伴奏。大部分打击乐只有一个音，所以只有节奏的快慢缓急，没有曲调变化。

西洋打击乐 架子鼓、三角铁、洋鼓、沙槌、军鼓等。

中国打击乐 锣、鼓、钹、木鱼、钟、梆子、竹板、铃等。

另一类打击乐，由一组不同音高的打击乐组成，可敲出不同音高，演奏乐曲。如云鼓、编钟、编磬、木琴等。

2. 管乐

管乐也称吹奏乐，源于使用动物硬骨壳或植物杆茎，吹气流而形成不同声音。

西洋管乐

木管乐：单簧管、双簧管、萨克斯、短笛、长笛、巴松等。

铜管乐：小号、中音号、长号、圆号（法国号）、大号等。

中国管乐（竹管乐）：笛子、箫、芦笙、唢呐、排箫、笙等。

3. 弦乐

弦乐源于弓箭，又分拉弓类、弹拨类、敲击类弦乐。优美动听是所有弦乐器的共同特征。

西洋弦乐

拉弓类：小提琴、中提琴、大提琴、低音提琴、倍大提琴等。

弹拨类：吉他（六弦琴）、曼陀铃、竖琴等。

中国弦乐

拉弓类：高胡、二胡、中胡、京胡、板胡等。

弹拨类：琵琶、中阮、三弦、筝、柳琴等。

敲击类：扬琴。

由于中国弦乐多来自丝弦，管乐多来自竹器，所以常用"丝竹"指代乐器，甚至指代音乐。

4. 键盘类

键盘乐用黑白键来制造不同高低的音，科学而直观，对学习乐理最有帮助。它音域宽广，表现力最强。

键盘乐都属于西洋乐器，有风琴、钢琴、手风琴、电子琴等。

5. 中国少数民族乐器

维吾尔族：冬不拉、热瓦甫、手鼓、都塔尔。

朝鲜族：伽倻琴、长鼓。

蒙古族：马头琴。

苗族：芦笙、竹笛、铜鼓。

傣族：芒锣、象脚鼓。

6. 电子音乐

电子音乐简称电音，是科技时代的产物。广义而言，只要是使用电子设备所创造的音乐，都可属之。任何以电子合成器、效果器、电脑音乐软件、鼓机等"乐器"所产生的电子声响，都可合理地称之为电子音乐。如电吉他、电贝斯、电钢琴、电子琴、电架子鼓、电小提琴、电大提琴等。

第二章　中西方音乐体裁

文章有各种体裁，如记叙文、议论文、诗歌、散文等。音乐也有各种体裁，大致可以分为两类：声乐体裁和器乐体裁。其中，声乐体裁主要包括民歌、歌剧、音乐剧、艺术歌曲等；器乐体裁主要包括交响曲、奏鸣曲、序曲、进行曲、小夜曲、圆舞曲、摇篮曲、练习曲等。

第一节　中国传统音乐体裁

我国的民间音乐是其他类型传统音乐的基础，就数量而言占有最大的比重，对人民生活的影响也最为广泛。主要由民间歌曲、歌舞、说唱、戏曲和器乐五大类组成。

一、民间歌曲的主要体裁

（一）汉族民歌的主要类型

民歌产生发展于人们的社会实践，民歌的作者是人民群众，是他们在长期的劳动、生活实践中，为了表现自己的生活，抒发自己的感情，表达自己的意志、愿望而创作的，是经过广泛的群众即兴编作、口头传唱而逐渐形成和发展起来的，民歌是无数人的智慧结晶。民歌的音乐形式简明朴实，短小精悍，平易近人，生动灵活，有鲜明的民族特点和地方色彩。按照民歌的体裁，我们可以将其分为三大类：号子（劳动号子）、山歌和小调（小曲）。

1. 劳动号子

劳动号子是产生并应用于劳动的民间歌曲，具有协调与指挥劳动的实际功用。号子的音乐风格粗犷豪迈，句幅短小，律动性较强，反复出现固定的、周期性的节奏型，一领众和是最常见和最基本的歌唱形式。劳动号子比较灵活自由，曲调和唱词带有某种即兴性，细分有搬运号子、工程号子、农事号子、船渔号子、作坊号子等类型。

2. 山歌

山歌是劳动人民自由抒发情感的民歌种类。传统山歌中最常见的内容是爱情和苦难。山歌常在户外歌唱，曲调多高亢嘹亮，节奏多自由悠长，歌词多为即兴创作。山歌的歌词具有纯朴的情感、大胆的想象和巧妙的比喻等特点，生动鲜活，真切感人。一般山歌的常见种类有：

信天游　主要流行于陕北和与之接壤的宁夏、甘肃、山西及内蒙广大地区的一种民歌形式。音乐为上下两句体结构，基本曲调有上百种，多为情歌和诉苦歌。

山曲　主要流传于山西西北部和陕西榆林地区，内容多为情歌。山曲结构短小，多为上下句结构，旋律起伏度较大，歌词表白直露，表达的情感真挚而粗犷。

花儿 产生于青海，并流行于青、甘、宁、新等地区汉、藏、回、土、撒拉、东乡、保安等民族口头的一种民歌。唱词浩繁，文学艺术价值较高，被人们称为"西北之魂"。它的声调既高亢嘹亮，又委婉动听；内容既有繁复的叙事，又有即兴的抒情；形式既有四句为主的，也有同时辅之以两小短句而成为前后对称的六句式；既可独唱，又可合唱。

客家山歌 客家指那些历代从黄河流域迁徙到闽、粤、赣山区居住的人群，他们长期保留了独特的风土人情和语言习惯。客家山歌是用客家方言吟唱的山歌，是在山间野外抒发内心感情、为广大客家群众所喜闻乐唱的一种短小的山歌。客家山歌题材广泛，意境含蓄，善用比兴手法，尤以双关见长，语言生动通俗，押韵上口。

西南山歌 流传于四川、云南、贵州，在当地的山区到处可闻悠长连绵的山歌，其中以云南的山歌最为丰富多彩，不同风格的山歌回荡于崇山峻岭间。四川的山歌刚劲幽默，贵州山歌则古朴深沉。

3. 小调

小调又叫小曲，一般指流行于城镇集市的民间歌舞小曲，是人们在劳动之余、日常生活当中以及婚丧节庆用以抒发情怀、娱乐消遣的民歌。因有职业艺人与半职业艺人的传唱，并和曲艺、戏曲有千丝万缕的联系，因而加工提炼的成分较多，词、曲即兴性少，较定型化，艺术上较为成熟和完善。小调又可以细分为吟唱调、谣曲和时调。其中时调在这类民歌中发展得最为规范和成熟，不仅具有严谨的结构和丰富的节奏样式，一般还有乐器伴奏。

现今依然流行的时调有以下几种：

孟姜女调 用此曲调填词的民歌众多，故影响最大。内容以诉说离情别怨者居多，如《月儿弯弯照九州》《尼姑思凡》《送情郎》《盼情人》《白娘子》等。贺绿汀创作的电影《马路天使》插曲《四季歌》就是以这一时调为基础的。

剪靛花调 又名剪剪花。用这个曲调填词的民歌众多，基本上都是表现欢快喜悦情绪的。如《放风筝》《丢戒指》《回娘家》等，它还成为北方许多戏曲和说唱艺术的主要曲牌。

鲜花调 即闻名世界的"茉莉花"调。自清代以来流行全国，甚至在19世纪初其乐谱就已经见诸于西方人的著作。这一曲调变体甚多，但填入其他内容的较少。

绣荷包调 专指流传于西北、华北地区的时调，其情绪大多缠绵哀婉，如《走西口》等。革命历史民歌《绣金匾》也是这一时调的变体。

（二）少数民族的主要民歌类型

蒙古族长调 是蒙古族音乐风格的典型代表，具有草原牧歌的特征，气息宽广、句幅较长，常伴有颤音和装饰音，给人以历史沧桑感。

藏族箭歌 多流行于西藏东南部，是猎手夸耀箭术时所唱的。歌唱时伴有简单的舞蹈动作，广泛流行的藏族民歌《北京的金山上》就是一首箭歌。

朝鲜族抒情谣 表现题材广泛，以表现爱情者居多，旋律流畅，多采用该民族特有的三拍子节奏，著名的抒情谣有《阿里郎》《道拉基》等。

苗族飞歌 苗族的一种山歌，在山间或田野歌唱，音调高亢，气息悠长，节奏自由，常有滑音，句尾惯用甩音。

二、民间器乐的主要乐种

江南丝竹 江南丝竹是流行于江苏南部、浙江西部、上海地区的丝竹音乐的统称。丝竹乐是指由丝弦和竹管乐器演奏的音乐形式，其中二胡和笛子是主奏乐器，音乐以细腻、优雅为特色。名曲有《赛龙夺锦》《旱天雷》《雨打芭蕉》《步步高》《喜洋洋》等。

广东音乐 广东音乐是产生于广州方言区的器乐品种，20世纪初发源于广州及珠江三角洲一带。最初为当地戏曲的过场音乐，20世纪20年代主奏乐器由原来的琵琶改为高胡和扬琴。代表曲目有《步步高》《下山虎》《平湖秋月》《雨打芭蕉》《赛龙夺锦》等。

山东鼓吹 山东鼓吹以唢呐、管子和笛子为主奏乐器的三种类型，常由农民和手工业者在民间红白喜事时演奏。

十番锣鼓 创于京师而盛于江浙的民间吹打乐种，明代已流行于江南地区，以无锡、苏州和宜兴一带更为著称。演奏者或是职业半职业艺人，或是道士。演奏形式有荤锣鼓和素锣鼓之分，前者在乐队中加入了管弦乐器，后者是纯粹的锣鼓乐。

第二节　西方音乐的重要体裁

一、歌剧

歌剧是一种综合性艺术体裁。它是戏剧与音乐的结合，同时也容纳了舞蹈、舞台美术等其他成分。歌剧在音乐上很丰富，它包含了器乐和声乐，声乐中又包含了独唱、重唱和合唱等形式。西方歌剧独唱的最大特点是它分为朗诵化的宣叙调和歌唱化的咏叹调，这也是歌剧歌唱的两种主要形式。在西方音乐中歌剧具有非常广泛的社会基础，多数作曲家都很关注歌剧创作。

歌剧产生于17世纪意大利的佛罗伦萨，最早的歌剧以古希腊神话传说为题材，在表现形式上比较简陋。被历史学家公认的真正的第一部歌剧是由意大利作曲家蒙特威尔第创作的《奥菲欧》。

歌剧最丰硕的收获时代是19世纪，当今歌剧舞台上的名剧大多出现于这一时期。19世纪产生了许多伟大的歌剧作曲家，如意大利的罗西尼、威尔第、普契尼，德国的韦伯、瓦格纳，以及俄国的柴可夫斯基，等等。

二、音乐剧

音乐剧是集音乐、舞蹈、戏剧为一体的现代舞台剧。同传统的西方歌剧相比，音乐剧具有如下特点：首先，它综合了音乐、舞蹈、舞台表演，并且把传统歌剧、轻歌剧，以及近代的流行音乐整合在一起；其次，音乐剧往往具有强烈的现代都市气息，百老汇的音乐、舞台技术，如灯光、布景、音像，以及充满现代感的舞蹈，无论它是表现什么题材，总能感到热闹非凡，仿佛给人置身于喧嚣繁忙的都市生活之中；最后，音乐剧具有鲜明的通俗性，它的音乐大量吸取了当代通俗音乐的语言风格，爵士乐、摇滚乐、迪斯科以及通俗民谣风的歌曲在音乐剧中具有非常重要的地位。

音乐剧起源于英美，目前已经走向了世界，在世界范围内这种通俗的舞台剧广泛传播。

音乐剧《猫》（英国作曲家安德鲁·洛伊德·韦伯）是世界历史上最成功的音乐剧，自从在1981年伦敦首场演出之后开始风靡世界至今，剧中《记忆》一曲则成为现代音乐中的经典。《猫》不仅是一部充满动感魅力和时代气息的音乐剧，同时，它也饱含着生活哲理和人间情怀，是社会世相的缩影。就像有人所说，这是一部"从猫的眼中看世界和看人生"的音乐剧。该剧反映当时社会上，上流人士和平民之间的差距和关系，表明天堂并不是富人才能企及的圣地，心灵的纯净远远比物质上的财富要让人充实；更反映出对过去美好时光的回忆和对未来新生活的向往，从其中感悟生命本体和生活意义的追求与映射。

三、艺术歌曲

艺术歌曲一般是指具有较高的艺术情趣，无论在歌词、旋律或伴奏方面不同于民歌或群体大众的歌曲，在西方音乐历史上，它往往代表着较高知识阶层的审美要求。从历史来看，艺术歌曲的出现与新兴阶层的崛起有密切关系。19世纪随着中产阶级这一群体的兴起，艺术歌曲得到广泛的传播和普及，成为中产阶级最为喜欢的艺术形式。历史上著名的艺术歌曲作者有：德奥作曲家舒伯特、舒曼，法国作曲家柏辽兹、福莱，以及东欧的柴可夫斯基、德沃夏克等。

四、交响曲

交响曲是18世纪下半叶以后古典时期确立起来的一种大型管弦乐体裁，通常为四个乐章的套曲结构。家喻户晓的交响曲主要有奥地利作曲家海顿的《第四十五交响曲》（告别）、《第九十四交响曲》（惊愕）、《第一零一交响曲》（时钟），莫扎特的《第四十交响曲》、《第四十一交响曲》（朱庇特），德国作曲家贝多芬的《第三交响曲》（英雄）、《第五交响曲》（命运）、《第六交响曲》（田园）、《第九交响曲》（合唱），等等。

五、进行曲

进行曲是按步伐节奏写成的乐曲，常用于队列行进中，可踏着节拍行走。进行曲结构严整，节奏鲜明，旋律铿锵有力，富有号召力，都用偶数拍。代表作品有《运动员进行曲》《大刀进行曲》等。

六、序曲

乐曲体裁之一，指歌剧、交响乐的开场音乐。一类是歌剧开幕前由管弦乐队演奏的乐曲，一般采用基本主题（主旋律）为素材，表达并概括全剧的中心思想，如比才的《卡门序曲》；另一类是有标题的独立作品，即"音乐会序曲"，如柴可夫斯基的《1812年序曲》、李焕之的《春节序曲》等。

七、奏鸣曲

一种多乐章的器乐套曲。一般由钢琴、小提琴、管弦乐分别或联合演奏。其中钢琴演奏时，称钢琴奏鸣曲；小提琴演奏时，称小提琴奏鸣曲；管弦乐队演奏时，称交响曲（乐）。独奏曲和管弦乐队联合演奏时，称协奏曲，如钢琴协奏曲、小提琴协奏曲。

八、爵士乐

爵士乐是一种以即兴演奏和变化丰富的节奏为特点的音乐形式。源于在 19 世纪末、20 世纪初美国新奥尔良的贫民区，是当地黑人文化和欧洲文化独特交融的产物。可以独奏，或以任何一种方式组合演奏者。乐器组合通常包括独奏乐器单簧管、萨克斯管、小号、长号和一个提供节奏背景的打击乐器组，由鼓、低音提琴或低音吉他、钢琴或吉他组成。演奏者对器乐、音色和节奏的抑扬顿挫在即兴中的独特处理，与强烈节奏引起的亢奋，成为爵士乐的特点与风格。

九、小夜曲

小夜曲是音乐体裁的一种，是用于向心爱的人表达情意的歌曲。起源于欧洲中世纪的骑士文学，流传于西班牙、意大利等欧洲国家。最初，小夜曲由青年男子夜晚时对着情人的窗口歌唱，倾诉爱情，旋律优美、委婉、缠绵，常用吉他或曼陀铃伴奏。16 世纪下半叶这个术语被用于声乐作品的标题，著名的声乐小夜曲有舒伯特的《小夜曲》。18 世纪下半叶，一种乐队合奏体裁常常也被称为小夜曲。莫扎特的器乐小夜曲是古典时期这类作品的典范，著名的有《哈夫纳小夜曲》《月下小夜曲》等。

十、圆舞曲

圆舞曲，又称"华尔兹"，起源于奥地利北部的一种民间三拍子舞蹈。圆舞曲分快步、慢步两种，舞时两人成对旋转。17～18 世纪流行于维也纳的宫廷舞会上，19 世纪风行欧洲。现在通行的圆舞曲，大多是维也纳式的圆舞曲，速度为小快板，其特点为节奏明快，旋律流畅。著名的圆舞曲有约翰·施特劳斯的《蓝色多瑙河》、韦伯的《邀舞》等。

第三章 中西方音乐概述

第一节 中国音乐概述

一、先秦音乐

中国音乐有着久远的历史。有物证可查的历史至少可以追溯到距今约 9000 年前。20 世纪 80 年代在河南舞阳县贾湖遗址出土的 18 支贾湖骨笛，说明我国远古时代已有多种原始乐器。

西周时，琴、瑟、笙、箫等发展成为独奏的乐器。尤以琴水平最高，春秋时有著名琴家师旷、伯乐，著名琴曲有《高山》《流水》《白雪》《玄默》等。在周代，十二律理论已经确立，五声阶名（宫、商、角、徵、羽）也已经确立。

周代还有采风制度，收集民歌，以观风俗、察民情。赖于此，保留下大量的民歌，经春秋时孔子的删定，形成了我国第一部诗歌总集——《诗经》。它收有自西周初到春秋中叶五百多年的入乐诗歌，共 305 篇。

战国时期器乐合奏发达，其中编钟艺术最为发达，湖北随县曾侯乙墓出土的编钟，反映了当时精良的乐器制作工艺。

春秋时期产生了计算乐律的理论：三分损益法。《乐记》是我国第一部音乐专著，为汉代刘向校先秦古籍及孔子师徒论音乐而定。

二、秦汉魏晋音乐

汉代设立了专门的音乐机构——乐府，提倡百戏与传统乐。"相和歌"与"清商乐"是这一时期重要的音乐体裁。

相和歌 是在汉代民歌的基础上，继承周代"国风"和战国"楚声"的传统而发展起来的。其特点是"丝竹更相和，执节者歌"。在其发展过程中，逐渐与舞蹈、器乐演奏相结合，产生了"大曲"（或称相和大曲）；后又脱离歌舞，成为纯器乐合奏的曲"但曲"，《陌上桑》《广陵散》等都是其代表性作品。

清商乐 简称"清乐"，是在南方民歌"吴声""西曲"基础上，继承相和歌的传统而发展起来的新乐种。吴声是流行于江浙地区的民歌，西曲是流行于湖北荆州地区的民歌。吴声西曲的曲调颇为婉转动听，深受人们喜爱，在传唱过程中，常形成统一曲调的众多变体。

在乐律理论方面，何承天发明了接近十二平均律的"新律"，出现了嵇康的《声无哀乐论》和沈约的《宋书·乐志》等音乐著作。

在乐器方面，琴、曲项琵琶、筚篥、羯鼓等乐器得以广泛应用。七弦琴的基本定制和琴谱（文字谱）的出现，标志着琴乐的发展已进入到较为成熟的阶段。

琴，是中国古老而富有民族特色的弹弦乐器。初时有五根弦，为适应合奏的需要，琴的形制有了重要改进，琴弦增为七根。演奏技巧有了相当大的进步，形成了一套以右手指法为主的指法体系。至汉魏之交，又出现了初期的文字谱。

琴曲的创作在汉魏六朝迎来了全盛期，出现了许多新作品。如汉末蔡邕所作"蔡氏五弄"《游春》《渌水》《幽居》《坐愁》《秋思》，蔡琰的《胡笳十八拍》，嵇康"嵇氏四弄"《长清》《短清》《长侧》《短侧》，无名氏的《广陵散》《神人畅》《流水》《幽兰》《古风操》等。

三、隋唐五代音乐

宫廷燕乐是隋唐时期音乐成就的代表。它的主体部分是歌舞大曲，对于中外音乐兼容并包、吸收融合，追求丰富多样的音乐美，促成了中国历史上第一次世界音乐中国化和中国音乐世界化的景况。

歌舞大曲是综合器乐、声乐和舞蹈于一个整体，连续表演的一种大型艺术形式。其结构形式一般分为三大部分：散序、中序、破或舞遍。代表性曲目有《霓裳羽衣曲》《六幺》等。其中，《霓裳羽衣曲》是唐代歌舞的集大成之作，由唐玄宗创作，直到现在，它仍无愧于音乐舞蹈史上的一颗璀璨的明珠。

歌舞大曲之外，还有民歌、曲子、俗讲、散乐、琵琶乐、琴乐和器乐合奏，均得以发展。

属于清乐系统的汉族北方民歌，在其发展过程中，出现了杨柳枝、踏歌、竹枝、插曲歌等乡间的曲子以及进入城市的文人创作的曲子。《阳关三叠》和《渔歌调》是其中的代表。

琵琶，原是一种弹弦乐器的统称。唐代的琵琶是三国魏晋以后由西域传入的"胡琵琶"的专称，有曲项琵琶和五弦琵琶。出现了诸多著名演奏家，如段善本、贺怀智、曹刚、裴神符、康昆仑、雷海青、李管儿、赵璧等。

琴在唐代继续发展。赵耶利整理旧曲，编写了《弹琴右手法》《弹琴手势图》《琴决》等著作。董庭坚创作琴曲《颐真》，陈康士创作《离骚》。中唐时期曹柔首创了最早的减字谱，一直沿用至近代，此为琴曲的流传、保存起了重要作用。

唐朝政府还建立多种音乐管理机构，其中的梨园由艺术水平最高的音乐舞蹈家组成。

四、宋元音乐

在音乐活动场所方面，出现了固定的商品交易兼游艺场所，称为瓦子、瓦市或瓦舍。在瓦子里设有用栏杆围起来的演出场子，叫勾栏。在南宋时的临安一带，有叫做"社会"的专业艺人组织，对艺术经验的交流、传授与艺术水平的提高起了良好的促进作用。

宋词是在晚唐、五代曲子基础上发展起来的一种最为流行的歌曲形式。发展过程中有婉约派与豪放派之分，出现了柳永、苏轼、周邦彦、岳飞、辛弃疾、陆游等著名词作家。南宋词人姜夔的《白石道人歌曲》是现存的宋词曲谱。

宋元时期最重要的说唱体裁是鼓子词和诸宫调。鼓子词原是流行于宋代的一种民间歌曲，后由文人参与创作，进一步发展为常在街市勾栏里表演的说唱音乐。诸宫调，又叫诸般宫调，是北宋汴梁勾栏艺人孔三传创造的一种以宫调变化丰富而得名的说唱音乐，其形成和发展为戏曲音乐打下了基础。代表作品有《刘知远诸宫调》《西厢记诸宫调》等。

宋元两代是音乐与戏剧相结合的新兴形式——戏曲大发展并趋于成熟的时期，杂剧和南戏是其代表。杂剧是一种综合性的戏曲，兴起于唐末，到北宋后期，在诸多艺术形式中居于首位，在元朝达到鼎盛。元杂剧出现了关汉卿、王实甫、马致远、白朴等著名剧作家，产生了《窦娥冤》《拜月亭》《西厢记》《墙头马上》等优秀作品。

南戏是北宋宣和年间（1119～1125年）在浙江永嘉（今温州）一带的民歌、曲子基础上发展成的一种民间戏曲，又称"永嘉杂剧"或"戏文"。代表剧目有《赵贞女蔡二郎》《王魁负桂英》《张协状元》等。南戏到元代后期日益成熟，至元代末年出现了《荆钗记》《白兔记》《拜月亭》《杀狗记》等南剧"四大传奇"。

在乐器方面，本时期出现了一批新乐器，拉弦乐器有稽琴、胡琴；弹拨乐器有三弦、双韵、十四弦、渤海琴、葫芦琴、火不思；吹奏乐器有夏笛、小孤笛、鹧鸪、扈圣、七星；打击乐器有云（云锣）。元代还由中亚地区传入了早期管风琴，称为"兴隆笙"。

宋代琴乐的发展，出现了京师（汴梁）、江西、两浙等琴派。浙派主张创新，反对墨守成规，在琴坛有较大的影响。郭沔（miǎn）是浙派的代表琴家，主要作品有琴曲《潇湘水云》《泛沧浪》《秋风》《步月》等。

五、明清音乐

明清两代，在文人掌握的七弦琴领域，明代虞山派徐上瀛的《溪山琴况》，把对意境、情趣、韵味的追求提高到新的高度。朱载育的《律学新说》已经应用了十二平均律来进行乐律计算。

康熙、雍正、乾隆三朝是清代的盛世，编撰音乐百科全书《律吕正义》和乐谱总集《九宫大成南北词宫谱》。

戏曲艺术的发展和繁荣，从各地民间音乐中吸收养分，哺育了明清时代的几种四大声腔。如：明中叶流行的海盐腔、弋阳腔、余姚腔、昆山腔；明代以来的昆山腔、高腔、梆子腔、皮黄腔。在这些戏曲声腔中，影响最大的是昆山腔、弋阳腔、梆子腔和皮黄腔。

昆山腔 因起源于江苏昆山而得名，经明代嘉靖、隆庆年间的著名戏曲家魏良辅等人的革新后，迎来了名家辈出、作品丰富的昆山艺术兴盛期，如汤显祖的《牡丹亭》、洪升的《长生殿》、孔尚任的《桃花扇》等。

弋阳腔 最初是流行于江西弋阳一带的南戏声腔，具有一唱众和、高亢激昂的特点，只用锣鼓伴奏。明末清初成为高腔，盛行于北京，出现了《易鞋记》《金铜记》《破窑记》《珍珠记》等剧作。

梆子腔 最早也称秦腔，流行于山西、陕西、甘肃一带，是一种在当地民间音乐基础上发展而成的地方戏曲。音乐风格粗犷激越。因其以枣木梆子击节而成为梆子，清代康熙年间已传入北京。

皮黄腔 是以西皮（北路）与二簧（南路）两种唱腔合成的声腔系统。清代乾隆、嘉庆年间，这两种声腔在湖北汉口一带同台演出而逐渐结合，形成楚调；道光年间，湖北楚调由余三胜等人带入北京，与乾隆末年传入北京的徽调二簧一起，吸收昆山腔、四平腔、梆子腔、高腔的有益因素加以革新，形成京剧，涌现出了众多的著名演员和《庆顶珠》《祝家庄》等剧作。

弹词 是明清时代流行于南方的一种说唱音乐。音乐优美细腻，适宜于表现日常生活与爱情题材。伴奏乐器有琵琶、三弦，有时还加上扬琴。出现了陈遇乾（创陈调，作《义妖传》）、姚豫章、俞秀山、陆瑞廷等四大名家；咸丰、同治年间又有马如飞（创马调）、姚士章、赵湘洲、王石泉新四大名家。

明清时期，器乐的发展表现为民间出现了多种器乐合奏的形式。如北京的智化寺管乐、河北吹歌、江南丝竹、十番锣鼓等。

六、近代音乐

鸦片战争以来，西方音乐的大量传入，催生了中国近代的新音乐。在"五四"新文化运动的影响下，我国开始兴起了传播西洋音乐、改进国乐的音乐活动。一批最早在日本学习西洋音乐的留学生，如沈心工、李叔同等，采用西洋曲调填配新词的方式创作了《送别》等学堂乐歌。学堂乐歌是随着新式学堂的建立而产生的歌曲文化，其内容反映了人民群众富国强兵、抵御外侮的爱国主义思想，宣传科学文明，反对封建迷信。如《采茶歌》《祖国歌》《缠足苦》等。

戏曲的流派艺术得以发展，如京剧的"四大名旦"梅兰芳、程砚秋、尚小云、荀慧生和"四大须生"余叔岩、言菊朋、高庆奎、马连良等；民族器乐的创作，一方面继承传统的音乐形态特点，出现了华彦钧的二胡曲《二泉映月》《听松》，琵琶曲《大浪淘沙》，刘天华的二胡曲《病中吟》等，另一方面又吸取西方音乐语汇和作曲手法，出现了刘天华的二胡曲《光明行》等作品。

抗日战争、解放战争时期的群众性歌咏运动，以群众歌曲为代表的小型声乐题材得到了突出的发展。如抗日救亡运动的《松花江上》，抗战全面爆发的《义勇军进行曲》《大刀进行曲》，解放战争中的《解放区的天》《中国人民解放军进行曲》，这些歌曲的音调既来源于生活，又继承传统，还借鉴了西方歌曲，尤其是进行曲的创作经验。

随着声乐演唱水平的逐步提高，有些音乐家对音乐会独唱曲和大型声乐也进行了探索，创作出了一些如赵元任《教我如何不想她》《海韵》，黄自《旗正飘飘》，冼星海《黄河大合唱》等优秀作品。

由于一般学校音乐教育的需要，"儿童歌舞剧"曾受到广泛的欢迎。后来又产生了以民间歌舞为基础的"秧歌舞"，并由此发展了具有中国特色的"新歌剧"，其代表作品是《小小画家》《兄妹开荒》《白毛女》等。

近代时期，专业音乐的发展以歌曲为主要体裁，器乐曲相对来说较为薄弱。但在器乐作品民族化方面也出现了一些较好的作品，如贺绿汀的钢琴曲《牧童短笛》，瞿维的钢琴曲《花鼓》，马思聪的小提琴曲《内蒙组曲》，马可的管弦乐曲《陕北组曲》，民族器乐曲《春江花月夜》等。

第二节　西方音乐概述

一、古希腊到中世纪音乐

西方音乐历史的发展，可以上溯到古代的希腊与罗马。当时的音乐比较简单，主要是单声部形态，基本上属于民间艺术的风格。古希腊的音乐理论很发达，毕达哥拉斯、柏拉图、亚里士多德都对音乐有所阐述。

为了战争和军事的目的，古罗马人发明和发展了一些铜制管乐器以炫耀军威和鼓舞士气。

在中世纪的早期，由于天主教成为音乐文化的垄断者，当时的圣·马蒂亚勒等修道院成为了音乐活动的中心。最能代表早期中世纪音乐风格的音乐体裁是格列高利圣咏。

11 世纪后半叶中世纪音乐进入了成熟时期。世俗音乐中具有重要意义的是方言歌曲，现知最早的方言歌曲是"英雄业绩歌"，产生于 11 世纪后半叶的《罗兰之歌》是现存于世的最著名的英雄业绩歌。中世纪方言歌曲更重要的成就体现于法国游吟诗人的歌曲，最著名的是法国南方著名诗人文塔多恩，他的代表作品是《我看见云雀扑打翅膀》。

在 11～12 世纪之间，宗教礼拜音乐由单调音乐向复调音乐扩展，13 世纪达到高峰，出现了最为重要的复调体裁——经文歌。复调音乐的出现，促成了声部谐和的对位准则，推动了节奏和记谱理论的发展，唤醒了理性的作曲意识。

"新艺术"原是法国诗人、音乐家维特里写的一本关于新的作曲法的书名，后来用以指 14 世纪法国、意大利新的复调艺术风格，而有别于巴黎圣母院的"古艺术"。新艺术音乐的重要特征是音乐创作与宗教礼拜分离，法国新艺术音乐的代表人物是玛绍，他是西方音乐史上作品得到完整保存的第一位音乐家。

中世纪的乐器有弦乐和管乐两类，弦乐有里拉琴、竖琴、索尔特里琴、管风琴；管乐器有竖笛、横笛、肖姆管和短号等。

二、文艺复兴音乐

15～16 世纪这两百年，在西方音乐历史上属于文艺复兴时期。音乐中的文艺复兴是从英国和欧洲大陆偏北地区发起的。这一时期的主要音乐形式是声乐复调，尤其是无伴奏的多声部歌唱是其主要风格样式。

早期文艺复兴的主要音乐流派有布艮第乐派和佛兰德乐派，后者的音乐成就更甚。迪费是布艮第乐派最重要的作曲家，《最近玫瑰开放》《脸色苍白》是其代表作。佛兰德乐派大约盛行于 15 世纪下半叶至 16 世纪上半叶，主要代表有奥克冈、若斯坎等。若斯坎被誉为"音符的主人"，《步行向我袭来》《圣母歌》是其代表作。佛兰德作曲家高超的复调技巧在这一时期名扬整个欧洲。

16 世纪是文艺复兴音乐成就最高的时期。除了宗教音乐外，世俗音乐也得到很好的发展，16 世纪法国尚松（即歌曲）和意大利牧歌就是这种音乐的典范。在文艺复兴晚期，音乐的中心逐渐转向意大利，罗马乐派的帕勒斯特里那的无伴奏声乐复调将文艺复兴宗教音乐推向顶峰，而威尼斯以圣马可教堂为中心的宗教音乐则发展成庄严宏大的、带有器乐伴奏的合唱音乐，它预示着欧洲音乐在未来阶段发展的趋势。

三、巴洛克音乐

17～18 世纪中叶是音乐史上的巴洛克时期。艺术史上用巴洛克一词称呼 17～18 世纪中叶西方建筑、绘画、雕塑等艺术新的风格特征，即雄伟、奇异、夸张。歌剧的诞生，乐器的发展，亨德尔、巴赫的艺术创作，是这个时期杰出的艺术成就。

历史上有乐谱的第一部歌剧《优丽狄茜》是由意大利佛罗伦萨学派的佩里和卡契尼创作的，由于这部歌剧产生于 1600 年，历史上就称这一年为"歌剧年"。

巴洛克音乐的另一重大成就是器乐得到了前所未有的发展，器乐第一次与声乐处在了平等的地位。这一时期器乐的重要体裁有奏鸣曲、协奏曲、组曲等，乐器也有很大的改进。提琴为代表的拉弦乐器成为主导乐器，取代了文艺复兴时期弹拨乐器的地位；键盘乐器也有长足进展，管风琴、古钢琴都在这一时期取得了很高的艺术成就。

巴洛克晚期，产生了两个西方音乐历史上的重要人物——德国作曲家巴赫和亨德尔。巴赫始终生活在德国，全部音乐可分为声乐、器乐两大类，除歌剧外几乎涉及了巴洛克时期的所有音乐体裁。代表作品有《平均律钢琴曲集》《勃兰登堡协奏曲》等。巴赫既是复调音乐的大师，又是近代主调音乐的先驱，他与拉莫一道最终确立了大、小调和声功能体系，为古典主义、浪漫主义时期音乐的发展铺平了道路，被称为"近代音乐之父"。亨德尔在他近六十年的音乐生涯中，共创作了四十多部歌剧，另外还创作有大量的清唱剧、器乐曲等。在德、英、意三国乃至全欧洲都获得了巨大的声誉，成为世界音乐史上的瑰宝。他同巴赫一起，为辉煌的巴洛克时代画上了一个圆满的句号。

四、古典主义音乐

18 世纪下半叶以后西方音乐进入"古典主义"时期。著名的"维也纳古典乐派"是与古典时代音乐紧密联系在一起的乐派，海顿、莫扎特、贝多芬这三位巨匠支撑起古典时代的音乐天空。古典时期最重要的成果是交响曲、奏鸣曲和室内乐等，这一时期的音乐庄重高雅，充满世俗生活的欢娱。

海顿是维也纳古典乐派的奠基人，弦乐四重奏是海顿创立的一种器乐体裁，代表作品有《云雀》《皇帝》《太阳》和《俄罗斯》等，这些作品奠定了他在室内乐创作史上的大师地位。海顿创作了 108 首交响曲，被称作"交响曲之父"，代表作品有《告别交响曲》《伦敦交响曲》等。

莫扎特是音乐史上少有的天才，创作几乎遍及音乐体裁的各个领域。最突出的成就体现在歌剧创作上，他共创作有 22 部歌剧，代表作品有《费加罗的婚礼》《唐·璜》《女人心》和《魔笛》。

贝多芬是受到法国资产阶级大革命思想影响的新一代的作曲家，也是西方音乐史上具有传奇色彩的音乐家。贝多芬的器乐创作成就主要体现在交响曲和钢琴音乐中，他一生创作了九部交响曲：第三交响曲又称为《英雄交响曲》，第五交响曲又称为《命运交响曲》，第六交响曲又称为《田园交响曲》，第九交响曲又称为《合唱交响曲》。他的五部钢琴协奏曲从来都是音乐会的重要演奏曲目，最具代表意义的是《降 E 大调第五钢琴协奏曲》。贝多芬作为 18 世纪和 19 世纪之交的音乐家，将古典主义和浪漫主义两个音乐时代连接起来，他的音乐象征着自由、力量、激情、意志与气势，给人类留下了最美好的财富。

五、浪漫主义音乐

浪漫主义音乐是继维也纳古典乐派之后，于 19 世纪末在欧洲形成的重要音乐乐派。进入 19 世纪，社会思潮开始变得主观、追求个性，音乐中往往回荡着一种夸张的激情，充满幻想和富于想象。浪漫主义音乐发端于德奥，这一时期人才辈出、作品繁多。初期以韦伯和舒伯特为代表；鼎盛时期作出突出贡献的作曲家有德国的舒曼、门德尔松，法国的柏辽兹，波兰的肖邦，匈牙利的李斯特等；晚期的代表作曲家有德国的瓦格纳、勃拉姆斯，德奥的马勒、理查·施特劳斯等。

舒伯特一生创作了六百多首艺术歌曲，这使他在音乐史上获得了"歌曲之王"的美称，其代表歌曲有《野玫瑰》《圣母颂》等。

肖邦是波兰浪漫主义音乐创作领域的杰出代表，是专门创作钢琴音乐的大师，夜曲经过肖邦的发展成为浪漫音乐的独特体裁，代表作品如《e 小调夜曲》等。

19 世纪上半叶罗尼西、贝里尼、多尼采蒂的歌剧创作，标志着意大利歌剧美声时期的最高成就。真正使意大利歌剧从歌谣性到戏剧性风格转变的是威尔第，其最具代表性的作品是《茶花女》。

19 世纪的音乐还有一个特点，这就是西欧之外的所谓"民族乐派"的兴起，俄罗斯、捷克、挪威等地区的音乐家展露头角。格林卡被称为"俄罗斯音乐之父"，是 19 世纪俄罗斯民族乐派的奠基人。柴可夫斯基是在国际乐坛上享有盛誉的大师，他的作品以歌剧和舞剧最为著名，如歌剧《叶甫盖尼·奥涅金》《黑桃皇后》，舞剧《天鹅湖》《胡桃夹子》等。

六、现代主义音乐

20 世纪是一个充满各种音乐实验的世纪，是一个开拓、融合、多元的世纪。开拓，主要体现在 20 世纪一二十年代至五六十年代；融合，主要体现在 70 年代以后。不同领域的探索和开拓，带来了多元化的局面，随着作曲家自主意识的加强，材料吸取范围的拓宽，以及听众审美趣味的多样化，这种多元化的趋势很可能会进一步发展。

纷繁复杂的现代音乐流派正如 20 世纪的其他艺术形式那样，完全脱离了古典的美学传统。比较典型的几个音乐流派为：表现主义、原始主义、新古典主义、十二音主义、社会主义现实主义、序列音乐、偶然音乐、具体音乐等。

在 20 世纪所有基于民族和社会习俗的音乐中，没有哪一种比美国爵士音乐具有更广泛的影响力了。由于它那狂热的节奏和古怪的不协和音，从某些方面讲，它似乎是新时代的一种表现。爵士乐，一种起源于非洲的音乐形式，由民歌发展而来。20 世纪初形成于美国新奥尔良。主要来源于被贩卖到美国沦为奴隶的非洲黑人的劳动歌曲，20 年代起流传至美国各地。其乐曲风格极其耀眼，节奏一般以鲜明、强烈为主。在乐器配合上，通常以小号、长号、萨克斯管、单簧管、小提琴等奏旋律，以钢琴、低音提琴、吉他、鼓等作为节奏性的伴奏乐器。之后的爵士乐以多种形式呈现出繁荣景象，为全球乐迷所推崇。

第四章 中外音乐名家名作

第一节 中国音乐名家名作

一、传统名曲

1. 古典歌曲

《阳关三叠》 根据唐代诗人王维的绝句《送元二之安西》而创作的一首琴歌。全曲分三大段，用同一曲调做变奏反复，叠唱三次。音调整体风格古朴深沉，后段略显激越。曾被改编为合唱曲。

《扬州慢》 词曲作者为南宋词人姜夔。描写昔日繁荣的扬州遭金兵入侵，劫后的荒凉萧条景象。它是宋代留存下来极少的词调之一。

《满江红》 词作者相传为宋代名将岳飞。20世纪20年代由音乐史学家杨荫浏先生将元代古曲与这首词配在一起。音调深沉稳健，歌词节奏分布比较均匀，略带悲壮色彩。

2. 民间歌曲

《小白菜》 原为河北民歌。以它为母体衍生出许多民歌，如《沂蒙山好风光》等，歌剧《白毛女》中喜儿演唱的《北风吹》等。

《绣荷包》 全国同名的小调有多种，其中以山西的最为有名。

《蓝花花》 陕北民歌。音乐具有浓郁的陕北特色，曾有郭兰英、王昆等多位著名歌唱家演唱过这首歌曲，同时还被改编为钢琴独奏曲。

《走西口》 流行于山西、陕西、内蒙一带，反映了丈夫与妻子惜别时的悲苦心情。

《康定情歌》 又名《跑马溜溜的山》，流行于西南地区的情歌。抗日战争期间经国立音乐院江定仙教授改编，流传全国。

《小河淌水》 云南弥渡山歌。描绘了月夜下小河静静流淌的诗情画意及青年男女之间的真挚爱情。曾被改编为钢琴曲和混声合唱曲。

《孟姜女》 又名《十二月花名》，为流传于全国的民间时调。

《茉莉花》 民间小调，流传最广的要数江苏和河北的小调。它在国外被当作中国民间音乐的代表，曾被意大利作曲家普契尼吸收到歌剧《图兰朵》中。

《嘎达梅林》 蒙古族长篇叙事歌。嘎达梅林是民族英雄，曾率领人民反抗封建王爷与军阀的统治。作品节奏舒展沉稳，风格庄重肃穆。辛沪光创作的同名交响诗就是以这首歌为主题的。

3. 民族器乐独奏曲

《梅花三弄》 古琴曲。据载原为晋桓伊所作的笛曲，唐人颜师古将其改编为琴曲。此曲系借物咏怀，通过梅花的洁白、芬芳和耐寒等特征，来赞颂具有高尚情操的人。

《高山流水》 古琴曲。这首乐曲因俞伯牙与钟子期"高山流水觅知音"的佳话而更具传奇色彩。

《广陵散》 古琴曲。最早载录于明代刊印的《神奇秘谱》。音乐气势磅礴，表现出一种悲壮的英雄气概。

《汉宫秋月》 此曲有两种较为流行的演奏形式，一为筝曲，另为二胡曲。《汉宫秋月》意在表现古代受压迫宫女幽怨而悲泣的情绪，唤起人们对她们不幸遭遇的同情。

《阳春白雪》一首广泛流传的优秀琵琶独奏古曲。它以清新流畅的旋律、活泼轻快的节奏，生动表现了冬去春来，大地复苏，万物向荣，生机勃勃的初春景象。

《渔樵问答》 此曲在历代传谱中有三十多种版本。乐曲表现渔樵在青山绿水中间自得其乐的情趣。

《胡笳十八拍》 汉末，著名文学家、古琴家蔡邕的女儿蔡琰（文姬），在兵乱中被匈奴所获，留居南匈奴与左贤王为妃，生了两个孩子。后来曹操派人把她接回，她写了一首长诗，叙唱她悲苦的身世和思乡别子的情怀。情绪悲凉激动，感人颇深。十八拍即十八首之意。又因该诗是她有感于胡笳的哀声而作，所以名为《胡笳十八拍》或《胡笳鸣》。

《平沙落雁》 又名《雁落平沙》或《平沙》，作者不详。问世以后，深受琴家喜爱，广为流传，并有多种版本，是传谱最多的琴曲之一。对于曲情的理解，有描写秋天景物的；有寓鹄鸿之志的；也有发出世事险恶，不如雁性的感慨的。音调基调静美，静中有动，旋律起伏，绵延不断，优美动听。

《潇湘水云》 古琴曲，宋代浙派琴家郭沔所作。

《凤求凰》 后人根据司马相如和卓文君二人的爱情故事，谱得琴曲《凤求凰》，流传至今。

《喜相逢》 原为内蒙民间乐曲。笛子演奏家冯子存将其改编为梆笛独奏曲。使音乐格外欢快热烈，充满乡土气息。曾被改编为多种其他乐器的独奏曲。

《百鸟朝凤》 原为流行于山东、河南、河北一带的民间乐曲，后经加工改编为唢呐独奏曲。乐曲营造了一个逐层展开的、百鸟争鸣的音响世界。

《二泉映月》 二胡独奏曲，由华彦钧（阿炳）创作。作者是无锡流浪艺人，双目失明。生前留下三首二胡曲：《二泉映月》《听松》《寒春风曲》，三首琵琶曲：《大浪淘沙》《昭君出塞》《龙船》。

《光明行》二胡独奏曲，刘天华作于1931年。刘天华，民族器乐作曲家，二胡、琵琶演奏家，是受"五四"新文化运动影响而率先进行国乐改革的一代宗师，1927年成立了"国乐改进社"。他吸收小提琴演奏技巧的某些长处，将二胡从伴奏乐器上升为独奏乐器，并纳入高等院校的专业教学。他一生创作了《良宵》《空山鸟语》《病中吟》等十首二胡曲和三首琵琶曲。《光明行》具有进行曲风格，全曲充满着昂扬向上的精神和对光明未来的信心。

《十面埋伏》 琵琶独奏曲。初见于清代华秋萍所辑的《琵琶谱》，以楚汉相争、刘邦与项羽在垓下决战为主题。惟妙惟肖地描绘了金戈铁马、雷霆万钧的宏大战争场面。

《彝族舞曲》 琵琶独奏曲，王惠然根据彝族民歌四大腔中的"海菜腔"的音乐素材改编创作的。描绘了彝族山寨迷人的夜景和青年男女优美的舞姿。曾被改编为多种民族乐器的独奏曲和西洋管弦乐曲。

《渔舟唱晚》 筝独奏曲，由娄树华根据古曲改编。乐曲给人以夕阳西下、归舟唱晚之感，充满诗情画意。曾被改编为小提琴独奏。

《中花六板》 "江南丝竹"的八大名曲之一，富有江南水乡的色彩。

《雨打芭蕉》 广东音乐名曲，初见于丘鹤俦的《弦歌必读》。

《春江花月夜》 民族管弦乐曲。原为琵琶曲《夕阳箫鼓》，1925 年柳尧章等人将其首次改编为现名的民乐合奏曲。新中国成立后经过多次改编加工，把不断将唐代诗人张若虚原作的意境展现到极致。曾被改编为钢琴曲、木管五重奏和交响音画。乐曲通过委婉质朴的旋律，流畅多变的节奏，形象地描绘了月夜春江的迷人景色，尽情赞颂江南水乡的风姿异态。

中国古典十大名曲 《高山流水》《梅花三弄》《春江花月夜》《汉宫秋月》《阳春白雪》《渔樵问答》《胡笳十八拍》《广陵散》《平沙落雁》《十面埋伏》。

二、近现代名曲名家

1. 声乐作品

《问》 独唱歌曲。易韦斋词，萧友梅曲，创作于 20 世纪 20 年代初。萧友梅，广东中山人，曾留学日本，并在德国获博士学位。1920 年回国后在北京创办了北京大学音乐传习所等我国几所专业音乐教育机构。1927 年在蔡元培的支持下，在上海创建了我国第一所独立设置的国立音乐院，被誉为"中国近代音乐教育的宗师"。艺术歌曲《问》是他最有影响的作品。

《教我如何不想她》 独唱歌曲。刘半农词，赵元任曲，创作于 1926 年。赵元任是国际著名的语言学家，曾获多门学科的博士学位，同时也从事音乐创作，1915 年就发表了我国第一部钢琴作品《和平进行曲》。《教我如何不想她》是他的代表作，歌曲反映了当时青年挣脱封建束缚、追求个性解放的思想感情。

《毕业歌》 田汉词，聂耳曲，是电影《桃李劫》的主题歌，作于 1934 年。聂耳于 1931 考入黎锦晖的"明月歌舞团"。1933 年起与田汉、任光等人一起从事左翼音乐运动并开始音乐创作。一生共创作歌曲 37 首，其中不少是近现代音乐的经典之作，如后来成为中华人民共和国国歌的《义勇军进行曲》等。《毕业歌》在抗日救亡歌咏运动中对青年起到巨大的激励作用。

《义勇军进行曲》 田汉词，聂耳曲，是影片《风云儿女》的主题歌，创作于 1935 年。由于它在中国人民解放斗争中所发挥的巨大作用，新中国成立之初便被定为中华人民共和国的代国歌，1982 年被全国人民代表大会正式确定为国歌。

《铁蹄下的歌女》 许幸之词，聂耳曲，也是影片《风云儿女》的插曲。

《松花江上》 张寒晖词曲，作于 1936 年。作者 1941 年赴延安，写有秧歌剧多部和五十余首歌曲。在民族存亡的危急关头，这首悲歌性质的作品具有特殊的感染力和震撼力。

《大刀进行曲》 麦新词曲，作于 1937 年 7 月，是抗战时期的一首战歌。

《长恨歌》 我国第一部清唱剧，韦瀚章词，黄自曲。黄自曾留学美国学习作曲，1929 年回国后在上海国立音专等学校任教，培养了不少优秀作曲家。主要作品有管弦乐序曲《怀旧》，爱国歌曲《抗敌歌》《旗正飘飘》，艺术歌曲《玫瑰三愿》《南乡子》《花非花》等。清唱剧《长恨歌》取材于白居易同名长诗，为我国浪漫主义声乐的经典之作。

《在太行山上》　桂涛声词，冼星海曲。1937 年在武汉为山西游击队而作的二声部合唱。冼星海，中国革命音乐奠基人，1905 年出生于澳门，1929 年赴巴黎留学。1935 年回国后积极参加抗日救亡歌咏运动，创作了《救国军歌》《热血》等五百首歌曲。1939 年创作了中国音乐的史诗《黄河大合唱》。

《黄河大合唱》　光未然词，冼星海曲。这部史诗般的里程碑式的作品，是冼星海在听了光未然的长篇诗歌《黄河吟》朗诵后，激动万分，抱病连续写作六天完成的。1939 年 4 月在延安首演，引起强烈反响，迅速传遍全国。对后来的合唱创作产生了深远影响。

《南泥湾》贺敬之词，马可曲，作于 1943 年。马可在冼星海的引导下于 1939 年来到延安，曾受过冼星海等音乐家的指导，一生创作了二百余部音乐作品，代表作有歌曲《我们是民主青年》《咱们工人有力量》，秧歌剧《夫妻识字》，管弦乐《陕北组曲》，并与向隅等共同创作了里程碑式的作品歌剧《白毛女》。《南泥湾》通过著名歌唱家郭兰英的演唱迅速传遍全国。

《歌唱祖国》　王莘词曲，创作于 1950 年。王莘主要作品有群众歌曲《边区儿童团》《祖国颂歌》，为陆游词谱写的艺术歌曲《钗头凤》等。《歌唱祖国》表现出新中国成立之初一片生机、蒸蒸日上的面貌和中国人民朝气蓬勃的精神。这首歌问世后迅速在祖国大地传播开来，现已经成为新中国的象征。

《我的祖国》　乔羽词，刘炽曲，故事影片《上甘岭》的插曲。刘炽于 1939 年进入延安鲁艺学习作曲。代表作有歌曲《翻身道情》《让我们荡起双桨》《风烟滚滚唱英雄》《新疆好》《祖国颂》等。

《我们走在大路上》　李劫夫词曲，创作于 1963 年。作者多才多艺，在美术、戏剧等方面都有一定的造诣，尤其突出表现在歌曲创作上，《歌唱二小放牛郎》和为毛泽东诗词谱曲的《蝶恋花·答李淑一》《沁园春·雪》都是流传甚广的上乘之作。《我们走在大路上》气魄宏伟，节奏铿锵，是 20 世纪 60 年代传唱最广的群众歌曲之一。

《长征组歌》　是北京军区战友文工团的晨耕、生茂、唐诃、遇秋根据肖华上将的长诗谱写的声乐组曲，于 1965 年"八一"建军节在北京首演。作曲家们择其中的十首诗谱曲，把长征过程中十个不同的战斗场面衔接在一起。生动形象地再现了伟大长征的壮阔画卷，塑造了人民军队的英雄群像，使其成为音乐史上一部形式新颖、风格独特的大型声乐作品。

《红星照我去战斗》　邬大为词，傅庚辰曲，创作于 1973 年，是电影《闪闪的红星》的插曲。傅庚辰，曾任中国音乐家协会主席。创作过影片《地道战》的插曲《毛主席的话儿记心上》，歌曲《雷锋，我们的战友》等被广为传唱的作品。《红星照我去战斗》是"文革"期间十分罕见的优秀抒情歌曲。

《祝酒歌》　韩伟词，施光南曲，创作于 1976 年。施光南虽英年早逝，但却留下了众多优秀作品，如歌曲《打起手鼓唱起歌》《月光下的凤尾竹》《吐鲁番的葡萄熟了》《在希望的田野上》和歌剧《伤逝》等。《祝酒歌》生动地表达了粉碎"四人帮"后全国人民奔走相告、举杯庆祝的喜悦心情。

《我爱你，中国》　瞿琮词，郑秋枫曲，是 1980 年上映的电影《海外赤子》的插曲。

《在那遥远的地方》　王洛宾，中国 20 世纪最负盛名的民族音乐家之一。1938 年他改编了第一首新疆民歌《达坂城的姑娘》之后，便与西部民歌结下了不解之缘，并从此将传奇般的一生都献给了西部民歌的创作和传播事业,被称为"西北民歌之父"。代表作品还有《半个月亮爬上来》《阿拉木汗》《掀起你的盖头来》《在银色的月光下》等,在国内外广为流传,已成为中华音乐宝库中的经典之作。

2. 歌剧

《白毛女》 延安鲁迅艺术学院集体创作,1945 年 4 月首演。该剧故事取材于晋察冀边区流传的恶霸地主黄世仁迫害贫农女儿喜儿,在共产党领导下已在深山变成"白毛女"的喜儿重获新生的故事,揭示了"旧社会把人变成鬼,新社会把鬼变成人"的主题思想,成为我国歌剧创作的典范。

《洪湖赤卫队》 朱本和等五人编剧,张敬安、欧阳谦叔等作曲,1959 年首演。该剧描写湖北洪湖地区赤卫队在乡党支部书记韩英与队长刘闯的率领下,几经坎坷周折,消灭恶霸彭霸天反动武装的故事。著名的二重唱"洪湖水,浪打浪",以亲切秀丽的曲调抒发了韩英对家乡的一片深情。她在牢房中唱的"看天下劳动人民都解放"具有鲜明的咏叹调性质。这部歌剧中许多脍炙人口的唱段在 20 世纪 60 年代家喻户晓。

《刘三姐》 柳州市《刘三姐》剧本创作组集体创编,1960 年首演。剧本根据壮族姑娘刘三姐通过对歌与地主斗争的民间传说而改编。浓郁的壮族色彩为我国的歌剧舞台又增添了一道亮丽的风景。

《江姐》 阎肃编剧,羊鸣、姜春阳、金砂曲,1964 年首演。剧情是根据小说《红岩》改编的。《红梅赞》是贯穿全剧的主题歌,象征江姐的英雄形象,音调抒情而坚定,洋溢着革命浪漫主义色彩;江姐临刑前与战友诀别时唱的《绣红旗》深情而又乐观,表现了革命者英雄主义的气概。

3. 器乐曲

钢琴曲《牧童短笛》 贺绿汀曲,创作于 1934 年。作者曾为进步电影《十字街头》《马路天使》配乐,其中插曲《春天里》《四季歌》等广为传唱。抗日战争爆发后,到重庆创作了《游击队歌》《嘉陵江上》《垦春泥》等著名爱国歌曲。《牧童短笛》是作者参加旅法俄裔作曲家齐尔品举办的"中国风味的钢琴作品"比赛获头等奖的作品。这首作品因其鲜明的民族特色和精致的创作手法而成为中国钢琴音乐的经典曲目。

小提琴曲《阳光照耀着塔什库尔干》 陈钢曲。作者自幼从父学音乐,1955 年进入上海音乐学院学习作曲。大学四年级时与何占豪合作谱写了闻名海内外的小提琴协奏曲《梁山伯与祝英台》,之后又创编了《苗岭的早晨》等小提琴及其他器乐曲。《阳光照耀着塔什库尔干》是我国小提琴家经常演出的曲目。

小提琴协奏曲《梁山伯与祝英台》 何占豪、陈钢曲,1959 年完成并首演。何占豪主要作品有弦乐四重奏《烈士日记》等。《梁山伯与祝英台》在国内被誉为"民族化的交响乐",在国外则被称为"蝴蝶的爱情协奏曲"。

琵琶协奏曲《草原小姐妹》 吴祖强、王燕樵、刘德海曲,创作于 1973 年。作品试将我国传统民族乐器琵琶作为主奏乐器,与西洋管弦乐队结合。1977 年初春正式公演,曾于 1978 年和 1979 年两次在美国公演,得到了国内外听众的赞赏。

管弦乐《春节组曲》 李焕之创作于 1955 ~ 1956 年间。他的主要作品还有歌曲《中国青年进行曲》《社会主义好》，古筝协奏曲《汨罗江幻想曲》等。

第二节　外国音乐名家名作

巴赫　德国作曲家，被誉为"近代音乐之父"。他使音乐脱离宗教而成为艺术，将器乐上升到与声乐同等重要的地位。巴赫是欧洲音乐历史上具有极为重要影响的作曲家，他的创作代表了巴洛克音乐的最高成就。巴赫的创作范围非常广泛，除歌剧以外，还涉及几乎所有的音乐领域：管风琴、古钢琴、奏鸣曲、协奏曲，以及声乐的康塔塔、受难乐，等等。巴赫在世时默默无闻，去世五十多年后，在19世纪被重新发现，成为一代音乐宗师。代表作品有《布兰登堡协奏曲》《马太受难曲》等。

亨德尔　巴洛克后期德国作曲家。亨德尔的创作非常广泛，歌剧、清唱剧、各种器乐均有重大成就。他的前期创作主要是歌剧，共创作了46部歌剧，后期转向清唱剧创作，在清唱剧领域亨德尔取得了极大成功。《弥赛亚》是亨德尔最为成功、流传最广的清唱剧之一。

海顿　约瑟夫·海顿出生于奥地利，他的创作广泛，声乐和器乐无所不包，但尤以器乐著名。在西方音乐历史上海顿以交响曲和弦乐四重奏的奠基者著称，享有"交响乐之父"的美誉。海顿共创作有一百多部交响曲，6首《巴黎交响曲》和12首《伦敦交响曲》，标志着古典主义风格的最终成熟。

莫扎特　奥地利作曲家，童年时期即在演奏和作曲上表现出罕见的音乐才华，被誉为"音乐神童"。莫扎特最重要的作品几乎都是在维也纳时期创作的，他在声乐和器乐领域都取得巨大成功。莫扎特创作了19部歌剧，其中《费加罗的婚礼》《唐·璜》《魔笛》等堪称古典主义歌剧的经典；他的器乐创作，如交响曲、奏鸣曲、协奏曲也到达相当高的成就。莫扎特的音乐风格细腻典雅，既有生动的诙谐也不乏深刻的表情达意，作为维也纳古典乐派的代表人物，他在西方音乐历史上具有重要影响。

贝多芬　出生于德国波恩，被誉为"乐圣"。贝多芬最重要的成就是交响曲、奏鸣曲、协奏曲和室内乐这类古典主义的器乐体裁，他的9部交响曲、32首钢琴奏鸣曲、1部小提琴协奏曲、5部钢琴协奏曲以及众多的室内乐都是古典主义器乐的颠峰之作。他的音乐将古典主义推向极致，并为音乐的未来发展打开了大门，在西方音乐历史上具有极为深远的影响。重要作品有：《第三交响曲》（英雄）是一部在音乐史上具有里程碑意义的作品；《第五交响曲》（命运）和《第六交响曲》（田园）；《第九交响曲》（合唱）是贝多芬的最后一部交响曲，其中声乐的歌词采用的是德国诗人席勒的诗《欢乐颂》，主题是宣传"人人平等"的启蒙思想。

舒伯特　奥地利作曲家，浪漫主义的早期代表，被誉为"歌曲之王"，古典大师不太注重的歌曲、钢琴小品最能体现他的风格特点。他是浪漫主义艺术歌曲的缔造者，创作了六百多首歌曲，其中《魔王》《野玫瑰》《春之声》《鳟鱼》等都是广为流传的佳作，《蓝色多瑙河》被称为"奥地利第二国歌"，声乐套曲《冬之旅》《美丽的磨坊女》也是艺术歌曲的经典。舒伯特最有特点的钢琴曲是小品类乐曲，《即兴曲》《音乐瞬间》最具有浪漫主义的风格情调。除此之外，舒伯特也涉及传统的器乐体裁，作有钢琴奏鸣曲、各种室内乐以及9部交响曲，其中《第八交响曲》（未完成）最为著名。

柏辽兹 法国作曲家。柏辽兹在音乐史上的名气主要是他开了19世纪浪漫主义标题交响曲之先河，他于1830年创作的《幻想交响曲》在当时引起音乐界哗然，并在后来的音乐历史中一直不断地被争论。柏辽兹还创作有交响曲《哈罗尔德在意大利》《罗密欧与朱丽叶》《浮士德的责罚》，这些作品都具有将音乐与音乐之外因素结合的特点。

门德尔松 德国早期浪漫主义作曲家、钢琴演奏家、指挥家。17岁即写下著名的《仲夏夜之梦》序曲而一举成名。门德尔松的音乐优美动听，既具有古典主义的严谨，也不乏浪漫主义的抒情性。门德尔松的创作包括5部交响曲，其中《苏格兰交响曲》《意大利交响曲》比较著名。他对管弦乐的贡献还在于他的一批单乐章的音乐会序曲，如《仲夏夜之梦》《芬格尔山洞》等。作为一名钢琴演奏家，他在钢琴领域也有重要贡献，《e小调小提琴协奏曲》是一部小提琴协奏曲名作。门德尔松也是一位卓越的音乐社会活动家，他创立德国的第一所音乐学院——莱比锡音乐学院，并通过指挥和介绍巴赫的作品，使巴赫在19世纪初重新被人们认识。

舒曼 德国作曲家、音乐评论家，19世纪上半叶浪漫主义音乐家的典型代表。舒曼的音乐创作包括交响曲、协奏曲、室内乐，但最有特色的是钢琴、艺术歌曲这样一些浪漫主义感兴趣的体裁。舒曼的钢琴套曲有《童年情景》《狂欢节》《蝴蝶》《大卫同盟舞曲》等。舒曼也是一个重要的艺术歌曲作者，代表作有声乐套曲《桃金娘》《妇女的爱情与生活》《诗人之恋》等。除了创作以外，舒曼还是一位重要的音乐批评家，他自己创办了刊物《新音乐杂志》。

肖邦 波兰作曲家、钢琴家，波兰音乐史上最重要的人物之一，欧洲19世纪浪漫主义音乐的代表人物，被誉为"钢琴诗人"，他的作品被誉为"藏在鲜花中的大炮"。肖邦的一生是为钢琴存在的一生，所谓的"肖邦风格"拓展了钢琴音乐的表现领域，他在和声、织体、节奏以及使用钢琴踏板上为钢琴音乐的发展作出了巨大贡献。肖邦的另一贡献是对钢琴音乐体裁的开发，《玛祖卡》《波罗奈兹》《夜曲》《前奏曲》《谐谑曲》《叙事曲》等，这些体裁很多并不是他创立的，但他却赋予它们以全新的生命。《c小调练习曲》（革命）是肖邦一首非常著名的钢琴曲，又名《华沙陷落》。

李斯特 匈牙利作曲家、钢琴家，被誉为"钢琴大师"。19世纪50年代之前，李斯特主要是以钢琴演奏家的身份巡游于欧洲各大城市，他的演奏技压群芳，华丽辉煌，具有强烈的感染力。此后在文化名城魏玛定居下来，专心致力于创作。李斯特的创作主要有钢琴和管弦乐，其钢琴作品往往具有辉煌的效果，充分拓展了钢琴的演奏技巧，他的《钢琴超级练习曲》《帕格尼尼练习曲》《匈牙利狂想曲》等都是一些高难度的作品。李斯特对音乐历史的贡献还在于他首创了新的管弦乐体裁——交响诗，他一共创作了13首交响诗，《前奏曲》《塔索》《玛捷帕》等是常演出的名作。此外他还有两部交响诗性质的交响曲《但丁》与《浮士德》。

瓦格纳 德国歌剧作曲家，19世纪音乐界奇才，不仅是大作曲家，也是指挥家、音乐理论家，还是文学家，所有歌剧脚本皆亲自撰写，26岁以歌剧《黎恩济》被人所知。瓦格纳对音乐历史的重要影响在于他对传统歌剧的改革，他把他的改革歌剧称为"乐剧"，创作出了《特里斯坦与依索尔德》《尼伯龙根的指环》等乐剧。《尼伯龙根的指环》是一部超大型的歌剧，是瓦格纳"综合艺术"理想的完美体现。该剧曾于2005年在北京上演。

威尔第 意大利人，被誉为"歌剧大师"，一生创作了29部歌剧。真正奠定他在歌剧领域地位的是 40 岁前后创作的《茶花女》《弄臣》和《游吟诗人》三部歌剧。1887 年创作了他的晚期佳作《奥赛罗》，并在 80 岁高龄意外地以喜歌剧《法尔斯塔夫》圆满地告别了创作生涯。

布拉姆斯　德国作曲家，也是一位优秀的钢琴演奏家。布拉姆斯创作的最重要成就是交响曲、协奏曲、室内乐等传统体裁。他创作了 4 部交响曲，被认为是贝多芬之后最重要的交响曲作曲家。他的《c 小调第一交响曲》被人称为"贝多芬第十交响曲"。除了器乐创作外，在声乐领域布拉姆斯也很有成就，他的艺术歌曲在 19 世纪艺术歌曲文献中占有重要地位，他的合唱《德意志安魂曲》等也是上乘的声乐杰作。

穆索尔斯基　俄国作曲家，19 世纪俄罗斯民族乐派的代表人物。最有影响的作品有：钢琴组曲《图画展览会》、歌剧《鲍里斯·戈都诺夫》、交响诗《荒山之夜》和歌剧《跳蚤之歌》等。这些作品都非常具有民族特色，具有鲜明的俄罗斯音乐的风格特征。

柴可夫斯基　俄国作曲家。柴可夫斯基的音乐充满了浓郁的俄罗斯风格，反映了 19 世纪下半叶俄国知识分子的精神世界。柴可夫斯基的创作非常广泛，歌剧、舞剧、交响曲、协奏曲、室内乐无所不及。最著名的有歌剧《黑桃皇后》《叶甫盖尼·奥涅金》，舞剧《天鹅湖》《胡桃夹子》；他共写作了六部交响曲，其中《第六交响曲》（悲怆）尤其感人至深；此外他的钢琴组曲《四季》《D 大调小提琴协奏曲》《1812 序曲》等都是脍炙人口的杰作。

德彪西　法国印象主义作曲家。交响诗《牧神午后》被认为是印象主义音乐的开山之作。德彪西的创作主要有管弦乐《牧神午后前奏曲》《夜曲三首》《大海》，钢琴作品《版画集》《意象集》《24 首钢琴前奏曲》和歌剧《佩里亚斯与梅丽桑德》。由于德彪西的音乐打破了许多传统的音乐创作法则，他的创作常常被人们认为是开启了 20 世纪现代音乐的大门，对后来的音乐发展产生了深远影响。

理查·施特劳斯　德国作曲家，著名指挥家，从小受父亲影响学习音乐，12 岁就有作品问世。他的创作成就主要体现在管弦乐作品与歌剧。其管弦乐作品主要是交响诗，如《死与净化》《查拉图施特拉如是说》《蒂尔·艾伦斯皮格尔的恶作剧》《堂·吉诃德》《英雄生涯》等。施特劳斯的歌剧受瓦格纳的乐剧创作影响，在 20 世纪歌剧文献中占有重要地位，是德奥现代歌剧的先行者。主要代表作有《莎乐美》《埃勒克特拉》和《玫瑰骑士》。

勋伯格　奥地利作曲家。勋伯格是德奥表现主义音乐的代表人物，20 世纪西方现代音乐最重要的作曲家之一，他和他的两个学生贝尔格、威伯恩组成的"新维也纳乐派"对 20 世纪音乐产生了深远影响。勋伯格的代表作品有：独幕歌剧《期待》《月光下的皮埃罗》，十二音作品《乐队变奏曲》《华沙幸存者》以及在美国期间创作的歌剧《摩西与亚伦》。

斯特拉文斯基　俄国人，20 世纪现代音乐最重要的大师级作曲家之一。前期创作主要有芭蕾舞剧《春之祭》《火鸟》《彼得鲁斯卡》，这批作品具有原始主义倾向，风格粗犷强烈，斯特拉文斯基由此迅速成名。后期追求比较简朴和单纯的现代风格，主要代表作有：清唱剧《俄狄浦斯王》、歌剧《浪子的历程》、合唱与乐队《诗篇交响曲》。

肖斯塔科维奇　俄国人，20 世纪最重要的作曲家之一。肖斯塔科维奇的创作领域非常广泛，涉及交响曲（15 部）、弦乐四重奏（15 首）和歌剧、舞剧、电影配乐以及各类声乐作品。他生活在苏联社会主义时代，其创作也与此息息相关。《列宁格勒交响曲》是他的《第七交响曲》的别称，也代表他最重要的创作成就。

当代世界乐坛

保罗·罗伯逊是现代美国杰出的黑人男低音歌唱家，他积极支持各国正义事业。代表歌曲有《老人河》。

当代世界三大男高音歌唱家是意大利的帕瓦罗蒂、西班牙的多明戈和卡雷拉斯，三人被誉为"歌王"。其中，帕瓦罗蒂为高音之首，他具有十分漂亮的音色，在两个八度以上的整个音域里，所有音均能迸射出明亮晶莹的光辉。被一般男高音视为畏途的"高音 c"也能唱得清畅圆润而富于穿透力，因而被誉为"高音 c 之王"。

当代世界三大女歌星是芭芭拉·史翠珊、惠特尼·休斯顿和席琳·迪翁（电影《泰坦尼克号》主唱），三人被称为"天后"。

美国流行乐坛的歌手有"猫王"、"摇滚乐歌王"迈克尔·杰克逊和"性感女歌星"麦当娜等。

世界十大音乐指挥家：奥地利的卡拉扬，日本的小泽征尔，意大利的托斯卡尼尼和阿巴多，印度的梅达，德国的瓦尔特和富尔特温格勒，英国的斯托科夫斯基，美国的伦·波恩斯坦，匈牙利的奥曼迪。

世界音乐之城是奥地利的维也纳，被誉为"乐都"。

世界最著名的音乐节是维也纳新年音乐会，每年元旦在金色大厅举行。

世界六大歌剧院是奥地利国家歌剧院（维也纳）、巴黎歌剧院、米兰大剧院、悉尼歌剧院、科隆歌剧院（德）和百老汇剧院（美国纽约）。

第五章　音乐常识考试真题

以下考试真题的答案请在本部分的第一章至第四章中查找。

1.《义勇军进行曲》原是影片 ＿＿＿＿＿ 的主题歌。

A.《南国之春》　　　B.《大路》　　　　C.《渔光曲》　　　D.《风云儿女》

【考试院校】长江大学 2014 年广播电视编导专业考题

2. 19 世纪中后期俄罗斯民族音乐兴起，柴可夫斯基的芭蕾舞剧 ＿＿＿＿＿ 是享誉世界的杰作。

【考试院校】临沂大学 2014 年广播电视编导专业考题

3. 下列不属于我国十大名曲的是 ＿＿＿＿＿。

A.《广陵散》　　　B.《梅花三弄》　　C.《十面埋伏》　　D.《阳关三叠》

【考试院校】南昌理工学院 2014 年广播电视编导专业考题

4. 马头琴是 ＿＿＿＿＿ 民族舞蹈的特色伴奏乐器。

A. 汉族　　　　　B. 蒙古族　　　　C. 藏族　　　　D. 傣族

【考试院校】南昌理工学院 2014 年广播电视编导专业考题

5. 电子音乐（名词解释）

【考试院校】山东师范大学 2014 年戏剧影视文学专业考题

6.《霓裳羽衣曲》的作者是被称作音乐皇帝的 ＿＿＿＿＿。

【考试院校】天津师范大学 2014 年广播电视编导专业考题

7. 歌曲《义勇军进行曲》的词作者是 ＿＿＿＿＿。

【考试院校】重庆邮电大学 2013 年广播电视编导专业考题

8. 旋律（名词解释）

【考试院校】山东艺术学院 2011 年广播电视编导专业艺术传媒方向考题

9. 交响曲（名词解释）

【考试院校】聊城大学 2011 年广播电视编导专业考题

10. "西北民歌之父"是 ＿＿＿＿＿。

【考试院校】湖南师范大学 2011 年广播电视编导专业考题

11. 民歌的特点和种类。

【考试院校】山东艺术学院 2010 年广播电视编导专业考题

12. 歌剧《图兰朵》运用了我国民歌 _____ 的曲调。

【考试院校】鲁东大学 2010 年广播电视编导专业考题；成都大学 2011 年广播电视编导专业考题；重庆邮电大学 2013 年广播电视编导专业考题

13. 下列对《黄河大合唱》描绘正确的是 _____。

A. 冼星海作词，光未然作曲　　　　B. 光未然作词，冼星海作曲

C. 施光南作曲，冼星海作词　　　　D. 光未然作词，施光南作曲

【考试院校】天津工业大学 2014 年广播电视编导专业考题

14. 古琴曲《凤求凰》是反映汉代 _____ 和 _____ 的爱情故事的名曲。

【考试院校】九江学院 2014 年广播电视编导专业考题

15. 帕瓦罗蒂（名词解释）

【考试院校】山东财经大学 2014 年文化产业管理专业考题

16. 歌剧《费加罗的婚礼》的作曲者是 _____。

A. 普契尼　　　　B. 莫扎特　　　　C. 舒伯特　　　　D. 李斯特

【考试院校】天津工业大学 2014 年广播电视编导专业考题

17. 有"俄罗斯音乐之父"称誉的是 _____。

A. 斯坦尼斯拉夫斯基　B. 格林卡　　　　C. 柴可夫斯基　　　　D. 柏辽慈

【考试院校】天津工业大学 2014 年广播电视编导专业考题

18. 下列哪位音乐家与其他三位的国籍不同 _____。

A. 瓦格纳　　　　B. 海顿　　　　C. 莫扎特　　　　D. 李斯特

【考试院校】天津工业大学 2014 年广播电视编导专业考题

19. 肖邦（名词解释）

【考试院校】山东艺术学院 2011 年广播电视编导专业艺术传媒方向考题

20. "二十世纪世界三大男高音"为意大利的 _____、西班牙的 _____ 和卡雷拉斯。2011 年 6 月，三大男高音于北京故宫携手演出了一场广场音乐会。

【考试院校】黄山学院 2012 年广播电视编导专业考题

21. 小夜曲（名词解释）

【考试院校】聊城大学 2010 年广播电视编导专业考题

22. 贝多芬（名词解释）

【考试院校】广西民族大学 2010 年广播电视编导专业考题

23. 阐述一下你对音乐剧《猫》的理解。

【考试院校】中国传媒大学南广学院 2010 年戏剧影视文学专业考题

24. 民族乐器分为哪几种？

【考试院校】中国传媒大学南广学院 2010 年戏剧影视文学专业考题

25. 交响乐（名词解释）

【考试院校】北京电影学院 2007 年公共事业管理专业考题

26. 贝多芬第三交响曲是 _____，第六交响曲是 _____；《蓝色多瑙河》的作曲是奥地利的 _____。

【考试院校】北京电影学院 2008 年公共事业管理专业考题；青岛农业大学 2014 年广播电视编导专业考题

27. 爵士乐（名词解释）

【考试院校】北京电影学院 2008 年公共事业管理专业考题

第七部分 舞蹈与杂技常识

　　翻开各国的历史，我们发现舞蹈曾经与杂技有着千丝万缕的联系，有时候舞蹈与杂技甚至不分彼此地融为一体。早在汉唐时期舞蹈就与杂技相结合以"百戏"的形式存在，深受王公贵族的喜爱。可见，杂技和舞蹈在同一个舞台上可以自然完美地融合，杂技的惊险赋予舞蹈技巧性，舞蹈的优美增添了杂技的欣赏性。但二者也有着明显的区别，杂技追求的是高难、惊险、魔幻，而舞蹈则是通过肢体语言表现人的情感和内涵，二者体现了不同的审美，是不可相互替代的。

第一章　舞蹈常识

第一节　舞蹈的含义及艺术特征

一、舞蹈的含义

舞蹈是通过艺术化的人体动作和形态来反映生活、表达感情的表演艺术。舞蹈是最古老的艺术形式之一。它起源于劳动，原是一种即兴的、自娱自乐的动作活动，在祭祀活动、典礼仪式、军事操练、劳动生产中得到发展，形成一定的风格和程式，进而成为可供欣赏的表演艺术。

舞蹈和音乐有着密不可分的关系，"载歌载舞"是早期舞蹈的主要形式。虽然歌舞可以分家，虽然音乐和舞蹈是两个相对独立的艺术门类，但音乐一直是舞蹈的重要组成部分。舞剧、交谊舞可以没有歌唱，但不可缺少音乐。正是有音乐，舞蹈才有动作的协调、气氛的渲染。

二、舞蹈常见术语

1. 舞蹈形象

舞蹈形象是以舞蹈艺术为手段塑造的人物形象、动态形象，指人体的姿态、造型、步法等动作借助音乐、舞台美术、化妆、服饰等艺术因素产生的具有欣赏价值的视觉效果。具有可视性、流动性的审美特点。

2. 舞蹈表情

根据现实生活中人的心理活动和流露表情的习惯特点，经过提炼和艺术加工，用不同的舞蹈形式加以概括并表现出的喜怒哀乐等内心情感变化。除了与动作相协调的面部表情外，有节奏的动作、姿态、手势和造型，亦可产生富有艺术感染力的舞蹈表情。

3. 舞蹈动作

舞蹈动作是经过艺术提炼、组织和美化了的人体动作，是舞蹈艺术的基本表现手段。来源于对人的各种生活或情感动作以及大自然各种运动形态的模拟、变形与加工。

4. 舞蹈题材

题材是指舞蹈作品中直接描绘的生活现象，是舞蹈编导对其掌握的社会生活素材进行选择、提炼、加工后作为作品内容的材料。

5. 舞蹈结构

舞蹈结构是指舞蹈作品中塑造人物、表现感情、安排情节的组织和布局。舞蹈结构是展现作品的内容、塑造舞蹈作品的艺术形象、创造舞蹈作品意境的重要手段。

三、舞蹈艺术特征

1. 动态性

舞蹈形象是一种直觉的艺术形象，但它不是一种静止状态的直觉形象（如绘画、雕塑），而是流动状态的直觉形象。一般可大致分为表情性（表现性）动作和说明性（再现性）动作。

2. 节奏性

任何舞蹈都是有节奏的，没有节奏便没有舞蹈。所以，我们说舞蹈的动态形象是一种具有节奏性的动态形象。节奏一般可分为内在节奏和外在节奏。

3. 造型性

造型性是使舞蹈动作具有美感形式的最基本条件和主要因素。

斜线　一般表现有力的推进，并有延续和纵深感，长于表现开放性、奔驰性的舞蹈。

竖线　径直向前的竖线，具有强劲的动势，可以使观众产生迎面而来的紧迫感和压力感，长于表现那些正面前进的舞蹈。

横线　一般表现缓和、稳定、平静自如的情绪。

圆线　一般给人以柔和、流畅、匀称和延绵不断的感觉。

曲折线　一般给人活泼、跳荡和游动不稳定的感觉。

4. 抒情性

《诗经·大序》中所说："情动于中而形于言，言之不足，故嗟叹之；嗟叹之不足，故咏歌之；咏歌之不足，不知手之舞之，足之蹈之也。"

5. 综合性

舞蹈的艺术特性之一。舞蹈的本体构成与音乐（节奏）、美术（造型）和诗（情思）有着非常紧密的关系，舞蹈是一种集时间性与空间性于一体的综合性艺术。

第二节　舞蹈的分类

根据舞蹈的作用和目的来划分，舞蹈可分为生活舞蹈和艺术舞蹈两大类。

生活舞蹈包括：习俗舞蹈（仪式舞蹈）、宗教祭祀舞蹈、社交舞蹈、自娱舞蹈、体育舞蹈、教育舞蹈。

艺术舞蹈有三种。

（1）按风格特点分为：古典舞、民间舞、现代舞。

（2）按表现形式分为：独舞、双人舞、三人舞、群舞、组舞、歌舞、舞蹈诗、歌舞剧、舞剧。

（3）按反映生活和塑造舞蹈形象方法分为：抒情性舞蹈、叙事性舞蹈、戏剧性舞蹈。

一、生活舞蹈

生活舞蹈是与人们各种生活有着直接紧密联系，功利目的性比较明确，人人都可以参加的具有广泛群众性的舞蹈活动。

1. 习俗舞蹈

又可称为仪式舞蹈，是我国许多民族在婚配、丧葬、种植、收获及其他一些喜庆节日所举行的各种群众性的舞蹈活动。在这些舞蹈活动中，表现了各个民族的风俗习惯、社会风貌、文化传统和民族格性。如彝族的"火把节"、傣族的"泼水节"等。

2. 宗教祭祀舞蹈

宗教祭祀舞蹈是进行宗教和祭祀活动的舞蹈形式。宗教舞蹈是对超自然、超人间的神秘力量的一种形象化的再现，使无形之神成为可以被感知的有形之身，是神秘力量的人格化。祭祀舞蹈，是祭祀先祖、神祇的一种礼仪性的舞蹈形式，主要用以求祖宗神灵庇佑、除灾祛病、逢凶化吉、人畜兴旺、五谷丰登，或是答谢祖宗神灵的恩赐。如民间的巫舞、师公舞、傩舞、佛教的"打鬼"、萨满教的"跳神"、满族的腰铃舞。

3. 社交舞蹈

社交舞蹈是人们进行社会交往、增进友谊、联络感情的舞蹈活动。一般多指在舞会中跳的各种交际舞。外国的社交舞蹈又名"交际舞"或"交谊舞"

交谊舞，是从欧洲民间发展起来的舞会舞。16世纪后盛行于欧洲宫廷，后逐步推向贵族家庭和上流社会，再变成现代社会交往中的一种娱乐形式。它的特点：一是同民间舞一样，不再是欣赏别人的表演，而是自我参与，自娱自乐；二是它一般为男女双人相拥成对，具有很强的社会交往性；三是它融音乐、舞蹈、体育为一体，兼有艺术、娱乐、社交、锻炼的多种功能；四是普遍而广泛，不受年龄、国家限制，世界通行。

交谊舞种类繁多。按来源分，可分为现代交谊舞和拉丁交谊舞两大类。

现代交谊舞

比较典雅，充满绅士派头。主要有：

慢四步 又称布鲁斯，源于美国黑人舞，风格稳重优雅，是学各种舞的基础。

快四步 源于英国，风格活泼欢快，变化多样，常放在舞会开场，以营造气氛。

三步 又称华尔兹，源于奥地利，又称圆舞，以旋转为主。又分快慢两种，快三步亦称"维也纳华尔兹"，被誉为"宫廷舞之王"，不断旋转，热烈轻快。慢三步舒展流畅，柔和秀美，被誉为"舞中之后"。

探戈 源于非洲，后传入阿根廷，使阿根廷获得"探戈王国"的称号，它节奏强烈，又较多侧身探头动作，风格刚劲潇洒，被誉为"舞中之冠"。

狐步 又称福克斯，由美国喜剧舞蹈演员哈利·福克斯创造而得名。特点是模仿狐狸走步，不走直线，足跟平滑前进，身体微升微降，风格轻松优雅。

拉丁交谊舞

热烈、奔放、欢快，主要有：

伦巴 源于非洲苏丹黑人的民间舞，后传入古巴，盛行一时。特点是胯部扭动，两脚轮流踏两下，运步幅度不大，而上身自由舞动，被称为"拉丁舞之魂"。

牛仔 又称吉特巴，源于美国南方，原是海员、水兵在船上活动的舞蹈，特点是原地跳跃扭动，很少有队形变化，而上身活动很多，可自由发挥，适于单人跳。

4. 自娱舞蹈

自娱舞蹈是指人们以自娱自乐为唯一目的的舞蹈活动。用舞蹈来抒发和宣泄自己内在的情感冲动，从而获得审美愉悦的充分满足。如我国汉族民间舞蹈"秧歌"和一些少数民族的民间舞蹈，以及西方的"迪斯科""霹雳舞"等，都是人们所喜爱的自娱性舞蹈。

迪斯科 源于黑人歌舞，发端于美国，现已风行世界。特点一是舞者可单可双可集体，强调自由发挥，即兴创造，以求宣泄。二是速度快，节奏强，刺激性大。三是音乐强烈，常用电声乐队伴奏，灯光眩目闪烁，令人眼花缭乱。

霹雳舞 流行于美国，舞者可以自由发挥，动作难度大，常常有一些杂技性质的动作，如滚翻、旋转、手臂扭动，形成很强的视觉冲击。

5. 体育舞蹈

体育舞蹈是舞蹈与体育相结合，以艺术审美的方式锻炼身体，使身心全面健康发展的舞蹈新品种。如各种健身舞、冰上舞蹈、水上舞蹈，以及我国传统武术中的舞剑、舞刀。

另外，狭义上看，体育舞蹈也可以专指国际标准舞，简称"国标"，是竞技型、比赛型舞蹈，所以又属体育范畴。它有一整套严格的规定动作，统一的标准和比赛制度，用英语发口令，技术动作要求也比交谊舞复杂、严格得多。

6. 教育舞蹈

教育舞蹈是指学校、幼儿园等进行审美教育的舞蹈活动，以及开设的舞蹈课程，用来陶冶和美化人的思想感情、道德情操，培养人的团结友爱精神，对加强礼仪以及增进身心健康都起到潜移默化的作用。教育舞蹈是提高人的全面素质，培养完善人格的不可缺少的教育手段。

二、艺术舞蹈

艺术舞蹈由专业和业余舞蹈家通过对社会生活的观察、体验、概括、分析和想象，进行艺术创造，从而产生出主题思想鲜明、情感丰富、形式完整，具有典型的艺术形象，由少数人在舞台或广场表演给广大群众观赏的舞蹈作品。根据舞蹈的不同风格特点来区分，有古典舞、民间舞、现代舞。

1. 古典舞

古典舞是指各民族中长期流传至今的具有典范意义的优秀舞蹈作品。它是在民间舞蹈的基础上，经过历代艺术家的提炼、加工、整理、创造而成，具有整套的规范性和严谨的程式。世界许多民族都有各具特色的古典舞蹈。

中国是世界文明古国之一，灿烂的古代文明中，当然包含了丰富多彩的古典舞蹈。中国古典舞大体分为四类，即祭礼舞、宫廷舞、民俗舞和戏曲舞，其中后两类现在还很盛行。唐朝是中国古典舞的鼎盛时期，敦煌壁画中描绘了唐代舞蹈的各种优美造型，如"飞天""反弹琵琶"等。唐诗中也有大量关于舞蹈的描写，如杜甫的《观公孙大娘弟子舞剑器行》，白居易的《霓裳羽衣舞歌和微之》等，分别介绍了当时最著名的舞蹈家公孙大娘和当时最著名的古典舞《霓裳羽衣舞》。

新中国成立后，经过舞蹈、音乐、文物工作者的共同努力，从大量文献、文物、美术作品和老艺人世代相传的技艺中，考证、挖掘、整理、创作了一批优秀的古典舞。如《编钟乐舞》《祭孔乐舞》《九歌》《铜雀伎》《仿唐乐舞》《长安乐舞》《敦煌乐舞》《大梦敦煌》《清官乐舞——盛世行》等。表现敦煌文化的民族舞蹈《丝路花雨》，更成了集中展现中国古典舞魅力的经典之作。

欧洲的古典舞蹈，一般都泛指芭蕾舞。"芭蕾"是法语Ballet的音译，意即"跳舞"。芭蕾孕育于文艺复兴时期的意大利，形成于17世纪后期的法国，18世纪传入俄国，19世纪初成长为独立的舞蹈艺术。故芭蕾起源于意大利，兴盛于法国，鼎盛于俄国，最终从俄国走向了世界各国。1832年，舞剧《仙女》在巴黎演出时成功地使用了足尖技巧。从此，它以女演员为主，"足尖舞"成为芭蕾舞女演员的基本功，也成为了芭蕾舞的标志。它在发展过程中，形成一整套规范的、科学的、系统的形体动作，如女演员的足尖旋转、男演员的大步跨跳、双人舞的托举，都有严格的程式，因此也被称为"残酷的艺术"。19世纪，古典芭蕾舞形成了三大流派，即意大利学派、法国学派、俄罗斯学派，20世纪又出现了现代学派。

芭蕾舞技巧难度大，步伐轻盈优雅，风格浪漫温馨，充满诗情画意，最擅长表达神话、爱情题材，不宜有复杂的情节。代表剧目有《天鹅湖》《吉赛尔》《仙女们》《胡桃夹子》《天鹅之死》等。另一批剧目根据文学名著改编，如《罗密欧与朱丽叶》《堂·吉诃德》《巴黎圣母院》《卡门》等。俄国（苏联）代表了芭蕾舞的最高成就，创作了大批优秀剧目，拥有世界一流的芭蕾舞剧团，培养了大批世界级的芭蕾舞人才，如瓦冈诺娃、巴甫洛娃、乌兰诺娃等。

芭蕾舞在20世纪初传入中国，但直到新中国成立后才建立了芭蕾舞剧团。由苏联专家指导，培养了中国第一批芭蕾舞演员，其中白淑湘被称为"中国第一只白天鹅"。20世纪60年代我国创作了第一批现代题材的芭蕾舞剧《红色娘子军》《白毛女》，70年代又创作了《草原儿女》《沂蒙颂》，90年代创作了《二泉映月》。同时涌现出大批优秀演员，不少人在国际比赛中获奖，如白淑湘、薛菁华、石钟琴、茅惠芳、邹之瑞、梁靖（男）等。

2. 民间舞

在一切艺术门类中，舞蹈是最具集体创作色彩的，它的基础是民间舞。世界各民族都有历史悠久、风格独特的民间舞，在此基础上，才产生了民间舞蹈，专供欣赏演出。群众参与性是民间舞的主要特征。

汉族民间舞最具代表性的是秧歌。秧歌主要流传于北方，是一种群众自娱自乐的广场艺术。伴奏通常是打击乐锣、鼓、钹，节奏强，而无曲调变化，以便舞者即兴发挥。舞者常持彩绸、扇子、花伞而舞。汉族民间舞除秧歌外，还有腰鼓舞、龙舞、狮舞、花灯、花鼓、高跷、跑旱船、采茶舞、绸舞、扇舞、剑舞等。

中国各少数民族都能歌善舞，并各有自己的民族民间舞。如藏族有弦子、热巴，维吾尔族有赛乃姆、多朗，蒙古族有安代、筷子舞，朝鲜族有长鼓舞、农乐舞，土家族有摆手舞、茅谷斯舞，苗族有芦笙舞、踩鼓舞，傣族有孔雀舞，白族有绕山林，黎族有竹竿舞、钱铃双刀舞，高山族有杵舞，等等。

世界各国也有各具特色的民间舞。奥地利有华尔兹舞，波兰有玛祖卡舞、波洛涅兹舞，捷克有波尔卡舞，墨西哥有踢踏舞，阿根廷有探戈舞，巴西有桑巴舞，非洲有鼓舞，苏丹有伦巴舞，印度有婆罗多舞，孟加拉有脚铃舞，泰国、老挝、柬埔寨有南旺舞，印尼有巴厘舞，日本有盂兰盆舞，等等。

3. 现代舞

现代舞是 19 世纪末和 20 世纪初在欧美兴起的一种舞蹈流派，其主要美学观点是反对古典芭蕾的因循守旧、脱离现实生活和单纯追求技巧的形式主义的束缚，以合乎自然运动法则的舞蹈动作，自由地抒发人的真实情感，强调舞蹈艺术要反映现代社会生活。

现代舞在美国最初被称为自由舞，代表人物是依莎多拉·邓肯。以后才被称作现代舞，代表人物是肖恩夫妇。现代舞的代表人物是玛莎·格莱姆，后期现代舞或称新先锋派现代舞的代表人物是墨斯·坎宁安、埃尔文·尼克莱、保罗·泰勒、崔士·布朗等。现代舞的共同特征是摆脱古典舞蹈的程式和束缚，以自然的舞蹈动作，自由地表现感情和生活，充满了现代人的风格和理念。

第三节　中外著名舞蹈家和作品

一、外国舞蹈家和作品

诺维尔　18 世纪后期法国杰出的舞剧改革家和编导。他自幼学舞，16 岁登台并任编导，在欧洲各大城市演出。1760 年起开始发表论文，后集成《舞蹈书信集》一书。他注重舞剧的戏剧结构和人物形象，强调故事性，提倡"情节性舞蹈"，采用哑剧手段，改革服装，建立了另外一套欧洲舞剧创作方法。

玛丽·塔里奥妮　她是第一个用脚尖跳舞的芭蕾女舞者。1832 年其父创作了浪漫芭蕾处女作《仙女》，塔里奥妮第一次在巴黎歌剧院大舞台用脚尖技术将仙女的形象塑造得惟妙惟肖。她是 19 世纪浪漫主义芭蕾最出类拔萃的舞者，也是整个芭蕾史上最负盛名的舞蹈家之一。

舞剧《吉赛尔》　西欧芭蕾史上的重要作品，首演于 1841 年 6 月 28 日的巴黎歌剧院。《吉赛尔》是一部既富有传奇性，又具有世俗性的动人的爱情悲剧。近一个半世纪，人们对它的评价超出了作为开拓浪漫主义舞剧新时期的作品《仙女》，得到了"芭蕾之冠——浪漫芭蕾代表作"的美誉。

马里乌斯·彼季帕　被称为"古典芭蕾之父"。由他与其俄国弟子列夫·伊凡诺夫创作的《睡美人》《天鹅湖》《胡桃夹子》成为芭蕾史上的精品（均由俄罗斯作曲家柴可夫斯基谱曲）。其中《睡美人》取材于法国诗人夏尔·佩罗的名作《沉睡森林里的美女》，首演于 1890 年 1 月 30 日的圣彼得堡，是俄罗斯 19 世纪末大型神幻芭蕾舞的顶峰之作。这部芭蕾舞剧严格遵循了古典芭蕾的原则，代表了彼季帕天才编舞的最高成就，被誉为"19 世纪芭蕾百科全书"。

米哈伊尔·福金　被称为"现代芭蕾之父"。创作了《天鹅之死》《仙女们》《火鸟》等。

瓦冈诺娃　苏联女舞蹈家、教育家，毕业于圣彼得堡芭蕾舞蹈学校，后任该校校长。她著有《古典舞蹈基础》，自成舞蹈教学体系，培养了大批舞蹈人才。

乌兰诺娃　苏联女舞蹈家，世界公认的戏剧芭蕾大师。她主演过《天鹅湖》等大批芭蕾舞名剧，成为芭蕾艺术顶峰的代表，曾来中国演出。

巴兰钦 美国著名芭蕾舞大师、编导。曾在俄国学习芭蕾，创作了《罗密欧与朱丽叶》《海神的胜利》《众神讨饭》《阿波罗》等。

玛戈·芳婷 英国著名女芭蕾舞演员。出生于中国上海，自幼学习芭蕾舞，成功地演出了《夜曲》《仙女之吻》《天鹅湖》《罗密欧与朱丽叶》《茶花女》等。由于她对英国芭蕾舞艺术的卓越贡献，1956 年被封为"女爵士"。

鲁道夫·努里耶夫 苏联芭蕾舞演员。代表作有《天鹅湖》《睡美人》《茶花女》《平庸贵族》等。他与英国芭蕾明星玛戈·芳婷的合作成为世界芭蕾舞史上的佳话。两人共舞拍摄成录像片《天鹅湖》，成为后世赞叹不已的当代经典，有"20 世纪最伟大的芭蕾男演员之一"的美誉。

弗拉基米尔·马拉霍夫 苏联芭蕾舞演员。1989 年在巴黎谢尔盖·李法国际大赛上获得金奖，成为 20 世纪 90 年代国际芭坛的巨星。

邓肯 20 世纪初美国女舞蹈家，现代舞的创始人，被誉为"现代舞之母"。她 24 岁赴欧洲学舞并演出，成为国际知名的舞蹈家。她曾经到苏联创建舞蹈学校，创作一批有革命内容的舞蹈，如《国际歌》。回国后，因编演革命舞剧《革命》而受迫害。她的代表作有《马赛曲》《蓝色多瑙河》《春》等。她的另一贡献是创立了科学的"邓肯舞谱纪录法"，用简明的符号纪录舞蹈动作。她的自传体回忆录《我的生活》曾风靡全球，1927 年该书出版后不久，她不幸遭遇车祸身亡。

肖恩 美国现代派著名舞蹈家，现代舞的先驱人物。1915 年他在洛杉矶创建了肖恩舞蹈学校，成为美国第一所严肃而正规的舞蹈学校。其代表作有《克切塔》《劳工交响曲》《跳舞的神》等，被誉为"美国现代舞之父"。

崔成喜 朝鲜女舞蹈家。她创作演出了大量的朝鲜民族舞蹈、舞剧，如《砂东城的故事》《春之歌》等。

二、中国舞蹈家、作品及奖项

周公"制礼作乐" 周代是我国古代宫廷舞蹈发展的第一个重要时期。周代进入封建制国家之后，急需在文化上完成中央集权统治的思想工作。周代统治者认为制定严格的等级制度是国家稳定和长治久安的文化基础。因此周公旦制作了一整套礼乐制度，用各种不同规格的乐舞对应社会等级，如舞队王用八佾，诸侯用六佾，士大夫用四佾等，史称"制礼作乐"。宫廷专门设置了掌管乐舞事宜的机构，并编排了"六代舞""六小舞"。中国古代宫廷雅乐传统自此得以延续。

西施的响屐舞 西施，春秋战国时代著名的宫廷舞人。相传她的响屐舞婀娜多姿，木屐声与响铃声交相呼应，别具一番迷人的风韵与味道。

"百戏" 汉代人民十分喜爱的民间乐舞，"百戏"内容异常丰富，集歌舞、杂技、马戏、音乐、魔术为一体，规模庞大繁杂，娱乐性极强，是汉代以前所未有的，艺术水平也是屈指可数的。

赵飞燕的掌上舞 赵飞燕，西汉末年女舞蹈家，汉武帝之皇后。舞艺高超，体态轻盈瘦小，据称可作掌上舞。

杨玉环的霓裳羽衣舞 杨玉环，唐代著名女舞蹈家，唐玄宗之妃，称杨贵妃。她能歌善舞，尤善霓裳羽衣舞和胡旋。大诗人白居易在《霓裳羽衣歌》中描绘了霓裳羽衣舞的动态美和感人的艺术魅力。她体态丰满，与赵飞燕并称"环肥燕瘦"。

公孙大娘　唐代女舞蹈家，善舞剑器，杜甫曾写诗称赞。

新秧歌　是 20 世纪 40 年代由延安开始波及整个解放区的一个大规模的、影响深远的群众文艺运动。它从形式到内容都是从旧秧歌的基础上进行改造而发展的，不但可用于娱乐，同时也是人民群众在娱乐中自我教育的手段，所以又被称为"翻身秧歌""斗争秧歌"，新秧歌运动在我国文艺发展史上写下了重要的篇章，为后来舞蹈艺术的发展打下了坚实的基础。

戴爱莲　中国现当代著名舞蹈表演艺术家、编导家、舞蹈教育家，中国现代舞蹈的奠基人。主要贡献是对中国民族舞蹈的挖掘与发展，为国人打开了民族民间舞蹈宝库。"边疆舞"是她舞蹈创作中最有影响的系列舞蹈。她被人们亲切地称为边疆舞蹈家。她曾到英国学舞，1940 年回国后，创作了《游击队的故事》《思乡曲》《和平鸽》《荷花舞》《飞天》等舞蹈。她第一个把少数民族的舞蹈搬上了舞台，第一个把芭蕾舞介绍到中国来。新中国成立后，她曾任中国舞蹈家协会首任主席，并创作主演了《春游》《荷花舞》《长绸舞》等舞蹈。

吴晓邦　我国著名舞蹈编导、演员、理论家，中国现代舞蹈的奠基人，与戴爱莲并称"男吴女戴"。他创办了我国第一所舞蹈院校——北京舞蹈学校，著有我国现代舞蹈理论第一部专著《新舞蹈艺术概念》。他创作并主演了一批优秀的舞蹈节目，如《饥火》《义勇军进行曲》《十面埋伏》等。

陈爱莲　当代著名舞蹈表演艺术家，其主演的《春江花月夜》《蛇舞》《霓裳羽衣舞》等蜚声舞坛，屡演不衰。她以鲜明纯正的民族风格和表演个性，成为中国古典舞蹈的代表人物，屡受国际赞誉。

贾作光　满族，著名舞蹈编导家、表演艺术家。致力于蒙古族舞蹈的研究和创作，被誉为蒙族舞的奠基人之一。代表作有《牧马舞》《鄂伦春舞》《马刀舞》《雁舞》《牧民的喜悦》等大量作品。

莫德格玛　著名舞蹈表演艺术家，蒙古族人。其创作表演的舞蹈有《单鼓舞》《湖畔晨曦》《嘎达夫人》《古庙神思》等。

刀美兰　著名舞蹈家，傣族人。长于表演傣族舞蹈，风格纯正，婀娜多姿。代表作《赶摆的路上》《金色的孔雀》等。

崔美善　著名舞蹈表演艺术家，朝鲜族人。代表作《孔雀舞》《喜悦》等。

杨丽萍　著名舞蹈表演艺术家，白族人。代表作《雀之灵》《月光》《云南印象》等。

白淑湘　著名舞蹈表演艺术家，被称为"中国第一只白天鹅"。1958 年首演芭蕾舞剧《天鹅湖》，1964 年首演中国芭蕾舞剧《红色娘子军》。

王玫　北京舞蹈学院著名教授、编导。代表作有《我心中的钗头凤》《潮汐》《红扇》《也许是要飞翔》等。她在国内外具有重要影响，是目前国内优秀且具有实力的舞蹈编导家及舞蹈教育家之一。

荷花奖与桃李杯　"荷花奖"由中国文学艺术界联合会、中国舞蹈家协会创意，1996 年经中宣部立项、中央两办批准的全国性专业舞蹈评奖活动，旨在奖励优秀的舞蹈艺术作品，表彰成绩突出的舞蹈创作与表演人员，活跃舞蹈理论与舞蹈评论，推动我国舞蹈艺术事业健康发展。自 1997 年创建以来已成为标志着中国专业舞蹈艺术最高成就的专家奖。

　　"桃李杯"舞蹈比赛是国内规格最高的青少年舞蹈大赛，由中国文化部主办。1985 年由北京舞蹈学院发起，每三年举行一届，始终本着检阅我国舞蹈教学成果，总结舞蹈教学及创作经验，提高舞蹈教学素质和表演水平，繁荣舞蹈剧目创作，发现选拔优秀舞蹈人才的宗旨，有"中国舞蹈奥斯卡"的美誉。

第二章　杂技常识

　　杂技是一种表现艺术，是各类杂耍、魔术、驯兽表演的总称。杂技的特点是以艺术化的动作，表演各种难度极高的技艺，展示人类征服自然、挑战自我的勇气。杂技是艺术与体育的结合，但它属于艺术的范畴，这在于它的表演性，而不是体育比赛的竞技性、对抗性，它总是给人以美的享受。

　　杂技表演的受众最广，不论什么年龄、文化层次的人都易于接受，乐于欣赏。同时，杂技又是最不受语言、政治、国界限制的艺术形式，便于国际交流，成为各国人民友好往来的纽带。

一、中国杂技

　　中国是世界头号杂技大国，历史最久，流派最多，且水平最高。商周时期的"乐舞"、东周时的"角抵"在歌舞表演中都有杂技的成分。汉代出现"百戏"，表明除歌舞以外，已有独立的杂技表演。唐朝是杂技的鼎盛时期，各类节目多达一百余种。宋代城市文化繁荣，杂技也从宫廷走向街头、走向民间。

　　新中国成立后，我国的杂技艺术飞速发展，参加国际比赛几乎每次都获得世界最高奖项，被公认为世界头号杂技大国。

　　我国著名的杂技之乡是河北吴桥，每年办有吴桥国际杂技大赛。（武汉则举办国际杂技节。）

　　中国著名的杂技艺术家，有夏菊花（女，武汉人，中国杂技家协会主席）、唐彬彬和阿迪力（维吾尔族，"达瓦孜"第五代传人，被誉为"高空王子"）。

二、杂技分类

　　狭义的杂技又称"杂耍"，表演各种高难度动作，如手技、蹬技、顶技、车技、柔术、空中飞人、飞车走壁、走钢丝、绳技、爬竿等，以灵巧、准确、力量、惊险、平衡见长。

　　魔术（幻术）用以表演各种神奇的现象。俗话说："杂技都是真的，魔术都是假的。"魔术都是通过各种手段形成错觉，造成假象，令观众上当，而从神秘感中获得美的享受。中国魔术俗称"戏法"，以手段灵巧见长，常表演各种藏匿显露的技巧。外国魔术师常借助物理化学机械装置，表演风格幽默、惊险、刺激。

　　驯兽（马戏）是将各种动物（马、猴、熊、狮、虎、海豹等）驯化，使其模拟人的动作和技能，以惊险、幽默、活泼、刺激见长。

第三章　舞蹈与杂技常识考试真题

以下考试真题的答案请在本部分的第一章至第二章中查找。

1.《雀之灵》是我国＿＿＿＿＿＿＿＿舞蹈家杨丽萍创作的独舞。

A. 白族　　　　　B. 彝族　　　　　C. 布依族　　　　　D. 傣族

【考试院校】长江大学 2014 年广播电视编导专业考题

2. 我国古代乐舞杂技表演的总称是＿＿＿＿＿＿＿＿；第一个把芭蕾舞介绍到中国的舞蹈家是
＿＿＿＿＿＿＿＿。

【考试院校】天津师范大学 2011 年广播电视编导专业考试真题

3. 请列举三个以上的中国民间舞蹈形式，并说出其所属民族及流行区域。

【考试院校】广西民族大学 2010 年广播电视编导专业考题

4. 我国当代舞蹈界的最高奖是＿＿＿＿＿＿＿＿。

【考试院校】广西艺术学院 2011 年文化产业管理专业考题

5. 下列哪位舞蹈演员被誉为"现代舞之母"。

A. 玛丽莲·梦露　　B. 乌兰诺娃　　　C. 邓肯　　　　　D. 戴爱莲

【考试院校】湖南师范大学 2014 年广播电视编导专业考题

6. 柴可夫斯基的三大芭蕾舞剧是＿＿＿＿＿＿＿＿、＿＿＿＿＿＿＿＿和＿＿＿＿＿＿＿＿。

【考试院校】聊城大学 2011 年广播电视编导专业考题

7. 芭蕾舞剧（名词解释）

【考试院校】湖南师范大学 2012 年广播电视编导专业考题

8. 现代舞的创始人是＿＿＿＿＿＿＿＿。

A. 杨丽萍　　　　　B. 邓肯　　　　　C. 杨扬　　　　　D. 迈克尔·杰克逊

【考试院校】广西艺术学院 2011 年文化产业管理专业考题

第八部分 艺术理论

　　所谓艺术理论，是对于艺术现象及其规律进行概括和总结的一门人文学科。这里所说的艺术现象，不是个别的艺术现象，而是一个时代、一个民族、一个流派的艺术现象乃至所有艺术现象。这里所说的艺术规律，是指在艺术现象背后的东西，它是从艺术现象中总结出来的，然而又是看不见摸不着的。艺术理论是一门人文学科，所谓人文学科，是与自然学科相对的。艺术理论能够对未来的艺术创作提供指导，可以帮助我们对艺术作品进行鉴赏和评价，艺术理论的学习可以提高我们的理论能力。

第一章　艺术理论常识

一、艺术的含义及本质

1. 艺术的含义

艺术是人类以感情和想象作为特性的把握世界的一种特殊方式，即通过审美创造活动再现现实和表现情感理想，在想象中实现审美主体和审美客体的互相对象化。具体地说，艺术是人们现实生活和精神世界的形象反映，也是艺术家知觉、情感、理想、意念等综合心理活动的有机产物。作为一种社会意识形态，艺术主要是满足人们多方面的审美需要，从而在社会生活尤其是人类精神领域内起着潜移默化的作用。

2. 艺术的本质

中外艺术史上，对于艺术的本质主要有"客观精神说""主观精神说"和"模仿说"（"再现说"）等三种代表性的观点。马克思"艺术生产"理论将艺术看作是一种特殊的精神生产，为解决艺术本质问题奠定了科学的理论基础。

从艺术在社会中的地位这一角度来看，艺术本质上是一种特殊的社会意识形态，是经济基础的上层建筑，它通过政治、道德、法律等"中间环节"反映经济基础，也反作用于经济基础。

从生产形态的角度来看，艺术本质上是一种特殊的生产形态——精神生产形态。"艺术生产"的特殊性是其审美属性，他创造的主要是认识价值和审美价值，而不是使用价值。

二、艺术的起源

关于艺术的起源问题一直被学术界称为"斯芬克斯之谜"。尽管如此，历史上的许多学者还是在这一领域进行了不懈探索和努力，从不同的角度提出了各种关于艺术起源的学说。

1. 模仿说

这是一种关于艺术起源问题的最古老的理论，始于古希腊哲学家德谟克利特。这种学说认为：模仿是人类固有的天性和本能，艺术起源于人类对自然的模仿，所有艺术都是模仿的产物。代表人物有古希腊的亚里士多德和法国的狄德罗等。

2. 游戏说

游戏说源于德国哲学家康德，他认为艺术起源于游戏，艺术是一种以创造形式外观为目的的审美自由的游戏。"自由"是艺术活动的精髓，它不受任何功利目的的限制，人们只有在一种精神游戏中才能彻底摆脱实用和功利的束缚，从而获得真正的自由。其代表人物是德国著名美学家席勒和英国学者斯宾塞。

3. 表现说

表现说的代表人物是奥地利心理学家和精神病学家弗洛伊德。这种学说认为艺术起源于人类表现和交流情感的需要，情感表现是艺术最主要的功能，也是艺术发生的主要动因。持这一理论的主要有英国诗人雪莱、俄国文学家列夫·托尔斯泰等。

4. 巫术说

巫术说，又称"魔法说"。巫术说是西方关于艺术起源的理论中最有影响力的一种观点。这种理论是在直接研究原始艺术作品与原始宗教巫术活动之间的关系的基础上提出来的，最早由英国著名人类学家泰勒在他的《原始文化》一书中提出。

5. 劳动说

劳动说认为艺术起源于劳动，是颇有影响的艺术起源学说，提出者是俄国学者普列汉诺夫。他指出，从时间上看，劳动是先于游戏的，而游戏是劳动的产儿。劳动提供了文学活动的前提条件，劳动产生了文学活动的需要，劳动构成了艺术描写的重要内容，劳动制约了最早的艺术形式。

三、艺术的分类

至今较为有影响和较有实用价值的分类法主要有以下几种：

以艺术形态的存在方式为依据，分为三种类型：空间艺术（包括绘画、雕塑、工艺美术、摄影、建筑和园林艺术等）、时间艺术（包括音乐、文学、曲艺等）和时空艺术（包括戏剧、影视、舞蹈等）。

以艺术形态的感知方式为依据，分为四种类型：视觉艺术（包括绘画、雕塑、工艺美术、摄影、舞蹈、杂技、建筑和园林艺术等）、听觉艺术（包括音乐、曲艺等）、视听艺术（包括戏剧、影视等）和想象艺术（主要指文学）。

以艺术形态的创造方式为依据，分为四种类型：造型艺术（包括绘画、雕塑、工艺美术、摄影、建筑和园林艺术等）、表演艺术（包括音乐、舞蹈、戏剧、曲艺和杂技等）、语言艺术（包括文学的各种样式）和综合艺术（包括电影和电视剧等）。

四、艺术的社会功能

艺术的社会功能有许多种，但其中最主要的是审美认知功能、审美教育功能和审美娱乐功能。

1. 审美认知功能

首先，艺术对于社会、历史、人生具有审美认知功能。其次，对于大至天体、小至细胞的自然现象，艺术也同样具有审美认知作用。

2. 审美教育功能

审美教育功能主要指人们通过艺术欣赏活动，受到真、善、美的熏陶和感染，在潜移默化的作用下，引起人的思想、感情、理想、追求发生深刻的变化，引导人们正确地理解和认识生活，树立起正确的人生观和世界观。艺术的审美教育功能的主要特点是："以情感人""潜移默化"和"寓教于乐"。

3. 审美娱乐功能

主要是指通过艺术欣赏活动，使人们的审美需要得到满足，获得精神享受和审美愉悦，愉心悦目、畅神益智，使身心得到愉快和休息。中国先秦时期的艺术理论著作《乐记》中也有类似的思想，提出了"乐者乐也"的主张，认为艺术（包括音乐）应当使人们得到快乐。西方现当代心理学的许多流派，都十分重视艺术对欣赏者深层心理的渲泄或净化作用，认为艺术可以使人们在现实生活中受到压抑或无法实现的情绪、愿望、期待、理想，通过艺术创造的想象世界或梦幻世界得到满足和实现。

五、艺术创作

艺术创作，指艺术家运用已经掌握的艺术创作本领，将生活中得来的素材，围绕一定的主题倾向进行艺术思维，从而在头脑中形成比较完整的艺术意象，随即运用艺术语言和各种表现方法，把它物化为供人鉴赏的艺术形象。

1. 创作主体：艺术家

艺术家应当具备艺术的天赋和艺术的才能，掌握专门的艺术技能和技巧，具有丰富的情感和艺术的修养，通过自己的创造性劳动来满足人们特殊的精神需要即审美需要。

艺术家在从事艺术创作时，都与社会生活有着不可分割的联系。一方面，社会生活是艺术创作的源泉和基础，因而，艺术家对社会生活的观察和体验就显得十分重要。另一方面，艺术家本人作为创作主体，总是属于一定的时代、民族和阶级，艺术创作归根结底受着一定社会生活方式的制约，也与艺术家本人的生活实践与生活经历密不可分。

2. 创作过程：艺术体验、艺术构思和艺术传达

艺术体验活动是艺术创作准备阶段。艺术体验首先需要艺术家仔细地观察生活，深切地感受生活，认真地思考生活。与此同时，艺术体验更需要艺术家以自己的全部身心去拥抱生活，需要艺术家饱含情感的切身体验。这种饱含艺术家情感的切身体验，就是刘勰所讲的"登山则情满于山，观海则意溢于海"，杜甫所讲的"感时花溅泪，恨别鸟惊心"。

艺术构思是一种十分复杂的精神活动，它是艺术家在深入观察、思考和体验生活的基础上，加以选择、加工、提炼、组合，融汇了艺术家的想象、情感等多种心理因素，最终形成主体和客体统一、现象与本质统一、感性与理性统一的审美意象。

艺术传达是创作过程的最后一个阶段。它是指艺术家借助一定的物质材料和艺术媒介，运用艺术技巧和艺术手法，将自己在艺术构思活动中形成的审美意象物态化，成为可供其他人欣赏的艺术作品和艺术形象。离开了艺术传达，再好的体验与构思也得不到表现，只能仍然停留在艺术家的头脑之中。艺术传达活动离不开一定的物质材料，如绘画需要纸、笔、墨，雕塑需要大理石、青铜，才能使审美意象物态化，成为客观存在的艺术品。与此同时，艺术传达活动更离不开一定的艺术媒介或艺术语言，如绘画语言包括色彩、线条，音乐语言包括节奏、旋律，电影语言包括画面、声音、蒙太奇，等等。

3. 艺术的创作方法

艺术的创作方法是某种艺术思想在创作中的体现，是指导整个创作活动的最一般的原则，因此对创作的影响是全局性的。

创作方法的两大主流。一是现实主义的创作方法，即艺术家按照生活本来的面貌，通过艺术形象的典型化，真实地再现生活的一种创作方法。其基本特点是：艺术描绘的客观性、艺术形象的典型性及思想倾向和情感的隐蔽性。二是浪漫主义的创作方法，即艺术家以奔放的主观激情，按照理想的面貌表现生活的创作方法。基本特点是：追求理想，创造奇幻型的艺术形象和强烈的主观抒情色彩。

4. 艺术风格

艺术风格是指艺术家在创作总体上表现出来的独特创作个性与鲜明的艺术特色。

艺术风格具有多样性。艺术家的人生道路、生活环境、阅历修养、艺术追求以及性格、气质、禀赋都在影响着艺术创作的风格呈现。

艺术风格的另一个重要特征，就是它常常具有鲜明的民族特色和时代特色。艺术风格的民族特色和时代特色，是由本民族的地理环境、社会状况、文化传统、风俗习惯等多种因素决定的，体现出本民族的审美理想和审美需要。

5. 艺术流派

艺术流派是指在一定历史时期，由一批思想倾向、美学主张、创作方法和表现风格方面相似或相近的艺术家们所形成的艺术派别。比如中国京剧中的梅派，西方现代戏剧中的荒诞派，西方绘画中的印象派，中国画中的岭南画派、金陵画派等。这些艺术派别的形成有时是自觉的，有一定的组织形式或共同宣言；有时是不自觉的，仅仅因为创作风格类型的相近而组合在一起。

6. 艺术思潮

艺术思潮指在一定社会历史条件下，特别是在一定的社会思潮和学术思潮的影响下，艺术领域所发生的具有广泛影响的思想潮流和创作倾向。艺术思潮与艺术风格、艺术流派之间有着密切的关系，但又存在着明显的区别。一般来讲，艺术风格是创作者独特个性的表现，艺术流派则是风格相近或相似的创作主体的群体化，而艺术思潮却是倡导某种文艺思想的多个艺术流派所形成的一种艺术潮流。

六、艺术作品

如果对艺术作品进行分析，我们会发现艺术作品的内容可以分为题材和主题，艺术作品的形式包括结构和艺术语言。而优秀的艺术作品还应当具有艺术意蕴，塑造典型的艺术形象，营造情景交融的意境，才能达到成熟的艺术风格。

1. 艺术语言

任何一门艺术都有自己独特的表现方式和手段，运用独特的物质媒介来进行艺术创作，从而使得这门艺术具有自己独特的艺术特征。这种独特的表现方式或表现手段，就叫做艺术语言。各门艺术都有自己独特的艺术语言，如绘画语言包括线条、色彩、构图等，音乐语言包括旋律、和声、节奏等，电影语言包括画面、声音、蒙太奇等。

2. 艺术形象

从艺术作品的角度来看，艺术形象可以分为视觉形象、听觉形象、文学形象与综合形象。视觉形象如一幅绘画、一件雕塑、一幅书法作品、一座建筑物、一幅摄影作品或一件实用工艺品；听觉形象主要是指音乐作品的形象；文学形象是指诗歌、散文、小说、报告文学等；综合形象指话剧、戏曲、电影、电视艺术等综合艺术，其中既有视觉形象、听觉形象，又有文学形象。

3. 典型

典型，又称典型人物、典型性格或典型形象，是指艺术作品中塑造得成功的人物形象。有血有肉、个性鲜明的典型人物形象，往往具有巨大的艺术感染力和持久的艺术生命力。艺术作品要想塑造出具有典型意义的人物形象，首先需要艺术家从生活真实与艺术真实出发，对客观现实生活加以艺术概括，在大量的生活素材中发掘出典型人物的原型，再经过艺术加工和艺术虚构，创作出具有较高典型性的艺术形象来。

4. 艺术意蕴

艺术意蕴，指深藏在艺术作品中内在的含义或意味，常常具有多义性、模糊性和朦胧性，体现为一种哲理、诗情或神韵，经常是只可意会，不可言传，需要欣赏者反复领会、细心感悟，用全部心灵去探究和领悟，它也是文艺作品具有不朽艺术魅力的根本原因。

5. 意境

意境，是中国传统美学思想的重要范畴，是指抒情性作品中呈现的那种情景交融、虚实相生、活跃着生命律动的韵味无穷的诗意空间。从艺术辩证法的角度看，意境是属于主观范畴的"意"与属于客观范畴的"境"二者结合的一种艺术境界。其中，"意"是情与理的统一，"境"是形与神的统一。在两个统一过程中，情理、形神相互渗透，相互制约，就形成了"意境"。意境的本质特征是生命律动，即展示生命本身的美。

七、艺术鉴赏

艺术鉴赏，是指读者、观众、听众凭借艺术作品而展开的一种积极的、主动的审美再创造活动。鉴赏的本身便是一种审美的再创造。

艺术鉴赏力的培养与提高，离不开大量鉴赏优秀作品的实践，离不开熟悉和掌握艺术的基本知识和规律，离不开一定的历史、文化知识，离不开相应的生活经验与生活阅历。另外，美育与艺术教育在培养和提高艺术鉴赏力方面，具有特别重要的地位与作用。

艺术鉴赏的审美心理中包含着注意、感知、联想、想象、情感、理解等基本要素，形成了动态的审美心理结构。艺术鉴赏是一个完整的、动态的审美过程，但它在一定程度上可以区分为审美直觉、审美体验和审美升华三个阶段。

第二章　文艺政策方针

近百年来，中国共产党在领导中国文艺发展的历史进程中，形成了一个具有中国特色的领导和管理文艺的方针政策体系。作为一整套方针政策体系，其指导思想、理论基础是一以贯之的，但由于不同历史时期的政治、经济、文化环境不同，文艺创作的性质和任务不同，党的文艺方针政策嬗变也呈现出明显的阶段性和时代性，体现出不同的内涵和特征。

一、毛泽东《在延安文艺座谈会上的讲话》

1942 年 5 月，毛泽东《在延安文艺座谈会上的讲话》（以下简称《讲话》）的发表，标志着新文学与工农兵群众相结合的文艺新时期的开始。

《讲话》是延安整风运动的一个重要组成部分，其宗旨在于解决中国无产阶级文艺发展道路上遇到的理论和实践问题，诸如党的文艺工作和党的整个工作的关系问题、文艺为什么人的问题、普及与提高的问题、内容和形式的统一问题、歌颂和暴露的问题等。《讲话》对上述问题一一作了剖析，提出并解决了一系列带有根本性的理论问题和政策问题，明确提出了文艺为工农兵服务的方针，强调文艺工作者必须到群众中去、到火热的斗争中去，熟悉工农兵，转变立足点，为革命事业作出积极贡献。《讲话》总结了"五四"以后中国革命文艺运动的历史经验，发展了马列主义的文艺理论。

《讲话》的发表对中国文艺创作产生了重大而深远的影响。如在文学领域，许多作家在毛泽东文艺思想指引下，在塑造工农兵形象和反映伟大的革命斗争方面获得了显著成就，在文学的民族化、群众化上取得了重大突破。出现了赵树理的《小二黑结婚》《李有才板话》，丁玲的《太阳照在桑干河上》，周立波的《暴风骤雨》，李季的《王贵与李香香》，贺敬之、丁毅的《白毛女》，孙犁的《荷花淀》等影响几代人成长的经典作品。

二、"双百"方针

双百方针，指"百花齐放、百家争鸣"，是毛泽东提出的繁荣文化事业的基本方针。"百花齐放"和"百家争鸣"分别于 1951 年和 1953 年提出，1956 年正式提出"双百"方针。

"百花齐放、百家争鸣"，具体地说就是，在文艺创作上，允许不同风格、不同流派、不同题材、不同手法的作品同时存在，自由发展；在学术理论上，提倡不同学派、不同观点互相争鸣，自由讨论。

"百花齐放、百家争鸣"，是 20 世纪 50 年代中期确定的繁荣和发展社会主义科学和文化事业的重要指导方针，这一方针的提出鼓舞了一大批来自"五四"新文学传统下的老作家的创作，从而在一定程度上弥补了在"五四"新文学传统和战争文化规范下的解放区文学传统间无形中形成的隔阂，出现了一批揭示社会主义社会内部矛盾的创作，标志着社会主义文学开始走向成熟。但是由于政治环境的原因，"双百"方针刚刚活力初现，就遭遇了挫折，直到改革开放初期才重现春天。

三、"两结合"创作方法

1958 年，毛泽东同志提出了文艺的创作方法，即"革命的现实主义和革命的浪漫主义相结合"。前者强调要深入生活、反映现实、大胆揭示矛盾，后者强调要用英雄主义、理想主义教育人、鼓舞人；既要源于生活，又要高于生活，并将这二者结合起来。

四、"二为"方向

"二为"方向，是指文学艺术要"为人民服务，为社会主义服务"。这是党的十一届三中全会后党中央根据新的历史形势和任务，提出的新的文艺工作的总口号，用以取代沿用多年而过时了的"文艺为政治服务"的口号。

人们普遍认为，"文艺为人民服务、为社会主义服务"的总口号，概括了社会主义时期文艺工作的总任务和根本目的，它包括了为政治服务，但比孤立地提为政治服务更全面、更科学，它不仅能完整地反映社会主义时代对文艺的历史要求，而且更符合文艺创作的客观规律。

五、关于精品的三个标准

江泽民同志提出，所谓文艺精品，是指那些"思想精深、艺术精良、制作精湛"的作品。这"三个标准"的提出为新时期文艺创作提出了新的、更高的要求。

六、"五个一"工程

由中共中央宣传组织的精神文明建设"五个一工程"评选活动，自 1992 年起每年进行一次，评选上一年度各省、自治区、直辖市和中央部分部委，以及解放军总政治部等单位组织生产、推荐申报的精神产品五个方面的精品佳作。这五个方面是：一部好的戏剧作品，一部好的电视剧（片）作品，一部好的图书（限社会科学方面），一部好的理论文章（限社会科学方面）。1995 年起，将一首好歌和一部好的广播剧列入评选范围，"五个一工程"的名称不变。

七、"三贴近"原则

"三贴近"就是指贴近实际、贴近生活、贴近群众。这是"十六大"以来，以胡锦涛同志为总书记的党中央提出的一项重要要求。遵循这一要求，宣传思想战线把"三贴近"作为改进和加强自身工作的一条重要指导原则。

三贴近原则是一个相互联系的有机整体。实际，是社会生活的实际，人民群众的生活实际；生活，是丰富多彩的实际生活，人民群众的实际生活；群众，是社会实践中的群众，实际生活中的群众。实际是根基，生活是源泉，群众是出发点和落脚点。

第三章 艺术理论常识考试真题

以下考试真题的答案请在本部分的第一章和第二章中查找。

1. "五个一"工程指的是什么？
【考试院校】南京艺术学院 2013 年广播电视编导专业考题

2. 简述关于艺术起源的五大学说。
【考试院校】山东师范大学 2012 年广播电视编导专业考题

3. 浪漫主义创作方法的基本内涵是什么？
【考试院校】青岛大学 2012 年广播电视编导专业考题

4. 艺术风格（名词解释）
【考试院校】山东艺术学院 2012 年戏剧影视文学专业考题

5. 结合例子，简析典型是共性和个性的统一。
【考试院校】曲阜师范大学 2012 年戏剧影视文学专业考题

6. 意境（名词解释）
【考试院校】北京电影学院 2010 年公共事业管理专业考题；临沂大学 2012 年广播电视编导专业考题

7. 百花齐放，百家争鸣（名词解释）
【考试院校】中国戏曲学院 2011 年戏剧影视文学专业戏曲文学方向考题；赣南师范学院 2012 年广播电视编导专业考题；广西民族大学 2011 年广播电视编导专业考题

8. 结合自己的看法简单介绍"三贴近原则"。
【考试院校】聊城大学 2010 年广播电视编导专业考题

9. 艺术流派（名词解释）
【考试院校】山东艺术学院 2011 年戏剧影视文学专业考题

10. 以艺术形象的存在方式作为分类依据，可以把各门艺术分为_____、_____和_____。
【考试院校】四川文理学院 2010 年音乐学专业广播电视编导方向考题

11. 空间艺术（名词解释）
【考试院校】山东师范大学 2012 年广播电视编导专业考题

12. 宣传、文化工作的"三贴近"是指贴近群众、贴近生活和 _____。

A. 贴近实际　　　　B. 贴近自然　　　　C. 贴近社会　　　　D. 贴近农民

【考试院校】湖北民族学院 2011 年广播电视编导专业考题

13. 如何培养和提高艺术鉴赏能力?

【考试院校】山东师范大学 2011 年广播电视编导专业考题

14. 现实主义创作的基本原则。

【考试院校】北京电影学院 2007 年公共事业管理(影视管理)专业考题;青岛农业大学 2014 年广播电视编导专业考题。

影视传媒专业高考 *快速突破* 系列推荐图书

文艺常识

于培杰 吉飞 编著
东华大学出版社
2013年6月版
书号：ISBN 978-7-5669-0273-3
定价：39.00元

影视传媒高考真题解析

胡春景 编著
东华大学出版社
2013年6月版
书号：ISBN 978-7-5669-0279-5
定价：42.00元

影视作品评论与分析

卢琳 编著
东华大学出版社
2013年6月版
书号：ISBN 978-7-5669-0272-6
定价：35.00元

播音主持专业高考教程

张树楠 编著
东华大学出版社
2013年6月版
书号：ISBN 978-7-5669-0276-4
定价：35.00元

摄影专业高考辅导教程

高佳 编著
东华大学出版社
2013年6月版
书号：ISBN 978-7-5669-0278-8
定价：48.00元

摄影作品分析

于晓风 编著
东华大学出版社
2013年6月版
书号：ISBN 978-7-5669-0289-4
定价：38.00元

后 记 ▌

21 世纪将是一个传媒的时代。电影、电视、网络、报纸等多种传统与新兴媒介会在我们的工作生活中扮演着越来越重要的角色，每个人都会成为信息传播的参与者和体验者。目前，国家文化体制改革逐渐步入深水区，发展文化产业已经上升到国家战略高度，文化产业迎来了千载难逢的历史发展机遇。正是在这样的时代背景中，影视传媒艺术得以蓬勃发展，成为最具发展潜力的朝阳行业。与此同时，各大高校应势而动，开设了大量影视传媒艺术类专业。影视传媒艺术类高考也随之引起了社会广泛关注，越来越多的高中生也开始主动选择这条具有广阔发展前景的道路。

高校对于影视传媒艺术类学生的考查是全方位的，包括艺术感悟力、艺术鉴赏力、艺术创造力等多个角度，其中，对文艺基础知识的理解和记忆能力的考查是最基础、最综合的一部分。对于广大考生来说，一本适合自己的辅导书无疑是提高学习效率，达到事半功倍的利器。本书具有全面、系统、专业、实用等特点，希望本书能够帮助广大考生实现自己的梦想！本书除了适用于学生备考，也适用于教师教学，还可以作为艺术高考培训学校的专业教材使用。

本书能够顺利完成，首先要感谢姜静楠教授的约稿，为我们提供了这个成书的机会。在写作过程中，他给予我们耐心的指导和帮助，提出了宝贵的意见和建议。

另外，也感谢东华大学出版社的编辑们，特别是赵春园老师，为推出本书所作出的精心筹划和努力。

时间仓促，书中难免有不足或错误，恳请各界人士批评指正。另外，广大读者朋友在阅读过程中，若对本书有好的建议，恳请及时与我们联系，在这里我们表示欢迎和感谢！

编者
2014 年 3 月